O LIVRO DOS AMIGOS PERDIDOS

Lisa Wingate

O LIVRO DOS AMIGOS PERDIDOS

Tradução: Claudio Carina

GLOBOLIVROS

Copyright © 2020 by Wingate Media LLC
Copyright © 2021 by Editora Globo S.A.

Todos os direitos reservados. Nenhuma parte desta edição pode ser utilizada ou reproduzida — em qualquer meio ou forma, seja mecânico ou eletrônico, fotocópia, gravação etc. — nem apropriada ou estocada em sistema de banco de dados sem a expressa autorização da editora.

Texto fixado conforme as regras do Acordo Ortográfico da Língua Portuguesa
(Decreto Legislativo nº 54, de 1995).

Título original: *The Book of Lost Friends*

Editora responsável: Amanda Orlando
Assistente editorial: Isis Batista
Preparação de texto: Mariana Donner
Revisão: Suelen Lopes, Daiane Cardoso e Aline Canejo
Diagramação: Abreu's System
Capa: Renata Zucchini

1ª edição, 2021

CIP-BRASIL. CATALOGAÇÃO NA PUBLICAÇÃO
SINDICATO NACIONAL DOS EDITORES DE LIVROS, RJ

W737L
    Wingate, Lisa, 1965-
       O livro dos amigos perdidos / Lisa Wingate ; tradução Claudio Carina. – 1. ed. – Rio de Janeiro : Globo Livros, 2021.
       416 p. ; 23 cm.

    Tradução de: The book of lost friends
    ISBN 9786586047851

    1. Ficção americana. I. Carina, Claudio. II. Título.

21-70507   CDD: 813
                                                          CDU: 82-3(73)

Camila Donis Hartmann – Bibliotecária – CRB-7/6472

Direitos exclusivos de edição em língua portuguesa para o Brasil adquiridos por Editora Globo S.A.
Rua Marquês de Pombal, 25 — 20230-240 — Rio de Janeiro — RJ
www.globolivros.com.br

Para Gloria Close, por ajudar as famílias de
hoje a encontrarem lares seguros.

Para Andy e Diane, e aos dedicados arquivistas da Coleção
Histórica de Nova Orleans. Obrigada por preservarem a história.

Para os Amigos Perdidos, onde quer que estejam.
Que seus nomes nunca deixem de ser mencionados e que suas
histórias sejam sempre contadas.

Notas da autora sobre dialeto e terminologia histórica*

EM UM MUNDO FRAGMENTADO, onde sensibilidades relacionadas a etnia, classes econômicas e dialetos geográficos variam muito, recontar a história se tornou, sinceramente, um desafio. Os ouvidos modernos não deixam passar casualmente palavras que teriam sido lugares-comuns meio século atrás, nem variações de dialetos que até hoje continuam sendo a norma em partes dos EUA. Felizmente, isso significa que estamos mais conscientes — porém também nos coloca diante do perigo de sanitizar o que *é* e o que *foi*, de modo a encontrar um padrão genérico e artificial que desrespeita inerentemente as pessoas sobre as quais estamos escrevendo. Tanto as pessoas do passado quanto as do presente são indivíduos. Cada uma delas tem padrões específicos de discurso e pensamento baseados na experiência, na localização e na época. Como contadora de histórias, considero importante respeitar as vozes e as representações autênticas de épocas históricas, e não sugerir que a história de uma pessoa não vale ser ouvida a não ser que a gramática passe pelos critérios de uma dissertação acadêmica.

---

* A tradução se manteve fiel, na medida do possível, às escolhas vocabulares da autora, adaptando a linguagem dos personagens de maneira que mais se aproximasse do contexto histórico e social. (N. E.)

Sempre que possível, tentei ser fiel aos vários dialetos da Luisiana e do Texas, às narrativas deixadas por homens e mulheres que viveram durante o período histórico dos acontecimentos e à terminologia étnica e racial com que Hannie teria convivido em seu tempo. A história tem muito a nos ensinar. Essa foi uma das razões para a inclusão de anúncios verdadeiros da coluna "Amigos perdidos" neste livro. São histórias de pessoas reais que viveram, lutaram e quase inadvertidamente deixaram esses pequenos pedaços de si mesmas para a posteridade. A história delas me ensinou mais do que eu poderia expressar, e sou eternamente grata por essas lições duramente aprendidas.

Prólogo

UMA JOANINHA SOLITÁRIA POUSA COMO UMA pluma no dedo da professora, agarrando-se ali como uma joia viva. Um rubi com pintas e pernas. Antes de a visitante ser levada por uma leve brisa, uma antiga canção infantil passa pela memória da professora.

Joaninha, joaninha, voe para longe do seu lar,
Sua casa está em chamas e seus filhos não vão voltar.

O verso projeta uma sombra melancólica quando a professora toca no ombro de uma aluna, sentindo o calor úmido sob a textura áspera do tecido de chita. O decote costurado à mão do vestido, um pouco grande para ela, cai assimetricamente sobre a macia pele negra. Uma cicatriz intumescida se destaca por baixo dos punhos mal abotoados. Por um breve momento, a professora cogita o que a teria causado, mas resiste àquele pensamento especulativo.

"Que sentido haveria nisso?", pensa.

"Todos nós temos cicatrizes."

Olha ao redor do local improvisado sob as árvores, os toscos bancos de madeira tomados por meninas prestes a se tornar mulheres, por garotos tentando entrar no mundo dos homens. Debruçados sobre mesas bambas atulhadas de canetas, mata-borrões e frascos de tinta, eles mexem a boca ao lerem seus textos, conscientes da importante tarefa.

Todos menos uma garota.

— Está preparada? — pergunta a professora, olhando de relance para a folha de papel na mão da menina. — Você ensaiou a leitura em voz alta?

— Eu não consigo fazer isso. — O corpo dela se retrai, derrotado pela própria ansiedade. — Não... com toda *essa gente* olhando. — Seu rosto jovem vira-se com uma expressão aflita para as pessoas aglomeradas em volta da sala de aula ao ar livre — homens endinheirados de ternos bem cortados e mulheres petulantes com vestidos sofisticados, aliviando o calor da tarde com folhetos impressos e leques de papel abandonados depois dos impetuosos discursos políticos da manhã.

— A gente nunca sabe o que é capaz de fazer até tentar — aconselha a professora. Ah, como ela conhece aquela insegurança juvenil! Não muitos anos atrás, a *professora* era aquela garota. Insegura de si mesma, sobrepujada pelo medo. Paralisada, na verdade.

— Eu não *consigo* — resmunga a garota, apertando a barriga.

Amontoando saias e anáguas incômodas para não se arrastarem na poeira, a professora se abaixa para olhar a menina nos olhos.

— Como eles vão ouvir a história se não for de você... a história de ter sido roubada da família? De escrever um anúncio em busca de qualquer notícia dos entes queridos, na esperança de conseguir poupar cinquenta centavos para publicá-lo no jornal *Southwestern*, para que circulasse pelos estados e territórios mais próximos? Como vão entender o desespero e a necessidade de finalmente saber: *Meus parentes estão por aí, em algum lugar?*

Os ombros magros da menina se erguem, e então desabam.

— Esse pessoal não tá aqui pra saber o que eu tenho a dizer. Isso não vai mudar nada.

— Talvez mude. Os feitos mais importantes envolvem riscos. — A professora entende aquilo muito bem. Um dia ela também terá de partir numa jornada semelhante, que envolve riscos.

O dia de hoje, no entanto, é para seus alunos e para a coluna "Amigos perdidos" do jornal *Southwestern Christian Advocate*, para tudo que isso representa.

— O mínimo que nós podemos fazer é contar nossas histórias, não é? Mencionar os nomes? Saiba que há um antigo provérbio que diz: "Nós morremos uma vez quando o último sopro de vida deixa o nosso corpo. Morremos uma segunda vez quando a última pessoa menciona o nosso nome". A primeira morte está fora do nosso controle, mas, quanto à segunda, podemos nos empenhar para evitá-la.

— Se você acha que é assim... — a garota concorda com um leve suspiro. — Mas é melhor eu fazer isso agora mesmo, antes de perder a coragem. Posso fazer a minha leitura antes dos outros?

A professora concorda.

— Se você começar, com certeza os outros vão saber como prosseguir. — Dando um passo para trás, a professora observa os alunos na sala de aula improvisada. "Todas essas histórias...", pensa. "Pessoas separadas por distâncias intransponíveis, pela falácia humana, pela crueldade. Enfrentando a terrível tortura de não saber."

E embora preferisse não fazer isso — daria tudo para não o fazer —, ela imagina sua própria cicatriz. Uma cicatriz sob a pele, onde ninguém mais pode ver. Pensa em seu próprio amor perdido. Em algum lugar. Quem sabe onde?

Um murmúrio de impaciência maldisfarçada percorre a plateia quando a garota se levanta e caminha entre os bancos, sua postura se firmando com uma atitude surpreendentemente aristocrática. O frenético movimento dos folhetos se detém, e os leques silenciam quando ela se vira para dizer o que tem a dizer, sem olhar nem para a direita nem para a esquerda.

— Eu... — sua voz hesita. Percorrendo a multidão com o olhar, ela abre e fecha as mãos, apertando as dobras espessas do vestido de chita azul e branco. O tempo parece pairar acima de todos, como a joaninha decidindo se vai pousar ou continuar voando.

Finalmente a garota levanta o queixo com uma determinação corajosa. A voz passa pelos alunos e chega à plateia, exigindo atenção ao mencionar um nome que não será silenciado nesse dia.

— Eu me chamo Hannie Gossett...

Amigos Perdidos

Não cobramos dos nossos assinantes pela publicação destas cartas. De todos os outros serão cobrados cinquenta centavos. Pastores, por favor, leiam em seus púlpitos os pedidos publicados abaixo e nos informem sobre qualquer caso em que amigos tenham se reunido por meio das cartas do *Southwestern*.

Prezado editor, gostaria de perguntar sobre a minha família. Minha mãe se chamava Mittie. Sou a filha do meio de nove filhos e me chamo Hannie Gossett. Os outros se chamam Hardy, Het, Pratt, Epheme, Addie, Easter, Ike e Rose e eram tudo o que minha mãe tinha quando foram separados. Minha avó se chamava Caroline e meu avô, Pap Ollie. Minha tia era Jenny, que foi casada com tio Glenn até ele morrer na guerra. As filhas da tia Jenny eram quatro meninas, Azelle, Louisá, Martha e Mary. Nosso primeiro dono foi William Gossett, da fazenda de Goswood Grove, onde fomos criadas e mantidas até que nosso sinhô fez planos de nos levar da Luisiana para o Texas durante a guerra, para se refugiar no Texas e fazer uma nova plantação lá. Durante o trajeto, enfrentamos a dificuldade de sermos roubadas em grupo dos Gossett por Jeptha Loach, um sobrinho da Sinhazinha Gossett. Ele nos levou da Velha Estrada do Rio, ao sul de Baton Rouge, para o norte e para o oeste da Luisiana, em direção ao Texas. Meus irmãos e irmãs, primos e tia foram vendidos e tirados de nós em Big Creek, Jatt, Winfield, Saline, Kimballs, Greenwood, Bethany e finalmente na cidade de Powell, Texas, para onde minha mãe foi levada e nunca mais vista por mim. Agora estou crescida e sou a única de nós que foi rejeitada pelo meu comprador em Marshall, Texas, e devolvida aos Gossett quando os fatos sobre o meu verdadeiro senhorio ficaram claros. Eu estou bem, mas sinto muita falta da minha mãe, e qualquer informação sobre ela ou sobre minha família seria muito apreciada.

Peço para que todos os pastores e amigos que tiverem acesso a esse apelo atendam ao chamado desesperado de um coração partido e me mandem notícias aos cuidados da loja Goswood Grove, Augustine, Luisiana. Qualquer informação será bem-vinda e recebida com gratidão.

1

HANNIE GOSSETT — LUISIANA, 1875

O SONHO ME TIRA DO SONO tranquilo, como já fez muitas vezes, me varrendo como poeira. Flutuo para longe, uma dúzia de anos no passado, transferida de um corpo quase crescido para o de uma garotinha de apenas seis anos. Apesar de não querer, vejo o que meus olhos de menininha viram naquela época.

Vejo compradores se reunindo no pátio do mercador enquanto espio pelos vãos do cercado feito de troncos. Agachada na terra fria do inverno, repisada por tantos pés antes dos meus. Pés grandes como os da minha mãe, pés pequenos como os meus e pezinhos minúsculos como os de Mary Angel. Dedos e calcanhares que deixaram marcas no chão molhado.

"Quantos outros estiveram aqui antes de mim?", me pergunto. "Quantos de coração trêmulo e músculos tensos, mas sem lugar para onde fugir?"

Podem ter sido centenas de centenas. Uma dupla de calcanhares e dez dedos. Mal sei contar até tanto. Fiz seis anos uns meses atrás. Agora já é fevereiro, uma palavra que nunca consigo dizer certo, nunca. Minha boca se retorce e diz fer-ve-rei-ro. Meus irmãos e minhas irmãs sempre me gozaram muito por isso, os oito, até os mais novos. Normalmente a gente brigava se mamãe estivesse fora trabalhando com o pessoal da plantação ou na tecelagem, enrolando algodão e fazendo tecido.

Nossa cabana de madeira balançava e estremecia até, por fim, alguém cair pela porta ou pela janela e sair gritando. Isso chamava atenção da Velha Tati, que aparecia de bengala em riste, dizendo:

— Eu vou dar uma surra em crianças levadas com essa bengala se vocês não ficarem quietos já. — Balançava as nádegas e as pernas, só de brincadeira, e a gente entrava correndo, uns por cima dos outros, como cabritinhos passando pela porteira. Entrava embaixo das camas e tentava se esconder, abrindo caminho com joelhos e cotovelos.

Agora não posso mais fazer isso. Todos os filhos da minha mãe foram levados de um em um e de dois em dois. Tia Jenny Angel e três das quatro filhas dela também se foram. Vendidas em cercados de mercadores como este aqui, desde o sul da Luisiana quase até o Texas. Minha cabeça se esforça pra manter a conta de onde todos nós estivemos, com o número diminuindo dia após dia, andando atrás da carroça de Jep Loach, as correntes puxando os adultos pela cintura e as crianças sem escolha a não ser ir atrás deles.

Mas as noites eram o pior de tudo. Nossa esperança era Jep Loach dormir logo por causa do uísque e do longo dia de viagem. É quando ele não faz coisas ruins — com mamãe e tia Jenny, e depois só com mamãe, quando tia Jenny foi vendida. Agora só ficamos eu e mamãe. Nós duas e a filhinha da tia Jenny, a pequena Mary Angel.

Sempre que tem uma chance, minha mãe fala as palavras no meu ouvido — quem foi separado de nós, quais os nomes dos compradores que os levaram no leilão e para onde eles foram. Começamos pela tia Jenny, as três filhas mais velhas dela. Depois vêm meus irmãos e irmãs, do mais velho para o mais novo, Hardy, em Big Creek, pra um homem chamado LeBas de Woodville. Het e Jatt, levados por um homem chamado Palmer, de Big Woods...

Prat, Epheme, Addie, Easter, Ike e Baby Rose, arrancados dos braços da minha mãe num lugar chamado Bethany. Baby Rose gritava, e mamãe lutou e implorou dizendo:

— A gente precisa ficar junto. A menina ainda não desmamou. A menina não...

Agora eu sinto vergonha, mas me agarrei na saia da mamãe e chorei:

— Não, mamãe! Não, mamãe! Não! — Meu corpo tremia e minha cabeça girava freneticamente em círculos. Eu tinha medo de que eles levassem

14 *Lisa Wingate*

minha mãe também, deixando só eu e a priminha Mary Angel quando a carroça seguisse viagem.

Jep Loach quer encher o bolso de dinheiro com todos nós, mas só vende um ou dois em cada lugar, pra sair logo de lá. Diz que o tio dele deu permissão pra tudo isso, mas não é verdade. O Velho Sinhô e a Velha Sinhá queriam que ele fizesse o que o pessoal tá fazendo em todo o sul da Luisiana desde que os navios de guerra ianques subiram o rio, vindos de Nova Orleans — levar os escravos para o Oeste e evitar que os federais nos libertem. Pra gente se refugiar na terra dos Gossett no Texas até a guerra acabar. Foi por isso que mandaram a gente com Jep Loach, mas ele preferiu nos roubar.

— O Sinhô Gossett vai vir buscar a gente assim que souber que foi enganado por Jep Loach — minha mãe prometia vezes e mais vezes. — Não adianta nada Jep ser sobrinho da Velha Sinhá. Aí o Sinhô vai mandar Jep pro Exército pra guerrear. O único motivo de Jep não estar com aquele uniforme cinza é o Sinhô estar pagando pra ele se livrar. Aí tudo isso vai acabar e a gente vai se ver livre do Jep pra sempre. Vocês vão ver só. E é por isso que a gente recita os nomes, pra gente saber onde recolher os perdidos quando chegar a hora. Guardem no fundo da lembrança, crianças, pra quem for encontrado primeiro poder contar.

Mas agora a esperança é tão fraca quanto a luz do inverno que passa pelas florestas de pinheiros no leste do Texas, e eu me agacho dentro da cerca de troncos do pátio do mercador. Só eu, mamãe e Mary Angel aqui, uma de nós vai hoje. Pelo menos uma. Mais moedas no bolso, e quem não for vendida continua com a carroça de Jep Loach. Depois ele vai encher a cara, feliz por ter se dado bem mais uma vez, roubando da própria família. O povo da Velha Sinhá — toda a família Loach —, eles são tudo maçã podre, mas Jep é o mais podre, pior até que a Velha Sinhá. Ela é o diabo, e ele também.

— Sai daí, Hannie — diz minha mãe. — Chega mais perto.

De repente a porta se abre e um homem pega o bracinho de Mary Angel e mamãe se agarra nela, as lágrimas formando um rio enquanto murmura para o representante do mercador, que é grande como uma montanha e escuro como o olho de um cervo:

— Nós não somos dele. Fomos roubadas do Sinhô William Gossett da fazenda de Goswood Grove, na estrada ao lado do rio ao sul de Baton Rouge. Nós fomos levadas. Nós... fomos... nós...

Mamãe cai de joelhos, abraça Mary Angel como se quisesse pôr a bebê dentro do corpo, se pudesse.

— Por favor. Por favor! Minha irmã Jenny já foi vendida por esse homem. E todos os filhos dela, menos essa menor, e minha mãe e meu pai, e todos os meus filhos, menos minha Hannie. Leva as três últimas juntas. Leva todas nós. Diz pro seu sinhô que essa garotinha é doente. Diz que a gente precisa ser vendida num lote só. Nós três juntas. Tem piedade. Por favor! Diz pro seu sinhô que fomos roubadas do Sinhô William Gossett, de Goswood Grove, na Estrada do Rio. A gente é mercadoria roubada. Nós fomos *roubadas*.

O resmungo do homem sai em um tom velho e cansado.

— Eu não posso fazer nada. Ninguém pode fazer nada a respeito. Você só tá dificultando pra criança. Só tá dificultando. Duas precisam ir hoje. Em dois lotes diferentes. Um de cada vez.

— Não. — Mamãe fecha bem os olhos, então abre de novo. Olha para o homem, tosse palavras, lágrimas e cuspe, tudo junto. — Fala pro meu Sinhô William Gossett... quando ele vier procurar a gente... pelo menos diz pra onde nós fomos. O nome de quem levou a gente e pra onde ele vai. O Velho Sinhô Gossett vai encontrar a gente, levar pra um refúgio no Texas, todos nós juntos.

O homem não responde, e mamãe se vira para Mary Angel e corta um pedaço de pano marrom da barra da pesada anágua de inverno da tia Jenny Angel, de quando a gente acampava com a carroça. Com as próprias mãos, mamãe e tia Jenny Angel fizeram quinze saquinhos e amarraram com tiras de juta que roubaram da carroça.

Cada saquinho tinha três miçangas de vidro azul tiradas do colar que a vovó sempre considerou muito especial. Aquelas miçangas eram a coisa mais preciosa que ela possuía, todas vindas da África. "Elas vieram de onde minha avó e meu avô viviam." Contava essa história perto da vela de sebo nas noites de inverno, com todos nós perto do colo dela naquele círculo de luz. Depois falava sobre a África, onde vivia o nosso povo antes de parar aqui. Onde tinha rainhas e princesas.

"O azul significa que todos nós trilhávamos o caminho da verdade. A família era leal, cada um com o outro, sempre e pra sempre", dizia ela, e olhava de lado, pegando o colar de miçanga, então deixava a gente passar um pro outro, sentir o peso na mão. Pra sentir um pedacinho daquele lugar distante... e o significado do azul.

Três miçangas já tinham sido preparadas pra ir com minha priminha.

Mamãe segura firme o queixo de Mary Angel.

— Isso é uma promessa. — Mamãe enfia aquela bolsinha embaixo do vestido de Mary Angel e amarra o cordão no pescocinho da bebê, que ainda é pequeno demais comparado à cabeça. — Fica sempre com isso, queridinha. Mesmo se for a única coisa que puder, fica com isso. É o símbolo da sua família. A gente vai se ver de novo nessa vida, não importa daqui a quanto tempo. É assim que nós, cada um de nós, vai saber do outro. Se passar muito tempo e você crescer, ainda assim a gente vai te reconhecer pelas miçangas. Escuta o que eu digo. Obedece à tia Mittie, tá? — Ela faz um movimento com as mãos. Agulha e linha. Miçangas num cordão. — Nós vamos juntar esse cordão algum dia, todos nós. Neste mundo, se Deus quiser, ou no próximo.

A pequena Mary Angel não faz sinal nenhum, não pisca nem fala. Ela fazia isso, falava pelos cotovelos, mas agora não mais. Uma lágrima grossa escorre pela sua pele negra quando o homem sai com ela pela porta, as pernas e os braços rígidos como os de uma boneca de madeira.

Então o tempo dá um pulo. Não sei como, mas estou de novo encostada na parede, espiando entre os troncos enquanto Mary Angel é levada pelo pátio. Os sapatinhos marrons balançam no ar, os mesmos calçados rústicos que todos ganhamos nos presentes de Natal só dois meses atrás, feitos lá mesmo em Goswood pelo tio Ira, que cuidava do curtume, consertava arreios e fazia os sapatos novos no Natal.

Penso nele e na nossa casa enquanto vejo os sapatinhos de Mary Angel no pátio do leilão. Sinto o vento frio açoitar suas pernas magricelas quando o vestido levanta, e o homem diz que ela tem joelhos firmes e fortes. Mamãe só chora. Mas alguém tem que saber quem está levando ela. Alguém precisa acrescentar Mary Angel ao cântico.

Então eu faço isso.

Parece que se passa só um minuto até uma grande mão segurar o meu braço, e sou arrastada pelo chão. Meu ombro se desloca com um estalo. Os saltos dos meus sapatos do Natal abrem sulcos como as lâminas de um arado.

— Não! Mamãe! Me ajuda! — Meu sangue ferve, eu luto e grito, agarro o braço da mamãe, e ela agarra o meu.

"Não me solta", meus olhos dizem pra ela. De repente entendo as palavras do homem grande e por que eles separaram mamãe: "Duas precisam ir hoje. Em dois lotes diferentes. Um de cada vez".

É nesse dia que o pior acontece. O último dia para mim e mamãe. Duas são vendidas aqui e a outra segue com Jep Loach para ser vendida na próxima cidade. Sinto um peso no estômago e minha garganta arde, mas não tem nada pra vomitar. O xixi escorre pelas minhas pernas, enche meu sapato e empoça na terra.

— Por favor! Por favor! Me leva também! — implora mamãe.

O homem dá um chute forte nela, e o tranco separa nossas mãos. A cabeça da mamãe bate nos troncos, e ela se encolhe sobre as marcas de todos os outros pés com uma expressão tranquila de como se estivesse dormindo. Uma bolsinha marrom pende da sua mão. Três miçangas azuis rolam na terra.

— Se você me der mais trabalho, eu dou um tiro nela agora mesmo. — A voz passa acima de mim como as pernas de uma aranha. Não foi o homem do comprador que me agarrou. Foi Jep Loach. Não estou sendo levada para o pátio. Estou sendo levada pra carroça do diabo. Eu é que vou ser vendida em algum lugar mais adiante.

Tento me soltar, correr pra mamãe, mas meus joelhos amolecem como capim molhado. Caio e estico os dedos na direção dela, pra pegar as miçangas.

— Mamãe! Mamãe! — grito e grito e não paro de gritar.

É minha própria voz que me acorda do sonho daquele dia terrível, como sempre. Ouço o som do grito, sinto a mesma aspereza na minha garganta. Acordo me debatendo nas mãos grandes de Jep Loach e gritando pela mamãe, que já não vejo há doze anos, desde que tinha seis.

— Mamãe! Mamãe! Mamãe! — A palavra jorra de mim mais três vezes, percorre a tranquilidade da noite nas lavouras de Goswood Grove antes de eu fechar a boca e olhar por cima do ombro pra cabana de meeiro, torcendo pra que não tenham me ouvido. Não faz sentido acordar todo mundo com minhas divagações do sono. Dia duro de trabalho pela frente pra mim e pra Velha Tati, e também pro que resta dos meninos errantes que ela criou naqueles longos anos desde que a guerra acabou e nós ficamos sem mãe nem pai pra cuidar da gente.

De todos os meus irmãos e irmãs, de toda a minha família roubada por Jep Loach, eu fui a única que o Sinhô Gossett recuperou, e por pura sorte, quando o pessoal do leilão seguinte percebeu que eu tinha sido roubada e chamou o xerife pra ficar comigo até o Sinhô chegar. Com a guerra e as pessoas fugindo pra qualquer lugar pra sobreviver, e nós tentando arrancar sustento da terra árida do Texas, não tinha ninguém pra voltar e procurar os outros. Eu era uma criança sem família quando os soldados federais finalmente chegaram ao nosso refúgio no Texas e fizeram os Gossett lerem os documentos de libertação em voz alta e dizerem que a guerra tinha acabado, até mesmo no Texas. Agora os escravos podiam ir pra onde quisessem.

A Velha Sinhá avisou todos nós de que a gente não ia andar nem dez quilômetros sem morrer de fome ou ser morto por patrulheiros nas estradas ou escalpelado por índios, e ela queria que isso acontecesse se a gente fosse ingrato e louco de não continuar lá. Com o fim da guerra, não havia mais necessidade de se refugiar no Texas, e o melhor era voltar à Luisiana com ela e o Sinhô Gossett — que agora a gente devia chamar de *senhor*, não de *sinhô*, pra não atrair a raiva dos soldados federais, que por algum tempo ainda ficaram por toda parte como piolhos. Se a gente voltasse pra velha casa de Goswood Grove, ao menos o Velho *Senhor* e a Sinhá iam cuidar da gente, dando comida e roupa pra gente vestir.

— Então, vocês, crianças mais novas, não têm outra escolha nessa questão — disse aos que não tinham parentes. — Estão sob os nossos cuidados, e é claro que vão ter o benefício de serem transportadas desse deserto do Texas esquecido por Deus e voltar a Goswood Grove até serem maiores de idade ou quando algum parente vier buscar vocês.

Por mais que eu odiasse a Velha Sinhá e trabalhasse na casa como empregada e brinquedinho da Sinhazinha Lavinia, o que em si já era uma provação, confiei na promessa da minha mãe, feita dois anos antes no pátio do mercador. Ela ia vir me buscar assim que pudesse. Ia encontrar todos nós, e a gente ia juntar de novo as miçangas da vovó.

Continuei sendo obediente, mas também inquieta e cheia de esperança. Era a parte inquieta que me levava a vagar pela noite, que conjurava sonhos ruins com Jep Loach e via minha família ser roubada, via minha mãe caída no chão do cercado do mercador. Podia até estar morta, até onde eu sabia.

Até onde *ainda* sei.

Olho pra baixo e vejo que estou andando dormindo outra vez. De pé num velho cepo de nogueira cortada. No meio de um campo de terra afofada, com a safra recém-semeada da estação ainda muito fina e rala pra cobrir o solo. As tiras de luz da lua caem sobre as pontas enfileiradas, transformando a terra num gigantesco tear com os fios da urdidura amarrados, mas esperando o movimento de vaivém da tecelã, pra frente e pra trás, pra frente e pra trás, fazendo o tecido da mesma maneira que as escravas, antes da guerra. Os teares estão vazios, agora que as lojas compram a chita barata que vem dos moinhos no Norte. Mas nos velhos tempos, quando eu era criancinha, tinha que desfiar o algodão, desfiar a lã. Enrolar um novelo todas as noites depois do trabalho no campo. Era a vida da minha mãe em Goswood Grove. Tinha de ser, se não quisesse se haver com a Velha Sinhá.

Esse cepo — esse mesmo — era onde ficavam os feitores pra ver os grupos trabalhando no campo, com chicotes de couro enrolados como serpentes prontas pra atacar, vigiando todo mundo colhendo nas fileiras da plantação de algodão. Se alguém ficasse pra trás, tentasse descansar um minuto, o feitor encontrava. Se o Sinhô Gossett estivesse em casa, eles davam só uma batidinha com o chicote. Mas se o Velho Sinhô Gossett estivesse em Nova Orleans, onde tinha *outra* família e todo mundo sabia, mas não se atrevia a comentar, era preciso tomar cuidado. As chibatadas eram piores, pois a Velha Sinhá estava no comando. A Sinhá não gostava que o marido tivesse uma mulher mestiça e uma filha amarelada em Nova Orleans. Vizinhos como os Faubourg Marigny e os Tremé — todos os fazendeiros ricos tinham amantes ali mesmo. Garotas bonitas, quadraronas ou octorunas. Mulheres de corpos elegantes e pele negra, vivendo em belas casas, também com escravas para cuidar delas.

Velhos hábitos como esse já quase tinham desaparecido nos anos depois do fim da guerra do sr. Lincoln. O feitor e seu chicote, mamãe e o pessoal da lavoura trabalhando de sol a sol, bolas de ferro e vendas em leilões como o que separou minha família — tudo isso é uma coisa só na minha cabeça.

Às vezes, quando eu acordo, acho que toda a minha família era uma coisa que eu inventava, não era de verdade. Mas depois toco as três miçangas de vidro no cordão do meu pescoço e recito seus nomes: "Hardy em Big Creek, pra um homem chamado LeBas de Woodville. Het e Jatt...".

Até chegar a Baby Rose e Mary Angel. E a mamãe.

Era de verdade. *Nós* éramos de verdade. Uma família unida.

Olho à distância, alternando entre aquele corpo de seis anos e um de dezoito anos já crescido, mas não tão diferente. Ainda magrela como se fosse feita de gravetos.

Mamãe sempre dizia: "Hannie, se você ficar atrás de um cabo de vassoura eu nem vou ver onde está". Depois sorria, encostava a mão no meu rosto e cochichava: "Mas mesmo assim você é uma criança linda. Sempre foi bonita". Ouço isso como se ela estivesse do meu lado, com um cesto de carvalho-branco no braço, indo para o pomar atrás da nossa pequena cabana, a última das construções mais antigas.

Com a mesma rapidez que sinto que está ali, ela some de novo.

— Por que você não veio? — Minhas palavras pairam no ar da noite. — Por que não veio buscar sua filha? Você não veio. — Me apoio na beira do cepo e olho na direção das árvores perto da estrada, os troncos grossos escondidos sob a luz da lua e a neblina.

Acho que vejo alguma coisa lá. Uma assombração, quem sabe. "Muita gente enterrada no solo de Goswood", diz a Velha Tati quando conta histórias à noite na nossa cabana de meeiro. "Muito sangue e sofrimento deixado aqui. Esse lugar sempre vai ter fantasmas."

Um cavalo relincha baixinho. Vejo um cavaleiro na estrada. A cabeça coberta por uma capa escura e esvoaçante, como fumaça.

Será minha mãe vindo me buscar? Vindo para dizer: "Você já tem quase dezoito anos, Hannie. E continua aí nesse mesmo velho cepo?". Quero ir até ela. Ir embora com ela.

Ou é o Velho Senhor, voltando pra casa com o filho malvado que se meteu em encrenca de novo?

Ou uma assombração, vindo para me arrastar e me afogar no rio?

Fecho os olhos, balanço a cabeça, olho de novo. Nada lá, a não ser a névoa ondulando.

— Criança? — O chamado de Tati vem de longe, preocupado, cauteloso. — Criança? — Não importa a sua idade, se a Tati te criou, você vai ser sempre *criança* pra ela. Mesmo os desgarrados que cresceram e se mudaram continuam sendo *crianças* se vêm nos visitar.

Apuro o ouvido, abro a boca para responder, mas não consigo.

Tem *alguém* ali — uma mulher perto dos pilares brancos e altos do portão de Goswood. Os carvalhos farfalham acima, como se seus velhos troncos se incomodassem com ela subindo a trilha. Um galho mais baixo enrosca no capuz, e cabelos compridos e pretos esvoaçam.

— M-mamãe? — digo.

— Criança? — chama Tati de novo. — Você tá aí? — Escuto ela se aproximar depressa, a bengala batendo mais rápido até me encontrar.

— Estou vendo mamãe chegando.

— Você tá sonhando, querida. — Os dedos nodosos da Tati me pegam pelo pulso, delicadamente, mas ela se mantém a distância. Às vezes meus sonhos terminam numa briga. Acordo chutando e arranhando para tirar as mãos de Jep Loach de mim. — Tudo bem, criança. Você só estava andando no sonho. É hora de acordar. Sua mãe não tá aqui, mas a Velha Tati tá bem aqui. Tá tudo bem.

Tiro os olhos da estrada e depois olho de novo. A mulher se foi, e por mais que eu tente não consigo ver ninguém.

— Vamos, acorde, criança. — Sob o luar, o rosto de Tati tem a cor marrom-avermelhada de um cipreste tirado do fundo da água, mais escura que a do capuz folgado de musselina que cobre seus cabelos prateados. Ela tira um xale do braço e me cobre com ele. — Ao relento aqui fora com toda essa umidade! Vai pegar uma pleurisia. O que a gente ia fazer com um problema desse? Com quem Jason ia ficar?

Tati me empurra com a bengala, me incomodando. A coisa que ela mais quer é ver eu e Jason casados. Assim que o contrato de dez anos como meeira com o Velho Senhor for cumprido e a terra for dela, Tati vai precisar de alguém para cuidar de tudo. Eu e os gêmeos, Jason e John, somos os últimos desgarrados. Só falta mais uma colheita pra encerrar o contrato, mas eu e Jason? Nós fomos criados na casa da Tati como irmão e irmã. Difícil ver as coisas de outro jeito, mas Jason é um bom rapaz. Honesto e trabalhador, apesar de ele e John terem vindo ao mundo pensando mais devagar que a maioria.

— Eu não tô sonhando — digo quando Tati me puxa do cepo.

— Tá bom que não tá. Agora vamos voltar. Tem muito trabalho para fazer amanhã de manhã. Vou amarrar seu tornozelo na cama pra você não me fazer passar por isso à noite. Você tem piorado ultimamente. Pior que aqueles sonambulismos de quando você era uma coisinha.

Dou um puxão no braço da Tati, me lembrando de todas as vezes quando criança que saí dormindo do meu catre perto do berço da Sinhazinha Lavinia e acordei com a Velha Sinhá me batendo com a colher da cozinha, com um chicote de montaria ou com o gancho de ferro da lareira. O que estivesse mais perto.

— Calma. Você não pode fazer nada. — Tati recolhe um punhado de terra pra jogar sobre os ombros. — Deixa isso pra trás. Vem aí um novo dia e muito a fazer. Vamos entrar. Dá um beliscão em si mesma, só por precaução.

Faço o que ela diz e também o sinal da cruz no meu peito, e Tati faz a mesma coisa.

— Em nome do Pai, do Filho e do Espírito Santo — murmuramos juntas. — Para nos guiar e nos proteger. Nos defender na frente e atrás. Para todo o sempre. Amém.

Eu não devia fazer isso — é mau negócio olhar pra trás pra uma assombração depois de se benzer —, mas eu olho assim mesmo. Olho pra estrada.

E fico toda gelada.

— O que você tá fazendo? — Tati quase tropeça quando eu paro tão de repente.

— Eu não estava sonhando — murmuro, e não só olho. Aponto, mas minha mão treme. — Eu estava olhando pra *ela*.

Amigos Perdidos

Não cobramos dos nossos assinantes pela publicação destas cartas. De todos os outros serão cobrados cinquenta centavos. Pastores, por favor, leiam em seus púlpitos os pedidos publicados abaixo e nos informem sobre qualquer caso em que amigos tenham se reencontrado por meio das cartas do *Southwestern*.

Prezado editor, gostaria de perguntar sobre uma mulher chamada Caroline, que pertencia a um homem na Nação Cherokee, Território Indígena, chamado John Hawkins, ou Smith "Olho Arregalado", como é comumente conhecido. Smith a levou da Nação do Texas e a vendeu de novo. Toda a família era dos Delanos antes de ser separada e vendida. O nome da mãe dela é Letta; o nome do pai é Samuel Melton; nome dos filhos: Amerietta, Susan, Esau, Angeline, Jacob, Oliver, Emeline e Isaac. Se algum de seus leitores souber algo sobre esta pessoa, fará um favor para uma irmã querida, Amerietta Gibson, escrevendo para mim em Independence, Kans., Caixa Postal 94.

B. AVERY, PASTOR

— Coluna "Amigos perdidos"
do *Southwestern*
24 de *agosto* de 1880

2

BENEDETTA SILVA — AUGUSTINE, LUISIANA, 1987

O motorista do caminhão toca a buzina. Os freios guincham. Os pneus quicam no asfalto. Uma pilha de canos de aço inclina-se em câmera lenta, colocando à prova as tiras de náilon incrustadas de graxa que seguram a carga. Uma das tiras se rompe e chicoteia ao vento enquanto o caminhão derrapa em direção ao cruzamento.

Todos os músculos do meu corpo se enrijecem. Preparo-me para o impacto, imaginando de relance o que pode restar do meu enferrujado Fusca depois da colisão.

O caminhão não estava lá um segundo atrás. Poderia jurar que não.

"Quem foi mesmo que eu indiquei como contato de emergência no meu contrato de trabalho?"

Lembro-me da caneta pairando sobre a linha em branco, o momento da indecisão irônica e dolorosa. Talvez eu não tenha preenchido o espaço em branco.

O mundo se passa em detalhes nítidos — a guarda corpulenta no cruzamento com o cabelo branco-azulado e o corpo curvado, segurando a placa de "PARE". A garotada de olhos esbugalhados paralisada no cruzamento. Livros escorregando do braço magro de um dos garotos, caindo, caindo, rolando, se espalhando. Ele tropeça, as mãos abertas, desaparece atrás do caminhão carregado de canos.

"Não, não, não! Por favor, não." Cerro os dentes. Fecho os olhos, viro o rosto para o outro lado, dou uma guinada no volante, piso forte no freio, mas o Fusca continua derrapando.

Metal choca-se contra metal, retorcendo e amassando. O carro passa por cima de alguma coisa, as rodas da frente e depois as de trás. Sinto minha cabeça bater na janela e depois no teto.

"Não pode ser. Não pode ser."

"Não. Não. Não."

O Fusca bate no meio-fio, ricocheteia e para, o motor roncando, o cheiro de borracha toma conta do carro.

— Mexa-se! — digo a mim mesma. Faça alguma coisa!

Visualizo o garotinho na rua. Calça de moletom vermelha, quente demais para o dia. Camiseta azul desbotada, muito grande para ele. Negro. Olhos grandes e castanhos, sem vida. Reparei nele ontem no pátio da escola vazio, um garoto com cílios incrivelmente compridos e cabeça recém-raspada, sentado sozinho perto da desgastada cerca de blocos de concreto, depois de os outros alunos terem anotado os horários das aulas e se dispersado para fazer seja lá o que os garotos fazem em Augustine, na Luisiana, no último dia do verão.

— Aquele garotinho está bem? — perguntei a uma das outras professoras, a de cara pálida e amarga que sempre me evitava no corredor, como se eu exalasse mau cheiro. — Ele está esperando alguém?

— Vai saber... — resmungou ela. — Ele sabe o caminho de casa.

O tempo volta ao ritmo normal. O gosto metálico de sangue me dá um nó na garganta. Acho que mordi a língua.

Não ouço gritos. Nem sirenes. Ninguém pedindo para ligarem para a emergência.

Ponho a alavanca do câmbio em ponto morto, puxo o freio de mão com força, com as duas mãos, antes de soltar o cinto de segurança, agarrar a maçaneta e empurrar a porta com o ombro até finalmente ela abrir. Saio do carro cambaleando, percebendo que estou com os pés e as pernas dormentes.

— O que foi que eu falei pra vocês? — A voz da guarda de trânsito é monocórdia, quase lânguida comparada à pulsação acelerada no meu pescoço. — O que eu falei pra vocês? — repete ela, com as mãos nos quadris enquanto atravessa a faixa de pedestres.

Olho pela primeira vez para o cruzamento. Livros, lancheira esmagada, garrafa térmica xadrez. E só.

Só isso.

Nenhum corpo. Nenhum garotinho. Ele está na calçada. Uma menina que poderia ser sua irmã mais velha, talvez de treze ou catorze anos, o segura pela roupa, deixando-o esticado na ponta dos pés, a barriga distendida aparecendo embaixo da barra da camiseta.

— Qual foi a *placa* que eu *mostrei* a vocês agora há pouco? — A guarda do cruzamento dá uma palmada forte na palavra de quatro letras, PARE, empurrando a placa a centímetros do rosto dele.

O garotinho dá de ombros. Parece mais surpreso que assustado. Será que sabe o que quase aconteceu? A adolescente, que provavelmente salvou a vida dele, parece mais irritada que qualquer outra coisa.

— Seu imbecil! Cuidado com os caminhões! — Ela empurra o garoto para a calçada, larga a roupa dele e esfrega a palma da mão no jeans. Puxa para trás um punhado de tranças, brilhantes e escuras com miçangas vermelhas nas pontas, olha o cruzamento e pisca ao ver o que agora percebo ser o para-choque do Fusca no meio da rua, a única vítima daquela manhã. Foi por cima *disso* que eu passei. Não de um garotinho. Só metal, porcas e parafusos. Um pequeno milagre.

Eu e o motorista do caminhão vamos trocar informações sobre os nossos seguros — espero que não faça diferença que o meu ainda seja de fora do estado — e o dia vai continuar. Provavelmente ele deve estar tão aliviado quanto eu. Até mais, já que foi ele que atravessou o cruzamento. O seguro dele vai cuidar disso. Ainda bem, já que eu não conseguiria cobrir minha franquia. Por conta do aluguel de uma das poucas casas dentro do meu orçamento e da divisão do custo da mudança com uma amiga que estava indo morar na Flórida, estou quebrada até receber meu primeiro contracheque.

O som arranhado de uma marcha sendo engatada me pega de surpresa. Viro e vejo o caminhão se afastando do local.

— Ei! — grito, correndo alguns metros atrás dele. — Ei! Precisamos conversar!

A perseguição é inútil. Ele não para. O asfalto está escorregadio com a condensação da umidade da manhã de verão no sul da Luisiana, e estou de sandálias e saia comprida. A blusa que passei cuidadosamente a ferro em cima de uma das caixas da mudança está colada na minha pele quando paro de correr.

Um utilitário preto cintilante passa por mim. A motorista, uma ricaça loira, me encara e faz meu estômago revirar. Eu a reconheço da reunião de boas-vindas dos funcionários de dois dias atrás. A mulher faz parte da diretoria da escola e, em vista da minha proposta de emprego de última hora e da recepção nada calorosa, não é exagero supor que eu não era a primeira opção dela para o trabalho... nem de ninguém. Aliado ao fato de todos sabermos por que eu estou aqui nessa cidadezinha atrasada, isso provavelmente não caiu bem para minha permanência depois do período de experiência do contrato de trabalho como professora.

"A gente nunca sabe até tentar", penso a caminho da escola para me animar, um verso de "Lonely People", uma espécie de hino nas paradas de sucessos da minha infância, nos anos 1970. Estranhamente, a vida continua como se nada tivesse acontecido. Os carros seguem passando. A guarda do cruzamento faz seu trabalho. Evita olhar na minha direção quando chega um ônibus da escola.

O membro amputado do Fusca foi retirado do cruzamento — não sei por quem —, e as pessoas contornam educadamente meu carro para chegar à área de embarque e desembarque em forma de ferradura em frente à escola.

Na calçada, a garota, talvez da oitava série — ainda não sei avaliar bem os alunos — volta a tomar conta do garoto do cruzamento. As miçangas vermelhas das tranças balançam para a frente e para trás pela blusa colorida enquanto ela conduz o garoto, sua linguagem corporal mostrando que não considera que ele valha o trabalho, mas que sabe que é melhor tirá-lo de lá. Segura os livros e a garrafa térmica embaixo de um braço, e a lancheira amassada está pendurada no dedo médio.

Dou uma volta completa ao redor do meu carro, examinando a cena, confusa com a aparência de normalidade. Digo a mim mesma para fazer o que todos os demais estão fazendo — continuar a viver o dia. "Pense em todas as maneiras como as coisas poderiam ter sido piores." As palavras ficam passando pela minha cabeça.

E é assim que começa oficialmente a minha carreira de professora.

Na quarta aula, o jogo mental de "as coisas poderiam ter sido piores" começa a perder o efeito. Sinto-me exausta. Confusa. Realmente falando com as paredes. Meus alunos, que variam da sétima série até o segundo grau, são desmotivados, infelizes, sonolentos, mal-humorados, sentem fome e se mostram quase beligerantes, e, se a linguagem corporal deles é um indicativo, estão mais do que preparados para me enfrentar. Já tiveram professoras como eu antes — tolinhas da cidade grande recém-formadas, tentando lecionar cinco anos numa escola para pessoas de baixa renda para serem anistiadas pelo financiamento estudantil.

Em comparação ao que conheço, este é um outro universo. Fiz meu estágio num colégio caro sob a orientação de uma professora magistral que se dava ao luxo de exigir quaisquer materiais que desejasse relativos ao currículo. Quando eu estava na metade do ano, seus calouros estavam lendo *Coração das trevas* e escrevendo ensaios de cinco parágrafos sobre temas subjacentes e a importância social da literatura. Eles se voluntariavam para responder às questões propostas e se sentavam eretos nas carteiras. Sabiam como compor frases objetivas.

Já aqui, os alunos do primeiro ano olham para os exemplares de *A revolução dos bichos* com o mesmo interesse de crianças desembrulhando um tijolo diante de uma árvore de Natal.

— O que eu faço com *isso*? — pergunta uma garota na minha quarta aula, com o cabelo parecendo um ninho cor de palha danificado por permanentes, torcendo o nariz empinado. Está entre os oito brancos numa sala abarrotada por trinta e nove alunos. Seu sobrenome é *Fish*. Há um outro Fish na classe, irmão ou primo dela. Já ouvi comentários sobre a família Fish. Com *ratos do pântano*[*] como referência. Os alunos brancos desta escola caem em três categorias — ratos do pântano, caipiras ou da periferia, a

---

[*] Termo depreciativo usado para se referir a pessoas da Luisiana ou do Mississippi. (N. E.)

última insinuando o envolvimento com drogas de alguma forma, geralmente um padrão geracional na família. Ouvi dois professores de educação física classificando casualmente os estudantes nessas categorias enquanto selecionavam seus alunos numa reunião de professores. Estudantes com dinheiro ou com verdadeiro talento para o esporte são enviados para a sofisticada escola preparatória "perto do lago", onde ficam as casas mais caras. Os mais problemáticos vão para algumas escolas alternativas sobre as quais só ouvi boatos. Todos os outros acabam vindo para cá.

Nesta escola, os ratos do pântano e os caipiras se aglomeram no lado esquerdo na frente da sala. É uma espécie de regra não escrita. Alunos da comunidade negra ficam do outro lado e quase todos no fundo da sala. Um grupo variado de não conformistas e outros tipos alternativos — ameríndios, asiáticos, punks e um ou dois nerds — ocupam a terra de ninguém no meio.

São jovens que se segregam *naturalmente*.

Será que não percebem que estamos em 1987?

— Mas pra que serve *isso*? — Outra garota, de sobrenome... G... alguma coisa... Gibson ... ecoa a pergunta sobre o livro. Pertence à turma dos que ficam no meio da sala; não se encaixa em nenhum dos outros grupos. Nem branca, nem negra... talvez os dois e parte ameríndia?

— Isso é um livro, srta. Gibson. — Percebo que fui sarcástica assim que as palavras saem da minha boca. Pouco profissional, mas estou aqui há apenas quatro horas e já chegando ao meu limite. — Nós abrimos as páginas. Assimilamos as palavras.

Enfim, na verdade eu não sei bem como vamos fazer isso. Temos grupos enormes de calouros e segundanistas, e só uma sala de aula com trinta exemplares de *A revolução dos bichos*. Os livros parecem antigos, com as páginas amareladas nas bordas, mas as lombadas estão firmes, mostrando que nunca foram abertos. Eu os desenterrei do meu armário mofado ontem. Cheiram mal.

— Os livros servem para aprendermos as lições que a história nos ensina. O que eles têm a dizer sobre a época em que foram escritos, mas também sobre nós mesmos hoje, aqui nesta sala de aula.

A tal Gibson passa uma unha roxa e cintilante pelo livro, folheia algumas páginas, balança o cabelo.

— Pra quê?

Meu pulso acelera. Pelo menos alguém abriu o livro e está falando... comigo, e não com alguém na carteira ao lado. Talvez só demore algum tempo para tudo entrar nos eixos no primeiro dia. A escola também não é muito inspiradora. Paredes de concreto com a pintura cinzenta descascando, prateleiras bambas que parecem estar ali desde a Segunda Guerra Mundial, janelas pintadas com listras pretas. Parece mais uma prisão do que um lugar para estudantes.

— Bem, uma das razões é eu querer saber o que *você* pensa. A grande questão da literatura é ser subjetiva. Dois leitores não leem o mesmo livro, pois todos interpretamos as palavras com olhos diferentes, filtramos a história por meio das diferentes experiências de vida.

Percebo algumas outras cabeças virando na minha direção, principalmente na parte central, a dos nerds e marginalizados e alternativos. Vou usar o que eu tenho. Toda revolução começa com uma faísca na madeira seca.

Alguém no fundo da sala simula um ronco. Outro solta um peido. A garotada dá risada. Os que estão mais perto deixam o livro e fogem do fedor como gazelas. Meia dúzia de garotos começa a se empurrar e se acotovelar perto do cabideiro. Peço para se sentarem, o que eles ignoram, claro. Gritar não adianta. Já tentei isso em aulas anteriores.

— Não há respostas certas ou erradas. Não quando se trata de literatura. — Estou tentando me fazer ouvir no meio da algazarra.

— Então deve ser fácil. — Não localizo a fonte do comentário. É em algum lugar no fundo da sala. Estico a cabeça e tento enxergar.

— Desde que você *leia* o *livro*, não há respostas erradas — corrijo. — Desde que você esteja pensando a respeito.

— Eu estou pensando no almoço — diz um garoto grandalhão no grupo do empurra-empurra. Tento lembrar seu nome a partir da lista de chamada, mas só consigo lembrar que começa com *R*, o nome e o sobrenome.

— Você só pensa nisso, Little Ray. Seu cérebro tá ligado diretamente no estômago.

Alguém responde com uma retaliação. Um dos alunos sobe nas costas de outro. Começo a suar.

Folhas de papel saem voando. Outros alunos se levantam.

Alguém tropeça e cai de costas numa carteira, a cabeça de um nerd é esfolada por um pontapé de um tênis de cano alto. A vítima grita.

A rata do pântano sentada perto da janela fecha o livro, apoia o queixo na palma da mão e fica olhando para o vidro escurecido como se quisesse atravessá-lo por osmose.

— Vamos parar com isso — grito, mas é inútil.

De repente — nem sei bem como acontece —, Little Ray está em movimento, afastando carteiras e avançando resolutamente para os ratos do pântano. Os nerds abandonam o navio. Cadeiras rangem. Uma carteira emborca e o baque no chão soa como um tiro de canhão.

Pulo por cima da carteira, aterrisso no meio da sala, escorrego um pouco nas velhas lajotas manchadas e fico no caminho de Little Ray.

— Eu já mandei *parar com isso*, garoto! — A voz que emana de mim é três oitavas mais grave que o normal, gutural e estranhamente animalesca. Por mais que seja difícil ser levada a sério quando se tem um metro e sessenta e parece um duende, minha voz soa como a de Linda Blair em *O exorcista*. — Volte para a sua carteira. *Já*.

Os olhos de Ray flamejam. As narinas fremem e seu punho se retorce no ar.

Percebo duas coisas: que a classe está totalmente em silêncio e que Little Ray cheira mal. Fede. Ele e as roupas que está usando não são lavados há um bom tempo.

— Senta, cara — diz outro garoto, magrelo e bonito. — Você ficou louco? O treinador Davis vai te matar se souber disso.

A raiva esvanece do rosto de Little Ray como uma febre baixando. Os braços relaxam. O punho se abre, e ele coça a têmpora.

— Eu tô com fome — diz. — Não estou me sentindo muito bem. — Oscila por um segundo e fico com medo que vá desmaiar.

— Volte... para o seu lugar. — Minha mão pende no ar, como se eu conseguisse segurá-lo. — Faltam dezessete... dezessete minutos para o almoço. — Tento organizar meus pensamentos. "Deixo isso passar? Faço de Little Ray um exemplo? Faço um relatório sobre ele? Mando para a sala do diretor? Qual é o sistema de castigos dessa escola? Será que alguém ouviu toda essa barulheira?"

Olho para a porta.

Os alunos usam isso como desculpa para sair. Todos pegam as mochilas e se enfileiram na saída, tropeçando em carteiras e cadeiras, empurrando uns aos outros. Empurrando, forçando, acotovelando. Um dos alunos tenta escapar do caos usando as carteiras como degraus.

Se eles saírem da sala, eu estou perdida. Essa foi a regra mais enfatizada durante a reunião dos professores. "Nenhum aluno no corredor durante as aulas quando não houver um adulto supervisionando." Ponto-final. Por causa de brigas, aulas cabuladas, fumo, pichação das paredes e outros atos de delinquência que o diretor Pevoto, de expressão cansada, deixou para nossa imaginação.

"Se eles estiverem na sua sala de aula, você é responsável por mantê-los lá dentro."

Eu sigo o estouro da manada. Felizmente sou ágil e estou mais perto da porta que a maioria dos meus alunos. Só dois conseguem sair antes de eu me plantar diante da porta, com os braços abertos, fechando a passagem. É nessa hora que volto a *O exorcista*. Minha cabeça deve estar girando trezentos e sessenta graus, pois vejo dois garotos disparando pelo corredor, rindo e se congratulando, enquanto ao mesmo tempo observo alguns desgarrados forçando o bloqueio que criei na saída. Little Ray está na frente, quase sem se mexer. Ao menos ele não pretende me destruir.

— Eu disse para voltarem aos seus lugares. *Já*. Nós ainda temos... — Olho para o relógio. — Quinze minutos. — Quinze? Não vou durar todo esse tempo com esse bando de meliantes. De longe eles estão sendo os piores do dia, e isso diz muita coisa.

Não há dinheiro que faça valer a pena, certamente não a ninharia do salário que a escola concordou em me pagar para trabalhar aqui. Vou arranjar outra maneira de quitar meus empréstimos estudantis.

— Eu tô com fome — reclama Little Ray mais uma vez.

— Volte para o seu lugar.

— Mas eu tô com *fome*.

— Você devia comer antes de vir à escola.

— Não tem nada na despensa. — Um brilho de suor toma sua pele cor de cobre, e os olhos dele estão estranhamente vidrados. Fico com a sensação de que tenho problemas maiores que o estouro da manada. Na minha frente há um garoto de quinze anos desesperado por alguma razão, e esperando que eu resolva o problema.

— Todos os outros, voltem aos seus lugares! — digo num tom enérgico.
— Ponham essas carteiras no lugar. E fiquem *sentados*.

O espaço atrás de Ray clareia lentamente. Solas de borracha rangem. Carteiras são erguidas. Cadeiras arranham o piso. Mochilas caem com um baque surdo.

Ouço uma comoção na aula de ciências do outro lado do corredor. A professora também é nova. Uma treinadora de basquete feminino recém-formada, com uns vinte e três anos, lembro. Pelo menos eu sou um pouco mais velha, tendo passado pelo curso de graduação e depois feito mestrado em literatura.

— Quem não estiver sentado nos próximos sessenta segundos vai ficar me devendo um parágrafo. À tinta. No papel. — *Ficar devendo um parágrafo* era a forma comum de intimidação da professora Hardy, minha orientadora. É a versão dos professores de idiomas do *faça vinte flexões*. A maioria dos alunos faz quase qualquer coisa para não ter que pegar uma caneta e escrever.

Little Ray olha para mim e pisca, murchando as bochechas de querubim.

— Moça...? — A palavra sai num sussurro rouco, hesitante.

— Professora Benny Silva. — Não gostei que o tratamento que os alunos escolheram para mim tenha sido um genérico *moça*, como se eu fosse uma estranha, talvez casada, talvez não, sem um nome digno de ser lembrado. Eu tenho um *nome*. O sobrenome é do meu pai, e tenho meus ressentimentos a respeito, em vista do nosso relacionamento, mas ainda assim...

Little Ray estende a mão. Tem o tamanho da mão de um homem adulto. Parece tentar agarrar algo no ar, se estende um pouco mais e segura meu braço.

— Professora... eu não estou me sentindo...

A próxima coisa que percebo é Little Ray desabando na porta e nós dois caindo. Faço o possível para impedir a queda, enquanto um milhão de coisas passam pela minha cabeça. Excesso de emoção, drogas, alguma doença, drama...

Os olhos de Little Ray lacrimejam. Ele olha para mim com uma expressão assustada, como uma criança andando perdida no mercado, à procura da mãe.

— Little Ray, o que está acontecendo? — Sem resposta. Viro para a classe e pergunto em voz alta: — Ele tem algum problema de saúde?

Ninguém responde.

— Você está doente? — Agora o nariz dele está quase encostado no meu.

— Eu fico com... fome.

— Você não toma nenhum remédio? A enfermeira não tem algum remédio pra você? — "Será que há uma enfermeira nessa escola?", penso.

— Você já consultou um médico?

— Não... Eu... só... fico... com fome.

— Quando foi a última vez que você comeu?

— Eu almocei ontem.

— Por que não tomou café da manhã hoje?

— Nada na despensa.

— Por que não jantou ontem à noite?

Rugas profundas se formam em sua testa suada. Ele pisca, e então pisca de novo.

— Nada na despensa.

Meus pensamentos colidem a toda velocidade contra o muro da realidade. Não tenho nem tempo de pisar no freio para reduzir o impacto. Despensa... despensa...

"Despensa."

"Nada na despensa."

Sinto um enjoo.

Enquanto isso, o nível do barulho está voltando a aumentar. Um lápis passa voando e bate na parede perto de mim. Ouço outro se chocar no gabinete de metal perto da minha mesa.

Tiro do bolso um saco pela metade de M&M's de amendoim, que sobrou do meu lanche matinal, ponho na mão de Little Ray e digo:

— Coma isso.

Levanto a tempo de ver uma régua de plástico vermelha passar voando pela porta semiaberta.

— Parem com isso! — Já disse essas mesmas palavras pelo menos umas vinte vezes hoje. Parece que não sou levada a sério, pois continuo aqui nesse círculo externo do inferno de Dante, tentando sobreviver ao primeiro dia. Por pura teimosia, ou talvez por uma necessidade desesperada de dar certo em alguma coisa, começo a recolher os exemplares de A *revolução dos bichos* do chão e jogo-os com força nas carteiras.

— O que nós devemos fazer com isso? — A reclamação vem do lado direito da sala.

— Abrir. Examinar. Pegar um pedaço de papel. Escrever uma frase me dizendo o que vocês acham que o livro diz.

— Só faltam oito minutos pra tocar o sinal — comenta uma garota punk com um cabelo moicano azulado.

— Então sejam rápidos.

— Você ficou louca?

— Não dá tempo.

— Não é justo.

— Eu não vou escrever nada.

— Eu não vou ler livro nenhum. Isso aqui tem... cento e quarenta e quatro páginas! Não dá pra ler em cin... quatro minutos.

— Eu não pedi pra vocês *lerem*. Pedi pra vocês *olharem*. Decidirem o que pensam sobre o livro e escreverem uma frase. Com essa frase vocês vão ganhar o direito de passar pela porta da minha sala de aula e o privilégio de ir almoçar. — Ando até a porta, e só agora percebo que Little Ray sumiu, deixando o saco de M&M's vazio como agradecimento.

— O Little Ray não escreveu frase nenhuma. E saiu pra almoçar.

— Isso não é problema seu. — Olho para a classe e lembro a mim mesma que eles estão no primeiro ano. Alunos de catorze e quinze anos. Eles não podem me machucar.

Não muito.

Papéis são remexidos. Canetas são jogadas no tampo das carteiras. Zíperes de mochilas se abrem.

— Eu não tenho papel — protesta o garoto magricela.

— Pegue com alguém.

O magricela estende o braço e pega um pedaço de papel da carteira de um nerd. A vítima suspira, volta a abrir a mochila e calmamente pega outra folha. Os nerds são ótimos. Quisera ter uma classe cheia deles. O dia inteiro.

No fim eu saio vencedora, mais ou menos. Recebo pedaços de papel amassados e uma montanha de manifestações de arrogância quando o sinal toca e os alunos saem correndo pela porta. Só quando o último grupo está passando pelo funil que criei, encostando meu corpo numa carteira vazia, é que reconheço as tranças escuras com miçangas vermelhas nas pontas, a calça jeans desbotada e a camiseta colorida. A garota que atravessou o cruzamento com a pequena lancheira. Em meio a todo aquele caos, nem cheguei a notar que ela estava na minha aula.

Por um instante, tenho a impressão de que ela não me relacionou ao incidente do cruzamento de manhã. Logo depois dou uma olhada nos últimos papéis da pilha e leio frases como:

Acho que é sobre uma fazenda.
Aposto que é um livro bobo.
Sobre um porco.
É uma sátira de George Orwell sobre a sociedade russa.

Pelo menos alguém copiou a sinopse da quarta capa. Já é uma esperança.

Em seguida: *É sobre uma mulher doida que se envolveu num acidente de manhã e bateu a cabeça. Ela entra numa escola, mas não faz ideia do que está fazendo ali.*

No dia seguinte, ela acorda e não volta mais.

3

Hannie Gossett — Luisiana, 1875

Enfio bem o chapéu na cabeça para esconder meu rosto enquanto busco as sombras em meio à luz difusa da madrugada. Vai ser um problema se for vista aqui. Tanto eu como Tati sabemos disso. A Velha Sinhá não deixa nenhum lavrador chegar perto da casa-grande até Seddie acender o lampião na janela de manhã. Se eu for pega aqui à noite, ela vai dizer que eu vim roubar.

Vai ser motivo pra ela rasgar o nosso acordo pela terra. Ela não gosta de contratos com meeiros e nos odeia mais do que os outros. O plano da Sinhá era manter todas as crianças desgarradas trabalhando de graça pra casa-grande até a gente crescer e não aguentar mais. A única razão pra ela ter deixado Tati levar a gente pra terra como meeiro foi o Velho Senhor dizer que nós e Tati devíamos também poder trabalhar na nossa própria colheita. E a Sinhá nunca imaginou que uma velha liberta e sete garotos pouco crescidos iam conseguir plantar e dividir a colheita por dez anos pra afinal ter a nossa terra. A vida é dura e faminta quando três de cada quatro ovos, cabaças, barris e favas que a gente tira da terra vão direto pra pagar a dívida pela terra e pelos produtos da loja de ferragens, já que meeiros não podem comprar de nenhum outro lugar. Mas agora aqueles trinta acres são quase nossos. Trinta acres, uma mula e o equipamento. A Velha Sinhá não gosta nada disso. Uma das razões é que a nossa terra fica muito perto da casa-grande. Ela quer manter a terra pro Sinhozinho Lyle e pra Sinhazinha Lavinia, apesar de eles estarem mais interessados em gastar o dinheiro do pai do que nas plantações.

Mas isso não importa. Não é mistério o que vai acontecer se a decisão acabar sendo da Velha Sinhá, e espero que a gente nunca descubra como vai ser. Tati não teria me mandado aqui correndo, vestida de menino, se houvesse outro jeito de saber que maus ventos trouxeram aquela garota de capuz que entrou escondida em Goswood Grove no escuro da noite.

Ela pode ter usado aquela capa pra esconder quem era, mas Tati reconheceu a capa de cara. Os dedos da velha Tati trabalharam até tarde da noite à luz de um lampião pra fazer duas capas iguaizinhas no Natal do ano passado — uma pra aquela mulher alta que o Velho Senhor mantém em grande estilo em Nova Orleans e uma pra filha que os dois tiveram, Juneau Jane. O Velho Senhor gosta de vestir as duas com roupas iguais, mãe e filha, e sabe que a Tati é de confiança e sempre esconde da Velha Sinhá o que costura. A gente sabe muito bem que não se pode mencionar os nomes daquela mulher e daquela criança por aqui. É mais seguro dizer o nome do diabo.

Juneau Jane vir a Goswood Grove não é um bom sinal. O Velho Senhor não é visto nessa plantação desde o dia depois do Natal, quando correu a notícia de que o fino cavalheiro filho do Senhor tava tendo outra dificuldade, dessa vez no Texas. Faz só dois anos que o Velho Senhor mandou o garoto pro Oeste para escapar de um julgamento por assassinato na Luisiana. Mas acho que o tempo que passou nas terras dos Gossett no leste do Texas não melhorou o comportamento do Sinhozinho Lyle.

Duvido de que qualquer lugar melhoraria.

Faz quatro meses que o Velho Senhor foi embora e não deu mais notícia. Ou aquela filhinha amarelada dele sabe o que aconteceu ou veio aqui pra descobrir.

A garota é louca de vir a Goswood desse jeito. Se a Ku Klux Klan ou os Camélias Brancas pegam ela na estrada, eles podem nem perceber o que ela é só de olhar, mas nenhuma garota ou mulher decente sai sozinha depois que anoitece. Tem muitos oportunistas, salteadores e guerrilheiros rebeldes por aí nas estradas nesses anos depois da guerra. Muitos jovens arruaceiros fulos da vida com o que tá acontecendo, com o governo, com a guerra e com a constituição da Luisiana dando o direito de votar pros negros.

Esse tipo de homem que ronda as estradas à noite nem vai querer saber que a garota só tem catorze anos.

Juneau Jane tem coragem ou então tá desesperada. Motivo suficiente pra eu me esgueirar pelos grandes pilares de tijolo que sustentam o primeiro andar da casa-grande a mais de dois metros do chão e me enfiar no depósito de carvão no subsolo. Tempos atrás, os meninos vinham aqui pra roubar comida, mas eu sou a única dos adotados da Tati que ainda é magrela pra passar por aqui.

Eu não queria me meter nessa confusão, nem com Juneau June, mas se ela souber de alguma informação eu preciso descobrir. Se o Velho Senhor se foi deste mundo e essa filha torta dele tá aqui em busca dos testamentos, eu também preciso pegar nosso contrato como meeiros. Agir como uma ladra, o que nunca fui. Mas não tenho escolha. Sem um marido pra atrapalhar, a Velha Sinhá vai queimar esses papéis assim que souber da notícia. Não tem nada que os ricos gostem mais do que se livrar de um meeiro perto do fim do contrato.

Dou alguns passos, de leve e com todo cuidado, um de cada vez. Descascando milho e brincando de roda, eu danço como uma borboleta. "Graciosa, pra uma coisinha tão desengonçada", como diz Tati. Espero que aqui também dê certo. A Velha Senhora faz Seddie dormir num quartinho perto do armário de louças, e a velha tem ouvidos aguçados e boca grande. Seddie adora contar histórias pra Sinhá, fofocar, rogar pragas e fazer alguém apanhar com aquele chicotinho que a Sinhá carrega sempre com ela. Seddie dá veneno a qualquer um que a irrite — numa jarra de água ou na cobertura de um bolo de milho —, deixando a gente doente até morrer ou até preferir morrer. A mulher é uma bruxa mesmo. Chega a ver coisas enquanto dorme, acho.

Ela não vai saber quem eu sou de macacão e com esse chapéu. Só se olhar muito de perto, e de jeito nenhum eu vou deixar isso acontecer. Seddie é velha, gorda e lenta. Eu sou mais rápida que uma lebre de canavial. "Pode esquecer. Nem vem com essa de me botar no seu caldeirão. Eu sou muito veloz."

Digo essas coisas pra mim mesma enquanto passo pelo porão sob o luar, entrando pela janela. Não posso subir pela escada. Os degraus de baixo rangem e ficam muito perto do quarto da Seddie.

Prefiro usar a escada que dá na portinhola do chão da copa. Muitas vezes eu e minha irmã, Epheme, entramos e saímos desse jeito quando a Velha Sinhá tirava a gente da senzala e mandava dormir no chão embaixo do berço da Lavinia ainda bebê, pro caso de ela se agitar à noite. Eu tinha só três anos e Epheme tinha seis, a gente sentia falta da nossa gente e tinha medo da Velha Sinhá e da Seddie. Mas uma criança escrava não tem escolha nesses assuntos. A bebê novinha precisava de brinquedinhos, que éramos nós.

Sinhazinha Lavinia era uma coisinha encrenqueira desde pequena. Gordinha, bochechuda e muito branca, com um cabelo cor de palha tão fino que dava pra ver o couro cabeludo. Não era a criança bonitinha que a mamãe queria, e nem o papai. Por isso que ele sempre gostou mais da filha com a mestiça. Ela era *muito* bonitinha. O Sinhô até levava ela pra casa-grande quando Sinhazinha Lavinia e a Sinhá iam visitar parentes nas plantações de algodão perto do mar.

Sempre pensei se o fato de ele gostar tanto de Juneau Jane não era a razão de os filhos que teve com a Sinhá terem dado tão errado.

Levanto a portinhola da copa, espio pela porta do armário e fico escutando. O ar tá tão parado que consigo ouvir as azaleias da Velha Sinhá arranhando o vidro da janela, como cem unhas. Um noitibó pia na escuridão. É um mau sinal. Três vezes é porque a morte tá prestes a cruzar seu caminho.

Esse só pia duas.

Não sei o que duas vezes significa. Tomara que não seja nada.

A luz da janela da sala de jantar bruxuleia nas sombras da folhagem. Passo pela saleta das senhoras, onde antes da guerra a Velha Sinhá recebia as vizinhas pra tomar chá e fazer tricô, servindo bolo de limão e chocolates que vinham da França. Mas isso era quando o pessoal tinha dinheiro pra isso. Naquela época o meu trabalho, ou o da minha irmã, era abanar uma grande pluma amarrada num cabo pra cima e pra baixo pra refrescar as senhoras e espantar as moscas dos bolos de limão.

Às vezes a gente abanava o pó do açúcar direto no chão. *Não ponham isso na boca quando limparem o chão*, a cozinheira dizia pra gente. *Seddie salpica veneno nesses bolos de limão se tiver vontade.* Alguns dizem que foi isso que fez a Velha Sinhá dar à luz dois bebês mortos depois do Sinhozinho Lyle e da Sinhazinha Lavinia e ficar tão fraca que não saiu mais da cadeira de rodas. Outros dizem que os problemas dela eram por causa de uma maldição de família. Um castigo para os Loach pela crueldade com que tratavam os escravos.

Um calafrio percorre minhas costas, estremecendo até os meus ossos quando passo pelo corredor onde fica o quartinho em que Seddie dorme. Um lampião a gás pisca e reluz no teto, com a chama baixa. A casa suspira e se acomoda, e Seddie solta grunhidos e ronca muito alto. Dá pra ouvir pela porta.

Viro no corredor e passo depressa pelo salão, imaginando que Juneau Jane vai tentar entrar na biblioteca, onde ficam a escrivaninha e a papelada do Velho Senhor e coisas assim. Os sons lá fora ficam mais altos quanto mais me aproximo — árvores farfalhando, insetos com seus zumbidos noturnos, um sapo-boi. Alguém deve ter deixado uma porta ou uma janela aberta pra ela. Como Juneau Jane conseguiu? Sinhá nunca deixa ninguém levantar as janelas do alpendre do primeiro andar, por mais que faça calor. Muito preocupada com ladrões. Não deixa abrirem nem as janelas do segundo andar. Tem tanto medo de mosquitos que faz os moleques que trabalham no jardim deixarem tonéis de piche queimando dia e noite lá fora nos meses mais quentes. O lugar é coberto por uma camada de fuligem da fumaça, e não consigo lembrar há quantos anos a casa não é arejada.

As janelas tão sempre fechadas e pintadas de preto, e à noite Seddie cuida das trancas das portas como uma mamãe jacaré no ninho. Dorme com o molho de chaves amarrado no pescoço. Se Juneau Jane arranjou um jeito de entrar, foi porque alguém da casa ajudou. A pergunta é: quem, quando e por quê? E como eles vão sair dessa?

Quando olho por uma fresta, ela acaba de entrar pela janela, então deve ter demorado um tempo pra chegar aqui. O chinelinho dela fica apoiado na cadeira de madeira dobrável que o Velho Senhor gosta de levar pro jardim pra ficar olhando as plantas e as estátuas.

Recuo até um canto escuro e fico observando o que essa garota pretende. Ela desce da cadeira e para, olhando pra onde eu tô escondida, mas não me mexo. Digo a mim mesma que sou um móvel da casa. Quem foi escrava na Goswood Grove aprende a fazer isso.

É fácil ver que essa garota não sabe nada disso. Anda pela sala como se fosse dela, sem se preocupar com o barulho que faz remexendo na grande escrivaninha do pai. Linguetas estalam quando ela abre partes daquela escrivaninha que eu nem sabia que existiam. Talvez o pai tenha mostrado ou contado pra ela.

Não fica contente com o que encontra e xinga a escrivaninha em francês, então anda até as portas altas do corredor como se quisesse fechar todas. As dobradiças reclamam baixinho. Ela para. Escuta. Olha para o corredor.

Faço o caminho de volta colada na parede, na direção da porta de saída. Se Seddie levantar da cama eu me escondo atrás da cortina, passo por aquela janela e saio correndo daqui no meio da confusão.

A garota fecha mesmo as portas do corredor e eu penso: "Meu Deus! Não tem jeito da Seddie não ter ouvido isso".

Todos os pelos do meu corpo ficam eriçados, mas ninguém aparece e a pequena Juneau Jane continua fazendo as coisas dela. Essa garota é muito esperta ou é a pessoa mais burra que já conheci, porque logo em seguida ela pega da escrivaninha a pequena lamparina de bolso do pai, abre o estojo de metal, risca um fósforo e acende a vela.

Agora posso ver bem seu rosto, iluminado pelo círculo de luz amarelada. Não é mais criança, mas também não é mulher; alguma coisa no meio do caminho. Uma criatura estranha, com cachos pretos que a envolvem como cabelo de anjo e caem pelas costas. Os cabelos se mexem com vida própria. Continua com aquela pele clara, sobrancelhas retas como as do Velho Senhor e olhos grandes e puxados que nem os da minha mãe, como os meus. Mas os dessa garota brilham como prata. Não parecem naturais. Olhos de bruxa.

Põe a lamparina embaixo da mesa, só pra iluminar um pouco, e começa a tirar livros contábeis da gaveta, virando as páginas sob a luz, os dedos finos e pontudos traçando uma linha aqui e ali. Ela sabe ler, percebo. Filhos e filhas nascidos em casas de amancebadas vivem no luxo, meninos são mandados pra estudar na França, as garotas vão para escolas de conventos.

Juneau Jane examina todos os livros contábeis e folhas de papel que consegue encontrar, meneia a cabeça, estala a língua, não parece nada feliz. Levanta caixas de tinta em pó, canetas, lápis, tabaco, cachimbos, segura perto da luz e olha embaixo.

Vai ser puro milagre essa garota não ser pega. A menina fica mais barulhenta e corajosa a cada minuto.

Ou então simplesmente desesperada.

Segurando a lamparina, caminha até as prateleiras que vão do chão ao teto, tão altas que só três homens, uns sobre os ombros do outro, conseguiriam alcançar. Por um minuto, aproxima tanto a chama que acho que ela tá pensando em tocar fogo nos livros e incendiar a casa-grande.

Tem empregadas dormindo no sótão. Não posso deixar Juneau Jane atear esse fogo, se ela tentar. Saio de trás da cortina, dou três passos pela sala, quase chegando aos quadrados de luar, que reluzem no assoalho de cerejeira.

Mas ela não faz isso. Está tentando entender o que são aqueles livros. Fica na ponta dos pés e levanta a lamparina o mais alto que pode. O estojo emborca um pouco, derramando parafina no pulso dela. A garota se assusta e solta a lamparina, que cai no tapete, afogando a chama numa poça de parafina. Ela nem se preocupa em cuidar disso, continua ali com as mãos na cintura, olhando as prateleiras mais altas. Não tem nenhuma escada para subir até lá. As empregadas da casa devem ter levado pra limpar em algum outro lugar.

Em menos de dois segundos ela tira a capa dos ombros e começa a testar a prateleira de baixo com um pé, e depois começa a subir. Por sorte ela ainda usa um saiote de criança, que vai só até os joelhos, e sandálias de seda. Ela sobe como um esquilo, o cabelo comprido flutuando nas costas como um grande rabo felpudo.

Um dos pés escorrega perto do alto.

"Cuidado", quero dizer, mas ela se reequilibra e continua subindo, se segura e se movimenta de lado ao longo das prateleiras mais altas, como garotos pendurados nas vigas do estábulo.

Os músculos dos braços e pernas tremem com o esforço, e a prateleira se verga sob seu peso quando ela se aproxima do meio. É um livro específico que ela tá procurando, um que é grosso, pesado e grande. Tira o livro da estante, arrasta pela prateleira bambeando e volta à parte onde a beirada é mais firme.

Depois começa a descer, com o livro na frente, uma prateleira de cada vez.

No último movimento o livro salta, como se alguém tivesse empurrado por trás, e começa a cair. Parece demorar uma eternidade, rodopiando pela luz e pela sombra, até bater no chão com um barulho que estremece o cômodo inteiro e sai pela porta.

Começa uma agitação no andar de cima.

— Seedd-ieeee? — soa o grito da Velha Sinhá pela casa, a estridência apunhalando minhas costas como uma faca de cozinha. — Seddie! Quem está aí? É você? Responda já! Mande uma de suas meninas vir me levantar dessa cama! Me coloquem na cadeira!

Pés se arrastam e portas se abrem no andar de cima. Uma empregada desce correndo a escada do sótão até o corredor do segundo andar. Que bom a Sinhá não poder sair da cama sozinha! Mas com a Seddie é diferente. Neste momento, ela deve estar pegando a velha espingarda, engatilhando pra atirar em alguém.

— Mãe? — É a voz da Sinhazinha Lavinia. O que ela tá fazendo *em casa*? Ainda não acabou o ano na Escola Melrose para meninas em Nova Orleans. Ainda falta muito pra isso.

Juneau Jane pega o tal livro e sai pela janela, tão depressa que nem lembra de levar a capa. Também não fecha a janela, o que é bom, porque eu preciso sair daqui do mesmo jeito que ela. Mas não posso deixar essa capa aqui. Se a Sinhá vir isso, vai reconhecer a costura da Tati e perguntar sobre isso *pra nós*. Se eu conseguir pegar a capa, fechar a janela e chutar a lamparina pra baixo da mesa, o resto pode ficar tudo bem. Essa biblioteca é o último lugar que elas vão imaginar que entrou um ladrão. Esse pessoal rouba comida ou artigos de prata, não livros. Com um pouco de sorte, podem se passar alguns dias até alguém notar a parafina da vela no tapete. Com mais sorte ainda, as empregadas da casa vão limpar a sujeira sem dizer nada.

Enfio a capa embaixo da camisa, empurro a vela com o pé, dou uma olhada na bagunça no tapete e penso: "Ó Senhor. Senhor, Senhor, me proteja. Eu quero viver mais alguns anos antes de morrer. Casar com um homem bom. Ter filhos. Ser dona daquela terra".

A casa vira um campo de batalha. Gente correndo, vozes gritando, portas batendo, comoção por toda parte. Não ouço tanto barulho desde que os navios de guerra ianques subiram o rio bombardeando aqui e acolá e mandando a gente se esconder na floresta.

Antes de conseguir chegar até a cadeira dobrável e pular pela janela, vejo a Sinhazinha Lavinia na porta da biblioteca. Ela é a *última* pessoa que precisa me achar aqui. Essa garota adora encrenca, e essa foi a principal razão de o pai ter mandado ela estudar na escola de boas maneiras.

Volto correndo pela sala de jantar, passando por todas as portas, pois o novo criado da Sinhazinha tá chegando de fora pelo corredor. Volto pra copa, mas não dá tempo de abrir a portinhola da escada, então engatinho pra dentro do armário e puxo a porta; fico ali como um coelho no mato. Não vai demorar muito pra alguém me encontrar. A essa altura, Sinhazinha Lavinia viu a janela da biblioteca aberta e talvez até a parafina no tapete. Não vão parar de procurar até encontrar quem tá aqui.

Mas, quando o barulho diminui um pouco, é a Sinhazinha Lavinia que eu escuto, dizendo:

— Mãe, pelo amor de Deus, vamos voltar para a cama? E, por favor, deixe a velha Seddie descansar. Ela não merece ser castigada por não acordar. Já incomodei bastante quando cheguei ontem, tarde da noite. Eu deixei um livro na mesa de cabeceira e ele caiu, foi só isso. O barulho só *pareceu* ter vindo do andar de baixo.

Não consigo imaginar como a Sinhazinha não vê, não sente o cheiro nem o ar entrando pela janela que ficou aberta. Não consigo imaginar como Seddie não acordou com tudo isso, mas considero uma bênção e fecho os olhos, apoio a cabeça nas costas das mãos e agradeço. Talvez eu ainda consiga viver um pouco mais se elas voltarem pra cama.

Mas a Velha Sinhá continua fervendo. Não consigo entender todas as palavras ditas depois. Só sei que a discussão continua intensa por alguns minutos. E meu tempo acabou. Sinto câimbras no corpo e tanta dor que estou mordendo os nós dos dedos pra não me mexer e empurrar a porta. Um dos empregados fica de vigia, por isso demora um tempão até eu criar coragem pra sair do meu lugar, abrir a portinhola do chão e descer a escada até o porão. Com o homem ainda rondando pelo quintal e pelas varandas, não me atrevo a sair até o dia nascer e Seddie destrancar as portas que dão pro gramado. Fico agachada, sabendo que Tati deve estar louca de preocupação, e que quando o dia raiar ela vai acordar Jason e John e contar o que fizemos. Jason vai ficar muito preocupado. Ele não gosta que as coisas mudem de um dia pra outro. Sempre as mesmas coisas, dia após dia, é como ele gosta.

Encolhida no escuro, penso no livro que Juneau Jane roubou. Será que os documentos do Velho Senhor estavam dentro dele? Não dá pra saber, então deito a cabeça na capa de Juneau Jane e me deixo dormir e acordar. Sonho que sou eu subindo na estante, tirando um daqueles livros do alto e achando o contrato da nossa terra. Todos os nossos problemas se acabam.

A porta se abre quando eu acordo. Um feixe de luz se estende no piso, e o cheiro da manhã penetra na casa. Seddie fala pro moleque que cuida do jardim:

— Não toque em nada a não ser na pá, na vassoura e na enxada. Eu já contei todas as maçãs no barril e cada gota de melaço, todas as batatas e os grãos de arroz. O último moleque que tentou mexer nisso sumiu. Nunca mais ninguém ouviu falar dele.

— Sim, senhora. — A voz é de um garoto novinho. A Velha Sinhá ganhou tanta reputação que tem cada vez menos escolhas. Precisa aceitar crianças que ninguém mais contrataria.

Fico mais um pouco deitada antes de enfiar de novo a capa de Juneau Jane na minha camisa emprestada, colocar o chapéu de palha do John na cabeça até dobrar minhas orelhas e sair para o ar fresco e a liberdade. Não tem ninguém por perto quando ponho a cabeça pra fora, então lá vou eu. É preciso fazer muita força pra me conter e atravessar o pátio calmamente, no caso de alguém estar olhando da casa. Eles não vão desconfiar de um garoto negro andando por ali, devagar e com calma. Mas o que eu queria mesmo era sair correndo, passar pelas cabanas de todos os meeiros contando que a Sinhazinha Lavinia chegou da escola de repente. Pode ser um mau presságio ela ter voltado, notícias do Velho Senhor. Más notícias.

Nós, meeiros, precisamos nos encontrar, fazer uma reunião no bosque e pensar no que fazer a seguir. Todos os nossos contratos e todos nós dependíamos de o Velho Senhor cumprir a promessa que fez.

É hora de pôr nossas cabeças pra pensar no problema.

Assim que começo a pensar nisso, dou a volta por fora do jardim e ouço vozes. Duas vozes embaixo da velha ponte de tijolos, que era coisa maravilhosa muito tempo atrás, antes de os ianques derrubarem as estátuas e as treliças de rosas, matarem os porcos de Goswood e jogarem o que sobrou das carcaças nas lagoas de águas claras. O jardim decaiu muito depois disso. E em tempos difíceis não sobra dinheiro pra coisas bonitas. O portão foi fechado depois da guerra, as trilhas foram engolidas por glicínias, espinheiros e trepadeiras de rosas. Heras venenosas cobrem as velhas árvores, e folhas de musgo pendem como franjas de seda nos chapéus das senhoras.

Quem estaria embaixo daquela ponte a não ser talvez moleques fisgando rãs ou homens caçando algum esquilo ou gambá pra comer? Mas são vozes de brancos. Vozes de garotas, cochichando.

Passo pelos arbustos e chego mais perto pra ouvir melhor. A da Sinhazinha Lavinia é nítida como o martelo de um ferreiro batendo no metal, e tão agradável quanto:

— ... você não cumpriu a sua parte do acordo, então me diga por que eu cumpriria.

Por que, em nome de Deus, a Sinhazinha viria até *aqui*? Com quem ela tá falando? Fico bem quietinha perto do gradil da ponte, apurando o ouvido.

— Nosso objetivo é o mesmo. — As palavras parecem em francês, difíceis de entender no começo. Pronunciadas tão rápido como o canto de passarinhos. — Talvez o nosso destino também seja o mesmo, se não nos sairmos bem na nossa empreitada.

— Você não pode supor que nós tenhamos qualquer semelhança — dispara Sinhazinha. Posso ver suas bochechas gordas inchando como bexiga de porco que os açougueiros enchem de ar e dão pras crianças brincarem. — Você não é filha dessa casa. Você é uma cria da... *concubina* do meu pai. Nada mais do que isso.

— Mesmo assim, foi você que organizou minha vinda aqui. Que providenciou minha entrada na Goswood Grove.

"Elas estavam... A Sinhazinha... Como é que pode uma coisa dessas? Foi ela que ajudou a garota a entrar?"

Se eu contar isso pra Tati, ela vai dizer que tô inventando história.

Foi por *isso* que a Sinhazinha Lavinia não quis confusão ontem à noite. Pode ser por isso que Seddie não tenha saído do quarto, com toda aquela confusão. Talvez Sinhazinha Lavinia tenha algo a ver com isso também.

— E, apesar de todos os meus esforços para garantir sua entrada, Juneau Jane, eu não ganhei nada com isso. Você também não sabe onde os documentos dele estão escondidos. Ou talvez estivesse mentindo quando disse que não encontrou nada... ou talvez o meu pai tenha *mentido* para você. — A risadinha da Sinhazinha veio depois, e ela saboreava as palavras como torrões de açúcar.

— Ele não mentiria. — A voz da garota aumenta de tom, ganha o timbre de uma criança, mas tremula e engrossa quando ela diz: — Ele não deixaria de me prover. Ele sempre prometeu que...

— Você não significa *nada* para essa família! — grita Sinhazinha, fazendo um melro sair voando. Começo a olhar ao redor pra ver aonde ir se alguém aparecer pra saber qual é o problema. — Você não é *nada*, e se meu pai morrer você vai ficar sem um tostão, como merece. Você e aquela mulher desgraçada que a pariu. Eu quase tenho *pena* de você, Juneau Jane. Com uma mãe que tem medo de que a filha fique mais bonita que ela quando crescer e um pai que se cansou do fardo que você representa. Que história mais triste!

— Não fale assim dele! Ele não mente. Talvez tenha mudado os documentos de lugar para a *sua mãe* não jogar tudo no fogo. Daí ela poderia exigir todos os bens da família do papai. Sem nenhuma herança direta, você seria obrigada a obedecer à sua mãe para sempre. É *disso* que você tem medo? Foi o motivo de me fazer vir aqui?

— Eu *não queria* que você viesse aqui. — O tom da Sinhazinha agora é suave e amigável, como pra acuar um porquinho num canto, pendurar e cortar a garganta dele. — Se ao menos você quisesse me *contar* onde meu pai escondeu os documentos, em vez de insistir em se envolver pessoalmente na busca...

— Afff! Como se você fosse confiável! Você roubaria a parte que deve ser minha tão rapidamente quanto sua mãe roubaria a parte que é para ser sua.

— A parte que deve ser *sua*? Realmente, Juneau Jane, você devia voltar para Tremé, junto com aquelas garotas bonitas, esperando sua mãe vendê-la a algum senhor pretendente para pagar as contas vencidas. Talvez sua mãe devesse ter previsto melhor o dia em que meu pai não estaria mais aqui para prover o sustento dela.

— Ele não... Meu pai não...

— Foi embora? Não morreu? — A voz da Sinhazinha Lavinia não tem nada de tristeza. Nem pelo próprio pai. Só quer que o que restou das fazendas e das plantações aqui e no Texas não vá direto pras mãos da Velha Sinhá. Juneau Jane tem razão. Se isso acontecesse, a Sinhazinha teria que comer na mão da própria mãe pro resto da vida.

— Você não devia dizer essas coisas! — A voz de Juneau Jane sai embargada.

Depois há um longo momento de silêncio. Um silêncio pesado, que me dá calafrios, como se algum demônio fosse sair das trevas pra me pegar. Não consigo ver, mas ele tá lá, esperando pra dar o bote.

— De qualquer forma, o pequeno exercício da noite de ontem foi uma perda de tempo e um considerável problema para mim, por ter trazido você aqui e ter deixado você entrar na biblioteca. Parece que a resolução do problema vai exigir mais uma viagem para nós. Por hoje, e quando tudo estiver resolvido, eu vou providenciar uma passagem no barco mais rápido para Nova Orleans para você voltar em segurança à casa da sua mãe em Tremé... para seja lá qual for o destino que a espera. Pelo menos nós teremos resolvido a questão.

— Como pode ser possível que essa questão seja tão facilmente resolvida hoje? — Juneau Jane parece desconfiada. E com razão.

— Eu sei onde vamos encontrar o homem que pode ajudar. Aliás, ele foi a última pessoa com quem meu pai falou antes de ir para o Texas. Só preciso pedir uma carruagem. Depois nós vamos fazer uma visita a esse homem. É tudo muito simples.

"Meu Deus", penso, me encolhendo entre as begônias e a folhagem espinhosa. "Meu Deus, ah, Deus. Não tem nada de simples nisso."

Não quero ouvir mais nada do que vem depois. Não quero saber. Mas seja o que for que essas garotas tão pretendendo, se vão atrás de notícias do Velho Senhor ou dos seus documentos, eu também preciso estar lá.

O problema é: como?

Amigos Perdidos

Prezado editor, gostaria de encontrar minha irmã por meio do seu jornal, que já fez milhares de pessoas conseguirem se reencontrar. O antigo nome dela era Darkens Taylor, mas depois ela mudou o nome para Maria Walker. Ela tinha, além de mim, quatro irmãos — Sam, Peter e Jeff; e uma irmã — Amy. Minha irmã e minha mãe morreram. Nós pertencíamos a a [sic] Louis Taylor, no condado de Bell, Texas. Dois irmãos moram em Austin, onde ela nos deixou.

— Coluna "Amigos perdidos"
do *Southwestern*
25 de março de 1880

4

Benny Silva — Augustine, Luisiana, 1987

Domingo de manhã. Acordo suando dos pés à cabeça. A única casa que consegui alugar só tem um velho ar-condicionado daqueles que se instalavam numa janela, mas o verdadeiro problema não é esta escaldante casa de fazenda de 1901, é o medo avassalador que pesa no meu peito como um lutador de sumô. Não consigo respirar.

O ar está úmido e cheira a lama, cortesia de uma fraca depressão tropical passando perto da costa. O céu que vejo pela janela do quarto paira acima de carvalhos, frondosos e saturados. Uma goteira que começou a pingar ontem do teto da cozinha toca uma musiquinha na maior panela que eu tenho. Passei pelo escritório do agente que me alugou a casa. Havia um aviso na porta: fechado por emergência médica. Deixei um bilhete na caixa de correspondência, mas até agora ninguém veio ver o telhado. Eles não podem me ligar, pois minha nova casa ainda não tem telefone. Faz parte das coisas que só posso adquirir depois de receber meu primeiro salário. Não há energia elétrica. Percebo isso quando rolo na cama e olho para o relógio apagado na mesa de cabeceira. Não tenho ideia de quão tarde era quando acordei.

"Não tem importância", digo a mim mesma. "Você pode ficar deitada aqui o dia inteiro. Os vizinhos não vão dizer nada."

É uma piadinha interna. Uma pequena alegria particular. Dois lados da casa têm vista para campos de plantações, e o terceiro, para um cemitério. Como não sou supersticiosa, essa proximidade não me incomoda. É bom ter um lugar tranquilo para caminhar, onde ninguém me lança olhares sub-reptícios, parecendo perguntar em silêncio: "O que você está fazendo aqui, e quando vai embora?". A suposição geral é a de que, como a maioria dos professores e treinadores esportivos que trabalha na escola, eu só estou aqui até aparecer algo melhor.

O vazio dessa sensação de solidão, com o qual começo a lutar, me é familiar, mas de alguma forma vai mais fundo do que na minha infância, quando o emprego de comissária de bordo da minha mãe a mantinha longe de casa quatro ou cinco dias por semana. Dependendo de onde estávamos morando na época, eu ficava aos cuidados de babás, de vizinhas, diaristas, dos namorados da minha mãe que moravam com a gente e uma ou duas professoras que cuidam de crianças para ganhar um dinheiro extra. Minha mãe foi rejeitada pela família quando se casou com meu pai, um *estrangeiro*. Um *italiano*, pelo amor de Deus. Foi uma afronta imperdoável, e talvez para ela isso constituísse parte do charme dele, pois na verdade o casamento não durou tanto tempo. Claro que meu pai era lindo de morrer, então pode ter sido apenas uma atração impetuosa que se esvaiu.

Todas as mudanças, reposicionamentos e relações intermitentes da minha mãe me propiciaram uma incrível capacidade de construir uma comunidade fora de casa. Eu aprendi a cair nas graças de outras mães, de vizinhos amistosos com cães para passear, de avós solitários que não tinham muita atenção de suas famílias.

Eu sou *boa* em fazer amizades. Ao menos achava que era.

Mas Augustine, na Luisiana, está sendo um teste difícil. Evoca lembranças das minhas malogradas tentativas na adolescência de me relacionar com minha família do lado paterno, quando eles se mudaram para Nova York. Minha mãe e eu estávamos enfrentando problemas que não conseguíamos superar. Eu precisava que meu pai e a família dele me recebessem de braços abertos, me dessem apoio. Em vez disso, me senti como uma estranha numa terra estranha, e nada bem-vinda.

Augustine reproduz aquele paralisante sentimento de rejeição. Sorrio para as pessoas daqui, mas elas retribuem com olhares de esguelha. Faço uma piada e ninguém ri. Digo "Bom dia!" e me respondem com resmungos e acenos curtos e, se dou sorte, com respostas monossilábicas.

Será que estou forçando demais a barra?

Literalmente, aprendi mais sobre Augustine com os residentes do cemitério do que com os cidadãos que respiram e se locomovem. Para relaxar das tensões do dia, comecei a estudar as criptas erigidas e os mausoléus subterrâneos. As pequenas placas datam da Guerra Civil e de anos anteriores. Há tantas histórias ocultas naquele lugar. Mulheres enterradas ao lado dos bebês que deram à luz, mortos no mesmo dia. Crianças que tragicamente tiveram uma vida curta. Proles inteiras mortas num intervalo de semanas. Soldados enterrados com o símbolo dos confederados gravado na lápide. Veteranos das duas guerras mundiais, da Coreia, do Vietnã. Mas parece que faz tempo que ninguém é enterrado lá. O túmulo mais recente é o de Hazel Annie Burrell. Amada esposa, mãe, avó, falecida doze anos atrás, em 1975.

Ping, cling, ping. A goteira da cozinha passa de soprano a contralto enquanto fico ali pensando que, com toda essa chuva, não posso nem sair para caminhar. Estou presa aqui sozinha nessa casa parcialmente mobiliada só com o básico — mais ou menos metade do mobiliário do apartamento de um estudante de graduação. A outra metade ficou com Christopher, que na última hora desistiu de nossa fuga planejada, a mudança de Berkeley para a longínqua Luisiana. O término não foi só culpa dele. Era eu que guardava segredos, que não contava tudo mesmo depois do noivado. Talvez o fato de eu ter demorado tanto fale por si mesmo.

Ainda assim, sinto falta de ser parte de uma dupla nesse plano de uma nova aventura. Ao mesmo tempo, não há como negar que, depois de quatro anos juntos, não sinto tanta falta de Christopher como provavelmente deveria sentir.

O iminente transbordamento da panela sob a goteira me distrai de toda essa reflexão e me tira da cama. Hora de esvaziá-la. Depois vou me vestir para ir até a cidade, ver quem posso chamar para resolver a situação do teto. Deve haver alguém.

Pela janela embaçada da cozinha, diviso a figura de uma pessoa andando por uma alameda no cemitério. Chego mais perto, passo a palma da mão no vidro e vejo um homem e um cachorro grande e bege. Um guarda-chuva preto esconde parcialmente a figura corpulenta do homem.

Por um momento, penso no diretor Pevoto e meu estômago se contrai. Esgotei sua receptividade à minha chegada na semana passada. "Suas expectativas são muito altas, professora Benny. Suas requisições de material são estratosféricas. Suas perspectivas em relação aos alunos são irreais." Ele não vai me ajudar a localizar os livros do acervo de *A revolução dos bichos*, que foram desaparecendo um ou dois de cada vez, até contarmos apenas com quinze exemplares. A professora de ciências do outro lado do corredor encontrou um deles enfurnado numa gaveta do laboratório, e eu resgatei outro da lata de lixo. Os alunos estão roubando os livros para não terem que ler.

Mostraria alguma iniciativa se não configurasse roubo de livros, o que é errado por várias razões.

O visitante do cemitério parece o personagem do livro *Um urso chamado Paddington*, de capa de chuva azul e chapéu. O andar manco e hesitante me indica que não é o diretor Pevoto. O homem para diante de um túmulo, tateia a borda da cripta de concreto sem olhar e se debruça devagar, apoiado no guarda-chuva, até dar um delicado beijo na pedra.

A meiguice do gesto penetra um lugar sensível e magoado dentro de mim. Meus olhos ardem, e toco distraidamente meu lábio inferior, sentindo o gosto do musgo e da água da chuva, de concreto molhado e da passagem do tempo. Quem estará enterrado lá? Uma namorada? Um filho? Um irmão ou uma irmã? Um pai ou avô há muito perdido?

Vou descobrir assim que ele for embora. Quando eu for até o túmulo.

Abstenho-me daquele momento particular e esvazio a panela de água, como alguma coisa, me visto e esvazio a panela mais uma vez, só por precaução. Por fim pego minhas chaves, a bolsa e a capa de chuva para ir à cidade.

É uma batalha fechar a porta da frente empenada pela água depois de sair. A fechadura antiga se mostra especialmente impertinente hoje.

— Droga! Por que você... não... fecha...

Quando me viro, o homem com o cachorro está vindo em direção à minha calçada. Com o guarda-chuva virado contra o vento, ele continua fora de vista até chegar aos degraus de cimento. Tateia hesitante, procurando o corrimão, e só então percebo que o golden retriever está com um peitoril, não com uma coleira. É um cão-guia.

A mão marrom-avermelhada do homem alisa o corrimão enquanto ele e o cachorro sobem os degraus com facilidade.

— Posso ajudar em alguma coisa? — pergunto em meio ao barulho da chuva no teto metálico.

O cachorro olha para mim e abana o rabo. O homem ergue a cabeça.

— Pensei em passar para fazer uma visita à srta. Retta, já que estava por perto. Nós fomos colegas no tribunal anos atrás, trabalhando com o juiz, por isso nos conhecemos há muito tempo. — Ele faz um gesto por cima do ombro na direção do cemitério. — Aquela ali é a minha avó, Maria Walker. Eu sou o vereador Walker... Bem, agora ex-vereador. Ainda é difícil me acostumar com isso. — O homem estende a mão e abaixa a cabeça, e vejo seus olhos nublados por trás dos óculos grossos. Ele então se inclina para um lado, tentando me distinguir. — Como vai a srta. Retta? Você é uma das ajudantes?

— Eu... me mudei para essa casa na semana passada. — Olho ao redor, procurando algum automóvel por perto, alguém que o esteja acompanhando. — Eu sou nova na cidade.

— Você comprou a casa? — pergunta com uma risadinha. — Sabe o que dizem sobre Augustine, Luisiana? "Quem compra uma casa aqui será sempre o seu último dono."

Acho graça da piada.

— Eu só aluguei.

— Ah... Bem, melhor assim. Provavelmente você é inteligente, não faria uma coisa dessas.

Damos mais uma risada. O cachorro participa com um latido baixo e alegre.

— A srta. Retta se mudou para a cidade? — quer saber o vereador Walker.

— Eu não... Aluguei a casa com um corretor. Estava indo até Augustine na esperança de encontrar alguém para consertar o meu telhado. — Olho para a rua mais uma vez e, depois, para o cemitério atrás do visitante. Como esse homem chegou aqui?

O cachorro dá um passo à frente, querendo fazer amizade. Sei que o protocolo é não tocar em cães-guia, mas não consigo me conter. Sucumbo à tentação. De todas as coisas da minha vida na Califórnia, as de que mais sinto falta são Raven e Poe, os gatos malhados que eram meus colegas de trabalho antes de me mudar. Junto com vários funcionários humanos, eles cuidavam da livraria e sebo onde eu trabalhava para ganhar um dinheiro extra, que na verdade acabava sendo para comprar livros.

— Quer uma carona até a cidade? — pergunto, apesar de não saber ao certo como o sr. Walker e seu encorpado parceiro caberiam no Fusca.

— Eu e o Sunshine estamos esperando meu neto. Ele foi comprar uns espetinhos no Cluck and Oink para o nosso caminho de volta a Birmingham. É onde eu e o Sunshine moramos agora. — Ele faz uma pausa para afagar as orelhas do cachorro e recebe uma demonstração de adoração suprema. — Pedi ao meu neto para me deixar aqui, para visitar o túmulo da minha avó.

O homem faz um sinal na direção do cemitério.

— E pensei em vir aqui para cumprimentar a srta. Retta. Ela se revelou uma grande amiga depois do que me aconteceu... e o juiz também. Ele me disse: "Louis, é melhor você ser advogado ou pregador, porque gosta de defender os seus casos". A srta. Retta era ajudante do juiz, sabe? Eles acolheram muitos jovens perdidos. Eu passava um bom tempo nessa varanda, quando era mais jovem. A srta. Retta me ajudava com os estudos e eu ajudava a cuidar do jardim e do pomar. Aquele santo de jardim ainda continua perto da escada? Eu quase quebrei a coluna colocando aquilo lá para ela. Mas a srta. Retta disse que a estátua precisava de um lar quando a biblioteca decidiu retirá-la. Ela nunca dava as costas aos necessitados.

Vou até o gradil da varanda, examino os arbustos de oleandro e, de fato, vejo o contorno de uma estátua perto da parede, encoberta pela hera não aparada.

— Ainda está lá, acho. — Inesperadamente, sinto certo deslumbramento. Meu canteiro guarda um comovente segredinho. Santos de jardim dão sorte. Vou aparar aqueles oleandros assim que puder, ajeitar um pouco as coisas para o santo.

Enquanto minha cabeça faz planos, o vereador Walker me diz que, se eu quiser saber *qualquer coisa* sobre *qualquer coisa* em Augustine, inclusive como e onde arranjar alguém para consertar uma goteira num domingo, devo ir direto para o Cluck and Oink e falar com Granny T, que vai estar atrás do balcão, agora que a celebração na igreja acabou. Ele explica que a casa que aluguei deve ser de alguém do clã Gossett. O terreno fazia parte das plantações de Goswood Grove, que se estendiam quase até a Estrada do Rio. A srta. Retta revendeu o terreno para o juiz anos atrás para ajudar na aposentadoria, mas ele deixou que ela continuasse morando na casa. Agora que o juiz faleceu, alguém deve ter herdado o lote.

— Fique à vontade para cuidar das suas coisas — diz ele, acomodando-se no balanço da minha varanda, com Sunshine a seus pés. — Se não for incômodo, nós vamos esperar aqui. Nós dois não temos problema com esse tempo. Todas as espécies de vida precisam de chuva.

Não sei bem se ele está falando comigo, com Sunshine ou consigo mesmo, mas agradeço pela informação e o deixo lá com sua capa e o chapéu, o rosto virado na direção do cemitério, com uma atitude imperturbável pelo tempo.

A chuva também parece não abalar o movimento do Cluck and Oink. A dilapidada construção, que fica na estrada já na periferia da cidade, parece resultado de um cruzamento profano entre um estábulo e um velho posto Texaco, rodeado por uma prole de galpões de armazenamento de vários tamanhos e várias épocas, alguns geminados, outros não.

A grande varanda da frente está lotada de clientes esperando uma mesa, e a fila do *drive-thru*, às 12h17 de um domingo, dá a volta no prédio, ocupando o estacionamento cheio de cascalho e interrompendo o trânsito numa das pistas da estrada enquanto as pessoas esperam para entrar. Uma área cercada de tela nos fundos do lugar expele fumaça, onde funcionários se agitam como abelhas numa colmeia em volta de uma série de churrasqueiras de lenha no chão. Linguiças, pedaços de carne e frangos inteiros giram em gigantescos espetos. Moscas se acumulam nas treliças de madeira em filas negras que se alternam, subindo umas nas outras, tentando entrar. É compreensível. O cheiro dos assados é delicioso.

Estaciono na porta ao lado de uma antiga loja Ben Franklin e atravesso a faixa de grama molhada entre os dois prédios.

— Se você deixar o carro lá, eles vão guinchar! — alerta um funcionário adolescente voltando apressado da lixeira.

— Eu não vou ficar muito tempo. Obrigada!

Ele explica que os clientes do restaurante nunca param na entrada da Ben Franklin. No pouco tempo desde que cheguei a Augustine, já ouvi os alunos da escola reclamando da ação da polícia quando eles se reúnem pela cidade à procura de festas e coisas assim. A mão pesada da polícia local, e quais grupos são mais perseguidos, é um dos assuntos favoritos das conversas entre os estudantes que não prestam atenção nas minhas aulas sobre *A revolução dos bichos*. Se estivessem prestando atenção, poderiam traçar paralelos com a forma como essa cidade trata as diferentes comunidades — de negros e de brancos, de ricos e de pobres, dos ratos do pântano, dos nativos e dos forasteiros. As linhas que as separam existem como uma rede de muralhas antigas porém invisíveis, que não devem ser ultrapassadas a não ser pelos portões indispensáveis ao comércio e aos empregos.

Mais uma vez, *A revolução dos bichos* apresenta pontos a debater, lições a ensinar. Meu plano é passar a próxima semana pressionando o diretor Pevoto por um aumento no orçamento da classe. Preciso de livros, fontes que talvez consigam atrair os jovens. Talvez alguma coisa mais recente, como *O aprendizado da pequena árvore* ou outros livros do gênero. Histórias envolvendo caça e pesca e temas silvestres, já que a maioria dos meus alunos, independentemente do grupo a que pertence, pode relacionar a comida que tem na mesa com florestas, pântanos, jardins e galinheiros domésticos. Estou procurando pontos de contato, onde quer que possa encontrá-los.

Assim que meus olhos se acostumam ao interior mais escuro, percebo que o Cluck and Oink é um ponto de encontro na cidade. Toda a população demográfica de Augustine — negros, brancos, homens, mulheres, jovens e velhos parecem se sentir em casa aqui nesse mar de aromas de frituras e garçonetes apressadas. Mulheres de vestidos de cores incrivelmente vivas com sofisticados chapéus de domingo cuidam dos filhos bem-vestidos em mesas ocupadas por famílias de várias gerações. Garotinhas com sapatinhos de boneca e meias rendadas sentam-se como enfeites de bolo nos bancos estofados ou em cadeirinhas de bebê. Garotos de gravata-borboleta e homens de ternos de várias épocas, desde os xadrezes dos anos 1970, contam histórias e passam bandejas. Conversas, cordialidade e um ar de companheirismo jovial se misturam com a fumaça engordurada e cozinheiros gritando "Pedido saindo!" ou "Pão quente, pão quente!".

Risadas ressoam pelas colunas como sinos de igreja, incessantes, musicais, o som amplificado pelo teto de zinco enferrujado antes de se espalhar de novo pelo recinto.

Os *boundin balls* — seja lá o que forem — parecem ser a sugestão do dia. Observo as imagens do cardápio na porta e fico imaginando o que há dentro daqueles bolinhos fritos enquanto vejo travessas cheias deles passarem por mim, levadas por garotas apressadas uniformizadas de jeans e blusas azuis de poliéster.

Gostaria de experimentar um, mas ouço uma adolescente na recepção, que logo reconheço como uma das minhas alunas, explicar a um cliente em potencial que o pedido ainda vai demorar trinta minutos para sair. Espero que o neto do vereador Walker tenha conseguido algo para a viagem antes de o movimento aumentar depois da celebração dominical.

Vou ter que deixar a degustação para outra oportunidade. Mesmo se a cozinha não estivesse ocupada demais, é melhor economizar. Já gastei muito em uma dúzia de caixas de guloseimas para a minha turma desde o incidente de Little Ray com os M&M's. Meus alunos estão sempre reclamando de fisgadas de fome na barriga. Não sei quem está mentindo e quem está dizendo a verdade, e talvez não tenha feito as perguntas que deveria fazer. Talvez tenha esperança de que, se não conseguir atraí-los com livros, possa conseguir alguma coisa com bolo de chocolate com recheio cremoso.

Ando até a fila da caixa registradora, observo as tortas na vitrine, passo por um cliente satisfeito após outro e me aproximo de uma mulher negra no balcão, que os clientes chamam de Granny T. De cabelos brancos, olhos cor de avelã, baixa estatura e corpo forte comum a muitas pessoas que conheci em Augustine, é uma figura elegante, com um vestido de ir à igreja cor-de-rosa e chapéu. Fala com os clientes enquanto confere comandas, somando os totais de cabeça, distribuindo pirulitos para as crianças e comentando sobre quem *com certeza* cresceu pelo menos dois centímetros desde a semana anterior.

— Benny Silva — me apresento, e ela se debruça no balcão para me cumprimentar. Seus dedos finos e nodosos apertam minha mão. Ela tem a mão forte.

— Benny — repete ela. — Seu pai queria um filho? Foi isso?

Dou uma risada. É a reação mais comum ao nome que meu pai me deu antes de afinal decidir que, na verdade, não me queria.

— Abreviação de Benedetta. Eu sou meio italiana... e portuguesa.

— U-hum. Você tem essa pele bonita. — Ela aperta os olhos e me examina.

— Bem, pelo menos eu não queimo muito no sol.

— Cuidado — recomenda ela. — É melhor arranjar um bom chapéu. O sol da Luisiana é cruel. Pode me dar a sua comanda, querida.

— Ah, eu não comi nada. — Explico em poucas palavras o problema do teto e por que estou ali. — Sabe aquela velha casa branca perto do cemitério? Tentei ir à imobiliária ontem, mas tinha um bilhete na porta avisando sobre uma emergência médica.

— Você está querendo falar com a Joanie. Ela está no hospital de Baton Rouge. Com problemas na vesícula. Compra um barril de piche e faz uma vedação na chaminé do fogão. Na junção com o teto, sabe? Passa uma boa camada nas telhas, como manteiga no pão. Isso vai segurar a água da chuva.

De repente não tenho dúvidas de que aquela mulher sabe o que está dizendo e já amanteigou muitas telhas na vida. Provavelmente ainda conseguiria fazer isso. Mas eu vivi minha vida toda em apartamento. Não saberia nem dizer a diferença entre piche e pudim de chocolate.

— Me disseram que a casa deve ser de um dos herdeiros do juiz Gossett. Sabe onde eu poderia encontrar o proprietário? Estou deixando uma panela embaixo da goteira, mas na segunda eu já preciso dar aula e não vou estar lá para esvaziar o recipiente. Tenho medo que transborde e estrague o assoalho. — Uma das coisas bonitas da casa é o assoalho de tábuas de cipreste. Adoro coisas antigas, e detestaria deixar aquilo deteriorar. — Eu sou a nova professora de inglês da escola.

Granny T pisca, pisca de novo, recua o queixo de um jeito que me faz achar que alguém estava fazendo alguma zombaria atrás de mim.

— Ah, *você* é a moça dos bolinhos!

Alguém dá uma risadinha. Olho por cima do ombro e vejo a garota carrancuda que salvou o menininho no cruzamento no meu primeiro dia. Apesar de ela só aparecer na metade das minhas aulas, agora sei o nome dela — LaJuna. É só o que sei. Tentei me aproximar dela na minha quarta aula, mas a sala é dominada pelos garotos do futebol, o que deixa as meninas, os nerds e outros desajustados sem esperança de ter a devida atenção.

— É melhor você parar de dar bolo para aqueles garotos. Principalmente aquele Little Ray Rust. Ele vai deixar você na miséria. — Granny T continua falando. Na verdade, discursando. Aponta um indicador enrugado para mim. — Se quiserem comer, aqueles garotos podem pular da cama mais cedo e ir ao refeitório da escola a tempo do café da manhã. Lá a comida é de *graça*. Esses garotos são uns preguiçosos. Só isso.

Concordo formalmente, meneando a cabeça. Histórias sobre mim já chegaram até ao Cluck and Oink. Meu apelido foi inspirado em um bolo e me faz parecer uma sonsa.

— Se a gente deixa uma criança ser preguiçosa, ela vai crescer preguiçosa. Os meninos precisam de alguém que os mantenha na linha e faça deles bons trabalhadores. Quando eu era criança, todos nós trabalhávamos muito na fazenda. As meninas cozinhavam, limpavam e também trabalhavam fora assim que ficavam mais velhas. Quando a gente senta na mesa de uma escola e come o que *alguém* cozinhou pra nós, é de se pensar que estamos passando umas férias de luxo. Estou certa, LaJuna? Não é isso que a sua tia Dicey diz?

LaJuna esconde a cabeça e murmura, relutante:

— Sim, senhora. — Parece constrangida, destacando uma folha do bloco de comandas.

Granny T agora está com a corda toda.

— Na idade dela eu já trabalhava na plantação e no pomar ou nesse restaurante com a minha avó. E ainda ia à escola e tomava conta dos filhos dos Gossett depois da aula e nas férias de verão. Com onze anos, até mais nova que essa garota. — Atrás de mim e de LaJuna, a fila está aumentando. — Na oitava série eu tive que parar de estudar. A colheita não foi boa naquele ano e tínhamos contas a pagar para o Gossett Mercantile. Não dava tempo de estudar. Eu também era inteligente. Mas não se pode morar debaixo duma árvore. A casa da gente pode não ser luxuosa, mas é a casa da gente e é bom morar nela. Sempre nos sentimos gratas por tudo o que tínhamos.

Continuo em silêncio, atônita, assimilando aquelas palavras. Só a ideia de uma garota de... treze ou catorze anos tendo que parar de estudar para ajudar a família é... apavorante.

Granny T puxa LaJuna para trás do balcão e a abraça pelos ombros.

— Essa aqui é uma boa garota. Vai se dar bem. O que você precisa, querida? O que está fazendo aqui parada e não atendendo as mesas?

— Estou fazendo uma pausa. Minhas mesas foram todas servidas. — LaJuna apresenta uma comanda e uma nota de vinte dólares por cima do balcão. — Dona Hannah me pediu pra vir pagar pra não precisar entrar na fila.

Granny T faz um muxoxo.

— Algumas pessoas sempre querem ter privilégios. — Confere a comanda e dá o troco a LaJuna. — Leve isso pra ela e depois pode fazer o seu intervalo.

— Sim, senhora.

LaJuna se afasta e fica claro que eu também preciso sair dali. Sinais de impaciência e sapatos batendo no chão começaram a aumentar entre os clientes atrás de mim. Por impulso, pego um pedaço de torta de banana da bandeja de sobremesas. Não preciso daquilo. Não devia gastar esse dinheiro, mas parece muito gostosa. "Para me consolar", digo a mim mesma.

— Aquela casa velha onde você tá morando... — continua Granny T depois de eu pagar. — Ela foi passada adiante quando o juiz morreu, como todo o resto. Os dois filhos mais velhos do juiz, Will e Manford, ficaram com as Indústrias Gossett, a fundição e a fábrica de engrenagens no norte da cidade. O filho mais novo do juiz morreu anos atrás, deixando um filho e uma filha. Os dois netos herdaram a terra e o velho casarão, mas a filha, Robin, também morreu depois disso... uma tristeza, com trinta e um anos. O seu senhorio é o irmão dela, Nathan Gossett, neto do juiz, mas ele não vai consertar o telhado. Mora no litoral. Comprou um pesqueiro de camarão. Arrendou a terra de Goswood e deixou o resto apodrecer. Esse garoto não quer saber de nada. Não vai se preocupar com essas coisas. Aquela casa velha tem muita história. Um bocado de histórias. É triste quando histórias morrem por falta de ouvidos que as ouçam.

Concordo com a cabeça, sentindo o peso dos meus próprios laços familiares vibrando no ar. Não sei lhufas sobre a história da minha família e seria incapaz de contar a história de um antepassado mesmo se minha vida dependesse disso. Sempre tentei me convencer de que não me importava com essas coisas, mas aquela afirmação de Granny T tocou em algo delicado. Um rubor sobe pelo meu pescoço, e de repente me ouço dizendo:

— Você estaria disposta a falar na minha aula um dia desses?

— Aff. — Granny T arregala os olhos. — Você ouviu quando falei há pouco que não passei da oitava série? Você precisa chamar o banqueiro, o prefeito ou o gerente da fundição pra falar com aquelas crianças. Gente que ficou importante.

— Bem... pense um pouco a respeito. — Uma ideia brota na minha cabeça, desenvolvendo-se como uma cena em câmera rápida. — Foi o que você disse sobre essas histórias. Os jovens deviam saber delas, não? — Talvez histórias reais das pessoas daqui possam motivar meus alunos de um jeito que não consigo com *A revolução dos bichos*. — Não estou tendo muito sucesso tentando despertar o interesse por livros nas minhas aulas, e sequer temos uma quantidade de livros suficiente.

— Aquela escola não tem nada — resmunga uma ruiva sardenta de quarenta e poucos anos atrás de mim, as palavras sibilando por um dente quebrado na frente. — Nossos meninos ficaram em primeiro lugar no ano passado usando chuteiras dos outros. Aquela escola é uma porcaria. A diretoria é uma porcaria também. Os alunos da escola de Lakeside têm de tudo e os nossos não ficam com nada.

Minha boca está prestes a dizer alguma coisa que deve ser melhor não falar, por isso só concordo com a cabeça e pego a embalagem com a minha sobremesa. Pelo menos o time de futebol tem chuteiras para todo mundo. É mais do que posso dizer sobre livros nas minhas aulas de inglês.

Quando saio, LaJuna está sentada numa lata de lixo emborcada perto do prédio, onde dois sujeitos com aventais sujos de carne fumam agachados na sombra. LaJuna me dá uma olhada rápida quando eu passo e depois volta a atenção para um garoto num triciclo motorizado enferrujado, ziguezagueando na estrada. Consegue chegar ao estacionamento da Ben Franklin com uma minivan passando raspando por ele. Se não me engano, é o garotinho do incidente no cruzamento. Uma viatura de polícia aparece, e imagino que o guarda vai dar uma bronca no menino, mas ele parece mais interessado no meu veículo estacionado indevidamente.

Passo correndo pelas poças de chuva no cascalho e sigo em direção ao meu carro. Aponto para a Ben Franklin e ergo os polegares para o policial. Ele abaixa o vidro, apoia um cotovelo carnudo na janela e me alerta:

— Aí não é o estacionamento do restaurante.

— Desculpe! Eu estava querendo saber onde posso comprar um pouco de piche para o meu teto.

— Não tem nada aberto no domingo que venda isso. É proibido. — Ele inspeciona meu carro com os olhos franzidos e as bochechas vermelhas e suadas. — E instala um para-choque nessa coisa. Se eu pegar você de novo, vai levar uma multa.

Faço promessas que não vou poder cumprir e ele vai embora. "Um dia de cada vez", digo a mim mesma, e ouço a trilha sonora de *One Day at a Time* na minha cabeça. Era uma das minhas séries de TV prediletas na adolescência — Valerie Bertinelli tornou o fato de ser meio italiana muito legal, principalmente depois que se casou com Eddie Van Halen —, e a trilha sonora acabou sendo meu lema naquele estranho ano de transição.

O garoto patina no gramado com o triciclo grande demais para ele, pende para um lado e derrapa no cascalho molhado até conseguir parar. Passa uma perna por cima do guidom e segue para a parte de trás do Cluck. Fico olhando quando ele fala pela treliça e ganha uma coxa de frango de um dos funcionários, que logo o manda embora. E lá vai ele, empurrando o triciclo e esmagando a coxa de frango no guidom. Vira a esquina do restaurante e eu o perco de vista.

"Talvez eu devesse falar com ele sobre como se atravessa uma rua." Reflito sobre meu novo papel como figura de autoridade. Professoras precisam cuidar das crianças.

— Toma. — A voz me assusta. LaJuna está de pé do outro lado do meu carro. Três tranças pretas compridas escapam da bandana, bipartindo seu rosto jovem. As tranças pendem como estacas de uma paliçada quando me oferece uma comanda do restaurante, com o braço o mais esticado possível.

— Toma. — Acenando com a comanda, ela olha apreensiva por cima do ombro.

Ela recolhe o braço assim que aceito o que está me oferecendo. Uma das mãos se apoia no quadril magricelo.

— Esse é o telefone da minha tia Sarge e o endereço de onde ela mora. Ela tá consertando umas coisas na casa da minha tia-avó Dicey. Tia Sarge sabe fazer essas coisas. — Olha para os próprios tênis enlameados, não para mim. — Ela pode cuidar do seu telhado.

Fico surpresa.

— Vou ligar para ela. Obrigada. Mesmo.

LaJuna recua.

— Ela precisa de dinheiro. Só isso.

— Muito obrigada.

— U-hum. — Ela pula uma poça de lama e se afasta. É quando noto uma coisa pequena e quadrada no bolso de trás da calça dela. Dou um passo à frente e tenho quase certeza de que é um dos exemplares sumidos de *A revolução dos bichos*.

Ainda estou observando quando ela para e olha para mim por cima do ombro. Começa a dizer alguma coisa, depois balança a cabeça e dá mais dois passos antes de se virar de novo. Deixa pender os braços com resignação antes de finalmente falar:

— O velho casarão do juiz fica bem do lado oposto à casa que você alugou. — A menina lança um olhar na direção geral da casa. — Tem um monte de livros lá. Paredes inteiras, do chão ao teto. Livros que ninguém mais dá bola.

5

Hannie Gossett — Augustine, Luisiana, 1875

Às vezes uma encrenca pode ser como um pedaço de fio, todo emaranhado e torcido no tear. Não dá pra saber como ficou assim nem como endireitar, mas também não dá pra esconder. No tempo em que as coisas eram piores, a Sinhá entrava na tecelagem, achava o trabalho de alguém uma bagunça e avançava na garota ou na mulher com um chicotinho, um porrete ou um cabo de vassoura.

Aquele velho galpão era um bom lugar e um lugar de dar medo. As mulheres levavam os filhos, trabalhavam cantando juntas, ferviam os fios em potes de índigo, casca de nogueira e caparrosa pra fazer as cores. Azul, marrom-claro, vermelho. Uma delícia. Mas sempre tinha a preocupação com um fio solto ou emaranhado e a encrenca que podia gerar. Mesmo agora que as rodas e os teares estão parados e cobertos de poeira, em algum lugar bem debaixo dos bancos, onde só nós e os camundongos sabemos, tem os pedaços de fio estragados e pedaços de pano rasgados, escondidos como as encrencas.

Passando pela tecelagem, penso naqueles velhos esconderijos e tento imaginar como posso ir na viagem e descobrir os segredos da Sinhazinha. Depois eu penso: "Hannie, ia ser bem mais fácil conduzir a carruagem que a

Sinhazinha pediu do que tentar ir escondida. Você já está vestida de garoto. Quem ia notar a diferença?".

Corro até o estábulo e o barracão da carroça, sabendo que não vai ter vivalma lá. Percy agora tá trabalhando fora, ferrando cavalo dos outros quase todos os dias. Com a Velha Sinhá entrevada na cadeira, a Sinhazinha Lavinia na escola e o Velho Senhor morando no Texas, não tem trabalho pra um cocheiro.

Fico no celeiro esperando um moleque da casa vir correndo descalço pelo caminho. Nem conheço a criança — hoje em dia o pessoal que trabalha aqui não fica muito tempo pra gente conhecer —, mas ele é muito pequeno, ainda usa calça curta. A barra roça as perninhas de fora enquanto ele corre gritando que Sinhazinha Lavinia quer um cabriolé no portão de trás do jardim, e é pra já.

— Já me disseram — respondo com a voz bem grossa. — Pode voltar e dizer pra ela que eu já tô indo.

Num piscar de olhos, o que restou do moleque foi uma cortina de poeira no lugar onde ele estava.

Entro em ação, mas meus dedos tremem no cabresto e nas fivelas das rédeas. Meu coração soa como o martelo de ferreiro do Percy, batendo: *Tec! Din-ding, tec! Din-ding*. Mal consigo arrear a parruda égua alazã que o Velho Senhor chamou de Ginger no ano antes da guerra. Ela refuga ao ser atrelada e quando prendo os arreios. Revira os olhos, como se dissesse: "Se a Velha Sinhá pegar a gente fazendo isso, o que você acha que vai acontecer?".

Reúno minha coragem e subo os três degraus de ferro até o lugar do cocheiro, na frente da capota em forma de fole que cobre a cabine. Se eu conseguir enganar Sinhazinha Lavinia até ela entrar, acho que vai dar certo. Estou tremendo nas rédeas, mas a égua parece não se incomodar. Ela é velha e obediente, só que estica o pescoço e relincha alto quando se afasta do estábulo. Um cavalo responde ao relincho, um som que poderia se estender por quase vinte quilômetros e é tão alto que é capaz de acordar os mortos enterrados atrás do pomar.

Um calafrio me percorre dos pés à cabeça. Se Tati descobrir no que eu tô me metendo, vai dizer que eu tô num mato sem cachorro. Sei que nesse momento ela, o Jason e o John estão na plantação fingindo que é um dia normal, mas de olho na estrada, preocupados e se perguntando sobre mim. Eles não vão se atrever a chegar perto da casa-grande, no caso de a Velha Sinhá e a Seddie estarem desconfiadas por causa da noite de ontem. Se a Sinhá mandar o criado dar uma olhada nas redondezas, ele não vai ver nada de estranho nem fora do lugar. Tati é muito esperta.

Detesto que eles fiquem preocupados, mas não posso fazer nada. Não se pode confiar em ninguém em Goswood Grove hoje em dia. Não posso mandar recado por ninguém.

Respiro fundo e passo a mão nas três miçangas azuis da vovó no cordão de couro no meu pescoço, rezando pra me darem sorte. Saio do caminho de casa e toco a égua na direção do velho jardim. Galhos pendem dos carvalhos, emaranhados como laços de corpete nas trepadeiras espinhosas. Eles espetam e deslocam meu chapéu enquanto eu e a velha égua seguimos em frente. Uma varejeira azucrina as orelhas da Ginger, que bufa e sacode a cabeça, tilintando os arreios.

— Shhh — falo baixinho. — Fica calma.

Ginger agita a crina, estremecendo a charrete quando paro pouco antes da velha ponte.

Não tem ninguém. Nem sinal.

— Sinhazinha Lavinia — chamo numa voz baixa e rouca, querendo soar como John, que ainda não é homem feito, mas tá chegando lá. Inclino o corpo, tento enxergar o outro lado da ponte. — Tem alguém aí?

E se a Velha Sinhá pegou Sinhazinha tentando escapar? Um galho estala e a égua vira a cabeça, olhando na direção das árvores. Ficamos de orelha em pé, mas não tem nenhum som além dos normais. As folhas dos carvalhos farfalham, passarinhos conversam e esquilos discutem nos galhos. Um pica-pau martela pra catar larvas. Ginger se agita com aquela varejeira e eu desço pra espantar o bicho e deixar ela mais calma.

De repente, quando vejo, Sinhazinha Lavinia tá quase do meu lado.

— Moleque! — diz, me assustando. Uma fieira de más lembranças azucrina minha cabeça. O dia mais feliz da minha vida foi quando saí da casa-grande pra morar com a Tati e não precisei mais cuidar da Sinhazinha. Aquela menina me beliscava, me batia e atirava em mim o que tivesse na mão assim que ficou maiorzinha. Parecia saber desde cedo o que deixava a mãe dela orgulhosa.

Enterro ainda mais o chapéu na cabeça. Em um minuto eu vou saber se esse meu plano vai funcionar. Sinhazinha Lavinia não é burra. Mas também faz tempo que a gente não se vê de perto.

— Por que você não me trouxe o cabriolé? — A voz tem o mesmo tom esganiçado da mãe, mas ela não é parecida com a Velha Sinhá. Sinhazinha tá mais corpulenta e gorducha, mais do que eu lembrava. E mais alta também, quase tanto quanto eu. — Eu pedi o *cabriolé*, para eu mesma conduzir. Por que você trouxe a charrete? Quando eu pegar aquele moleque... E onde está o Percy? Por que ele mesmo não cuidou disso?

Não sei o que é melhor responder. "Percy tá trabalhando fora pra comprar comida depois que a Sinhá diminuiu sua paga." Mas prefiro dizer:

— O cabriolé tá quebrado, ainda não consertou. Não tem ninguém no estábulo, por isso eu vim com a charrete.

Ela se satisfaz com a resposta e entra na charrete sozinha, sem pedir ajuda. Melhor assim, já que eu tô tentando ficar mais longe.

— Vamos seguir pela trilha da plantação, sem passar pela casa-grande — ordena, se acomodando no banco. — Minha mãe está acamada, e eu não quero incomodar passando por lá. — Tenta soar enérgica e mandona como a mãe, mas mesmo agora, já com dezesseis anos e saia de mulher, ela ainda fala como uma garota fingindo ser gente grande.

— Sim, senhora.

Subo na boleia e toco a velha égua, fazendo um círculo fechado ao redor da lagoa clara. As rodas da charrete sacodem nos macadames soltos e na hera que se espalha. Quando o caminho fica livre, faço a égua ir mais depressa. Ginger ainda tem um bom trote, apesar da idade e da penugem nevada em torno do nariz e dos olhos. Balança a crina, espantando as moscas.

Percorremos cinco quilômetros pelo dique da fazenda e passamos pela igrejinha branca onde a Velha Sinhá fazia a gente ir todo domingo no tempo da escravidão. Com os mesmos vestidinhos brancos e um laço de fita azul amarrado na cintura pra impressionar os vizinhos. A gente ficava no balcão ouvindo o sermão do pastor branco. Nunca mais fui a essa igreja depois da libertação. Agora a gente tem as nossas reuniões. Lugares onde homens negros podem pregar. A gente tá sempre mudando de lugar, pra ficar longe da Ku Klux Klan e dos Camélias Brancas, mas sempre sabe quando e aonde ir.

— Para aqui — diz Sinhazinha, e eu puxo as rédeas da égua. "Será que nós vamos pra igreja?" Mas não posso perguntar.

De trás da igreja sai Juneau Jane, montada num cavalo cinza grande numa sela de mulher, as pernas finas com meias pretas compridas embaixo do vestido de menina. Agora, na luz, posso ver que as meias dela têm mais remendos que pano e que as botas estão quase furadas nos dedos. O vestido azul de listras floridas tá limpo, mas puído nas costuras. Ela cresceu um pouco depois da compra do vestido.

O cavalo dela parece ser de raça, alto e com um pescoço robusto que indica ter sido usado por um tempo como garanhão. A garota parece ter jeito com animais, fugaz, à maneira da mãe dela e do resto da família, com aqueles estranhos olhos verde-prata. O cabelo desce até a cintura e a sela e se confunde com a crina preta do cavalo, fazendo os dois parecerem uma só criatura.

Juneau Jane galopa até a charrete com o queixo tão empinado que precisa baixar os olhos pra fitar a carroça. E seus olhos se concentram em mim. Será que ela me viu ontem à noite? Será que ela sabe? Levanto os ombros até quase encostar no chapéu pra me defender de qualquer praga que ela tente lançar em mim.

O ar entre ela e a Sinhazinha Lavinia é muito tenso.

— Venha atrás de nós — cospe Sinhazinha Lavinia, como se não aguentasse as palavras na boca.

— *C'est ce bon.* — O francês da garota soa como música. Faz me lembrar das canções que as crianças órfãs cantavam quando as freiras formavam corais pra se apresentar nas festas de gente branca antes da guerra. — Na verdade, essa era a minha intenção.

— Não quero você empesteando a carruagem do meu pai.

— Por que eu precisaria disso se ele me deu esse belo cavalo para cavalgar?

— O que já é mais do que você merece. Foi o que ele me garantiu antes de ir para o Texas. Você vai ver.

— Sim. — A garota não tá tão assustada quanto devia. — *Nós* vamos ver.

As molas da suspensão reclamam e gemem quando Sinhazinha se mexe no banco, enfiando as mãos nas dobras de uma saia vermelha que Tati fez no verão passado pra ela levar pra escola. "É preciso manter as aparências", disse a Velha Sinhá. A saia vermelha foi refeita com um antigo vestido da Velha Sinhá.

— Estou apenas sendo prática, Juneau Jane. Realista. Se sua mãe fosse uma mulher razoável, e não tão terrivelmente mimada, não estaria em dificuldades poucos meses depois de não ser mais ajudada pelo meu pai. Então, de alguma forma, eu e você somos vítimas de uma loucura paterna, não é? Meu Deus! Nós *temos* algo em comum. Nós duas fomos traídas por aqueles que deveriam nos proteger, não é?

Juneau Jane não responde. Só resmunga em francês. Talvez esteja rogando uma praga. Nem quero saber. Me debruço na boleia, o mais longe possível, pra praga não chegar até mim. Fecho os braços e encosto a língua no céu da boca, apertando os lábios. Assim a praga passa longe e não entra em mim.

— E, é claro, vamos seguir as intenções do meu pai ao pé da letra, assim que ficarmos sabendo sobre elas — continua Sinhazinha Lavinia. Ela nunca se incomodou em falar sozinha. — Minha intenção é fazer você manter o seu compromisso. Assim que encontrarmos os documentos do papai, e eles confirmarem, realmente, que aconteceu o *pior* com ele no Texas, você vai obedecer às exigências dele sem causar mais problemas ou constrangimentos para a minha família.

Desvio a égua pra um buraco na estrada, pra ver se consigo chacoalhar Sinhazinha um pouco pra ela parar de falar. Essa voz açucarada me faz lembrar de pancadas e beliscões, de socos na cabeça e de uma vez no Texas que ela me deu um chá pra tomar com uma pitada do veneno de rato da Seddie — só pra ver o que acontecia. Eu tinha apenas sete anos, menos de um ano depois de ser resgatada do malfeitor do Jep Loach, e fiquei torcendo pra viver até os oito depois de tomar aquele veneno. Sinhazinha tinha cinco anos de maldade.

Gostaria de contar essa história pra Juneau Jane, mesmo não tendo nenhuma amizade com ela. Vivendo no luxo todos esses anos em Tremé, enquanto o dinheiro dos Gossett secava. O que essa garota achava? Que ia durar para sempre? Eu não vou me sentir mal se ela e a mãe acabarem vivendo na rua. Tá na hora de elas aprenderem a trabalhar. Trabalhar ou morrer de fome. É o que acontece com o resto de nós.

Não tenho motivo pra me preocupar com nenhuma dessas duas e não estou preocupada. Sou alguém que só serve pra cuidar da plantação, lavar roupa ou cozinhar pra elas. E o que eu ganho com isso, mesmo agora depois da libertação? A barriga quase sempre vazia e um teto com goteiras pingando na cabeça, sem dinheiro pra consertar até pagar o contrato da terra. Só pele, músculo e osso. Sem esperança. Sem coração. Sem sonhos.

Chegou a hora de parar de cuidar das coisas dos brancos e começar a procurar o que é meu.

— Moleque! — berra Sinhazinha. — Mais depressa.

— A estrada é difícil, Sinhazinha — respondo, devagar e com a voz engrossada. — Fica melhor quando chegar na Estrada do Rio. Aquela lá é mais suave. — A velha Ginger é como Goswood Grove. Já viu dias melhores. Essa terra esburacada pela chuva é difícil pra ela.

— Faça o que eu mando! — insiste Sinhazinha Lavinia.

— Sua égua manca um pouco na pata esquerda dianteira. — Juneau Jane rompe o silêncio pra falar do cavalo. — É melhor poupá-la, se ainda tivermos uma longa distância a percorrer.

"Uma longa distância a percorrer", considero. Quanto tempo vai demorar essa viagem? Quanto mais demorar, maior a chance de a gente ser apanhada.

A pele embaixo da camisa que não é minha começa a coçar. O tipo da coceira que serve de alerta pra alguma coisa.

Viajamos quilômetros e mais quilômetros, passando por plantações e mais plantações, por um assentamento atrás do outro, um atracadouro depois do outro, e a coceira vai ficando mais profunda, se enterrando na minha pele e permanecendo ali. Está sendo um mau negócio, e agora eu tô muito longe pra escapar.

Parece que a gente já tava quase em Nova Orleans quando chegamos ao lugar que Sinhazinha Lavinia tinha na cabeça. Sinto o cheiro e escuto os sons antes de ver o local. Estufas de carvão e fumaça de fogueira. Som das caldeiras e dos apitos de barcos encrespando as águas do rio. O *tosse-pufe, tosse-pufe* de descaroçadoras de algodão e moinhos a vapor. A fumaça é um teto baixo, um outro céu. É um lugar sujo, uma fuligem preta cobre os prédios de tijolo e as casas de madeira como uma manta, e também os homens e cavalos. Mulas e estivadores arrastam fardos de algodão e pilhas de lenha, barris de açúcar, de melaço e de uísque pra carregar os vapores que vão subir o rio para o norte, onde as pessoas têm dinheiro pra comprar esses produtos.

Agora a velha Ginger tá mancando bastante, e fico contente em fazer uma parada, apesar de não gostar do jeito das coisas aqui. Manobro a carruagem entre homens, carretas e carroças, a maioria conduzida por negros e meeiros brancos miseráveis. Não se vê uma charrete bonita como a nossa em parte alguma. Nem mulheres. Chamamos atenção passando pela rua. Homens brancos param, coçam o queixo e saem do caminho. Negros espiam por baixo da aba do chapéu, abanam a cabeça e tentam me advertir com olhares de alerta, como se eu não devesse estar lá.

— Melhor seguir caminho com as suas sinhás — cochicha um deles quando desço pra puxar a velha Ginger entre duas carroças, tão perto uma da outra que quase não dá pra passar. — Isso não é lugar pra elas.

— Eu não tenho escolha — respondo em voz baixa. — Mas a gente não vai ficar muito tempo.

— É melhor mesmo. — O homem empurra uns caixotes vazios pra deixar a gente passar. — Melhor não deixar a lua encontrar você e suas sinhás no meio da estrada também.

— Chega de conversa! — Sinhazinha Lavinia pega o chicote de cocheiro do banco e tenta alcançar o cavalo. — Deixe meu cocheiro em paz, moleque. Saia do caminho. Temos negócios a tratar.

O homem se afasta.

— Basta deixar dois escurinhos a um metro um do outro e eles já querem ficar conversando à toa — esganiça Sinhazinha. — Não é mesmo, moleque?

— Sim, senhora — respondo. — É assim mesmo.

Pela primeira vez, sinto prazer nessa enganação. Ela não faz ideia de com quem tá falando. Mentir pode ser um pecado, mas eu me sinto bem com isso. Me sinto mais poderosa.

Passamos por uns prédios que dão para o rio. Sinhazinha Lavinia quer ir até uma viela atrás deles, e é o que eu faço.

— Ali — indica ela, como se já tivesse estado aqui, mas minha impressão é que ela tá vendo tudo isso pela primeira vez. — Aquela porta vermelha. A companhia de navegação do dr. Washburn é lá dentro. Não apenas ele é um assessor do meu pai em questões legais e superintendente das propriedades dele no Texas, como também é um dos *sócios* nos negócios, como você pode ou não saber. Papai me levou para jantar com o dr. Washburn em Nova Orleans. Ficaram conversando até tarde no saguão depois que me recolhi na suíte do nosso hotel. Mas eu fiquei um pouco com eles, claro, para ouvir a conversa. Como são membros da mesma... sociedade de cavalheiros... o dr. Washburn se comprometeu a cuidar dos negócios do meu pai, se ele não pudesse. Depois papai me disse para procurar o dr. Washburn se houvesse necessidade. Como os dois estavam muito envolvidos em negócios juntos, ele vai ter cópias dos documentos do meu pai. Aliás, provavelmente foi ele quem fez os registros pessoalmente.

Dou uma olhada pra Juneau Jane por baixo do meu chapéu. "Será que ela tá acreditando nisso?" A garota segura as rédeas com as luvas de couro enquanto observa o prédio. O grande cavalo cinzento tá perturbado com a apreensão dela. Gira a cabeça em círculos, empurra a bota dela, resfolega baixinho.

— Venha comigo — diz Sinhazinha, querendo descer da charrete. Não tenho escolha a não ser ajudar. — Não vamos resolver problema nenhum aqui paradas, não é? Você não tem nada a temer, Juneau Jane. A não ser, é claro, que esteja *insegura* quanto a sua situação, é isso?

A coceira do mau presságio me toma o corpo todo. Sinhazinha tá passando a mão no colar de ouro que usa desde sempre. Ela só faz isso quando tá aprontando alguma coisa horrível. Juneau Jane devia mais era dar meia-volta com esse cavalo e fugir a galope. Seja lá o que Sinhazinha tá tramando, não é nada de bom.

Mal ouço quando aquela porta vermelha se abre com um rangido. Um homem alto e forte, de pele negra, aparece. Eu pensaria que é o mordomo, mas ele não tá de libré, só uma camisa normal e calça de algodão marrom que marca as coxas fortes e entra nas botas de cano alto até o joelho.

O homem franze os olhos e examina a gente mais de perto, nós três.

— Sim, senhora? — diz pra Sinhazinha. — Posso ajudar, mocinha? Acho que bateu na porta errada.

— Estão me esperando — dispara Sinhazinha.

— Ninguém me disse que estava esperando ninguém. — O homem não se mexe e a Sinhazinha se pavoneia.

— Eu quero falar com o seu patrão, *rapaz*. Diga para ele vir me atender, como estou dizendo.

— Moses! — Uma voz masculina soa lá de dentro, enérgica e irascível. — Vai fazer o que eu mandei. Mais cinco homens pra tripulação do *Genesee Star*. Fortes e saudáveis. Eles precisam estar aqui até meia-noite.

Moses dá uma última olhada pra nós antes de desaparecer na penumbra.

Um homem branco aparece. Alto e magro, tem um rosto fino e um bigode cor de palha que contorna o queixo pontudo.

— Eu estou sendo esperada. Nós viemos falar com um amigo — diz Sinhazinha, mas passando a mão no pescoço e com a voz saindo como se ela tivesse algodão na garganta, então eu sei que não tá dizendo a verdade.

O homem sai do prédio e vira o pescoço como uma galinha pra olhar de um lado pro outro da rua. Cicatrizes se espalham pelo lado esquerdo da cara dele como cera de vela derretida, e uma das vistas é coberta por um tapa-olho. O olho bom se volta na minha direção.

— Nosso amigo em comum exigiu especificamente que entrem somente duas pessoas.

Me abaixo pra examinar a pata manca da égua, querendo ficar bem pequena.

— Somos nós duas. E mais o meu moleque cocheiro, é claro. — Sinhazinha dá uma risada nervosa. — A estrada não é segura para uma mulher sozinha. Com certeza o dr. Washburn vai entender. — Sinhazinha cruza as mãos nas costas, empinando o busto para se mostrar, só que ela não tem quase nada. É reta e quadrada, de cima a baixo, com ombros largos como o Velho Senhor. — Tenho uma longa distância até voltar para casa e mal disponho da luz do dia necessária. Prefiro concluir o nosso negócio da forma mais eficiente possível. Eu trouxe o que me pediram, exatamente como solicitado... pelo dr. Washburn.

Não sei se alguém mais percebe ou não, mas Sinhazinha dá uma rápida olhada na direção de Juneau Jane, como se fosse *aquilo* que tivessem mandado ela trazer — a meia-irmã mais nova.

A porta se abre mais e o homem desaparece lá dentro. Um frio áspero e pegajoso percorre meu corpo todo.

Juneau Jane amarra o cavalo dela na carroça, mas fica plantada na rua, com o vento batendo na saia de listras azuis e na anágua branca, moldando as canelas magras. Mexe os braços e torce o nariz como se sentisse um bafo fedido.

— O que é que eles pediram que você trouxesse? Como vou saber se você não ofereceu uma compensação a esse dr. Washburn como pagamento por uma mentira conveniente?

— O dr. Washburn não precisa de nada de mim. Ora, o homem é dono de tudo isso. — Sinhazinha aponta para o grande prédio e o atracadouro no rio logo atrás. — Em sociedade com meu pai, claro. Eu teria o maior prazer de falar com o dr. Washburn a sós, mas nesse caso você teria de confiar que eu passaria a informação que conseguir obter. Se o dr. Washburn tiver a única cópia que resta dos documentos do meu pai, eu poderia queimá-la dentro do prédio e você jamais saberia. Imagino que queira ver por si mesma. Não quero que me questione depois. Se não entrar, você vai ter que confiar na minha palavra.

Juneau Jane mantém os braços esticados, colados no corpo. Tá de punhos fechados.

— Eu ficaria mais à vontade em confiar numa serpente.

— Como imaginei. — Sinhazinha estende uma das mãos a Juneau Jane, a palma virada pra cima. — Então vamos entrar. Vamos fazer isso juntas.

Juneau Jane contorna a mão esticada, sobe os degraus e entra pela porta. A última coisa que vejo dela é o cabelo preto e comprido.

— Cuide dos cavalos, moleque. Se acontecer alguma coisa com eles, eu desconto na sua pele... de um jeito ou de outro. — Sinhazinha Lavinia entra logo em seguida.

A porta vermelha se fecha e ouço a tranca deslizando no trilho.

Desafivelo a sela do cavalo, afrouxo um pouco as rédeas e a cinta, encontro um lugar na sombra perto da parede, me enfio num tonel de açúcar vazio virado de lado, deito a cabeça e fecho os olhos.

A longa noite quase sem dormir me pega antes que eu perceba.

Assim como o sonho com o pátio do mercador.

Aquele barril emborcado se transforma na senzala de onde sou levada mais uma vez da minha mãe.

Amigos Perdidos

Prezado editor, peço licença para fazer mais um pedido por meio de seu valioso jornal quanto ao paradeiro de meu irmão, Calvin Alston. Ele nos deixou no ano de 1865 na companhia de um regimento de soldados federais. Da última vez que ouvi falar, ele estava em Shreveport, Texas. Por favor, enderece a correspondência para a srta. Kosciusko.

D. D. Alston

— Coluna "Amigos perdidos"
do *Southwestern*
18 de dezembro de 1879

6

BENNY SILVA — AUGUSTINE, LUISIANA, 1987

QUANDO CHEGUEI EM CASA FINALMENTE A chuva parou. Ao subir a escada da varanda, chapinhando perto do santo de jardim escondido, me sinto culpada pelo telefonema meio emotivo que fiz à tia de LaJuna ao entrar na escola vazia. Tia Sarge, cujo verdadeiro nome agora sei ser Donna Alston, deve estar achando que sou um caso perdido, mas devo dizer em minha defesa que a chuva estava batendo nas janelas da escola numa torrente profusa. Só conseguia imaginar o quanto de água estava entrando pelo telhado da minha casa, e o pouco que demoraria para transbordar do meu reservatório improvisado.

Diga-se a seu favor que tia Sarge é uma mulher de palavra. Ela chega logo depois de mim. Entramos na casa e verificamos juntas o recipiente e o levamos para a varanda antes mesmo de nos apresentarmos.

— Você está com um problema. — Tia Sarge vai direto ao ponto. É uma mulher negra parruda. Parece uma professora de academia com uma postura militar que silenciosamente insinua: "Não se meta comigo." — Eu posso vir amanhã pra fazer o conserto.

— Amanhã? — pergunto, ansiosa. — Eu achei que você poderia cuidar disso hoje. Antes de começar a chover de novo.

— Amanhã à tarde — acrescenta ela. — É o melhor que posso fazer. — E prossegue dizendo que até lá vai estar tomando conta dos filhos de uma parente e que deixou um vizinho cuidando deles por um tempo para vir até aqui.

Ofereço-me para tomar conta das crianças, até para ficarem na minha casa, se ela consertar o telhado.

— Dois estão com a garganta inflamada — explica. — É por isso que não estão com uma babá. E a mãe deles não pode faltar ao trabalho. Não é fácil arranjar emprego por aqui. — Há uma insinuação implícita naquele comentário, que faz com que me sinta acusada de alguma coisa. De estar num emprego que poderia ser de alguém da cidade, talvez? Mas eu era a única com credenciais para o cargo. Faltando uma semana para o início das aulas, o diretor Pevoto ainda não tinha conseguido ninguém com um diploma de professor ou disposição.

— Ah... — respondo. — Desculpe. É que eu não posso me arriscar a ficar doente. Acabei de começar no emprego.

— Eu sei. — Ela aquiesce com um sorrisinho sarcástico. — Uma das novas vítimas.

— Isso aí.

— Eu trabalhei como substituta na escola umas duas vezes na primavera passada, depois que saí do Exército. Não conseguia encontrar outra coisa. — O comentário não precisa ser mais detalhado. A expressão facial dela diz tudo. Por um instante, o clima entre nós parece quase juvenil. Acho que ela está tentando não sorrir, mas diz, com uma cara séria: — Tem que dar uns pescoções naquela turma. Comigo funcionou.

Fico de queixo caído.

— Claro que eles não me chamaram mais depois disso. — Ela sobe em uma das colunas de tijolos da varanda, se segura numa das vigas, faz uma flexão de braço e fica pendurada por um minuto, examinando o telhado, antes de voltar à varanda com um movimento do corpo. O pouso é digno de um super-herói.

Faço um registro mental de que ela não é uma mulher comum. Tenho a impressão de que poderia subir no telhado só com as mãos. Queria ser como ela, não uma bunda-mole da cidade que não sabe nada sobre tapar uma goteira.

— Tudo bem — comenta. — Dá pra remendar.
— Vai custar muito caro?
— Trinta... quarenta paus. Eu cobro oito paus a hora mais o material.
— Parece justo. — Fico contente por não ser pior, mas sem dúvida isso vai interferir no meu orçamento para comprar guloseimas para a minha turma. Espero poder cobrar o dinheiro do telhado do meu senhorio em breve.
— Mas esse não deve ser o seu único problema. — Tia Sarge olha para cima e indica vários pontos por onde a água entrou, deixando manchas de mofo no teto da varanda. — Esse teto já devia estar ali. — Aponta na direção do cemitério. — Não adianta rezar pra quem já tá enterrado.
A frase me faz rir.
— Gostei da expressão. — Sou uma colecionadora de expressões idiomáticas. Até já escrevi um trabalho de graduação sobre isso. Até agora, a Luisiana é o sonho de qualquer colecionador.
— Pode usar. Eu não cobro nada. — Ela franze a testa e me lança um olhar de soslaio.
Quando a gente frequenta a faculdade de Letras durante anos, é fácil esquecer que pessoas que não conhecem aqueles corredores vazios não fazem comentários sobre expressões idiomáticas ou sobre a diferença entre metáforas e essas expressões. Que não discutem sobre essas distinções carregando mochilas pesadas ou em apartamentos minúsculos, bebericando vinho barato em taças de brechó.
Examino o teto manchado e arriado da varanda, imaginando em quanto tempo esse tipo de coisa vai começar a acontecer dentro da casa.
— Talvez eu consiga convencer o proprietário a trocar o telhado.
Tia Sarge coça a orelha, ajeita alguns fios dos cabelos castanhos soltos num chumaço, como um coque.
— Boa sorte. A única razão do Nathan Gossett ter mantido essa casa foi o fato de a srta. Retta ser quase parte da família do juiz. Ela pensava em voltar pra cá depois do AVC. Agora que ela morreu e o juiz também, aposto que Nathan Gossett não se importaria em deixar tudo desabar. Duvido até de que ele saiba que a casa foi alugada pra alguém como você.
Os músculos das minhas costas se enrijecem.

— Alguém como eu?

— Alguém de fora da cidade. Uma mulher morando sozinha. Não é uma casa muito adequada.

— Eu não ligo pra isso. — Sinto meus pelos se arrepiarem. — Eu ia me mudar com meu namorado... meu noivo... Mas, bom, você pode ver que acabei vindo sozinha.

Eu e Sarge temos mais um *daqueles* momentos. Um momento em que uma espécie de limite foi ultrapassado e nos encontramos do mesmo lado, estranhamente solidárias. É um momento fugaz, como a brisa súbita que sopra, trazendo o cheiro de mais chuva. Faço uma expressão preocupada.

— Ainda vai demorar umas duas horas pra chegar aqui — garante Sarge. — E vai parar amanhã de manhã.

— Espero que minha panela aguente até lá.

Ela olha para o relógio e começa a descer a escadinha da varanda.

— Use uma lata de lixo. Você tem uma lata de lixo, não tem?

— Obrigada. É, eu vou fazer isso. — Não quero admitir que essa opção nem me passou pela cabeça.

— Eu volto amanhã. — Ela levanta a mão de um jeito que pode ser tanto um aceno de despedida como um gesto obsceno.

— Uma coisa — digo, pouco antes de ela entrar na picape vermelha com uma escada no bagageiro. — Como eu vou daqui até a casa do juiz? Alguém me disse que dá pra ir a pé pela plantação.

— Foi a LaJuna que disse isso?

— Por quê?

— Ela gosta de ir lá.

— LaJuna? Como ela chega até aqui? — Minha casa fica a oito quilômetros da cidade.

— De bicicleta, imagino. — Sarge parece se preocupar com minha curiosidade. — Ela não tá fazendo nada errado. É uma boa garota.

— Sim, eu sei. — Na verdade eu não sei nada sobre LaJuna, a não ser o fato de ter sido simpática comigo no restaurante. — Deve ser uma longa volta de bicicleta, só isso.

Tia Sarge para perto da picape, me observando por um instante.

— É mais curto pela velha estrada do dique da fazenda. Passando por ali. — Ela faz um sinal na direção do pomar atrás da minha casa e do campo arado mais além, onde a plantação está verdejante e na altura dos joelhos. — A rodovia contorna todas as terras que eram de Goswood Grove. A estrada da fazenda passa bem no meio da plantação e vai até os fundos do casarão. Quando eu era criança, os agricultores ainda iam e vinham por esse caminho pra trazer as colheitas pra vender e a cana-de-açúcar para o moinho, principalmente os mais antigos, que ainda usavam mulas. Uns poucos quilômetros fazem uma grande diferença quando você viaja a três quilômetros por hora.

Fico surpresa. Mulas? Estamos em 1987. Acho que Sarge ainda não tem nem trinta anos.

— Mais uma vez obrigada por ter vindo tão rápido. Agradeço muito. Mas só estarei em casa amanhã depois da escola.

Ela dá mais uma olhada para o telhado.

— Eu não vou precisar entrar. Provavelmente já vou ter consertado quando você voltar.

Sinto-me um pouco frustrada. A tia de LaJuna talvez seja meio rude, mas tem uma personalidade interessante. E sabe de coisas sobre Augustine, embora eu tenha a impressão de que ela não é exatamente uma pessoa muito integrada. A perspectiva dela poderia me ser útil. Além do mais, eu realmente gostaria de fazer uma ou duas amigas aqui.

— Certo. — Tento mais uma vez. — Mas, se você ainda estiver aqui quando eu voltar do trabalho, costumo fazer um café pra tomar na varanda dos fundos. — É um convite meio desajeitado, mas é um começo.

— Garota, eu ficaria acordada a noite toda. — Ela abre a porta da picape. Então para mais uma vez e me lança o mesmo olhar perplexo que recebi quando pedi a Granny T para falar nas minhas aulas. — Você precisa parar de tomar café à noite. Pode atrapalhar o seu sono.

— Provavelmente você tem razão. — Não tenho dormido muito bem, mas acho que é por causa do trauma do emprego, combinado com estresse financeiro. — Bem, se não nos vermos amanhã, você deixa a conta pra mim? Ou me entrega na escola?

— Eu passo por baixo da porta de tela. Não gosto daquela escola. — E Sarge vai embora sem mais cordialidades.

Sou relembrada de que Augustine funciona sob um código não escrito, que eu não entendo nem consigo usar para me comunicar. Tentar decifrá-lo é como ser deixada no quarto dos fundos do apartamento do meu pai em Nova York, sentar na beira da cama com minha mala entre os joelhos e ouvir meu pai, a mulher dele e meus avós falando depressa em italiano, imaginando se minhas meias-irmãs, deitadas na cama no quarto ao lado, conseguiam entender o que estavam dizendo. A meu respeito.

Afasto essa lembrança logo e entro em casa para calçar as galochas que usava no *campus* da faculdade em dias de chuva. É o mais parecido com uma bota que tenho, mas vai ter que servir. Felizmente, não preciso ir muito longe para encontrar a tal estrada do dique. Quero fazer ao menos uma tentativa antes de voltar a chover. Depois de LaJuna e da tia Sarge, minha curiosidade foi aguçada.

Chafurdo pelo quintal dos fundos na direção das cercas de louro-rosa e de madressilva que separam o terreno da casa de um pequeno pomar com um canteiro de flores e sigo pelos campos cultivados ao redor.

Meus sapatos estão encharcados e com dois quilos de lama quando encontro a subida para uma estrada que segue ao longo de um canal de irrigação. A estrada do dique da fazenda, suponho. O fantasma das rodas de uma carroça sulca a terra, mas a maior parte é coberta de mato e de flores silvestres do outono.

Um raio de sol atravessa a névoa que paira acima, como que me estimulando a prosseguir. Os carvalhos cintilam na luz dourada, gotejando diamantes líquidos da superfície cerosa das folhas. Os ramos distorcidos se adensam à medida que avanço, como cortinas de musgo desgarradas. Naquela penumbra, a estrada parece sinistra, fantasmagórica, uma passagem para outro domínio, como o guarda-roupa de *As crônicas de Nárnia* ou a toca do coelho da Alice.

Paro por um momento, avalio até onde vai a estrada e meu coração bate mais forte. Imagino as conversas que este lugar ouviu, as pessoas e os animais que passaram por essa elevação do solo. Quem conduzia as carroças que deixaram essas marcas? Para onde essa gente estava indo? Sobre o que falavam?

Terão ocorrido batalhas aqui? Soldados abriram fogo por esse caminho? Ainda haverá balas encravadas nas fibras e nas cascas dessas velhas árvores? Conheço os fatos básicos da Guerra Civil, mas quase nada sobre a história da Luisiana. Agora isso parece uma lacuna. Gostaria de entender esse canto pantanoso e vicejante do mundo, que se espraia por igual pela terra, pelo rio, pelos pântanos e pelo mar. Será minha moradia durante os próximos cinco anos, se eu descobrir como sobreviver aqui.

Preciso de mais peças do quebra-cabeça, mas ninguém vai me dar isso. Eu preciso *encontrar* essas peças. Desenterrar de seus esconderijos, da terra e das pessoas.

"Ouça", a terra parece me repreender. "Ouça. Eu tenho histórias para contar."

Fecho os olhos e ouço vozes. Milhares murmurando ao mesmo tempo. Não consigo distinguir nenhuma, mas sei que estão aqui. O que elas têm a dizer?

Abro os olhos, enfio as mãos nos bolsos da minha capa de chuva roxa e continuo andando. O dia está tranquilo, mas minha cabeça é uma algazarra. Meu coração acelera enquanto faço planos. Preciso de ferramentas para entender este lugar, para abrir caminhos aqui. As guloseimas da escola são ferramentas. Os livros são ferramentas. Mas as histórias que não estão nos livros, que não foram escritas, como as que Granny T me contou, como a tia Sarge se lembrando dos fazendeiros que levavam carroças puxadas a mula ao mercado, tudo isso também é ferramenta.

"É triste quando histórias morrem por falta de ouvidos que as ouçam." Granny T está certa.

Deve haver outras pessoas aqui com histórias que ninguém está ouvindo. Histórias reais que poderiam ensinar as mesmas lições que espero mostrar na literatura. E se de alguma forma eu pudesse torná-las parte do meu currículo? Talvez elas pudessem me ajudar a entender esse lugar e os meus alunos. Talvez pudessem ajudar as garotas e os garotos a entender uns aos outros.

Estou tão absorta andando e pensando, traçando esquemas e planos e elaborando visualizações positivas de como tornar a próxima semana diferente, que quando saio do meu mundo imaginário e volto ao mundo real, o túnel formado pelas árvores ao lado da estrada acabou e estou passando pela enorme plantação de uma fazenda. Não faço ideia do quanto andei. Minha cabeça não registrou nada.

Dos dois lados da trilha elevada, fileiras cuidadosamente plantadas do que parecem ser sempre-verdes crescem meio submersas pela água. A luz do sol acabou, e o verde vibrante parece assustadoramente luminoso estampado no céu nublado — como se eu estivesse vendo aquilo num aparelho de TV depois de uma criança de dois anos ter brincado com o botão de controle das cores.

Agora percebo o que me fez parar e despertar para o mundo. Duas coisas, aliás. Uma delas é que parece que passei pela casa do juiz sem perceber, pois se eu seguir esse caminho vou chegar à periferia da cidade. A segunda é que no momento eu não posso mais continuar andando. Um tronco está bloqueando a trilha à frente... só que *não* é um tronco. É um jacaré. Não um jacaré enorme, mas grande o bastante para estar ali sem aparentar nem um traço de medo, me encarando.

Fixo meu olhar nele, maravilhada e horrorizada. É o maior predador que já vi fora da tela da TV.

— Eu tiro ele daí pra *vochê*. — Só então vejo o garotinho de bicicleta, com minha visão periférica. A camisa suja mostra marcas da coxa de frango filada no Cluck and Oink pouco tempo atrás.

— Não. Não, não, *não*! — Mas minhas palavras não têm efeito. O garoto avança na direção do jacaré, empurrando a bicicleta na frente como um aríete.

— Para! Sai daí! — Vou correndo até ele, sem ter ideia do que fazer em seguida.

Felizmente, o jacaré se assusta com o alvoroço. Desliza da trilha para o charco ao lado.

— Você não devia fazer isso! — digo, ofegante. — Eles são perigosos.

O garoto pisca, a luz difusa acentuando as rugas de surpresa em sua testa. Grandes olhos castanhos me fitam sob os cílios inacreditavelmente densos que notei no primeiro dia em que o vi sozinho no pátio da escola.

— Nem é dos *gandão* — comenta sobre o jacaré.

Meu coração fica apertado. A voz e a ligeira dificuldade na fala o fazem parecer ainda mais novo do que provavelmente é. De qualquer forma, um garoto de cinco ou seis anos não deveria andar sozinho desse jeito. Atravessando ruas e espantando jacarés.

— O que você está fazendo aqui sozinho?

Seus ombros ossudos sobem e descem sob as cavas assimétricas da camiseta do Homem-Aranha engordurada. Aliás, acho que é um pijama, com o calção largo.

Tento aliviar a tensão das minhas mãos, recuperar o controle. O zumbido remanescente do medo ainda me faz sentir preparada para uma batalha.

Estico a cabeça e miro os olhos dele.

— Como você se chama? Você mora aqui perto?

Ele concorda com a cabeça.

— Está perdido?

Faz que não com a cabeça.

— Precisando de ajuda?

Mais uma negativa não verbal.

— Então tudo bem, mas olha pra mim. — Ele me olha de relance, mas desvia o olhar. Faço o meu truque de professora: ponho dois dedos nos meus olhos e aponto para ele. Agora estamos olho a olho. — Você sabe como chegar em casa?

Ele continua olhando para mim, abaixando e levantando a cabeça, hesitante. Parece um gatinho acuado, tentando imaginar o que precisa fazer para fugir de mim.

— Você mora muito longe?

Ele aponta vagamente para um conjunto de casas capengas do outro lado da plantação.

— Então pega sua bicicleta e vai já para casa. E fique em casa, pois vai cair uma tempestade e não quero que você seja atingido por um raio ou algo assim. Entendeu?

A expressão dele murcha, visivelmente insatisfeita. Devia ter outros planos. Estremeço só de pensar em quais seriam.

— Eu sou professora, e as crianças têm que fazer o que as professoras mandam, certo? — Sem resposta. — Qual é o seu nome?

— Tobiasss.

— Tobias? Que nome bonito! Muito prazer, Tobias. — Estendo minha mão, ele está quase querendo aceitar, mas logo dá uma risadinha e recua, escondendo o braço atrás das costas. — Tobias, você é um pequeno Homem-Aranha muito corajoso, e devo acrescentar que muito bonito também, e eu detestaria te ver afogado por uma tempestade ou devorado por um jacaré. — As sobrancelhas se erguem, descem, sobem de novo, depois meio que ficam dançando na testa pequena. — E obrigada por ter me salvado do jacaré, mas você nunca mais, *nunca mais* vai fazer isso com um jacaré, nunca mais e em lugar algum. Estamos combinados?

Ele chupa o lábio inferior pelo vão dos dentes — ele não tem os dentes da frente — e lambe uma mancha de molho de churrasco.

— Você vai me prometer isso. E lembre-se: os super-heróis *sempre* cumprem o que prometem. Principalmente o Homem-Aranha. O Homem-Aranha nunca deixa de cumprir uma promessa. Principalmente para uma professora.

Ele gostou dessa coisa de super-herói. Endireita os ombros arredondados e concorda.

— Tudo bem.

— Certo. Agora você vai pra casa. Lembra que você prometeu.

Ele vira a bicicleta na direção da cidade, passa desajeitadamente uma perna pelo quadro alto demais, olha para mim.

— Como é que você chama?

— Eu sou a professora Benny Silva.

Ele abre um sorriso, e por um segundo sinto vontade de ter me formado em educação infantil.

— *Pofessora* Benny Silva — repete, saindo de bicicleta, bambeando na trilha até ganhar velocidade e começar a andar em linha reta.

Faço uma rápida inspeção em busca de mais algum jacaré antes de dar meia-volta e retornar na direção de que vim. Chega de devaneios por hoje. Melhor sair daqui; estar atenta é uma questão de sobrevivência.

Apesar de tomar cuidado no caminho de volta, quase perco de novo a velha casa do juiz. Uma frondosa cerca de murta-silvestre separa a residência da estrada. Cheia de brotos, trepadeiras errantes e uma grande quantidade do que parece hera-venenosa, é quase indistinguível da paisagem natural a não ser pelas cascas vazias de brotos de murta despontando como pisca-piscas de Natal queimados.

O musgo se alastra pelas raízes, formando um quebra-cabeça de figuras verdes e retangulares. Passo o sapato por uma delas e descubro o calçamento de pedra de um antigo caminho ou estacionamento. Os ramos quebrados de murta dão mostras de que alguém recentemente abriu uma passagem entre os troncos recurvados.

Minha memória retrocede a um período de seis meses em que morei no Mississippi, com minha mãe e o namorado dela na época, que não gostava muito de crianças. Para me distrair, eu e meus bichos de pelúcia construímos uma fortaleza secreta entre as murtas encrespadas de uma linda casa florida lá perto. Passar agora pela abertura parece totalmente natural, mas o jardim do outro lado, apesar de abandonado, é de proporções muito mais épicas.

Viçosos carvalhos, bancos de madeira, imponentes nogueiras e o que restou de sinuosas paredes de tijolos formam treliças irregulares para grandes tufos de antiquadas trepadeiras de rosas. Aqui e ali, pilares de mármore salpicados de musgo se sobressaem no mar verdejante como aristocratas sem posses, imobilizados no tempo. Há muito ninguém cuida desse jardim, e mesmo assim continua lindo. Tranquilo, apesar do vento cada vez mais forte.

Uma fantasmagórica mão branca surge perto do meu pé quando faço uma curva, e dou um pulo antes de perceber que é o membro amputado de um querubim tombado com um braço só. Caído perto de uma rede de trepadeiras entrelaçadas, tem os olhos de mármore fixos no céu num eterno anseio. Por um momento me sinto tentada a resgatá-lo, mas logo me lembro da história do vereador Walker sobre a mudança do santo de jardim da srta. Retta para o canteiro da minha casa. Além do mais, o querubim é pesado demais. "Talvez ele se sinta confortável aqui, considero. A paisagem é muito bonita."

Sigo o caminho até uma ponte de pedra arqueada, com um arco-íris de peixes coloridos dardejando perto do fundo. Tomo cuidado ao passar pela vegetação alta do outro lado. Uma das razões são os jacarés. A outra são as heras-venenosas.

A casa surge à vista depois da última curva. Passo por um portão que se esfarela e chego numa área de grama recém-aparada, densa e vistosa, encharcada pela chuva recente. Os clamores do céu me lembram de que vem mais água por aí e é melhor eu não demorar. Se pudesse, eu ficaria aqui absorvendo tudo, assimilando o ambiente.

Apesar dos inequívocos sinais de abandono, a casa e o jardim são magníficos, mesmo vistos por trás. Uma fileira de imponentes carvalhos e nogueiras ladeiam e recobrem o caminho. Pelo menos uma dezena de magnólias se destacam, os ramos de folhas cerosas recobertas de brotos grandes e brancos. Murtas com galhos emaranhados da grossura da minha perna, rosas, oleandros, hibiscos, lírios-brancos e cor de vinho e esguias maravilhas formam rebeldes manchas de cores ao redor do velho casarão, espalhando-se pela grama livres do confinamento artificial dos canteiros. O doce aroma do néctar luta contra o ar salgado da tempestade que se aproxima.

Presidindo seus domínios silenciosamente, a imponente mansão ergue-se um andar acima do solo sobre um porão de tijolos. Uma estreita escada de madeira no fundo propicia o acesso mais próximo a uma varanda grande e arejada em volta da casa, sustentada por colunas grossas e brancas inclinadas para dentro e para fora, como dentes desalinhados. O piso range sob meus passos, e o som se mistura a uma melodia mística e irregular de vidro e metal tilintando.

Localizo a fonte da melodia bem diante de mim. Perto de duas grandes escadarias que sobem do chão em círculos como os chifres de um carneiro, um sino de vento de garfos e colheres tilinta suavemente, um teste para os desgastados cordéis que o sustentam. Ao lado, garrafas multicoloridas amarradas a uma árvore ressecada acrescentam uma cacofonia de notas agudas e indiscriminadas.

Bato na porta, olho por uma janela lateral e digo:

— Olá!

Repito o ritual algumas vezes e, apesar de ser evidente que o jardim e os canteiros ao redor da casa foram cuidados, está claro que ninguém mora ali faz muito tempo. Marcas circulares da poeira espalhada pela chuva revestem o chão da varanda, alteradas apenas pelo rastro que deixei.

Reconheço imediatamente a sala de que LaJuna me falou quando olho pela janela. Nem preciso chegar mais perto do vidro grosso e corrugado ou proteger os olhos do leve reflexo do sol que se põe. Diante das portas duplas, olho pelo vidro e pela madeira entrelaçados por teias de aranha e vejo fileiras e mais fileiras de livros.

Um tesouro literário, esperando para ser explorado.

7

Hannie Gossett — Augustine, Luisiana, 1875

Está escuro quando eu acordo, sem uma lasca de lua, um lampião a gás ou um nó de pinho aceso pra ver alguma coisa. Não consigo pensar onde estou, nem como vim parar aqui. Só sei que meu pescoço dói, e a parte da minha cabeça que ficou encostada na madeira dura está dormente. Levanto a mão pra esfregar o local, meio que imaginando que vou encontrar uma parte careca. Nos anos como refugiados na fazenda do Texas, em períodos que tinha muito trabalho e pouca gente pra ajudar, quando alguns morriam de febre do pântano e da doença da língua preta e outros fugiam, até os empregados domésticos trabalhavam nas plantações de algodão. O trabalho das crianças era regar a terra. Baldes na cabeça, indo e voltando, indo e voltando, e voltando de novo. Era tanto balde na cabeça que o cocuruto ficava careca antes da colheita.

Mas tem cabelo na minha cabeça quando meus dedos apalpam. Cabelo curto, pra eu não precisar me preocupar com ele, mas eu tô usando um chapéu, não um lenço na cabeça. O chapéu de palha de John. Minha mente tropeça uma ou duas vezes antes de disparar e voltar pra onde estou agora. Numa viela, dormindo pesado num tonel que ainda tem o cheiro doce e fervido de xarope de cana-de-açúcar.

"Não devia estar escuro e você não devia estar aqui, Hannie" — é a primeira coisa que penso.

Onde tá a Sinhazinha?

Onde tá Juneau Jane?

Um barulho chega mais perto, e eu já sei o que me acordou. Alguém desafivelando rédeas e arreios, desatrelando a velha Ginger da charrete.

— Quer que a gente jogue essa carroça no rio, tenente? É bem pesada, vai afundar fácil. De manhã ninguém vai ver nada de diferente.

Um homem pigarreia. Quando ele fala, tento decidir se é o mesmo que deixou a Sinhazinha e Juneau Jane entrarem no lugar horas atrás.

— Pode deixar aí mesmo. Eu me livro dela antes do amanhecer. Ponha os cavalos no *Genesee Star*. Vamos esperar até passarmos pela foz do Red e entrar no Texas pra vender os animais. O cinzento é fácil de ser reconhecido aqui perto. É melhor prevenir do que remediar, Moses. Não se esqueça disso, senão eu arranco o teu couro.

— Sim, senhor. Não vou esquecer.

— Você é um bom sujeito, Moses. Eu recompenso a lealdade, do mesmo jeito que castigo a deslealdade.

— Sim, senhor.

"Alguém tá afanando a velha Ginger e o cinzento!" Meu corpo se recupera tão rápido que quase saio correndo e gritando. A gente precisa dos cavalos pra voltar pra casa, e além disso era eu que tinha de cuidar dos cavalos e da charrete. Se a Sinhazinha Lavinia não me matar, a Velha Sinhá acaba com a minha vida quando ficar sabendo. Melhor afundar no rio com aquela charrete, levando John, Jason e Tati comigo. Morrer afogada é melhor do que morrer de fome. A Velha Sinhá vai providenciar que a gente não arranje trabalho nem comida em lugar nenhum. De qualquer jeito, essa encrenca em que a Sinhazinha Lavinia se meteu vai ser culpa *minha*, antes mesmo de acabar.

— Você já encontrou o moleque da charrete? — pergunta o homem.

— Não, senhor. Acho que ele fugiu.

— Encontre esse moleque, Moses. E dê um *fim* nele.

— Sim, senhor. Vou fazer isso já, patrão.

— Não volte aqui antes de ter liquidado o assunto.

A porta abre e fecha, e o tenente entra no prédio, mas Moses fica lá. A viela tá tão quieta que nem me atrevo a preparar minhas pernas pra correr.

Será que consegue ouvir a minha respiração?

Esses homens não são só ladrões de cavalo. Tem coisa muito pior acontecendo aqui. Alguma coisa ligada ao homem que a Sinhazinha e Juneau Jane vieram encontrar, o dr. Washburn.

Minhas pernas se contraem sozinhas. O tilintar das fivelas e dos arreios silencia, e sinto que Moses tá olhando na minha direção. Passos pesados esmagam o cascalho da viela, chegando mais perto, um passo depois do outro, devagar. Um revólver é retirado do coldre. Engatilha.

Prendo a respiração, me encosto nos aros de madeira. "É assim que eu morro?", penso comigo mesma. Tantos anos de trabalho pra não passar dos dezoito anos? Não tenho marido. Nem filhos. Morta pelas mãos de um homem mau e jogada no rio.

Moses tá quase em cima de mim, tentando enxergar no escuro. *Me esconde*, suplico pro velho tonel e pra escuridão. "Me esconde bem."

— Hum... — O som sai gutural. O cheiro dele, de tabaco, enxofre de pólvora, madeira molhada e fritura de linguiça, dança no meu nariz.

O que ele tá esperando? Por que não atira? Será que é melhor eu sair correndo, tentar passar por ele?

A velha Ginger resfolega e bate o casco, nervosa, como se soubesse que isso é um problema. Ela pressente, como qualquer animal. Bufa e relincha, dançando sobre os eixos pra dar um coice no cinzento. O homem, Moses, deve ter deixado os dois muito perto. Não sabe que eles não se conhecem bem. Uma égua velha como a Ginger sabe como botar um capão no seu lugar na primeira chance que encontrar.

— Eia! — Moses se afasta pra acalmar os cavalos. Considero as minhas chances: correr ou continuar escondida.

Ele fica com os cavalos, e eu continuo firme. Parece que espero horas até ele acalmar os cavalos, depois fica andando de baixo pra cima na viela, chutando engradados e pilhas de lixo. Finalmente ele dá um tiro, mas muito longe de mim. Ponho as mãos na cabeça e penso que aquela bala tá vindo na minha direção, mas não vem. Depois ele não dá mais tiro nenhum.

Uma janela abre bem em cima de mim, e o tenente grita pro Moses fazer logo o que tem de fazer; ainda tem carga para embarcar. Ele quer que Moses cuide disso pessoalmente. Principalmente os cavalos. Botar os cavalos no barco e se livrar do moleque.

— Sim, senhor.

O som das ferraduras dos cavalos ressoa nas pedras e ecoa pelas paredes quando Moses se afasta com eles.

Espero até tudo se acalmar pra sair do meu lugar e correr até a charrete pra ver se encontro a bolsinha de renda marrom da Sinhazinha Lavinia. Sem ela a gente não vai ter dinheiro nem o que comer na volta pra casa. Assim que pego a bolsinha, saio correndo como se o diabo estivesse atrás de mim. E o pior é que ele talvez estivesse.

Só paro quando já tô longe daquele lugar e perto do rio, onde homens e meninos pululam num barco noturno como formigas num formigueiro. Escondo a bolsinha da Sinhazinha Lavinia na frente da calça, me afasto do atracadouro e sigo na direção de um acampamento de carroças de carga esperando os barcos que vão chegar amanhã. Barracas tremulam e suspiram na brisa do rio, com as lonas das carroças e mosquiteiros amarrados em galhos de árvores, abrigando os catres embaixo.

Passo pelo acampamento leve como a brisa, a voz do rio abafando os poucos sons da minha passagem. O rio tá alto por causa das chuvas da primavera, o velho Mississippi fazendo um barulho de encher os ouvidos, como o dos tambores feitos à mão antes da libertação. Quando a colheita acabava — a de milho era sempre a última —, os patrões faziam grandes festas pra comemorar a debulhada, com bandejas de toucinho, linguiça, frango frito, tigelas de caldo de carne e ervilha, batata e barris de aguardente de milho, tudo que todo mundo queria. Debulhar milho e comer, beber e debulhar mais milho. Tocar banjo e rabeca. Cantar "Oh! Susanna" e "Swanee River". Fazer uma farra, finalmente livre da nossa labuta, até começar tudo de novo.

Quando os brancos já tinham saído da festa e voltado pra casa-grande, os rabequistas largavam as rabecas e pegavam os tambores, e o pessoal dançava da maneira antiga, os corpos brilhando à luz dos lampiões, gingando, batendo os pés e sentindo o ritmo. Os mais velhos, cansados de tanto cortar cana e carregar pro moinho da usina, ficavam nas cadeiras, mexendo a cabeça e entoando canções na língua que aprenderam com as mães e as avós. Canções de lugares perdidos havia muito tempo.

    Esta noite o rio está como eram então, indomável, batendo e empurrando pra se libertar da prisão das barreiras construídas pelos homens.

    Encontro uma carroça sem ninguém por perto e me enfio num lugar seguro entre umas pilhas de oleados, um espaço onde mal consigo caber. Encosto os joelhos no peito, abraço minhas pernas e tento organizar as coisas na minha cabeça. Mexendo nas carroças e nas tendas, estivadores e biscateiros entram e saem dos prédios enfileirados, rolando barris e puxando carretas carregadas. Andam depressa embaixo dos lampiões a gás, carregando o barco que vai zarpar na primeira luz da manhã. Será que é o *Genesee Star* de que o tenente falou com o Moses?

    Moses sai do prédio e vai até o barco, respondendo a minha pergunta. Gesticula, grita ordens, manda os homens trabalharem. É um homem forte e enérgico, como os feitores dos velhos tempos. O feitor era sempre do tipo que usava a chibata no próprio povo pra ganhar comida boa e uma casa melhor. Tipos que matavam gente igual a eles e enterravam no campo, pra depois arar e plantar em cima das covas na estação seguinte.

    Me encolho ainda mais nas lonas quando Moses olha na direção do acampamento, mesmo sabendo que ele não pode me ver aqui.

    Como é que a Sinhazinha foi se meter com esse tipo de gente? Preciso saber o motivo, por isso abro a bolsinha de renda dela pra ver o que tem dentro. Tem um lenço, que pelo cheiro parece ser um embrulho de pão de milho. Sinhazinha não é de sair de casa sem comida. Meu estômago aperta enquanto fuço o resto das coisas que ela trouxe. Um porta-moedas com seis dólares ianques, pentes de marfim e, bem no fundo, uma coisa enrolada num lenço preto de seda do Velho Senhor. Uma coisa dura e pesada que faz um barulho metálico quando eu desembrulho. Estremeço toda quando uma pequena pistola de dois tiros e dois cartuchos caem na palma da minha mão. Embrulho tudo de novo no pano e fico olhando praquilo no meu joelho.

    O que a Sinhazinha tá fazendo com uma coisa dessas? Ela é louca de ter se metido nessa confusão. Isso que ela é. Louca.

    Deixo a pistola ali enquanto abro o pão de milho e como um pedaço. Está duro e seco pra engolir sem água, por isso eu não como muito, só um pouco pra sossegar o estômago e a minha cabeça. Guardo o resto na bolsinha da Sinhazinha junto com o porta-moedas. Depois volto a olhar pra pequena pistola.

O cheiro de fumaça de cachimbo e couro, de sabão de barbear e uísque que emana do lenço preto me traz lembranças do Velho Senhor. "Ele vai voltar pra casa e toda essa confusão vai acabar", digo a mim mesma. "Vai manter a palavra sobre os documentos da terra. Não vai deixar a Velha Sinhá impedir."

"O Velho Senhor não sabe que você tá aqui." A ideia passa pela minha cabeça, rápida como um raio. "Ninguém sabe. Nem a Sinhá. Nem mesmo a Sinhazinha Lavinia. Ela pensa que um moleque da casa trouxe a charrete pra esse lugar. Vai pra casa, Hannie. Não conta pra ninguém o que você viu essa noite."

A voz cai suave nos meus ouvidos, me lembrando da última vez que alguém tentou me fazer fugir pra não me encrencar, mas eu não fiz isso. Se tivesse feito, talvez agora eu ainda tivesse uma irmã. Uma, pelo menos.

— A gente devia aproveitar essa chance — cochichou minha irmã Epheme tantos anos atrás, quando estávamos na carroça do Jep Loach. A gente tinha entrado no mato pra fazer nossas necessidades, só nós duas. A gente tava com o corpo tenso e doendo de tanto andar e tomar chibatadas e passar as noites no chão congelado. O ar da manhã cuspia gelo, e o vento gemia como o demônio quando Epheme olhou nos meus olhos e disse: — A gente devia fugir, Hannie. Eu e você. Enquanto ainda dá.

Meu coração batia forte de medo e de frio. Na noite anterior, Jep tinha mostrado a faca na luz da fogueira e falado o que faria se a gente causasse problemas pra ele.

— O... Si-sinhô vai vir nos buscar — gaguejei, nervosa demais pra mexer a boca direito.

— *Ninguém* vai salvar a gente. *Nós* precisamos nos salvar.

Epheme tinha só nove anos, três anos mais velha que eu, mas era corajosa. Agora as palavras dela me cutucam. Tinha razão. A gente devia ter fugido quando podia. Nós duas. Epheme foi vendida dois dias depois, e foi a última vez que vi minha irmã.

Eu devia fugir agora, antes de tomar um tiro ou coisa pior.

Por que a encrenca em que a Sinhazinha se meteu tem que ser problema meu? Ela e aquela menina, aquela Juneau Jane, que foi criada como uma rainha todos esses anos? O que eu tenho a ver com isso? O que essa gente me deu? Só trabalho pesado até meu corpo gritar de cansaço e minhas mãos sangrarem em carne viva, cheia de espinhos de algodão, e eu cair na cama às nove da noite, pra levantar às quatro da manhã seguinte e começar tudo de novo.

"Mais uma estação. Só mais uma estação e você finalmente vai ter alguma coisa, Hannie. Alguma coisa sua. Construir uma vida. Jason pode ser meio devagar da cabeça, não muito entusiasmante, mas é bom, honesto e trabalhador. Você sabe que ele seria bom com você."

"Volta pra casa. Pegue o seu vestido e queime essas roupas assim que chegar lá." Ninguém precisa saber. O plano toma forma na minha cabeça. Vou dizer à Tati que me escondi no celeiro da casa-grande, sem conseguir sair porque tinha muito moleque varrendo o quintal e que acabei pegando no sono.

"Ninguém precisa saber."

Agarro aquela ideia com unhas e dentes, deixo de lado a pistola e pego a bolsinha da Sinhazinha, com força e raiva. Afinal, o que eu fiz pra merecer essa confusão? Escondida aqui numa carroça, no meio da noite, com um homem atrás de mim querendo me matar e me jogar no rio?

Nada. Essa é a questão. Como nos velhos tempos. Sinhazinha faz suas ideias maldosas rolarem encosta abaixo e fica esperando alguém ser esmagado. Depois põe as mãos gorduchas atrás das costas e fica balançando os pezinhos redondos, orgulhosa por ter se saído bem.

Não dessa vez. Sinhazinha pode se livrar sozinha dessa encrenca.

Posso sair da cidade enquanto ainda tá escuro, procurar um lugar longe da estrada pra me esconder até a primeira luz da manhã. Antes disso não posso tomar o caminho de casa. Negros viajando sozinhos... Ainda tem um bocado de cavaleiros percorrendo as estradas à noite, como faziam os patrulheiros nos velhos tempos, sem deixar nossa gente ir de um lugar pro outro, a não ser que fosse pra fazer coisas pros brancos.

Espio por baixo da lona, observo as carroças do acampamento pra traçar o melhor jeito de sair. Mais perto do atracadouro, o lampejo de um homem de camisa branca me chama a atenção. Volto, no caso de ele estar olhando pra mim. Depois vejo que não é um homem, só umas roupas penduradas num galho de árvore pra secar durante a noite. A pequena fogueira embaixo já virou carvão em brasa. Uma cortina da carroça tá estendida e amarrada num galho, com uma tela contra os mosquitos.

Dois pés grandes estufam a tela, virados de lado.

A primeira parte do meu plano fica mais clara. Saio do meu esconderijo, desço sem fazer barulho e vou até aquela carroça me esgueirando pelas áreas de sombra.

Pego um chapéu pendurado ali, troco pelo que tenho na cabeça e tento me convencer de que não é roubo quando você pega o chapéu de alguém e deixa o seu em troca. Se o Moses, o homem da cicatriz ou um dos empregados dele ainda estiverem atrás de mim, eu vou estar diferente quando chegar na estrada amanhã.

Meus dedos voam pra abrir os botões de osso. Tiro a minha camisa e tento pegar a do estranho antes de os mosquitos terem tempo de me atacar. O colarinho fica preso na corda quando puxo, e apesar de eu ser alta tenho que pular pra soltar a camisa sem rasgar. O galho se retesa e balança o abrigo de tela do homem, que ronca e dá uma tossida.

Fico ali parada como morta, esperando ele se acomodar, antes de jogar minha camisa velha no galho e sair correndo seminua levando a dele. Me agacho num restolhal ainda perto do acampamento pra me vestir. Um cachorro late na mata, e outro logo em seguida. Depois um terceiro. Emitindo a longa e ululante canção de uma caçada. Volto aos tempos quando os feitores e patrulheiros rondavam à noite com seus cães de caça, buscando fugitivos que tentavam se esconder nos pântanos ou ir pro Norte. Às vezes os fugitivos eram apanhados logo. Uns poucos nunca mais voltavam, e tínhamos esperança de que tivessem chegado aos estados livres de que todos ouvíamos falar.

Na maior parte dos casos, os fugitivos ficavam com fome, ou doentes com febre, ou sentiam falta da sua gente e voltavam pra casa. O que acontecia então dependia do sinhô ou da sinhá de cada um. Mas, se o fugitivo fosse pego na mata, os patrulheiros deixavam os cães arrancarem a carne dos ossos e depois arrastavam o que sobrava pra plantação. E então todo mundo, os trabalhadores do campo, as empregadas e as crianças da fazenda, era posto em filas pra ver a pobre alma despedaçada e o açoitamento que ainda ia acontecer.

O Velho Gossett nunca manteve um fugitivo. Sempre dizia que, se um escravo não era grato por ser bem alimentado e por não trabalhar no domingo a não ser durante a colheita da cana, por ter roupas e sapatos e não ser vendido para longe da família, então não valia a pena mantê-lo. Quase todos os empregados dos Gossett tinham sido criados na fazenda, mas os escravos que vieram da família Loach como presente de casamento pra Velha Sinhá tinham histórias diferentes pra contar. As cicatrizes nos corpos falavam por si, assim como os cotos de dedos da mão e dos pés amputados e os braços e pernas retorcidos, mal curados depois de serem quebrados. Foi com eles e com outros de plantações perto de Goswood Grove que ficamos sabendo o que acontecia fora dali. Nossa maior preocupação do dia a dia era tomar cuidado com o mau humor da Velha Sinhá. Mas a vida podia ser mais cruel do que isso, e pra muita gente era.

Não quero aqueles cachorros na mata correndo atrás de mim e, como não sei dizer o que eles tão caçando agora, acho melhor me esconder mais perto da cidade, talvez tentar pegar uma carona numa carroça de manhã. Eu podia pagar com o dinheiro da bolsinha da Sinhazinha, mas não me atrevo.

Fico ponderando, agachada no restolhal enquanto abotoo a camisa. Enfio a camisa na calça por cima da bolsinha da Sinhazinha e aperto bem o cinto de couro do John pra segurar. Fico parecendo um moleque barrigudo, o que é bom. Um moleque gordo de camisa branca e chapéu cinza. Quanto mais diferente de antes, melhor. Agora só preciso encontrar uma carroça adequada e me esconder antes de clarear, porque aquele homem vai ver que as roupas que ele deixou pra secar foram trocadas.

Os cães chegam cada vez mais perto pela mata, por isso eu volto pelo acampamento, me aproximo do atracadouro e fico ouvindo os homens conversarem. Procuro a carroça certa — uma em que o cocheiro tá sozinho e os cavalos não foram escovados nem tão numa cerca, o que significa que a carroça vai partir logo cedo.

A luz aquece o céu quando encontro o que preciso. Um velho homem negro tocando suas mulas pra frente da fila. A carga da carroça tá coberta e bem amarrada. O cocheiro tá tão estropiado que mal consegue descer da boleia, e escuto ele dizer que mora num lugar rio acima. Quando os trabalhadores soltam as cordas, debaixo da lona aparece um piano bonito, como o que a Velha Sinhá tinha antes da guerra. Toca notas dissonantes quando os homens descarregam, e o cocheiro sai mancando atrás deles pelo convés do barco, dando ordens a cada passo.

Saio andando na direção daquela carroça, ouvindo as vozes se misturando com o barulho de cordas rangendo, correntes tilintando e roldanas gemendo. Mulas, vacas e cavalos refugam e escoiceiam enquanto os homens se preparam pra embarcar os animais. Daqui a pouco vão chegar os passageiros, por último.

"Não corra", digo a mim mesma, apesar de todos os músculos e ossos do meu corpo quererem fazer isso. "Ande como se não tivesse nada com que se preocupar na vida. Como se estivesse aqui trabalhando nas docas com todos os outros. Vai com calma."

Passo por uma pilha de engradados vazios, pego dois deles e ponho nos ombros, com a cabeça entre eles. O chapéu afunda até os olhos, então só consigo ver uma faixa do chão diante dos pés. Ouço a voz grave de Moses em algum lugar ali perto, berrando ordens.

Um par de botas de cano alto aparece no meu caminho. Paro de repente, apertando os engradados junto da minha cabeça. "Não olhe pra cima."

As botas se viram na minha direção. Mordo o lábio inferior com força.

— Levem essas coisas direto pra onde mandaram — diz o homem. Volto a respirar, porque não é a voz de Moses e parece que o homem não tá falando comigo. Depois vejo que é um homem branco e grande mostrando a dois estivadores pra onde levar alguns baús. — Melhor fazer isso depressa, se não quiserem sair junto com o barco e acabar no Texas.

Moses está depois do homem, mais perto do rio. Ereto como um varapau debaixo de um lampião pendurado, tem uma das botas na passarela e outra na lama. A mão descansa no revólver no coldre amarrado na coxa enquanto ele grita com os carregadores, apontando onde colocar os produtos. A cada minuto ou dois, ele sobe na passarela e dá uma boa olhada ao redor, como que procurando alguma coisa. Espero que não seja eu.

Dou um passo para trás quando dois grandes baús passam por mim, amarrados em dois carrinhos de mão. A roda de um dos carrinhos escorrega nas tábuas de cipreste estendidas na lama e o cabo se parte em dois, derrubando o baú e o carregador. Ouço um baque dentro da caixa, oco como um melão. E também um gemido, baixo e fraco.

O homem branco e grande dá um passo à frente e não deixa o baú emborcar.

— Melhor tomar cuidado — comenta enquanto o estivador se levanta. — Se você machucar os novos cachorros do patrão, ele vai ficar muito desgostoso. Cuidado com essas rodas. — Ele segura o baú com o joelho e o ombro pra colocar na posição certa. Quando ele faz isso, uma coisa dourada e brilhante cai por uma rachadura do baú. Rola sem fazer barulho e para na lama ao lado do pé do homem. Eu sei o que é, antes mesmo de os carregadores e o homem seguirem em frente. Largo um dos meus engradados e pego o objeto no chão.

Quando abro a mão, vejo brilhando sob a luz do lampião o colarzinho de ouro da Sinhazinha Lavinia, que ela usa desde que ganhou no Natal de seus seis anos.

Ela preferiria morrer a perder aquilo.

Amigos Perdidos

Prezado editor, meu irmão, Israel D. Rust, deixou a casa e os pais em New Brighton, Pa., em 1847, acho, rumo a Nova Orleans, mas ouvimos dizer que ele subiu o rio Arkansas num barco. Essa foi a história contada por um jovem que seguiu com ele para o Sul e voltou à Pensilvânia alguns meses depois de eles terem partido. Nunca mais soubemos do meu irmão desde que o jovem voltou. Meu irmão tinha uns dezesseis anos quando partiu, bem franzino, olhos azuis e o dedo ao lado do mindinho (da mão esquerda, acho) amputado. Ele tem mãe, cinco irmãos e uma irmã que gostariam muito de saber do seu destino, pois achamos difícil que ainda esteja vivo. Responda para mim em Ennis, Texas.

Albert D. Rust

— Coluna "Amigos perdidos"
do *Southwestern*
3 de fevereiro de 1881

8

BENNY SILVA — AUGUSTINE, LUISIANA, 1987

OS LIVROS ME MANTÊM VOLTANDO ÀQUELA casa. Sonho com aqueles livros escondidos em Goswood Grove, com as grandes estantes de mogno com volumes e mais volumes de tesouros literários e escadas chegando ao céu. Durante vários dias seguidos, quando volto da escola me sentindo desanimada com minha falta de progresso com os alunos, calço minhas galochas e percorro a trilha até a estrada do açude, passo pelas murtas crespas e sigo os caminhos cobertos de musgo do velho jardim. Fico na varanda como uma garota diante de uma vitrine da Macy's no Natal, fantasiando com o que seria possível se eu conseguisse pôr as mãos naqueles livros.

Loren Eiseley, que foi tema de um dos meus melhores trabalhos de conclusão de semestre, escreveu: "Se existe magia neste mundo, ela está contida na água", mas eu sempre soube que, se existe magia neste mundo, ela está contida nos livros.

Eu *preciso* dessa magia. Preciso de um milagre, de um superpoder. Em quase duas semanas, só consegui ensinar aqueles garotos a filarem guloseimas baratas e a dormir na aula... e eu aprendi a barrar a porta fisicamente se eles tentarem sair antes de o sinal tocar, e por isso não tentam mais. Agora eles cabulam minha aula em conjunto. Não sei onde estão, só sei que não estão na sala de aula. Meus relatórios de ausências não justificadas permanecem imperturbáveis na grande pilha de papéis cor-de-rosa na sala do diretor Pevoto. O grande plano dele de fazer uma mudança nessa escola corre o perigo de cair vítima do clássico *as coisas sempre foram assim*. Ele é como a sobrecarregada personagem da história de Eiseley, muitas vezes reimpressa, que devolve estrelas-do-mar para o oceano, uma a uma, enquanto a maré continua trazendo muitas outras numa praia infindável e impiedosa.

Com o sumiço da maior parte dos livros da sala de aula, tenho apelado à leitura em voz alta de *A revolução dos bichos* todos os dias. Isso em uma classe de adolescentes que deveriam estar lendo por conta própria. Eles não se interessam. Uns poucos até ouvem, olhando de esguelha de braços cruzados, cabeças baixas e olhos semicerrados.

LaJuna não faz parte da minha plateia. Desde o nosso encontro animador no Cluck and Oink, ela faltou na segunda, na terça, na quarta e agora na quinta. É um desapontamento que me entristece a alma.

Do outro lado do corredor, uma professora substituta não para de gritar durante as minhas leituras, tentando controlar o caos das suas aulas. A professora de ciências que começou o ano comigo já desistiu, alegando que precisava voltar para casa por conta de uma crise de lúpus da mãe. Foi embora. Sem mais nem menos.

Continuo dizendo a mim mesma que não vou desistir. Ponto-final. Vou ter acesso àquela biblioteca de Goswood Grove. Talvez esteja esperando demais, mas não consigo deixar de acreditar que, para jovens que têm tão poucas escolhas, a menor das coisas pode ser muito importante. Além disso, quero mostrar a eles que não existe maneira mais rápida de mudar as circunstâncias do que abrir um grande livro.

Livros foram a válvula de escape que me guiou durante o longo e solitário período depois que minha mãe morreu. Durante os anos em que eu me perguntava por que o meu pai não queria saber muito de mim, e quando estudei em escolas em que, com meu cabelo volumoso preto e cacheado e minha pele negra, eu parecia diferente de todo mundo, e os colegas me perguntavam com curiosidade: "Afinal, quem é você?". Os livros me fizeram acreditar que garotas inteligentes não necessariamente populares podem ser as que resolvem mistérios, resgatam pessoas aflitas, capturam criminosos internacionais, pilotam naves espaciais para planetas distantes, pegam em armas e lutam em batalhas. Os livros me mostraram que nem todos os pais entendem as filhas ou ao menos tentam entender, mas que as pessoas podem se dar bem apesar disso. Os livros me fizeram sentir bonita quando eu não era. Capacitada quando eu não conseguia ser.

Os livros moldaram a minha identidade.

Eu quero isso para os meus alunos. Para aqueles rostos vazios e solitários, para aqueles lábios que não sorriem e para as expressões sem vida e desanimadas que me encaram das carteiras dia após dia.

A biblioteca da escola não é uma boa fonte, nem mesmo temporariamente. Os estudantes não podem retirar livros porque *não são confiáveis*. A biblioteca da cidade, construída por Andrew Carnegie a dois quarteirões da escola, tende a fenecer lentamente até ser esquecida. É claro que a biblioteca boa, totalmente moderna e bem equipada fica perto do lago, bem longe do nosso alcance.

Preciso descobrir que tipo de ajuda pode ser obtida no tesouro escondido de Goswood Grove. Para isso, perguntei se o treinador Davis poderia me emprestar o binóculo que eles usam na tribuna principal durante os jogos. Ele deu de ombros e resmungou que mandaria um dos alunos me trazer depois da aula, mas, como era uma quinta-feira, eu teria que devolver na sexta para o jogo de futebol americano.

Quando bateu o sinal da última aula, fiquei zanzando na sala vazia até Little Ray e o garoto magricelo com o cabelo sempre perfeitamente penteado finalmente aparecerem na minha porta. Michael, o outro garoto, é um dos principais bajuladores do Little Ray.

— Sr. Rust. Sr. Daigre. Suponho que o treinador Davis tenha mandado algo para mim...

— U-hum.

— Sim, professora. — Como foi um pedido do treinador Davis, os garotos estão mansos como cordeiros, e ainda por cima agem com bons modos. Little Ray se desculpa por não ter chegado mais cedo. Michael concorda com a cabeça.

— Tudo bem. Agradeço por terem vindo. — Os dois dão uma olhada para a gaveta de guloseimas, mas eu não ofereço nada. Depois de lidar com esses dois cabeçudos lutando e se xingando todos os dias na classe, me sinto chocada e quase irritada com toda essa educação. — Diga ao treinador Davis que eu agradeço.

— Sim, professora — responde o magrelo Michael quando Little Ray me entrega o binóculo.

Os garotos começam a andar até a porta, mas Little Ray balança a cabeça como se relutasse em fazer a pergunta, mas por alguma razão ele *precisa* saber.

— O que a senhora vai fazer com esses óculos de espião?

— O que eu vou fazer com *esses* óculos de espião? — corrijo. — Não esqueçam que vocês estão numa sala de aula, o que significa que as regras gramaticais estão em vigor.

Michael olha para baixo, abre um sorrisinho.

— Mas nós estamos no corredor.

Não é que o garoto é inteligente? Ele vem escondendo isso de mim há duas semanas.

— Eu recorro à proximidade — digo com um sorriso. — Tecnicamente, meu território vai até o meio do corredor a partir da *porta* da minha sala. O outro lado do corredor, sim, é território da sala de aula de ciências.

Little Ray sorri e dá dois passos gigantescos até a zona de segurança.

— O que a senhora quer fazer com esse óculos de espião?

— Se você responder a uma pergunta na minha aula de amanhã... qualquer pergunta que eu fizer sobre a leitura de *A revolução dos bichos*, eu explico na saída... Sobre o binóculo, quero dizer. — Vale a tentativa. Se eu conseguir ganhar algum apoio do Little Ray, talvez possa virar o jogo. Ele tem muita influência na estrutura social da escola. — *Qualquer* pergunta, mas você precisa me dar uma boa resposta. Não um absurdo qualquer para fazer os outros rirem.

Sonho com o dia em que eu consiga estabelecer um verdadeiro debate numa aula minha. Talvez amanhã seja esse dia.

Little Ray vira a cabeça para o outro lado, me olhando com uma expressão incrédula.

— Deixa pra lá.

— Avisa se você mudar de ideia.

Os dois se afastam, rindo e se empurrando, tão à vontade como dois filhotinhos soltos no corredor.

Guardo o binóculo emprestado e espero até as quatro da tarde, hora oficial da saída dos professores. Com o binóculo e minha pranchete de anotações, agora eu tenho uma missão a cumprir, e, além disso, depois de vários dias em que o clima esteve úmido, tia Sarge ficou de ir às quatro e quinze até minha casa para finalmente consertar a goteira da chaminé do fogareiro.

Já estou com as chaves na mão, com a minha mochila pesada no ombro, quando de repente vejo Granny T, do Clunc and Oink, logo ela, parada na minha porta com o que parece ser uma caixa de refrigerantes apoiada no quadril. Mas desconfio de que não seja uma caixa de refrigerantes, pois sua figura curvada aguenta o peso com facilidade enquanto ela vem até minha mesa para depositar sua carga. Ela pega um bloco de notas com alguma coisa escrita. Um aceno enérgico indica que devo examinar o conteúdo da caixa.

Não me atrevo a recusar, e vejo que a caixa está cheia de biscoitos com gotas de chocolate, empilhados em camadas separadas por folhas de papel-manteiga.

— Para de comprar petiscos no mercado — ordena ela. — Esses são os famosos biscoitos de aveia com passas e banana da Granny T. Fácil de fazer. Não sai caro. Não são muito doces. Se a criança estiver com fome, vai comer. Se não estiver com muita fome, vai torcer o nariz. Desde que você não ponha mais açúcar. Tem que ser pouco doce. Nada de usar lascas de chocolate no lugar das passas, a não ser que seja pra uma festa. Nunca na sala de aula, entendeu? Você só precisa de biscoitos que sejam bons pras crianças com fome. Não melhor do que isso. Esse é o segredo, tá?

Ela me entrega o pedaço de papel.

— Essa é a receita. Fácil. Barato. Aveia. Manteiga. Farinha. Um pouco de açúcar. Passas. Banana meio passada. Algumas tão maduras que amassam como lama e deixam a cozinha com cheiro forte. Você compra quase de graça, no fim do corredor de frutas do Piggly Wiggly. Algo mais que precise saber?

Olho para a caixa, perplexa. Depois de um dia inteiro na escola minha cabeça está latejando, como sempre, e meu corpo parece ter sido atropelado por um ônibus de excursão. Meu cérebro demora a encontrar uma resposta.

— Ah... eu... ah... tudo bem.

"Será que eu acabei de concordar em fazer biscoitos para esses pequenos arruaceiros?"

Granny T aponta um dedo nodoso para mim e retorce os lábios como se estivesse chupando um limão.

— Agora, isso aqui... — Vira o dedo em riste na direção dos biscoitos. — Isso é trabalho *seu*, a próxima leva. Não posso ficar te ajudando o tempo todo. Sou uma mulher de idade. Tenho problema nos joelhos. Artrite nas costas. Meus pés doem. Ainda estou com a cabeça boa, mas às vezes me esqueço das coisas. Estou velha. Sou uma mulher velha e incapacitada.

— Ah... certo. Foi muito gentil da sua parte. — Sinto um nó na garganta e lágrimas comicham meus olhos numa onda de emoção totalmente inesperada. Normalmente eu não sou do tipo chorona. Na verdade, quase nunca choro. Quem é criada na casa dos outros na maior parte do tempo aprende a esconder as coisas com educação, para não dar trabalho.

Engulo em seco. Penso: "Qual é o seu problema, Benny? Para com isso".

— Não precisava desse trabalho todo!

— Afff! Não foi trabalho nenhum — rebate Granny T.

Finjo estar ocupada fechando a caixa.

— Puxa, fico muito grata mesmo. E sei que os meninos também vão ficar.

— Então tudo bem. — Ela começa a andar na direção da porta, tão objetivamente quanto entrou. — Agora você para de dar bolinhos industrializados pra essas crianças. Elas estão se aproveitando de você. Tirando a sua pele, como gafanhotos num campo de trigo. Eu sei. Fui professora numa escola dominical antes de você pensar em nascer. Meu falecido marido foi maestro do coral por sessenta e nove anos antes de partir para a grande glória. Trabalhava no restaurante de dia, fazia música à noite e aos domingos. Mimar uma criança não faz bem pra ninguém. Quem quiser um bolo com creme de confeiteiro num pacotinho bonito já deve ser grande o suficiente pra aparar grama, arrancar ervas daninhas, lavar as janelas de alguém, arrumar prateleiras numa mercearia, arranjar um emprego e comprar os próprios bolos de creme. A única coisa de graça, pra quem está *mesmo* com fome, é um bom biscoito de aveia. E isso só pra cabeça não ir parar na barriga. Assim eles *aprendem*. Sorte de quem pode ficar numa escola o dia todo em vez de trabalhar em algum lugar. É abençoado e muito favorecido. As crianças deviam agradecer, como fazíamos no meu tempo. — Ela continua andando em direção à porta, ainda falando. — Mimadas. Mimadas com guloseimas de supermercado.

Gostaria de ter gravado as palavras daquele discurso numa fita cassete. Ou, melhor ainda, numa fita de vídeo. Mostraria para a turma o tempo todo, até alguma coisa mudar.

— Granny T... — chamo antes de ela passar pela porta.

— Hã? — Ela hesita, retorcendo os lábios de novo ao levantar a cabeça.

— Você chegou a pensar mais um pouco sobre vir à minha aula falar com os alunos? Seria muito bom para eles ouvir a sua história.

Mais uma vez, ela descarta a ideia com um gesto, como se fosse um mosquito gigantesco e irritante.

— Ah, querida, eu não tenho nada a dizer. — Ela sai de cena rapidamente, me deixando com os biscoitos de aveia e banana. O que é mais do que eu tinha alguns minutos atrás. Então, é isso.

Já estou atrasada para encontrar a Mulher-Maravilha que vai consertar meu telhado. Guardo os novos biscoitos no meu cofre de segurança de guloseimas, também conhecido como a primeira gaveta de cima do armário, tranco e vou correndo para casa.

Tia Sarge já está no telhado quando estaciono na porta. Vejo uma escada encostada na parede perto da varanda, então subo por ela e fico no último degrau, me equilibrando com as mãos no telhado, que está mais ou menos no nível do bolso da minha calça.

Digo um alô e me desculpo pelo atraso.

— Sem problemas... — murmura tia Sarge com um prego pendurado na boca como se fosse um cigarro. — Eu não precisava mesmo de você. Todo o trabalho é do lado de fora.

Fico lá em cima algum tempo, observando com certa admiração quando ela tira o prego da boca e o fixa numa telha com quatro eficientes marteladas. Um pequeno pacote ao seu lado parece conter mais algumas telhas, o que me deixa um pouco preocupada. Tem mais coisas envolvidas ali do que simplesmente vedar o telhado. Parece que vai custar mais caro.

A escada oscila um pouco, e eu engancho um joelho no telhado. Felizmente hoje é dia de lavar roupa e estou com a minha calça mais velha, que já decidi mesmo aposentar. Subo no telhado com a elegância de uma foca de circo montando um pônei no picadeiro.

Tia Sarge me lança um olhar contrariado.

— Se tiver algo mais a fazer, não se preocupe. Eu estou bem. — É uma clara atitude defensiva, como se estivesse acostumada a lutar pela própria posição. Talvez seja coisa de militar. Uma adaptação para sobreviver a um trabalho em ambientes desafiadores.

Considero se isso se aplica aos estudantes da minha classe. Será que o aparente desdém que demonstram por mim não é nada pessoal? A reflexão flana no entorno dos meus pensamentos, inesperada e instigante, um pouco revolucionária. Sempre pressupus que as atitudes das pessoas são uma reação a algo que eu fiz, e não que elas estejam simplesmente fazendo o que sempre fizeram.

"Hum..."

— O teto não vai mais ter goteiras quando eu terminar — garante Sarge. — Eu entendo de construção.

— Ah, eu nunca duvidei disso. De qualquer forma, eu não saberia julgar. Minha experiência com telhados é zero. Eu só sei morar embaixo deles. — Saio da escada e sento no telhado. É íngreme. E mais alto do que pensei. Daqui consigo ver o cemitério inteiro e além, o terreno da fazenda, o pomar e a plantação. É uma bela vista. — Talvez se ficar olhando eu saiba como consertar da próxima vez. Mas achei que tínhamos combinado só de aplicar um pouco de piche ao redor da chaminé ou algo assim.

— Foi preciso mais do que isso. A não ser que você queira que vaze de novo.

— Não, não. Quero dizer, é claro que não, mas...

— Se você quer uma gambiarra, eu não sou a pessoa certa. — A mulher se senta nos calcanhares, olha para mim com a cabeça inclinada e franze os olhos. — Se você tem algo mais a dizer, pode falar. Tudo isso... — ela gira o martelo como se fosse um garfo de plástico — ... de ficar andando em círculos é uma perda de tempo. Se você tem algo a dizer, diga logo. É assim que eu funciono. Se alguém não gostar, problema dele. — Um aceno com o queixo dá peso às palavras. Lembro-me imediatamente de LaJuna. Ossos duros de roer devem ser uma característica de família.

— O dinheiro. — Ela tem razão, é bom simplesmente pôr as coisas para fora. Aponto os pregos, as telhas e outras coisas. — Eu não tenho como pagar tudo isso. Achei que íamos fazer um remendo até eu conseguir entrar em contato com o proprietário. — O que não deve acontecer tão cedo. Encontrar Nathan Gossett é como perseguir um fantasma. Também já tentei falar com os dois tios dele no escritório das Indústrias Gossett. Os Gossett e as Indústrias Gossett têm uma maldisfarçada aversão ao pessoal da escola, pois esse tipo de comunicação em geral envolve pedidos de empréstimo, doações e dinheiro para patrocínios.

Sarge aquiesce e volta ao trabalho.

— Agora já está feito.

— Mas eu não quero que faça nada sem receber.

— Eu fui atrás do seu senhorio. Consegui o dinheiro com ele.

— O quê? Quem? Nathan Gossett?

— O próprio.

— Você *falou* com Nathan Gossett? Hoje? Ele está aqui? — Sinto certa esperança me dominar. — Eu tentei entrar em contato com ele a semana inteira... Com ele e com os tios nas Indústrias Gossett.

— Você não é rica o bastante pra falar com Will e Manford Gossett, sabe. — De repente o ar do verão dá uma esfriada. Ela suaviza um pouco quando acrescenta: — Nathan não é um panaca total. Ele só... não tá muito aí pra essa coisa de Goswood.

— Você sabe onde eu posso encontrá-lo?

— No momento, não. Mas, como já disse, o teto já tá consertado.

— Como *você* conseguiu falar com ele? — Boa notícia quanto ao teto, mas eu quero saber do *homem*. O colecionador de livros.

— Encontrei com ele na feira. Ele vai lá toda quinta de manhã. Com uma carga de camarões do barco dele. Meu tio Gable vende os camarões dele.

— *Todas* as quintas-feiras? — Agora estamos chegando a algum lugar. — Se eu for lá na semana que vem, será que conseguiria falar com ele?

— É possível... Acho. — Ela martela um prego, pega outro da caixa num movimento contínuo, prega também. *Pá, pá, pá, pac*. O som ecoa na direção do cemitério e do açude. Meu olhar e meus pensamentos o seguem.

O silêncio me traz de volta. Quando olho para tia Sarge, ela está franzindo os olhos.

— Meu conselho... deixa pra lá. Quanto menos ele for importunado, menos vai pensar em te despejar. Contente-se com o teto consertado. Fique na moita. — Ela volta ao trabalho. — Não tem de quê.

— Muito obrigada — digo com sinceridade. — Acho que vou sentir falta do balde pingando. Eu estava ficando boa em calcular o tempo em que enchia.

Alguns pregos escapam da caixa e rolam na minha direção quando ela pega mais um punhado. Pego os pregos e os devolvo à caixa.

— Ele não vai fazer nenhuma doação para... seja o que for que você tá querendo levantar dinheiro. A política da família Gossett é que todas as requisições passem pelos assuntos de interesse público das Indústrias Gossett. — Mais uma vez na defensiva.

— Já ouvi falar. Mas não é dinheiro que eu quero. — Só livros. Livros trancados numa casa fechada. Livros que aparentemente ninguém quer. Livros que precisam de uma nova casa. E de amor. Eu diria isso a tia Sarge, mas não posso correr o risco de alguém alertar Nathan Gossett sobre mim. Minha melhor chance está num ataque surpresa. — Eu só gostaria de falar com ele.

— Faça como achar melhor. — Seu tom de voz acrescenta: *problema seu*. Ela coloca outra camada de piche. — Preciso terminar isso aqui logo. Ainda tenho que cuidar dos filhos da minha irmã hoje à noite, enquanto ela estiver no trabalho.

Pá, pá, pá, pac.

— Eles ainda estão doentes?

— Parece que a coisa passa de um pro outro.

— Que situação terrível, e logo no começo do ano letivo. — Desço um pouco do beiral para indicar que vou mesmo deixá-la trabalhar. Tenho uma caminhada a fazer antes de escurecer, e a possibilidade de um contato com Nathan Gossett me deixou bem empolgada. — Ah, isso me fez lembrar uma coisa. LaJuna não foi à escola a semana inteira. Ela também está doente?

— Não sei bem. — O tom dela me diz que adentrei um território delicado. — A mãe da LaJuna é minha prima por afinidade... Ex-prima, aliás. Ela tem três filhos de dois pais diferentes, mais LaJuna com meu primo que ela namorou na escola. Se os filhos menores estiverem doentes, eles não podem ficar na creche. LaJuna deve estar cuidando deles em casa.

Sinto-me instantaneamente frustrada.

— LaJuna não devia perder aulas por ter de cuidar de crianças. — Penso nela na lanchonete, com um exemplar de *A revolução dos bichos* no bolso da calça. — Ela é uma menina inteligente. O ano está começando e ela está ficando cada vez mais atrasada.

Tia Sarge me dá uma olhada, abaixa a cabeça de novo, martela outro prego, concentrada.

— Vocês são todos iguais — murmura no volume exato para eu ouvir. Depois, mais alto: — Você nunca notou que um monte de crianças não tem o que merece? A mãe de LaJuna ganha 3,35 dólares por hora varrendo o chão e limpando banheiro lá nas Indústrias Gossett. Isso não paga nem a comida nem a casa onde ela mora. Você acha que LaJuna trabalha no Cluck and Oink pra ter dinheiro pra ir ao cinema e comer pipoca? Ela precisa ajudar a mãe a pagar o aluguel. Os pais já foram embora faz tempo. Tem muito disso por aqui. Crianças negras. Crianças brancas. Têm uma vida difícil e já começam mal. As garotas engravidam muito novas, em busca de algo que não tiveram em casa, e acabam criando os filhos sozinhas. Tenho certeza de que não é assim no lugar de onde você veio, mas é o que acontece com os jovens daqui.

Minhas bochechas esquentam e meu estômago vira do avesso.

— Você não sabe *nada* do lugar de onde eu venho. Sei muito mais do que você imagina sobre os problemas dessas crianças.

Mas, no momento em que digo isso, percebo que é na história da minha mãe que estou pensando. Detesto admitir isso, até para mim mesma, pois desperta velhas dores e tensões de antigos ressentimentos que nos distanciaram por mais de uma década. Mas a verdade é que minha mãe teve a vida que teve por ter nascido numa família muito parecida com essas daqui. Sem dinheiro para faculdade, sem expectativas, sem estímulo, negligenciada, abusada, os pais dependentes químicos e nem mesmo um meio de transporte confiável na maior parte do tempo. Ela viu um anúncio procurando comissárias de bordo. Tinha visto essa profissão na TV e achou que devia ser divertida. Fez a mochila, saiu de carona de uma cidade fabril moribunda nas montanhas da Virgínia e foi até Norfolk, onde conseguiu um emprego na lábia.

O mundo em que ela me criou ficava anos-luz do mundo que ela conhecia. Tudo o que deu errado entre nós, minhas mágoas e cicatrizes e uma dor difusa que me habituei a não reconhecer me cegaram sobre esse fato por vinte e sete anos. Agora eu não posso mais fugir da verdade.

Minha mãe mudou o que estava escrito no destino dela. E no meu.

Sarge me dá uma olhada.

— Só estou adivinhando com base nas coisas que você diz.

— Sei, porque nós já tivemos muitas conversas íntimas e tal — disparo. — Aí você já sabe tudo sobre mim. — Começo a descer do telhado. Cansei. Ela que se dane com esse jeito de julgar as pessoas.

Eu *sei* que o destino pode mudar. Eu vi isso acontecer.

O martelo ecoa atrás de mim quando apoio um pé para testar a escada e desço logo para a grama encharcada, abro a porta da casa, enfio os pés nas minhas galochas, pego o binóculo e uma prancheta no Fusca e saio pelo quintal.

— A casa tá aberta — grito na direção do telhado. — Pode entrar, se precisar. Tranque a porta quando sair.

Por alguma razão, ela parou para me ver saindo, com uma telha presa entre os joelhos.

— Aonde você vai com isso? — Aponta para o binóculo e a prancheta, como se não tivéssemos nos bicado há pouco.

— Observar pássaros — respondo e continuo andando.

— Cuidado com as cobras-coral — avisa. — Aí é território delas.

Um arrepio percorre o meu corpo, mas não vou ceder. Não tenho medo de cobras-coral. Eu dou risada na cara de cobras-coral. Além do mais, já estive inúmeras vezes em Goswood Grove e ainda não vi cobra nenhuma.

Mesmo assim, histórias que entreouvi na escola passam pela minha cabeça. Histórias sobre piscinas naturais e plantações de arroz inundadas, de galinheiros e barcos pantaneiros e espaços escuros embaixo de varandas... e de cobras. Um poeminha surge na minha cabeça enquanto caminho. Um dos ratos do pântano o escreveu num questionário de avaliação em resposta a uma pergunta sobre a lição mais importante que tinha sido aprendida na leitura diária de *A revolução dos bichos*.

"Como distinguir uma cobra-coral de uma cobra inofensiva, ele escreveu. Se o vermelho encostar no preto, amiga do peito. Se o vermelho encostar no amarelo, saia de perto."

Esse detalhe não consta em nenhum trecho de *A revolução dos bichos*, mas é uma boa informação para ter agora, porque estou indo para Goswood Grove, com o meu binóculo. Mesmo do lado de fora, vou conseguir ver melhor através do vidro os títulos naquelas prateleiras, naqueles gloriosos livros ociosos enfileirados.

Eu, o binóculo do treinador e a minha prancheta estamos prestes a fazer uma lista de compras.

9

Hannie Gossett — Luisiana, 1875

Olho pra noite escura e vejo o rio, largo e profundo, iluminado e sombreado pelo luar e os lampiões do barco. Amarelo e branco. Luz e sombra. Finjo que estou em casa, em segurança, mas a verdade é que esse rio tá me levando pra cada vez mais encrenca, hora após hora e dia após dia. Preciso voltar pro meu esconderijo e dormir, mas olhando por cima da balaustrada só consigo pensar que a última vez que estive num barco como esse foi quando o Velho Sinhô Gossett juntou um bando de nós e mandou fugir dos ianques pro Texas com o Jep Loach. Acorrentados uns nos outros, e só metade sabendo nadar, todo mundo sabia o que ia acontecer se aquele barco sobrecarregado batesse num banco de areia ou num tronco perdido e afundasse.

Minha mãe chorava e gritava: "Tira essas correntes das crianças. Por favor, tira as correntes...".

Sinto minha mãe perto de mim agora, quero que ela me dê força. Que me ajude a saber se foi certo o que fiz quando aqueles dois grandes baús subiram a rampa da proa desse barco e eu ouvi gemidos lá dentro. Tinha um alarido de homens ali perto, lutando pra pôr os últimos animais a bordo — duas parelhas de mulas escoiceando, mordendo e relinchando.

E só três homens.

Quatro mulas.

Larguei meu engradado vazio, enfiei o colar da Sinhazinha no fundo do bolso e corri pra entrar com a última mula. Entrei no barco com aquela mula e lá fiquei. Me escondi num vão entre duas pilhas de fardos de algodão mais altas que dois homens. Rezando pra não ser enterrada viva ali.

Até agora, isso não aconteceu.

— Mamãe... — Ouço a mim mesma murmurar.

— Quieto! — Alguém me agarra pelo pulso e me puxa com força da balaustrada. — Fica quieto! Se não calar essa matraca, a gente vai ser jogado no rio.

É aquele garoto, Gus McKlatchy, ao meu lado, tentando me tirar do convés. Gus, que tem doze ou catorze anos, dependendo da hora que você pergunta, nada mais é que um garoto branco pobre e esfarrapado de algum lugar no meio do pântano. Bem magricelo, consegue passar pelos fardos de algodão e ficar escondido, como venho fazendo. O *Genesee Star* tá abarrotado até a borda, levando carga, gente e animais. É um barco velho e surrado, navegando baixo na água e subindo o rio devagar e dolorosamente, arrastando cardumes e troncos submersos. Barcos mais rápidos passam por nós de vez em quando, apitando, como se o *Genesee* estivesse preso nos bancos de areia.

Os passageiros são do tipo que mal conseguiu dinheiro pra pagar a passagem no convés. À noite eles dormem ao relento, junto com a carga, as vacas e os cavalos. Os barcos que passam expelem cinzas e fuligem. A gente só reza pra não botar fogo no algodão.

Só tem uma meia dúzia de cabines privadas no convés da caldeira, onde viajam os que têm dinheiro pra comprar a passagem. Sinhazinha Lavinia e Juneau Jane, se ainda estiverem vivas, devem estar lá em cima. O problema é que não tem jeito de eu saber. De dia ainda consigo me misturar com a tripulação e os carregadores, que são homens negros, mas isso não me dá acesso aos camarotes dos passageiros.

Gus tem o problema inverso. Por ser um garoto branco, ele não se passa por carregador e não tem uma passagem pra mostrar, se alguém pedir. Ele só anda pelo barco à noite. O garoto é um ladrão, e roubar é pecado, mas no momento ele é tudo que tenho pra me mostrar como as coisas funcionam.

Não somos amigos. Tive que dar uma das moedas da Sinhazinha Lavinia pra ele me deixar ficar entre os fardos de algodão. Mas a gente ajuda um ao outro. Nós dois sabemos que qualquer um pego como clandestino é jogado no rio e sugado pelas pás do barco. Gus já viu isso acontecer.

— Fica quieto — diz, me empurrando pro esconderijo. — Você ficou de miolo mole?

— Fui fazer minhas necessidades enquanto ainda tá escuro — explico. Se ele achar que pode ser apanhado por alguma burrice minha, vai querer se livrar de mim.

— Usa o balde da limpeza. Você é louco de ficar espiando por aí desse jeito — cochicha. — Pode acabar caindo no rio e sumir, daí eu não vou ter ninguém pra sair de dia como se trabalhasse no barco pra me trazer comida, entendeu? Se não fosse isso, você não seria problema meu. Eu não ligo a mínima pro que você faz. Mas eu preciso de *alguém* pra me trazer comida do refeitório da tripulação. Eu ainda tô crescendo. Não gosto de sentir fome.

— Não me ocorreu usar o balde. — Eu tô falando do velho balde que Gus roubou e a gente escondeu nos fardos de algodão, que são nosso esconderijo. Nós montamos uma casa inteira lá. O Palácio, como Gus chama.

Palácio pra gente magricela. É como um túnel de ratos. Fiz até um buraquinho pra bolsinha da Sinhazinha. Espero que Gus não encontre enquanto eu tô fora. Ele sabe que tenho segredos.

Mas eu vou ter que contar pra ele. Estamos nesse moroso barco de carga há quase dois dias e eu não arranjei nada sozinha. Preciso do talento de Gus como ladrão, e, quanto mais eu demorar pra pedir, mais provável que algo terrível aconteça com Sinhazinha Lavinia e Juneau Jane. A maior chance é que as duas acabem morrendo, ou preferindo morrer. Tem coisas piores que a morte. Quem viveu os dias de escravidão sabe que tem coisas muito menos tranquilas do que estar morto.

Mas pra conseguir a ajuda de Gus preciso contar a verdade. Pelo menos a maior parte dela.

E provavelmente também gastar mais um dólar.

Espero até a gente se acomodar na nossa casa nos fardos de algodão. Gus deita no lugar onde dorme, ainda resmungando de ter ido me buscar lá fora.

Viro de lado, depois de bruços, pra poder cochichar, mas pelo cheiro ele tá com os pés virados pra minha cara.

— Gus, eu preciso te contar uma coisa.

— Eu tô dormindo — responde ele, irritado.

— Mas você não pode falar com ninguém sobre isso.

— Não tenho tempo pra essas suas loucuras — replica. — Você tá ficando mais inconveniente que um bode na sala de jantar.

— Me promete uma coisa, Gus. Você pode ganhar mais um dólar se fizer o que eu vou pedir. Você vai precisar desse dinheiro quando descer do barco. — Gus não é tão forte quanto dá a entender. O garoto tá assustado, assim como eu.

Engulo em seco e conto sobre a Sinhazinha e Juneau Jane entrando no prédio e não saindo mais, sobre ter visto os baús na passarela das docas, de ouvir barulhos e o homem dizendo que tinha um cachorro lá dentro, e depois falo do colarzinho da Sinhazinha caindo na lama. Não conto que sou uma menina usando calça e camisa, que era serviçal da Sinhá quando era pequena. Tenho medo de que seja mais do que ele consegue aguentar. Além disso, ele não precisa saber.

Aí ele senta. Só sei disso porque, naquela escuridão, ouço ele encolher os pés, mudar de lado e deitar de novo.

— Bom, tudo isso não quer dizer nada. Como você sabe que elas não foram apenas roubadas e mortas e deixadas naquele prédio que o sujeito de um olho só e o Moses tomavam conta para aquele... como você diz... para aquele tal de Washbacon?

— Washburn. E aqueles baús pesados?

— Eles podem ter roubado tudo que as garotas tinham e guardado nos baús. — Agora fica mais claro que Gus sabe mais de homens maus do que eu.

— Eu ouvi alguma coisa naquele caixote. Se debatendo. Gemendo.

— O homem disse que o tenente tinha um cachorro novo lá, certo? Como você sabe que o barulho não era um *cachorro*?

— Eu *conheço* o barulho que faz um cachorro. Sempre tive medo de cachorro na vida. Sinto quando tem algum por perto. Chego até a sentir o cheiro. Não tinha cachorro nenhum naqueles baús.

— Por que você tem tanto medo de cachorro? — Gus dá uma cuspida no algodão. — É bom ter um cachorro por perto. É uma companhia. Vai buscar um esquilo abatido, um pato ou um ganso. Encurrala um gambá pra você pegar pro jantar. Não tem quem não goste de cachorros.

— Era a Sinhazinha Lavinia e Juneau Jane que tavam naqueles baús.

— E daí? O que você quer que eu faça?

— Usa o seu talento como ladrão. Vai até o convés da caldeira. Hoje à noite. Vê se encontra algum sinal delas perto da cabine de passageiros ou dos camarotes.

— De jeito nenhum! — Gus recua, ficando fora de alcance.

— Vale um dólar pra você. Um dólar *inteiro*.

— Eu não preciso tanto assim de um dólar. Isso não é problema meu. Eu tenho meus próprios problemas. A primeira regra num rio. Não se afogar. Se eles pegam alguém farejando perto dos passageiros de primeira classe, primeiro eles atiram, *depois* te afogam. Se quer um conselho, não se meta nesse assunto. Assim você vai viver mais. Aquelas garotas deviam ter pensado no que tavam fazendo antes de se meterem nessa encrenca. É isso que eu digo. Não é da sua conta.

Eu não respondo na hora. Essa negociação com Gus tem de ser feita com cuidado, costurada um pouco de cada vez, pra ele não sentir a agulha entrando.

— Bom, você tem certa razão. Isso é *verdade* quanto a Sinhazinha Lavinia. Ela é mesmo muito arrogante. Acha que pode tudo, fazer todo mundo seguir suas ordens. Mimada desde que ainda tava no berço.

— Então, é isso aí. Isso mesmo.

— Mas a Juneau Jane é uma *criança* — falo em voz baixa, como se tentasse raciocinar comigo mesma, não com ele. — Uma criança ainda de saia curta. E a Sinhazinha fez um truque sujo com ela. Não tá certo uma coisa dessa acontecer com uma criança. Com alguém que ainda é uma menininha.

— Eu não quero mais te ouvir. Vou dormir.

— O Dia do Juízo Final vai chegar pra todos nós em algum momento. Um belo dia, daqui a muito tempo. Não sei o que vou dizer diante do trono, quando o bom Deus me perguntar: "Hannie, por que você deixou uma coisa tão terrível acontecer quando podia ter impedido?". — Eu disse a ele que meu nome era Hannie, apelido de Hannibal, um nome de menino.

— Eu não tenho religião.

— A mãe dela é uma *creole* negra. Uma bruxa de Nova Orleans. Já ouviu falar delas? Elas rogam pragas nas pessoas e coisas assim.

— Se essa tal de Juneau Jane é uma bruxinha, por que ela não sai *voando* daquele caixote? Pelo buraco da fechadura?

— Pode ser que ela consiga. Pode até estar ouvindo a gente agora mesmo, prestando atenção no que estamos falando. Pode estar escutando pra ver se a gente quer ajudar ela ou não. Se ela morrer, vai virar uma assombração. Uma assombração de bruxa pendurada no nosso pescoço. Assombração de bruxa é o que tem de pior.

— Você... para de falar... deixa de falar essas coisas. Conversa mais doida.

— Deixa o corpo da gente *maluco*. Assombração de bruxa faz isso, de verdade. Já vi com meus próprios olhos. Elas nunca deixam um corpo descansar quando cismam. Apertam o pescoço da gente com as mãos geladas e...

— Tá bom, eu *vou*. — Ouço Gus levantar tão depressa que ele arranha a pele nas fibras de algodão, deixando uma nuvem de fiapos. — Para de dizer essas loucuras pra mim. Eu *vou*. E pode separar o meu dólar.

— Vai estar te esperando quando você voltar. — Deus, espero não estar fazendo com ele o que a Sinhazinha fez com Juneau Jane. — Mas toma cuidado, tá, Gus?

— Não tem nada pra tomar cuidado nessa coisa toda. Loucura, só isso.

Ele sai e eu fico lá esperando. E torcendo.

Me assusto com qualquer barulhinho. Já tá quase amanhecendo quando ouço alguém se esfregando nos fardos.

— Gus? — chamo baixinho.

— Gus se afogou. — Mas de cara dá pra dizer que ele tá de bom humor. Mastigando uns biscoitos que afanou na cabine dos passageiros. Ele me dá um pedaço. O gosto é bom, mas as notícias são ruins.

— Elas não tão lá em cima — conta. — Ao menos em nenhum lugar que procurei, e olha que procurei muito bem. Por sorte ninguém acordou e me deu um tiro, mas posso dizer uma coisa... Quando chegar perto da hora de descer desse barco no Texas, eu já sei onde conseguir umas coisas boas. Quando os passageiros lá em cima acordarem e não acharem carteiras e relógios, eu já vou estar longe faz tempo.

— Melhor tomar cuidado com esse tipo de coisa. Não tá certo. — Mas os hábitos de Gus são a menor das minhas preocupações. — Dois baús grandes não podem sumir desse jeito. Nem duas garotas.

— Você disse que uma delas é meio bruxa. Talvez ela tenha desaparecido de propósito. Já pensou nisso? De repente ela desapareceu e aproveitou pra desaparecer com a *outra* garota e os dois baús. Uma criança meio bruxa não teria problema em fazer isso. — Farelos de biscoito cuspidos caem no meu braço. — Isso é o que eu acho que aconteceu. Faz meio que sentido, né?

Limpo os farelos, recosto a cabeça e tento pensar.

— Elas têm que tá em algum lugar.

— A não ser que eles tenham jogado os baús no rio quilômetros atrás. — Gus tenta dividir outro biscoito, mas eu recuso.

— Não tá certo dizer uma coisa dessa. — Meu estômago arde, sinto a bile na garganta.

— Só tô especulando.

Gus lambe os dedos, fazendo barulho. Não dá pra saber onde ele meteu aqueles dedos. Ele é o garoto mais sujo que já conheci.

— Acho melhor dar uma cochilada — diz, e ouço ele se acomodar no lugar de dormir. — Descansar pra quando a gente sair do Mississippi e entrar no rio Red. Na direção do lago Caddo e do Texas. *Texas*, esse é um lugar bom de se estar. Ouvi falar que tem tanto gado solto depois da guerra que não tem como um homem não fazer fortuna por lá. E rápido também. É só juntar o gado e fazer uma manada. É isso que eu vou fazer. Gus McKlatchy vai ser um homem rico. Só preciso de um cavalo e umas roupas pra ir atrás deles...

Deixo meus músculos relaxarem, ignoro o que Gus tá falando e começo a pensar *onde* Sinhazinha e Juneau Jane podem ter sido escondidas nesse barco. Tento não pensar em baús sendo jogados no rio. Afundando, se enchendo aos poucos de água.

Gus me cutuca com o pé.

— Você tá ouvindo?

— Eu tava pensando.

— Então, eu tava dizendo — continua, falando devagar. — Pode ser uma boa coisa se você for pro Texas comigo. Ser capataz da manada que eu vou juntar. A gente ganha muito dinheiro e depois pode...

— Eu tenho uma *casa* — interrompo antes de ele continuar. — Tenho gente me esperando em Goswood Grove.

— *Gente* não é tão importante. — Gus faz um som estrangulado e tosse pra disfarçar, e dá pra perceber que toquei num ponto fraco. Mas não peço desculpa. Por que eu tenho que ter pena de um garoto branco?

— Pra mim, não existe um lugar assim no mundo. — Nem sei as palavras que falo antes de ouvir elas saírem da minha boca. — Não tem lugar nenhum onde eu possa ficar rico juntando umas vacas.

— Tem o Texas.

— Mas o Texas não vai ser assim pra mim.

— Pode ser se você quiser.

— Eu sou *negro*, Gus. *Sempre* vou ser negro. Ninguém vai me deixar juntar um monte de dinheiro. Se conseguir me tornar dono de um pedaço de terra, vai ser tudo que eu posso esperar.

— Às vezes vale a pena esperar mais da vida. Meu pai me disse isso uma vez.

— Você tem pai?

— Não exatamente.

Ficamos em silêncio por um tempo. Mergulho na minha cabeça como se fosse um rio, tento pensar: "O que eu quero?". Tento desenhar imagens de uma vida em algum lugar selvagem do Texas. Ou talvez no norte de Washington, no Canadá ou em Ohio, com o pessoal que fugiu dos sinhôs e das sinhás anos atrás pela Ferrovia Subterrânea e ganhou a liberdade bem antes dos soldados banharem essa terra de sangue e os federais dizerem que a gente não precisava mais ser de ninguém, nem mais um dia, nunca mais.

Mas eu sou de alguém. Sou daquela fazenda de meeiros, do Jason, do John, da Tati. Pra arar a terra e semear os grãos e fazer a colheita. Eu sou da terra, do suor e do sangue.

Nunca conheci outra vida. Não consigo imaginar o que nunca vi.

Talvez seja por isso que toda vez que a mamãe me chama nos meus sonhos eu acordo agitada e encharcada de suor. Tenho medo de *qualquer coisa* grande que possa existir por aí. Medo de tudo que não consigo ver. De tudo que nunca vou ver.

— Gus? — chamo baixinho, caso ele tenha dormido.

— Hããã? — Boceja.

— Eu não tô bravo com você. Só com essas coisas.

— Eu sei.

— Obrigado por ter subido lá pra procurar Sinhazinha e Juneau Jane. Amanhã eu te dou aquele dólar.

— Não precisa. Os biscoitos valeram a pena. Já tá bom. Espero que elas não tenham morrido... as garotas.

— Eu também.

— Não quero que elas venham me assombrar, só isso.

— Acho que elas não iam fazer isso.

Ficamos em silêncio por mais um tempo. Depois eu digo:

— Gus?

— Eu tô dormindo.

— Tudo bem.

— O que você quer? Pode dizer, já que me incomodou.

Mordo os lábios. Resolvo fazer uma coisa à toa, como jogar uma folha no rio, sem saber aonde a correnteza vai levar e onde ela vai parar na margem.

— Você faz uma coisa pra mim quando chegar no Texas? Enquanto estiver viajando à procura daquele gado e tal?

— Pode ser.

— Por onde você passar e falar com o pessoal... E eu sei que você fala à beça... Você podia perguntar se eles conhecem uns negros chamados Gossett ou Loach? Se encontrar alguém assim, pode perguntar se eles tão procurando alguém chamado Hannie? Se um dia encontrar alguém que responder que sim, diz que Hannie ainda tá morando no antigo lugar, Goswood Grove. No lugar de sempre.

A esperança paira no fundo da minha garganta, desajeitada, como uma criatura recém-nascida tentando ficar de pé. Engulo com dificuldade. Melhor não deixar ela crescer demais, por enquanto.

— Eu tenho família lá, talvez. No Texas e no norte da Luisiana. Todos nós temos um cordão no pescoço com miçangas de vidro azul. Miçangas que vieram da África. Miçangas da minha avó. Eu te mostro quando o dia clarear.

— Tá bom. Acho que posso perguntar aqui e ali. Se eu me lembrar.

— Eu agradeço.

— Mas essas foram as quatro palavras mais tristes que já ouvi na vida.

— Que palavras?

— As quatro palavras no fim da sua história. — Ele estala a língua, sonolento, enquanto tento lembrar o que eu disse. Finalmente ele repete as palavras: — *No lugar de sempre*. São quatro palavras tristes e doídas.

Aí nós ficamos quietos e dormimos. Acordamos com a primeira luz batendo nos fardos de algodão. Eu e Gus acordamos ao mesmo tempo, sentamos e nos encaramos, preocupados. O barulho das pás do barco e o ronco da caldeira pararam. Os fardos de algodão balançam de um lado pro outro. A gente levanta no mesmo instante.

Afora um incêndio, isso é o que mais preocupa a gente. O algodão não vai até o Texas; ele é levado do Texas e do sul da Luisiana e transportado pros teares do Norte. Em algum momento antes de chegar no Texas, o nosso palácio de algodão vai ser descarregado. A gente só não sabe quando.

Na primeira noite no nosso esconderijo a gente se revezou pra dormir, pra alguém ficar de olho, mas depois deu preguiça. O rio tava tranquilo, a água tava clara e o barco passava por atracadouros de cidades e plantações ribeirinhas. Não parava nem pro pessoal que acenava das docas querendo subir o rio de barco. O *Genesee Star* já tá com a carga máxima. Só queima lenha na caldeira, e para aqui e ali pra pegar mais e continuar navegando. Não é o jeito normal de navegar, mas é o jeito do *Genesee Star*. Não é um barco sociável e não quer ser incomodado por gente de fora.

Tem alguma coisa peculiar com esse barco, dizia Gus. Alguma coisa errada. O pessoal fala cochichando, isso quando fala, e o barco sobe o rio como um fantasma que não quer ser visto pelos vivos.

— A gente não tá se mexendo — falo baixinho pro Gus.

— Tá pegando madeira, aposto. Deve ser o atracadouro de alguma fazenda. Não tô ouvindo barulho de cidade.

— Nem eu. — Não é incomum um barco parar num lugar qualquer pra pegar mais lenha. O pessoal que mora no pântano e os agricultores ganham a vida cortando lenha pros barcos que passam no rio. Gente branca fazendo o trabalho que costumava ser de escravos.

Os fardos de algodão balançam como se estivessem sendo empurrados. O palácio estremece em cima da gente e dois fardos caem juntos, lado a lado.

— E se eles tiverem pegando mais do que lenha, ou descarregando coisas do barco? — digo em voz baixa.

Gus me lança um olhar nervoso.

— Tomara que não. — Ele se levanta e cochicha: — Melhor dar no pé. — E sai correndo pelo túnel.

Pego meu chapéu, desencavo a bolsinha da Sinhazinha, enfio dentro da calça e começo a abrir caminho como um coelho na toca com um cão de caça na porta. Galhos e cascas se enroscam na minha roupa e arranham a pele enquanto procuro a saída, tentando segurar as paredes de fardo. Algodão e poeira enchem o ar, caem nos meus olhos e não me deixam enxergar, tapam meu nariz sem me deixar respirar. Meu pulmão parece se contrair e eu continuo avançando. É isso ou morrer.

Homens gritam e dão ordens lá fora. Madeira bate em madeira. Metal se choca com metal. O chão se inclina de lado. As paredes de algodão vergam.

Chego ao final do túnel e caio no convés, meio cega e engasgada com a poeira. Tão atordoada que nem me preocupo se alguém me viu. Eu só quero respirar.

A luz do dia tá cinzenta, os lampiões pendurados ainda acesos. Tem homens correndo pra todo lado, e os passageiros nos acampamentos do convés saem dos sacos de dormir e das tendas pra pegar baldes e maletas, cachimbos e frigideiras que deslizam enquanto o *Genesee Star* aderna na água. Tem muita confusão pra alguém me notar. Carregadores e homens brancos correm com cargas, engradados e barris nas costas. A nova carga de lenha faz um dos lados do barco ficar mais pesado. Por causa do casco mais raso, o barco começou a adernar. A madeira geme e o barco vira um pouco mais. O convés principal vira um formigueiro maluco, homens e mulheres se empurram pra pegar cães e crianças, gritando e berrando, e os animais ficam agitados. Galinhas batem as asas nas gaiolas. Vacas mugem alto e arremetem contra os cercados. Cavalos e mulas batem os cascos, relincham e escoiceiam as baias, seus queixumes são levados pela neblina cinza e esbranquiçada do rio, tão densa que quase dá pra pegar com uma colher.

A madeira racha. Uma mulher grita:

— Meu filho! Onde tá o meu filho?

Um membro da tripulação passa correndo com uma carga de lenha. Percebo que é melhor sair dali antes que ele repare em mim.

Ando na direção dos currais no meio do convés principal, pensando em entrar nos cercados onde ainda estão a velha Ginger e o cinzento de Juneau Jane, fingindo que me mandaram lá pra acalmar os cavalos. Mas o tumulto é tão grande que nem consigo chegar perto deles. Acabo me encostando na balaustrada do lado da margem, imaginando que se o barco virar eu pelo menos posso pular fora. Espero que Gus esteja num lugar onde possa fazer o mesmo.

Tão rápido quanto começou a adernar, o *Genesee* solta um gemido alto e se endireita na água de novo. Carga e pessoas deslizam fazendo barulho. Cavalos e gado resfolegam e batem os cascos. O pessoal corre pra arrumar a bagunça.

Demora um tempo até tudo voltar ao normal e a tripulação continuar trazendo lenha do atracadouro. Na margem do rio, não tem nada além de uma pequena clareira numa extensa faixa de areia. Só uma grande pilha de madeira cortada. Carregadores negros e até alguns passageiros correm pra cima e pra baixo pela rampa, trazendo a carga a bordo. Parece que eles tão botando mais peso do que o barco pode aguentar. Querem levar o máximo que o barco puder carregar. O *Genesee* só tá planejando outra parada bem mais rio acima.

"Pode ser melhor descer agora, Hannie", digo a mim mesma. "Desço aqui, e depois sigo o rio até voltar pra casa."

Alguma coisa dura e molhada bate na minha orelha, tão de repente que meus olhos veem faíscas e minha cabeça ressoa como um sino de igreja.

— Vai trabalhar, moleque. — A voz soa no meio do zunido. Um pedaço de corda com um nó na ponta desce pelo meu ombro e pousa no convés. — Vai pegar lenha. Você não é pago pra ficar olhando.

Abaixo o chapéu, desço a rampa correndo, pego o jeito da coisa e me misturo com os outros, amarrando as pilhas e jogando elas nas costas. Carrego tudo que posso. Não quero apanhar de novo.

A tripulação grita:

— Embarquem essa madeira! Embarquem essa madeira!

Em algum lugar no meio do alarido, escuto a voz grave de Moses:

— Distribuam a carga. Distribuam a carga! Vamos, vamos!

Mantenho o chapéu enterrado na cabeça e sigo na fila junto com os outros. Não olho pra ninguém. Não falo nada. Não deixo ninguém ver minha cara.

"Isso é um sinal pra você, Hannie", digo a mim mesma enquanto trabalho. "Você tem um jeito de sair desse barco. Agora mesmo. Você tem um jeito de sair, voltar pra casa. É só se meter entre as árvores."

Cada vez que desço, eu penso: "Faz isso agora".

Cada vez que subo, eu penso: "Da próxima vez. Da próxima vez você vai".

Mas continuo ali, ainda no barco, mesmo depois que toda a madeira já foi carregada. O *Genesee Star* parece uma mulher grávida que já devia ter parido, mas ao menos agora tá nivelado na superfície.

Fico perto da proa, vendo os homens acabarem de descarregar açúcar, farinha, engradados e barris de uísque pra pagar a madeira. A última coisa que fazem, antes de voltar a subir a rampa, é tirar o pessoal do caminho e descer com dois cavalos. Um alazão, um prateado.

A velha Ginger e o cinzento da Juneau Jane.

Esses homens resolveram mesmo não levar os dois até o Texas, afinal.

"Vai", digo a mim mesma. "Vai agora."

Mas continuo ali, imobilizada pela ideia. Não tem ninguém na margem que eu possa ver. O único movimento é o dos trabalhadores retirando a rampa. Se esperar o barco começar a sair da areia, pode ser que eu consiga um balde ou alguma coisa pra boiar, cair na água e chegar logo à margem. As pás não vão girar muito enquanto o *Genesee* estiver aquecendo a caldeira.

Pode ser que eu acabe morta, despedaçada pelos jacarés.

Tento tomar uma decisão enquanto o *Genesee Star* parte em direção ao canal. Se eu fizer isso, eles vão me deixar ir ou vão atirar em mim?

Antes de tomar uma decisão, uma mãozona me agarra pelo colarinho e me aperta. Sinto o corpo de um homem me pressionando, quente e molhado de suor.

— Você sabe nadar? — A voz parece o som do rio no meu ouvido, grave e úmida, mas eu reconheço de cara. Moses.

Faço que sim com a cabeça, hesitante.

— Então sai desse barco. — Outra mão entra no meio das minhas pernas, e, quando dou por mim, eu tô passando pela balaustrada e planando no ar.

Voando livre, mas não por muito tempo.

Amigos Perdidos

A srta. Salliie [*sic*] Crump, de Marshall, Texas, deseja informações sobre suas filhas, Amelia Baker, Harriet e Eliza Hall, Thirza Matilda Rogers, criadas por seu proprietário John Baker, de Abingdon, Washington, Co., Virgínia. Sallie Crump foi levada para o Mississippi quinze ou vinte anos antes da rendição, por David Vance, e de lá foi trazida para o Texas, e desde então mora em Marshall. Qualquer informação que leve à descoberta dessas crianças há muito perdidas trará alegria ao coração de uma mãe de valor.

T. W. Lincoln
Atlanta Advocate e jornais da Virgínia, por favor reproduzam.

— Coluna "Amigos perdidos"
do *Southwestern*
1º de julho de 1880

10

Benny Silva — Augustine, Luisiana, 1987

Quando estou quase perdendo a esperança, encontro o que estava procurando. O sr. Crump, que administra a feira agrícola nas manhãs das quintas-feiras, já me informou que não sabe prever exatamente a que horas Nathan Gossett chega, mas que devo ficar de olho numa picape vermelha. Uma picape vermelha acaba de chegar, com caixas de gelo na traseira, e o homem ao volante é décadas mais novo que a média dos comerciantes da feira. Mal acredito na minha sorte, e sorte é o que mais preciso, pois meu tempo é curto. Implorei para o novo professor de ciências juntar minha classe com a dele na primeira aula, caso eu não consiga chegar à escola antes do primeiro sinal.

Já são sete e vinte cinco. Só tenho trinta minutos para chegar lá. A terceira semana da minha carreira como professora foi ligeiramente melhor que a primeira e a segunda, e mesmo um pequeno ganho já é um progresso. Os biscoitos de aveia ajudaram. Os garotos com fome comeram e até gostaram. Os que não estavam com fome preferiram recusar. Como prometeu Granny T, os biscoitos são fáceis de fazer, e meus gastos com os bolinhos recheados diminuíram, pois voltei a ser a única consumidora.

Alguma coisa em cozinhar para os alunos engendra uma sensação subjacente de boa vontade. Acho que eles se impressionam com o trabalho que tenho para fazer isso. Ou isso ou se sentem intimidados por meu contato com Granny T. Reconheço que uso o nome dela como um ocasional jogo de poder. Todos os jovens da cidade conhecem Granny T. Ela é parte provedora e parte mandona e, como a grande dama da família Carter do Cluck and Oink, controla o suprimento local de carne defumada, *boudin balls* e quinze tipos de tortas. Não é uma pessoa para se fazer pouco caso.

Na verdade, gostaria de que ela estivesse aqui neste momento. Provavelmente conseguiria realizar a missão de hoje em cinco minutos ou menos. Penso nisso quando vejo Nathan Gossett descarregar uma caixa de isopor e entrar na feira, cumprimentando no caminho um homem mais velho com uma jaqueta dos Veteranos de Guerra e macacão. O vendedor, talvez?

Nathan não é bem o que eu esperava. Nada nele sugeria riqueza. Não sei se é intencional ou se é dia de lavar a roupa, mas a velha calça jeans, as botas de caubói, a camiseta desbotada e o boné de beisebol fazem com que pareça vestido para uma manhã de trabalho pesado. Depois de uma semana e meia sendo rejeitada pelas Indústrias Gossett, esperava alguém empertigado e pouco amistoso. Talvez arrogante e cheio de si. Mas ele parece... receptivo. Até jovial. Por que alguém como ele abandona um lugar como Goswood Grove, compra um pesqueiro de camarão e deixa o legado da família apodrecer?

Talvez eu esteja prestes a descobrir.

Sinto-me animada como um lutador pouco antes de entrar no ringue e fico esperando perto da porta do grande celeiro ao ar livre, torcendo para ele chegar sozinho. Vendedores passam por mim, levando produtos para seus estandes. Produtos frescos. Compotas, geleias, mel local. Algumas antiguidades. Cestos feitos à mão, pegadores de panela, mantas e pão fresco. Minha boca saliva enquanto os minutos se passam. Definitivamente, vou voltar aqui quando tiver mais tempo. Sou uma ninja de mercados de pulgas. Quando morava na Califórnia, mobiliei todo o meu apartamento com achados de segunda mão.

Estou impaciente quando meu alvo aparece, e logo me sinto atrapalhada e com a língua travada.

— Nathan Gossett? — falo como se fosse entregar uma intimação judicial, por isso estendo a mão como sinal de amizade. Ele ergue uma sobrancelha, mas aceita o cumprimento com um aperto firme e educado, mas não esmagador. Mão calosa. Não esperava por isso.

— Peço desculpas pela interrupção, mas eu vou ser breve, prometo. Sou a nova professora de inglês na escola aqui de Augustine. Benny Silva. Será que já ouviu falar de mim? — Com certeza ele deve ter ouvido pelo menos *algumas* das minhas mensagens na secretária eletrônica, ou lido meu nome no contrato de aluguel, ou talvez a recepcionista das Indústrias Gossett tenha transmitido o meu recado.

Ele não responde, e eu logo preencho o silêncio constrangedor.

— Eu gostaria de perguntar sobre algumas coisas, mas principalmente sobre os livros da biblioteca. Estou lutando para fazer os estudantes *lerem* alguma coisa. Ou para escreverem, por assim dizer. Menos de quarenta por cento dos alunos da escola têm um bom nível de leitura, e que me desculpe o grande e finado George Orwell, mas não estou conseguindo isso com alguns exemplares surrados de *A revolução dos bichos* em edição de bolso. A biblioteca da escola não deixa as crianças levarem livros para ler em casa, e a biblioteca municipal só abre três tardes por semana. Então eu pensei... se eu conseguisse *montar* uma biblioteca na minha sala de aula... uma bela biblioteca, atraente, tentadora, colorida, talvez isso pudesse *mudar* tudo. É importante deixar os alunos *escolherem* um livro, em vez de lerem só o que damos a eles.

Faço uma pausa — necessária, para recuperar o fôlego —, mas só obtenho como resposta uma leve inclinação de cabeça, que ainda não consigo interpretar. Então eu continuo com o papo de vendedor, frenético e apaixonado.

— Os jovens precisam de uma oportunidade para tentar coisas diferentes e se interessar, serem atraídos por uma história. Qualquer *progresso* começa com boas leituras, até mesmo para pontuar nesses horríveis novos testes oficiais padronizados. Quem não consegue *ler* não entende os problemas nas aulas de matemática e de ciências, por mais que tenha *talento* para matemática ou ciências. Sempre vai haver uma limitação. Eles vão se achar burros. Como esses alunos vão entrar numa faculdade, ou ganhar bolsas de estudos, sem uma boa formação de leitura?

Percebo que ele está abaixando a cabeça, desaparecendo embaixo do boné de beisebol. Estou pegando pesado demais.

Enxugo o suor das palmas das mãos na saia justa que passei cuidadosamente a ferro, combinando com o salto alto para parecer mais profissional e um pouco mais alta. Ajeitei meu cabelo cacheado italiano em um coque clássico francês, peguei minhas joias prediletas... Fiz tudo que consegui pensar para causar uma boa primeira impressão. Mas meus nervos estão à flor da pele.

Respiro fundo.

— Eu não queria me precipitar. Mas tinha esperança de que, já que os livros estão ociosos nas prateleiras... parecendo bem solitários, diga-se de passagem, que o senhor considerasse doá-los, pelo menos alguns, para uma grande causa. Eu ficaria com o maior número possível na minha sala de aula, e talvez pudesse trocar outros com um livreiro com quem trabalhei durante a faculdade. Eu consultaria o senhor sobre a seleção da forma que quisesse, pessoalmente ou por telefone. Imagino que o senhor não more aqui na cidade...

Os ombros dele enrijecem. Bíceps se contraem sob a pele queimada de sol.

— Não, não moro.

Nota mental: "Não mencionar mais esse fato".

— Sei que não é a melhor abordagem pegar o senhor desprevenido desse jeito, mas não consegui encontrar uma forma melhor. Bem que eu tentei.

— Então... você está querendo uma doação para a biblioteca? — Ele levanta a cabeça como se estivesse prevendo um cruzado de direita no queixo. Eu me distraio por um instante. Os olhos dele são muito interessantes, meio cor de água do mar; poderiam ser verdes; castanhos ou cinza-azulados. Nesse momento, refletem o céu matinal da Luisiana. Musgosos. Ligeiramente enevoados. Cinzentos e preocupados. — Doações do legado da família são administradas pelas relações comunitárias da empresa. Livros para salas de aula parecem uma causa válida. É o tipo de coisa que meu avô gostaria que a companhia apoiasse.

— Fico muito contente em saber. — Percebo duas coisas. Primeira, apesar do ressentimento latente da cidade pelos Gossett, o neto mais novo parece um sujeito decente. Segunda, essa conversa lançou uma sombra sobre o que poderia ter sido um dia perfeito para ele. Sua atitude passou de cordial à cautelosa e meio pensativa. — Mas... eu tentei conseguir alguma resposta das Indústrias Gossett. Deixei tantos recados que a recepcionista já reconhece a minha voz. A única resposta foi *preencha um formulário*, o que eu fiz. Mas não posso ficar esperando semanas ou meses. Preciso arranjar um jeito de ensinar esses alunos *agora*. Eu compraria livros com dinheiro do meu bolso se pudesse, mas tive despesas com minha mudança para cá, é o meu primeiro ano como professora e... bem... eu fiquei sem dinheiro sobrando.

Um enrubescimento começa ao redor das minhas orelhas e desce pelas bochechas, antes de se espalhar lentamente pelo meu corpo quente e pegajoso. Que coisa humilhante! Eu não deveria estar mendigando para fazer o meu trabalho.

— E foi por isso que pensei, já que todos aqueles livros estão parados na biblioteca de Goswood Grove, por que não os colocar em uso?

Ele pisca, surpreso, franze os olhos à menção de Goswood Grove. Percebo que só agora está entendendo o que estou pedindo. E provavelmente conjeturando como eu sei sobre aqueles livros.

Até onde devo confessar? Afinal, eu ando invadindo aquela casa.

— Uma das minhas alunas me falou sobre a biblioteca do seu avô. Como eu moro praticamente ao lado, fui até lá e dei uma olhada pela janela. Não quis ser invasiva, mas sou uma bibliófila irremediável.

— Você mora na casa ao lado?

— Eu sou sua inquilina. — Ele é mais desapegado de suas posses do que pensei. — Naquela casinha perto do cemitério. Onde morava a srta. Retta... Eu deveria ter dito antes. Imaginei que reconhecesse o meu nome. Foi o meu telhado que a tia Sa... quero dizer, que a Donna consertou de emergência.

Ele meneia a cabeça, como se finalmente estivesse entendendo, mas não de uma forma simpática.

— Desculpe. Sim. O lugar ficou um pouco abandonado depois que a srta. Retta teve o AVC. Os membros da família devem ter resolvido desocupar a casa. Joanie deve ter achado que me faria um favor encontrando um locador, mas a casa não estava preparada para isso.

— Não, espere. Não estou reclamando. Eu adoro aquela casa. É perfeita pra mim. Gosto de morar meio afastada da cidade, e os vizinhos são tão tranquilos que nunca fazem barulho algum.

De início ele não entende a piada com o cemitério, mas depois abre um leve sorriso.

— É verdade. — Mas continua impassível. — Só gostaria que soubesse que é uma coisa de curto prazo. Os planos ainda não são de conhecimento público, por isso gostaria que não divulgasse essa informação, mas você precisa saber, já que vai ser diretamente afetada. A diretoria do cemitério quer anexar aquela parte do terreno. O negócio não vai ser fechado antes do Natal, mas depois disso você vai ter de arranjar outra casa.

O choque me abala com a força de um tsunami, afogando o ímpeto da minha curiosidade, dos livros para os alunos e tudo mais. Fazer uma mudança no meio do ano letivo? Alugar uma casa numa cidade que não tem nada para alugar a esse preço? Transferir as contas? De repente me sinto arrasada.

— Não seria possível eu ficar na casa até o fim do ano letivo?

— Desculpe. O acordo já foi assinado. — Seu olhar me dardeja de forma evasiva.

Levo a mão ao peito para acalmar o tipo de pânico instantâneo que costumava sentir no minuto em que minha mãe anunciava que estávamos mais uma vez de mudança. Tendo sido criada mais ou menos sempre em transição, tornei-me uma adulta que valoriza o ninho. O espaço da casa é sagrado. É a zona onde estão os meus livros, meus sonhos e minha poltrona de leitura. Preciso daquela casa de madeira naquele terreno tranquilo perto do cemitério, onde posso passar pelos antigos caminhos do açude da velha fazenda, respirar, me restaurar e organizar os pensamentos.

Engulo a raiva, estico o pescoço e digo:

— Eu entendo. O senhor tem de fazer o que precisa ser feito... imagino.

Ele se retrai, mas posso ver que sua determinação está se consolidando também.

— Bem... e quanto aos livros? — Acho que posso ao menos tentar fazer esse acordo, e já estou ficando sem tempo de conseguir algo produtivo desse encontro.

— Os livros... — Ele esfrega a testa. Está cansado de mim, ou da situação, ou de tantos pedidos. Provavelmente das três coisas. — A corretora tem uma chave da casa. Vou dizer para ela deixar com você. Não sei bem o que vai encontrar lá, mas o juiz gostava de ler, e além disso nunca resistia a algum jovem vendendo enciclopédias ou assinaturas da *Seleções*, ou seja lá o que fosse. Na última vez que estive naquela sala tinha coisas empilhadas por toda parte, e os armários ainda estavam cheios de livros encaixotados, do jeito que chegaram. Alguém precisa fazer uma limpeza naquela bagunça.

Por um momento o choque me deixa muda. "Fazer uma limpeza naquela bagunça? Que tipo de neandertal fala de livros desse jeito?"

Em seguida me lembro.

— A corretora está com um problema de saúde. Não está trabalhando. Tem um aviso na porta há mais de uma semana.

Ele dá um suspiro, parecendo ter se esquecido do fato. Em seguida põe a mão no bolso, remexe no chaveiro e começa a tirar uma chave. Exaspera-se até conseguir separá-la para me dar.

— Pode pegar todos os livros que puder usar e, a propósito, que fique entre nós. Se encontrar Ben Rideout aparando o gramado, diga que está lá fazendo alguma coisa pra mim. Ele não vai querer saber dos detalhes. — O endurecimento da atitude de Nathan é rápido e definitivo, visceral, como meu pânico por ter que me mudar. — Não me mande listas. Não me interessa. Eu não quero saber. Não quero ter nada a ver com isso. — Ele passa por mim e em menos de um minuto já está de volta na picape e indo embora.

Fico ali parada, de queixo caído, olhando para o pedaço de metal esverdeado de azinhavre na minha mão. É uma chave antiga, como uma chave-mestra, só que menor, com entalhes nas bordas e tão pequena que quase parece que abriria um baú, uma arca de pirata ou a entradinha para os jardins do País das Maravilhas de Alice. Nesgas da luz difusa do sol matinal incidem sobre a chave e projetam estranhos reflexos na minha pele. Por um instante, quase vislumbro o formato de um rosto.

Mas logo desaparece.

O fascínio me enlaça com um abraço exagerado, tirando meus pés do chão, despertando em mim uma fome voraz e ambiciosa. Preciso usar todas as minhas forças para não ir direto para Goswood Grove ver aonde essa chave pode me levar.

Infelizmente, há dezenas de alunos me esperando para continuar a leitura de *A revolução dos bichos*... e para abrir a gaveta dos biscoitos de aveia.

Se o trânsito cooperar, ainda consigo chegar a tempo para minha primeira aula e começar o dia de forma apropriada.

Atravesso a cidade com o Fusca, desviando de caminhões das Indústrias Gossett e de picapes de agricultores. O professor substituto de ciências fica muito contente ao me ver entrando pela porta dos fundos. Menos de três minutos depois toca o sinal, e os estudantes inundam minha sala de aula.

Felizmente, meus primeiros alunos do dia são da sétima série, por isso é um pouco mais fácil intimidá-los a ocupar seus lugares. Assim que conseguem me ouvir em meio àquele barulho, digo que depois de falar sobre advérbios eu vou ler um pouco de *A revolução dos bichos*, que é um livro para alunos mais adiantados, mas sei que vão conseguir ler as mesmas coisas que eles.

Um murmúrio percorre a sala, e eles se endireitam nas carteiras, parecendo surpresos. "Estranho, a professora Silva parece menos desanimada hoje, quase meio zonza", diz a expressão deles.

Se eles soubessem...

Tiro da gaveta a caixa de biscoitos.

— Essa fornada queimou um pouco no fundo. Desculpem. Mas não ficou tão ruim. Vocês conhecem as regras. Sem empurrões. Sem confusão. Sem barulho, senão eu fecho a caixa. Quem quiser pode vir pegar.

Sem muita convicção, tento dar uma lição sobre advérbios, mas logo desisto e pego *A revolução dos bichos* para ler para eles. Enquanto isso, a chave de metal pesa no meu bolso e na minha mente, me distraindo.

Tiro a chave do bolso no intervalo, observo-a na palma da mão, imaginando todas as mãos que a seguraram antes de mim. Examino-a sob diferentes ângulos da luz, tento recriar o reflexo do rosto, mas nada se materializa.

Finalmente desisto e passo a olhar para o relógio da parede a cada poucos minutos, desejando que ande mais depressa. Quando soa o sinal de saída, sinto-me tomada por uma esfuziante energia. A única nuvem turvando meu dia foi a ausência de LaJuna na quarta aula. Ela veio à escola nos três primeiros dias da semana, mas agora *puf*: sumiu de novo como fumaça.

Penso nisso enquanto arrumo as carteiras, ouvindo o ronco dos ônibus escolares e esperando impaciente a hora de sair.

Quando o momento chega, passo pela porta com a velocidade de um guepardo caçando.

Só quando chego em casa e tomo a direção de Goswood Grove, tudo começa a parecer meio questionável. Por que foi tão fácil fazer Nathan Gossett me dar a chave? "Não me mande listas. Não me interessa. Eu não quero saber. Não quero ter nada a ver com isso." Tudo isso não significa nada para ele? Nada mesmo? Será que é tão desligado da história da casa? Da sua *própria* história?

Será que estou tirando vantagem indevida disso?

Sei onde se origina o espectro da culpa. Entendo de divisões em família e de questões familiares. Diferenças irreconciliáveis. Mágoas e ressentimentos, diferentes pontos de vista sempre impedindo que lados opostos cheguem a um meio-termo. Tenho meias-irmãs paternas que mal conheço, não vejo minha mãe há dez anos, pretendo nunca mais vê-la e não consigo perdoar o que ela fez. O que me fez fazer.

Tirei vantagem dos mesmos fantasmas que mais me assombram — de alguma forma teria visto esses fantasmas em Nathan Gossett e os usei para conseguir o quero?

É uma pergunta pertinente, mas assim mesmo estou aqui na varanda de Goswood Grove tentando discernir em qual porta minha chave se encaixa e dizendo a mim mesma que não me importo se "pode pegar todos os livros que puder usar" for uma bola de canhão disparada num campo de batalha familiar. O melhor lugar para esses livros é nas mãos de gente que precisa deles.

Várias portas têm fechaduras modernas demais para minha chavinha de metal. É óbvio que a casa foi habitada por várias gerações, com os moradores modernizando-a de forma aleatória como um quebra-cabeça — uma janela aqui, uma fechadura ali, um antigo sistema de ar condicionado ligado nos fundos mesmo com a casa desocupada, uma cozinha que sem dúvida foi acrescentada bem depois de a casa ser construída. Antes disso, provavelmente a cozinha ficava no quintal, perto da casa, para isolar o calor e o barulho e diminuir o risco de incêndio.

Um pequeno recanto perto da atual cozinha tem duas portas de entrada. Pelas janelas, posso ver que uma leva diretamente a uma despensa, e a outra leva à esquerda, para a cozinha. A chave gira na fechadura de latão enfeitada como se tivesse sido usada ontem. Poeira, tinta e ramos de hera invasora se desprendem quando a porta se abre. Os ramos de hera escorregam pelo meu pescoço e fazem eu me retrair numa dança desajeitada enquanto passo rápido por eles e paro por um momento, relutando em fechar a porta.

A casa está silenciosa e abafada, úmida, apesar do ar-condicionado zumbindo no fundo. Não dá para saber o que seria preciso para controlar o clima de um espaço tão grande, forrado de velhas janelas do teto ao chão e com portas apoiadas nos batentes como homens cansados encostados nas paredes.

Passo pela cozinha, cujos equipamentos deviam ser ultramodernos nos anos 1950 ou 1960. Os utensílios vermelhos têm curvas da era espacial, com botões dignos do interior de um foguete. Lajotas pretas e brancas completam a sensação de que entrei numa estranha espécie de dobra temporal. Mas tudo está bem-arrumado. Os armários com portas de vidro quase todos vazios. Um prato aqui. Uma pilha de travessas ali. Uma terrina com uma alça quebrada. Na copa ao lado, a situação é semelhante, embora a marcenaria seja muito mais antiga, com o verniz rachado e cheio de bolhas revelando ser original da casa. Não restou nada das louças e prataria. As gavetas de talheres estão parcialmente abertas, vazias. Algumas peças de porcelana dispersas juntam poeira atrás do vidro jateado. A sensação geral é como a da casa de uma avó um dia antes de ser vendida, depois de a família ter dividido as relíquias.

Continuo vagando, me sentindo como uma bisbilhoteira ao passar pela sala de jantar com uma imponente mesa de mogno e cadeiras com assentos forrados de veludo verde. Grandes retratos a óleo de várias gerações de moradores me observam das paredes. Mulheres com vestidos sofisticados, de cinturas incrivelmente finas. Homens de colete, apoiados em bengalas com castão dourado ou ao lado de cães de caça. Uma garotinha usando um laçarote branco da virada do século.

O salão ao lado é mobiliado em um estilo ligeiramente mais moderno. Um sofá, poltronas estofadas cor de vinho, um aparelho de TV num gabinete com alto-falantes embutidos. Gerações mais recentes dos Gossett me observam de fotos nas paredes e em porta-retratos sobre o gabinete da TV. Paro diante de um porta-retratos triplo com fotos dos três filhos do juiz. Há diplomas emoldurados em cada foto — Will e Manford, formados em administração na Universidade Rice, e Sterling, o mais novo, pela Faculdade de Agricultura da LSU. Só de olhar, é fácil adivinhar que ele é o pai de Nathan. Há uma grande semelhança.

Não consigo deixar de pensar: "Será que Nathan não quer nenhuma dessas fotos? Nem mesmo para se lembrar do pai que morreu tão jovem?". Sterling Gossett não parece muito mais velho que Nathan na foto. Não viveu muito mais depois disso, imagino.

O ambiente é muito triste para ficar olhando, por isso saio do salão para o que sei que vem a seguir. Já conheço a disposição da casa, graças às minhas várias passagens pela varanda. Mesmo assim, quando passo pelas portas duplas e entro na biblioteca de Goswood Grove, eu quase perco o fôlego.

O recinto é glorioso, igual ao que já foi outrora. A não ser pelas instalações de lâmpadas elétricas, interruptores, uma tomada aqui e ali e uma enorme mesa de bilhar que não deve ser tão antiga quanto a casa, nada foi modernizado. Passo a mão pela cobertura de couro da mesa de bilhar, pego um dos incontáveis livros de capa mole empilhados em cima. O juiz tinha tantos livros que eles se espalhavam como as heras fora da casa. O piso, o espaço embaixo da grande escrivaninha, a mesa de bilhar, cada centímetro de cada prateleira está repleto de livros.

Absorvo aquela visão, extasiada, hipnotizada pelo couro e o papel, pelas lombadas douradas e as palavras escritas à tinta.

Esqueço de tudo mais. Perdida.

Tão absolutamente fascinada que não faço ideia do tempo que se passa até eu perceber que não estou sozinha na casa.

11

Hannie Gossett — Luisiana, 1875

O rio puxa minha roupa enquanto arrasto o corpo até a areia, tossindo água e tudo mais que estava nas minhas entranhas. Eu *sei* nadar, e o homem me jogou perto da margem para ser mais fácil chegar até ela, mas esse rio tem vontade própria. Um galho de árvore errante na esteira do barco me agarrou ao passar rodopiando e me afundou. Tive que dar tudo de mim pra me livrar.

Ouço um jacaré deslizando pela lama não muito longe, fico de quatro, e tusso mais água e sinto gosto de sangue.

É quando apalpo o pescoço e sinto o vazio.

Perdi o cordão de couro. E as miçangas da vovó.

Levanto com as pernas bambas e cambaleio até a margem procurando por elas. Afasto a camisa para ver se estão lá. A bolsa da Sinhazinha pesa na minha calça molhada, mas não vejo miçanga nenhuma.

Quero gritar com esse rio, xingar, mas caio de quatro e tusso o resto da água, pensando comigo mesma: "Se eu encontrar aquele Moses de novo eu mato esse homem".

Ele me tirou tudo que restava da minha gente. A última coisa que eu tinha deles se perdeu no rio. Pode ser um sinal. Um sinal pra eu voltar pra casa, de onde nunca devia ter saído. Quando chegar lá, vou resolver o que contar. Pode ser que a lei possa ir atrás dos homens que pegaram Sinhazinha Lavinia e Juneau Jane, mas essa notícia não pode vir de mim. Preciso encontrar outro jeito de o xerife saber o que aconteceu.

Olho de novo rio abaixo e acima, imagino a distância até um lugar onde possa tomar um barco que vá na direção de casa naquele curso de água largo e agitado. Nem sinal de gente por aqui até onde consigo enxergar. Nenhuma casa, nenhuma estrada a não ser a de onde pegamos a madeira. Deve ir a algum lugar. Até pode ser que ninguém tenha vindo ainda buscar os cavalos, se a Divina Providência me ajudar.

É a maior esperança que tenho, então lá vou eu.

Pouco antes de chegar, ouço o som de homens, o tilintar de fivelas de arreios, o gemido de cabos e eixos. Um cavalo resfolegando baixinho. Diminuo o passo, mas mantenho a esperança de que os lenhadores possam ser negros e me ajudem. Quanto mais perto chego, mais percebo que eles falam em outra língua. Não em francês — que eu entendo um pouco —, é outra coisa.

Talvez sejam alguns dos índígenas que ainda vivem nos pântanos, casados com brancas e com escravas que fugiram pra se esconder na mata anos atrás.

Sinto uma comichão pelo corpo. Um alerta. Negros precisam tomar cuidado nesse mundo. Mulheres também precisam tomar cuidado. Eu sou as duas coisas, então preciso ter em dobro, e só o que tenho pra me proteger é uma pistola *derringer* com dois cartuchos molhados e provavelmente estragados.

Um cachorro late, e os homens param de fazer barulho. Paro onde estou, me escondo num arbusto. O cachorro perambula por perto e eu fico paralisada de medo. Nem respiro.

"Vai embora, cachorro."

Fico esperando aquela coisa me desentocar. Andando pra frente e pra trás, farejando alto e rápido. Ele sabe que encontrou alguma coisa.

Um homem grita uma palavra com um grunhido estridente.

O cachorro se afasta o mais rápido que pode.

Apoio a testa no braço, recuperando o fôlego.

Rangido de molas de uma carroça. Madeira batendo em madeira. Uma mula zurra. Um cavalo relincha, bufa e pisoteia o solo. Os homens gemem e murmuram, carregando os barris do pagamento.

Rastejo até onde a vegetação é rala como um rendado e eu posso enxergar.

Dois homens. Não brancos. Nem índios. Nem negros. Nem uma coisa nem outra. O cheiro deles paira no vento. Suor e gordura rançosa, sujeira e uísque, corpos que não se preocupam com limpeza. Cabelos longos e pretos saindo dos chapéus e crostas de lama nas roupas rasgadas.

O cachorro é um pobre coitado, magro e de pelo ralo, sangrando de tanto coçar a pele sarnenta. A mula puxando a carroça também não tá muito melhor. Velha e cansada, com feridas onde os arreios esfregam e com moscas fazendo uma festa na carne viva.

Um homem bom não trata uma mula desse jeito.

Nem um cachorro.

Fico no meu esconderijo, escutando aquele linguajar estranho, tentando não me mexer enquanto eles levam os nossos cavalos, amarram na carroça, sobem na boleia e soltam o freio. Vejo a velha Ginger batendo a pata manca no chão pra se livrar dos borrachudos, pernilongos e varejeiras. Tenho vontade de sair correndo e pegar ela de volta, mas sei que preciso fugir enquanto posso, sair daqui antes que cobras e pumas apareçam e assombrações saiam do pântano à noite. Antes que o *rougarou*, o homem-lobo, saia da água preta em busca do que comer.

Um rangido rápido e estridente de metal contra metal me tira desses pensamentos quando a carroça sai derrapando. Pelo vão das folhas, vejo um lampejo brilhante e dourado. Já sei o que é antes de me lembrar dos dois grandes baús com alças de latão.

O que foi trazido a bordo do *Genesee Star* na calada da noite ficou aqui.

Pode ser que agora os baús estejam vazios. Talvez seja melhor eu esquecer o que vi e cuidar só de mim mesma. Mas em vez disso eu sigo a carroça, tão de longe que nem o cachorro percebe. Minha cabeça lateja, fico molhada de suor e sou picada pelos mosquitos e varejeiras. Não posso bater neles e nem correr. Tenho que ficar em silêncio.

É longe o lugar pra onde aqueles homens estão indo. Parecem quilômetros e mais quilômetros. Minhas pernas fraquejam, e os troncos das árvores giram ao redor dos meus olhos, sombras e sol, folhas e galhos de árvore retorcidos. Enrosco o pé numa raiz de cipreste e caio feio na beira de um brejo. Viro de costas e fico olhando para o céu, vendo os pedacinhos de azul como se fossem remendos nos tecidos da casa da mamãe, recém-tingidos dos campos de índigo.

Continuo deitada, esperando seja lá o que vier.

Ao longe, as rodas da carroça continuam cantando seu ritmo. *Squim, clique-clique, squim, clique-clique...*

A conversa dos homens ecoa, agora alta e estridente. Já devem ter aberto o barril de uísque.

Me encolho perto do cipreste, protejo o que posso da minha pele exposta aos mosquitos e varejeiras, fecho os olhos e deixo os sons dos homens se distanciarem.

Não sei se durmo ou só apago por um momento, mas não sinto nada. Não me preocupo com nada.

Um toque no meu rosto me tira da quietude. Meus olhos ardem, secos e grudados, quando tento abrir. As sombras das árvores se alongaram com o sol da tarde.

Sinto o toque de novo, leve e suave como um beijo. Será Jesus que veio me buscar? Talvez eu tenha me afogado no rio, afinal. Mas o toque fede a lama e a carne podre.

Alguma coisa tá tentando me comer! Salta de lado quando eu enxoto, e quando olho lá está o velho cachorro magro e avermelhado de antes. Ele baixa a cabeça meio pelada e me observa com olhos cautelosos, enfia o rabo entre as pernas, mas balança a ponta entre as patas como que esperando eu jogar um pedaço de carne pra ele comer. Ficamos os dois ali por um bom tempo, um com medo do outro, depois ele passa por mim pra lamber a água da chuva acumulada nos recôncavos dos ciprestes. Levanto e faço a mesma coisa. Eu e o cachorro bebemos juntos no mesmo lugar.

A água penetra o meu corpo, despertando meus braços, os pés e a cabeça. O cachorro se senta e fica observando, ressabiado. Não parece ter pressa de ir embora. Pode ser que esteja perto de casa.

— Onde é que você mora? — pergunto em voz baixa. — Sua casa fica aqui perto?

Eu me sento e o cachorro se retrai.

— Tudo bem — falo baixinho. É o cachorro mais maltratado que já vi, arranhado e inchado em algumas partes, com manchas peladas por todo o corpo. — Pode ir pra casa agora. Me mostra onde fica.

Eu me levanto e ele se afasta, e vou atrás dele pela mata. O cão não precisa usar a estrada, então nós seguimos por uma trilha de caça. O cheiro doce e queimado de uma defumadora chega à minha garganta. O cachorro me leva direto pra lá, nos fundos de uma casa construída com troncos num lugar mais alto. Uma casinha de madeira e um celeiro, a defumadora e um barracão. A chaminé é de pau a pique, como as das antigas cabanas de Goswood Grove. Tudo no lugar se inclina pra um lado ou pra outro, com o pântano invadindo pouco a pouco. Tem uma canoa apoiada na parede da cabana, com todos os tipos de armadilhas pra animais e castores. Vejo a carcaça de um cervo estripado pendurada numa árvore, com tantas moscas que elas sobem umas por cima das outras pra conseguir o que querem.

O lugar é silencioso como um túmulo. Me arrasto até uma pilha de lenha tão alta e larga quanto a cabana, fico ouvindo e observando quando o cachorro vai até o quintal, fareja um pouco e cava um buraco pra se deitar na terra fresca. Um cavalo bufa e apronta uma confusão, escoiceando a parede de troncos da cabana e derrubando uma chuva de lascas e terra. Uma mula zurra. O som viaja tão alto que os passarinhos saem voando, mas a cabana continua em silêncio.

Dou a volta pelo celeiro e espio lá dentro. A carroça tá estacionada no corredor. Ginger e o cinzento de Juneau Jane estão numa mesma baia, a mula na baia ao lado. Estão cobertos por uma espuma de suor, os três. Disputando uns com os outros pra dizer quem manda. Escorre sangue da pata do cinzento, ele a machucou nos trilhos. Avanço um pouco mais para poder ver a traseira da carroça. O barril de uísque e os baús não estão mais lá.

Mais alguns passos e vejo os dois grandes caixotes com os cantos de metal jogados no chão do celeiro, mas abertos. Quando me aproximo pra olhar, vejo que estão vazios. O cheiro é tão ruim quanto a visão. O fedor de estômagos que vomitaram o que comeram e de corpos que se borraram me faz tapar o nariz, mas pelo menos não é o cheiro da morte. Isso me consola um pouco, mesmo que só um pouco. Não quero pensar no que significa

Sinhazinha e Juneau Jane terem sido levadas daquela cabana. Não sei o que fazer a respeito, se isso aconteceu.

Examino o celeiro, querendo que tivesse uma espingarda por ali, mas as paredes só têm arreios pendurados, ainda molhados do trabalho da manhã, e uma meia dúzia de velhos cabrestos dos confederados, com a marca CSA nas argolas de metal das correias. As selas de Jeff Davis também estão lá, amontoadas em cima de barris vazios. Há cantis do Exército Confederado, um lampião a querosene e fósforos numa caixa de latão.

Arranco um pedaço da lona meio enterrada no feno, estendo no chão e saio catando coisas. Fósforos, um cantil e uma caneca de latão, um pedaço de vela quebrada e carne da defumadora. Encho o cantil com água da chuva de um tonel, penduro no ombro e encontro um pedaço de corda pra amarrar a trouxa feita com a lona. O cachorro se aproxima, eu jogo um pedaço de carne pra ele e não nos incomodamos mais um com o outro. O animal me segue quando levo a trouxa pra mata e a penduro num galho de uma árvore onde posso pegar se precisar fugir depressa.

Eu e o cachorro nos agachamos juntos na folhagem, enquanto olho praquela cabana e tento pensar no que fazer a seguir. Pegar os cavalos, acho. Depois vou me preocupar com o resto.

Só no caminho de volta ao celeiro percebo o espaço entre o estábulo e a parede do fundo. Não mais de um metro, mas bem vedado, escondido do lado de fora. Não me lembro de ter visto uma porta no corredor. Só conheço uma razão de ser pra um celeiro como esse, com um quartinho construído pra ser um local secreto.

Volto pra dentro, olho ao redor, vejo um machado pendurado numa argola de metal na parede, mas que não tá lá pra ser um machado. Tá lá pra servir de ferrolho, pra disfarçar. Um pedaço de madeira reforçada segura a outra ponta. Quando o desloco e levanto o machado, o pedaço de parede sai como a tampa de um caixote virado de lado.

O quartinho é o que eu imaginava. Um esconderijo usado por caçadores de escravos antes da libertação. Mesmo no escuro, consigo ver estacas presas a correntes. Esses homens caçavam escravos fugitivos no pântano. Capturavam o pessoal na estrada — gente negra livre com documentos, escravos cumprindo ordens dos donos com um passe na mão. Mas aqueles homens não faziam perguntas. Só jogavam um saco na cabeça de um homem, mulher ou criança, os amarravam embaixo de uma lona atrás da carroça e os escondiam no pântano pra vender a mercadores em um triste leilão em algum lugar longínquo. Homens que faziam o mesmo tipo de negócio que Jep Loach.

De repente vem o cheiro, emanando da escuridão do quartinho. O mesmo cheiro dos baús. Estômagos e vísceras esvaziados, o conteúdo azedo e apodrecido.

— Vocês estão aí? — pergunto baixinho, mas não tenho resposta. Apuro o ouvido. Será que escuto alguém respirando?

Tateio o caminho, encontro um corpo meio morno jogado no feno, depois outro. Sinhazinha Lavinia e Juneau Jane não estão mortas, mas tampouco estão vivas. Vestidas só com as roupas de baixo. Não acordam com sussurros, sacudidas, nem tapinhas. Ponho a cabeça pra fora do quarto, dou mais uma olhada na casa. O cachorro avermelhado tá sentado na porta do celeiro, olhando pra mim, mas só abana o rabo meio pelado arrastando na terra, lembrando da carne. Ele não vai ser problema.

"Faça a próxima coisa, Hannie", digo a mim mesma. "Faça a próxima coisa e faça depressa, antes que alguém apareça."

Saio catando bridas, rédeas e arreios e as duas melhores velhas selas da guerra. As cilhas e correias estão frágeis e roídas por ratos, mas vão aguentar, espero. Não tenho escolha. O único jeito de manter as garotas nos cavalos é amarrando as duas com alguma coisa. Pôr as duas no lombo dos cavalos de barriga pra baixo, como os patrulheiros faziam com escravos fugitivos nos maus e velhos tempos.

Juneau Jane é fácil de levantar, apesar da altura. Não é muito pesada, e o cavalo fica contente em rever a dona, parece um cavalo de pau quando eu ponho ela em cima dele. Sinhazinha Lavinia, por outro lado, não é airosa como uma dama. É parruda. Pesa muito mais que um cesto de vime com cinquenta quilos de algodão, com certeza. Mas eu sou uma mulher forte, e meu coração bate tão rápido de medo que é como se eu fosse duas mulheres fortes juntas. Ponho Sinhazinha na traseira da carroça, puxo a velha Ginger pra perto e vou empurrando e puxando até deitar Sinhazinha de barriga na sela e eu poder amarrar. O fedor dela me faz regurgitar carne-seca com bile e água de cipreste, mas eu fico engolindo e engolindo, olhando pra casa, olhando de novo, agradecendo o uísque que os homens pegaram do barco, muito uísque. Eles devem tá dormindo lá dentro, totalmente bêbados. Espero que não fiquem sabendo de nada até amanhã de manhã, senão nós todas vamos acabar presas naquela cela juntas.

Amarro o velho machado sem gume numa das selas, e a última coisa em que penso é na mula. É menor a chance de os homens me alcançarem se eu estiver em cima de montarias e eles não. Mas, se eu tentar levar essa mula, é provável que continue brigando com os cavalos e faça barulho. Também posso soltar a mula, e se tiver sorte ela vai sair pela mata procurando forragem. Se não tiver sorte, ela vai ficar por perto do celeiro.

Abro a porta da baia e digo praquela velha alma quase morta de fome:

— Fica quieta. Se você for esperta, não vai voltar mais pra cá. Esses homens são maus. Fizeram coisas terríveis com você. — A pelagem da pobre mula parece a pele do pessoal que veio da fazenda dos Loach como dote no casamento da Velha Sinhá. O Sinhô Loach costumava marcar a ferro as crianças quando faziam um ano de idade. Dizia que isso dificultava elas serem roubadas. Também marcava os que tentavam fugir, e todos os escravos que comprava.

Essa pobre mula infeliz foi marcada uma dezena de vezes, inclusive pelos dois exércitos. Vai ter que carregar isso pra sempre.

— Agora você é uma mula livre — digo a ela. — Vai ser livre na vida.

A mula vem atrás da gente quando saio do celeiro com os cavalos, mas eu dou uma bronca, e ela fica nos seguindo a distância enquanto nos afastamos da cabana e entramos na mata, em direção ao interior. O cachorro também vem atrás, e eu deixo.

— Acho que você também tá livre — digo quando já estamos a certa distância. — Homens maus desse jeito também não deviam ter um cachorro.

As cabeças de Sinhazinha Lavinia e de Juneau Jane balançam. Batem nos estribos. Espero que nenhuma delas esteja morta ou morrendo, mas ninguém pode ajudar. Não tem nada que eu possa fazer a não ser sair desse lugar, com cuidado, em silêncio, manter os ouvidos atentos, me afastar da trilha da carroça, evitar depósitos e casas perto do pântano, cidades, carroças e pessoas. Ficar longe de todo mundo até Sinhazinha Lavinia e Juneau Jane voltarem a falar. Não tem como explicar o que um moleque negro tá fazendo levando duas garotas brancas seminuas amarradas de barriga pra baixo nos cavalos.

Eu vou estar morta muito antes de tentar explicar.

Amigos Perdidos

Prezado editor, gostaria de saber sobre meus filhos. Nós pertencíamos ao sr. Gabriel Smith, reitor de uma faculdade no Missouri. Fomos vendidos a um mercador de escravos e trazidos a Vicksburg, Miss. Eu e Pat Carter fomos vendidos juntos, deixando Ruben, David e Sulier, a irmã deles, no pátio do mercador. Ouvi dizer que Ruben foi ferido em Vicksburg e está no hospital, e os mais novos foram deixados com Thomas Smith no Missouri. Os que restaram foram Abraham, William e Jane Carter. O pai deles foi morto por um mercador de negros, James Chill, antes de ser levado, vendido e separado da família. Escreva-me aos cuidados do reverendo T. J. Johnson, Carrollton, La.

MINCY CARTER

— Coluna "Amigos perdidos"
do *Southwestern*
10 de janeiro de 1884

12

Benny Silva — Augustine, Luisiana, 1987

Ando silenciosamente pela casa, rastreando o som. Imagino camundongos, esquilos ou as gigantescas ratazanas que vi nadando nos canais e piscinas naturais de água estagnada, durante as minhas caminhadas.

Imagens de fantasmas, monstros devoradores de cadáveres e alienígenas parecidos com insetos passam por meus pensamentos. Assassinos com machados e andarilhos. Sempre fui viciada em filmes de terror, orgulhosa de conseguir assistir a coisas do tipo sem nunca levar a sério. Mesmo depois de anos de namoro, Christopher detestava que eu ficasse tentando imaginar a cena seguinte e a virada no roteiro, sem nunca me assustar. "Você é tão terrivelmente analítica", sempre reclamava. "Assim perde a graça."

"É tudo falso. Espelhos e fumaça. Não seja tão sensível", eu provocava. Como eu tinha a chave de casa desde criança, não dava para entrar em pânico com qualquer barulhinho.

Mas aqui, neste lugar, com gerações de histórias que só consigo imaginar, sinto minha vulnerabilidade com uma estranha precisão. Estar sozinha num velho casarão é diferente de ver um casarão na TV.

Os sons que vêm da cozinha definitivamente não são de alguém entrando casualmente pela porta. Seja o que for que estiver lá, ele ou ela ou a *coisa* não querem ser vistos. Os movimentos são silenciosos, cautelosos, intencionalmente cautelosos... e os meus também. Quero ver o que *é*, antes de ser vista.

Na porta da copa, paro e examino as longas fileiras de armários de mogno e as desgastadas bancadas de madeira onde empregados devem ter preparado sofisticadas refeições. Os espelhos laterais apenas refletem um ao outro, assim como os armários superiores. Nada de extraordinário ou ameaçador... A não ser...

Mudando de posição para ter uma visão melhor, vejo consternada uma perna magra de calça jeans com bolsos bordados saindo do armário do canto esquerdo.

"Mas que diabos?"

Reconheço o jeans e a camiseta colorida. Já os vi nas minhas aulas. Embora não tantas vezes quanto gostaria.

— LaJuna Carter! — digo antes mesmo de ela se aprumar. — Ela se vira, fica em posição de sentido. — O que está fazendo *aqui*?

Não pergunto se ela tem permissão para entrar na casa. Nem preciso. Sua expressão já deixa bem claro.

Ela levanta o queixo de um jeito que me faz lembrar tia Sarge.

— Eu não tô fazendo nada de mais. — Dedos finos e longos cingem o quadril magro. — Como você acha que eu sabia sobre os livros? De qualquer forma, o *juiz* disse que eu podia vir. Antes de morrer, ele me disse: "Venha quando quiser, LaJuna". Não que alguém mais viesse... a não ser quando queriam alguma coisa. Todos os filhos e netos do juiz preferiam ir para as casas no lago, sair de barco e pescar. Gostavam de ficar na praia, eles também tinham casas lá. Não queriam *desperdiçar* tudo aquilo. Quem possui tantas casas tem muito o que fazer. Não tem tempo pra visitar um homem numa casa velha, preso a uma cadeira de rodas.

— Essa casa não é mais do juiz.

— Eu não roubo nada, se é o que você tá pensando.

— Eu não disse isso, mas... como você entrou?

— Como *você* entrou?

— Eu tenho a chave.

— Não preciso de chave. O juiz me mostrou *todos* os segredos dessa casa.

Sinto-me intrigada, curiosa. Como poderia não me sentir?

— Eu aceitei a sua sugestão sobre os livros... Aliás, obrigada pela dica. E consegui permissão para vir aqui e ver o que pode ser útil para montar uma biblioteca na nossa classe.

Ela arregala os olhos, destacando as pupilas cor de estanho. Fica surpresa e, ouso dizer, impressionada por eu ter conseguido passar pelos baluartes do mundo dos Gossett.

— Você encontrou *alguma coisa*?

Meu primeiro impulso é falar sobre o amontoado de livros. A biblioteca é um amálgama das gerações de moradores dessa casa. O pó de suas leituras foi deixado para trás como camadas sedimentárias de arenito, ano após ano, década após década. Livros novos e velhos que provavelmente não são tocados há um século. Alguns podem ser primeiras edições, ou até autografados. Meu ex-chefe na Book Bazaar estaria chorando ajoelhado em estado de puro êxtase neste momento.

Mas a professora dentro de mim é dominada por uma intenção completamente diferente.

— Eu cheguei há pouco tempo... porque saí da escola agora há pouco. Pelo menos *uma* de nós foi à escola, não é?

— Eu fiquei doente.

— Mas se recuperou bem depressa, não foi? — Agacho-me e enfio a cabeça no gabinete do qual ela deve ter saído. Alguma coisa não parece certa, mas não consigo perceber o que é. — Escuta, LaJuna, eu sei que a sua mãe trabalha muito e que você tem que ajudar com os seus irmãos e irmãs mais novos, mas você precisa ir às aulas.

— E você devia cuidar da própria vida. — A resposta atravessada e ríspida sugere que a posição dela é de sempre defender a mãe. — Eu entrego todos os meus trabalhos. Você tem um monte de alunos que não fazem as lições de casa. Vai falar com eles.

— Eu faço isso... Bem, eu tento. — "Não que adiante alguma coisa." — Mas, de qualquer forma, acho que você não devia vir aqui escondida.

— O sr. Nathan não se incomodaria com isso, mesmo se soubesse. Ele não é tão ruim quanto os tios donos da companhia. As mulheres e os filhos deles acham que mandam nessa cidade, sempre de nariz em pé. Minha tia-avó Dicey diz que o Sterling era diferente. Simpático com as pessoas. Tia Dicey estava aqui fazendo o almoço pra turma da colheita no dia em que Sterling foi sugado pelo moedor de cana. Ficou aqui à noite cuidando do Robin e do Nathan enquanto o pai deles foi levado pro hospital. Quando ele morreu, a mãe pegou os filhos e foi morar em alguma montanha. Tia Dicey conhece *todos* os negócios dos Gossett. Ela cuidou muito tempo da casa do juiz. Me trazia aqui quando tava tomando conta de mim. Foi assim que eu conheci o juiz e a srta. Robin.

Visualizo os personagens na minha cabeça, imagino aquela tarde muito tempo atrás, quando num dia normal algo deu horrivelmente errado.

— De todo jeito, ninguém quer saber dessa casa — continua LaJuna. — O filho do juiz morreu na plantação. O juiz morreu na cama três anos atrás. A srta. Robin morreu tem dois anos, quando subia a escada durante a noite. O coração dela parou. Tia Dicey diz que todas as gerações dos Gossett tiveram filhos com problemas cardíacos congênitos, e a srta. Robin precisou ser operada quando nasceu. Mas minha mãe diz que a srta. Robin viu um fantasma, e foi por isso que morreu. Minha mãe me disse que essa casa é amaldiçoada, e é por isso que ninguém quer saber dela. Então é melhor você pegar os livros de que precisa e sair daqui. — Ela faz um gesto na direção da porta de um jeito que indica que gostaria de limitar minha permanência no território dela.

— Eu não sou nada supersticiosa. Principalmente quando se trata de livros. — Dou mais uma olhada no gabinete por onde ela entrou, tentando descobrir como conseguiu fazer isso.

— Pois devia ser. Quem morre não pode mais ler.

— Quem disse?

Ela dá uma fungada.

— Você vai à igreja?

LaJuna se aproxima de mim, resmungando.

— Tira a cabeça da frente. — Mal saio do caminho quando ela puxa uma alavanca atrás do gabinete, fazendo as prateleiras levantarem e revelarem um alçapão embaixo. — Eu te disse... essa casa tem segredos.

Uma escada antiga leva até um porão abaixo.

Um rato imenso sai correndo por alguns bancos de jardim abandonados, e eu tiro a cabeça do alçapão.

— Você entrou por *aqui*? — Percebo que estou nervosa, esfregando as mãos e os braços quando me levanto, e LaJuna deixa o gabinete para retomar seu lugar. Ela me encara.

— Esses ratos têm mais medo de você do que você deles.

— Duvido.

— Ratos estão *sempre* com medo. A não ser se você estiver dormindo, aí é melhor tomar cuidado.

Nem pergunto como ela adquiriu aquele conhecimento.

— O juiz me contou que muito antigamente eles traziam a comida do porão e passavam as travessas por esse alçapão. Assim os escravos da cozinha não eram vistos pelos convidados na sala de jantar. Quando a guerra começou, os Gossett usavam como um caminho de fuga para o bambuzal quando os soldados ianques vinham prender pessoas que ajudavam os Confederados. O juiz *adorava* contar histórias para criancinhas. Era um homem bom. Ajudou tia Dicey a me tirar do centro de acolhimento quando minha mãe foi pra cadeia.

Ela fala isso com tanta naturalidade que por um momento eu fico perplexa. Mudo de assunto, para disfarçar.

— Escuta, LaJuna, eu vou fazer um trato com você. Se me prometer não entrar mais aqui escondida, você pode vir à tarde pra me ajudar... a separar os livros da biblioteca. Eu sei que você gosta de livros. Vi *A revolução dos bichos* no bolso da sua calça.

— Não é um livro ruim. — Ela arrasta o tênis no chão. — Mas também não é tão bom assim.

— Mas... *só* se você frequentar as aulas. Não quero que isso interfira. — Ela se mostra visivelmente indiferente, por isso tento adoçar o acordo. — Eu preciso fazer uma boa inspeção no acervo dessa biblioteca o mais rápido possível, antes que... — Engulo o resto da frase: "... antes que haja problemas com os outros Gossett".

LaJuna me lança um olhar malicioso. Ela sabe.

— Bom, eu *poderia* ajudar. Por causa do juiz. Provavelmente ele seria a favor. Mas também tenho algumas condições.

— Pode falar. Vamos ver o que podemos combinar.

— Nem sempre eu vou poder vir. Vou tentar. E vou tentar ir mais à escola, mas muitas vezes eu vou precisar cuidar das crianças pra minha mãe. É óbvio que elas não podem ficar com os pais. Eles são uns trastes. Foi Donnie que encrencou minha mãe por causa de drogas. O único erro *dela* foi estar no carro. A polícia levou a gente pra um centro de acolhimento e minha mãe ficou três anos na prisão. Tive sorte de a minha tia-avó por parte de pai ter ficado comigo. Os mais novos não tiveram essa sorte. Não posso deixar eles voltarem a um centro de acolhimento. Por isso, se você for se meter na nossa vida, implicar com a minha presença nas aulas e coisas assim, eu não quero ter nada a ver com esse projeto dos livros.

"Nem com você", acrescenta sua expressão.

— Mas eu preciso saber de cara. Sim ou não.

"Como posso fazer essa promessa?"

"Como posso não a fazer?"

— Tudo bem... combinado. Certo. Mas você tem que cumprir a sua parte. — Estendo a mão, mas ela a evita e sai do meu alcance. Prefere adicionar uma condição ao nosso acordo:

— E você não pode contar pra ninguém na escola que eu estou te ajudando. — Ela faz uma careta ao imaginar a situação. — Na escola, nós não somos amigas.

Fico animada com o fato de isso querer dizer que nós *somos* amigas fora da escola.

— Combinado. — Relutante, ela dá um passo à frente e trocamos um aperto de mão. — Isso também poderia ser ruim para minha reputação.

— Afff. Professora, detesto ter que dar essa notícia, mas sua reputação não tem muito o que piorar.

— É tão ruim assim?

— Professora, você fica lá de pé lendo esse livro pra nós e depois pergunta o que a gente acha e passa um questionário. Todo. Santo. Dia. É uma *chatice*.

— E o que você acha que nós deveríamos fazer?

Ela levanta os braços, dá meia-volta e começa a andar em direção à biblioteca.

— Sei lá. Você que é a professora.

Vou atrás dela, observando como se movimenta à vontade pela casa, e passamos a tratar do projeto. Um território mais seguro.

— Então, minha ideia é começar a fazer uma pilha com os livros que podemos usar na biblioteca da nossa classe — explico quando entramos na sala. — Qualquer coisa desde a terceira ou quarta série até o fim do segundo grau. — A realidade é que alguns alunos estão anos atrasados em termos de habilidades de leitura. — Mas só os livros mais novos. Nada muito antigo. Talvez a gente possa limpar essa bancada e começar a pôr os mais antigos ali. Com cuidado. Livros velhos são frágeis. Vamos empilhar os exemplares para as aulas perto daquelas portas da varanda.

— Aquilo é uma *sacada*. O juiz gostava de ler lá fora quando não tinha muitas moscas ou pernilongos — informa LaJuna. Ela dá uma olhada pelas portas, como se esperasse ver o juiz lá fora.

Ela fica olhando o quintal por um momento, antes de prosseguir:

— Muitos e muitos anos atrás, crianças escravas tinham que ficar lá fora com leques de plumas espantando as moscas, pra que não incomodassem os ricos. E dentro de casa também, mas na sala de jantar eles tinham um ventilador de teto de antigamente, chamado *punkah*. Tinha que ser puxado pra frente e pra trás com uma corda. Naquela época não tinha telas. Às vezes eles colocavam um pano na janela, mas isso acontecia mais nas cabanas onde os escravos moravam. Elas ficavam atrás do celeiro e do galpão das carroças. Existia mais ou menos umas vinte. Mas o pessoal transportava as cabanas de um lugar pro outro em cima de umas carretas, pra cuidarem das diferentes partes da terra que tinham.

Fico boquiaberta, surpresa, não só por ela saber de toda essa história, mas por explicar tudo de forma tão casual.

— Onde você aprendeu essas coisas?

Ela dá de ombros.

— Tia Dicey me contou. E o juiz me contava histórias. A srta. Robin também, quando veio morar aqui. Ela estudava coisas sobre o lugar. Acho que estava escrevendo um livro ou algo assim antes de morrer. Convidava a tia Dicey, a srta. Retta e outras pessoas pra contar o que lembravam de Goswood. As histórias contadas pelos parentes. Coisas que os mais velhos sabiam.

— Eu convidei Granny T pra ir a uma aula minha contar essas histórias. Será que você consegue convencê-la? — Com o canto dos olhos, vejo o que parece ser certo entusiasmo, por isso acrescento: — Já que *A revolução dos bichos* não é tão interessante assim.

— Eu só tava falando a verdade. *Alguém* precisa te ajudar. — Ela enfia as mãos nos bolsos, respira fundo e examina a biblioteca. — Senão você vai acabar indo embora, como todas as outras.

Sinto uma sensação calorosa no peito. Faço o melhor que posso para esconder.

— Enfim, se você é dos arredores de Augustine e seu sobrenome é Loach ou Gossett, não importa qual seja sua cor, sua história passa por essa casa, de um jeito ou de outro — continua, atravessando o salão. — Esse pessoal não se afastou muito do lugar de origem. E provavelmente nunca vai se afastar.

— Existe um mundo muito grande fora de Augustine — comento. — Com faculdades e muitas outras coisas.

— Certo. Mas quem tem dinheiro pra isso?

— Existem bolsas de estudo. Financiamentos estudantis.

— A escola de Augustine é pra gente pobre. Do tipo que nunca vai sair daqui. O que a gente ia fazer aqui com um diploma universitário? Tia Sarge serviu ao Exército e tem um diploma. Você viu o que ela faz agora.

Não tenho uma resposta animadora, por isso volto à conversa sobre a biblioteca.

— Então, vamos empilhar os livros das aulas ali. Mas... nada que nos cause problemas com os pais dos alunos. Nada de romances tórridos ou faroestes sangrentos. Se as roupas deixarem partes do corpo expostas na capa, deixe em cima da mesa de bilhar por enquanto. Uma coisa que aprendi no meu estágio como professora é que problemas com os pais são o flagelo da vida de um professor. Devem ser evitados a qualquer custo.

— Professora Benny, não precisa se preocupar com os pais. Aqui eles têm coisas mais importantes pra se preocupar do que com os filhos que ainda vão pra escola.

— Duvido que isso seja verdade.

— Você é teimosa, sabe? — Ela me olha com uma expressão de surpresa, analisando-me por um minuto.

— Eu sou uma otimista.

— Imagino. — Ela sobe na prateleira mais baixa e começa a escalar, do mesmo jeito que os sapos sobem até a minha janela com suas patas de ventosas.

— O que você está fazendo? — Fico embaixo dela, para segurá-la se cair. — Tem uma escada ali. Vamos trazer pra cá.

— Aquela escada não chega até aqui. Olha lá. O trilho para na porta, quebrou desse lado da sala.

— Então hoje vamos trabalhar nas prateleiras de baixo.

— Me dá um minuto. — Continua subindo. — Primeiro você precisa ver o que tem aqui em cima.

13

Hannie Gossett — Luisiana, 1875

Já é tarde da noite quando começo a rezar o Pai Nosso sem parar. É a noite mais aterrorizante da minha vida desde que Jep Loach me arrastou do quintal do mercador e me separou da mamãe. Continuo a rezar o Pai Nosso baixinho, como fiz naquela noite sozinha embaixo da carroça, tentando clamar pelos santos.

Eles atenderam quando eu era criança, os santos. Na forma de uma velha viúva de pele clara que me comprou num posto de venda na escada do tribunal — fez isso por pena, porque eu era pobre e magra, com a cara encrostada de lágrimas, muco e sujeira. Me pegou pelo queixo e perguntou: "Menina, quantos anos você tem? Quem são o sinhô e a sua sinhá? Diga os nomes deles e não minta. Se disser a verdade, não vou deixar ninguém maltratar você". Gaguejei os nomes deles, ela chamou o xerife e Jep Loach fugiu.

O Pai Nosso funcionou daquela vez, e espero que salve a gente agora. Nunca passei uma noite no pântano. Ouvi gente falando a respeito, mas nunca fiz isso. O medo me assola enquanto me equilibro atrás da sela do cinzento, com Juneau Jane caída como um saco na minha frente, e puxando a velha Ginger pela rédea, atrasada e teimosa.

Tenho medo das cobras, tenho medo dos jacarés, medo de que a Ku Klux Klan encontre a gente agora que precisamos seguir ao lado da estrada pra viajar pelo fiapo de luar passando entre as árvores. Tenho medo de que aqueles lenhadores possam estar atrás da gente. Tenho medo de assombrações e dos lobisomens saindo de seus esconderijos molhados, e mais do que tudo tenho medo dos pumas.

É com eles que a gente mais precisa se preocupar no pântano à noite. O puma pode farejar a gente a quilômetros de distância. Chega sem fazer barulho, segue a gente de perto, e você só percebe quando ele dá o bote. Não tem medo de cavalos. Os pumas perseguem gente que viaja sozinha pela estrada de noite, e o único jeito de viver pra contar a história é fugir do demônio, com o cavalo e tudo. Fugir correndo pra casa. Um puma pode perseguir um homem até a porta do celeiro e ficar arranhando, tentando entrar.

Escuto um na escuridão da floresta, parecendo um grito de mulher. O som penetra meu corpo, mas esse tá longe. É o que escuto mais perto, à esquerda e depois à direita, é esse que me arrepia toda agora.

O cachorro late, mas não vai atrás dele. Parece tão assustado quanto eu.

Apalpo as miçangas da vovó, aí me lembro de que elas não podem mais me consolar.

Alguma coisa farfalha na pequena encosta abaixo. Estremeço com o barulho.

"Soa como duas pernas", penso comigo mesma. "São homens..."

"Não, quatro. Quatro pernas. Alguma coisa pesada. Um urso-negro?"

"Chegando mais perto, perseguindo a gente. Avaliando. Se aproximando."

"Não... agora tá mais longe."

"Não tem nada lá. É só a sua cabeça, Hannie. Enlouquecida de medo."

O puma urra de novo, mas de mais longe. Uma coruja pia. Estremeço toda, seguro o colarinho fechado da minha camisa, apesar de estar toda suada por baixo. É pros mosquitos não sugarem meu sangue.

Toco os cavalos mais depressa, ouvindo a noite, tentando pensar no que fazer. Essa velha estrada pode se estender por quilômetros, é usada pra transportar troncos de ciprestes do pântano e produtos até o rio, mas não é uma estrada que vai de um lugar pro outro. Já estou nela há muito tempo, e ainda não vi nem ouvi sinal de gente. Nem mesmo um lampião aceso numa cabana ou algum assentamento no meio das árvores, nem cheiro de fumaça ou fogueira. Só velhos acampamentos de carroças, rastros de rodas de ferro e ferraduras de cavalos. Só esses sinais mostram que tem gente que vai e vem por esse caminho.

Ginger tropeça num galho partido e cai sobre as patas da frente, quase me derrubando do cinzento antes de eu fazer ele parar. As rédeas escorregam das minhas mãos e caem no chão com um som abafado.

— Eia — falo baixinho. — Oaaa!

Desmonto logo do cinzento, e é só o que posso fazer pra botar Ginger em pé de novo sem ela deitar e esmagar Sinhazinha Lavinia, que acho que ainda tá viva, mas não sei ao certo. Ela não faz nenhum som.

— Oaaa! Calma — falo baixinho com a mão no pescoço da Ginger. Ela já deu tudo o que podia essa noite.

Um cheiro de carvão molhado emana do pântano. Chego mais perto e vejo o que restou de um acampamento de carroças perto de uma árvore tombada. As raízes se erguem ao luar como mãos com dedos longos e esqueléticos e garras pontudas. Pelo menos é um abrigo, e faz tempo que a árvore morreu. Posso usar os galhos secos pra fazer uma fogueira.

Meus ossos reclamam quando faço isso, rastelo o chão pra afastar qualquer criatura, abro o saco e estendo a lona na terra, amarro os cavalos pra eles não fugirem se ficarem assustados. Por último, ponho Sinhazinha Lavinia e Juneau Jane no chão, arrasto as duas e deixo perto da árvore. Elas cheiram tão mal que pelo menos os mosquitos não querem saber delas. A pele das duas tá fria por causa da noite e da umidade, mas elas estão respirando. Juneau Jane geme como se eu tivesse machucado ela. Sinhazinha Lavinia não mexe nada nem faz nenhum som.

O cachorro não sai de perto de mim, e, apesar de nunca me sentir à vontade perto de um cachorro, sou grata pela companhia. "Não é justo julgar totalmente alguma coisa a partir de uns poucos, Hannie", digo a mim mesma, e se sobreviver a esse dia vou ter aprendido alguma coisa com ele. Esse filhote já crescidinho é um cachorro bom. Tem um coração meigo e bondoso e só precisava de alguém pra retribuir essa bondade.

"Um coração bom nem consegue deixar o mal entrar", murmura a voz da mamãe na minha cabeça. "Você tem um coração bom, Hannie. Não deixe o mal entrar em você. Não abra a porta pra ele, por mais que ele bata ou por mais doce que pareçam os seus pedidos."

Tento dar um pouco de água pra Sinhazinha Lavinia e pra Juneau Jane, mas elas reviram os olhos e deixam a água escorrer pela boca sem vida e a língua inchada. Afinal desisto e só encosto as duas na árvore. Bebo, como um pouco, penduro a carne-seca num galho próximo e fico agachada. Só sei que Juneau Jane e Sinhazinha Lavinia até agora ainda estão vivas. Quanto ao que mais vai acontecer com a gente esta noite, eu tô nas mãos dos santos. No momento minhas mãos estão cansadas demais pra lutar.

Rezo o Pai Nosso e espero o sono chegar. Não resisto nem até o fim da oração.

De manhã eu ouço vozes. Abro os olhos, pensando que Tati, John e Jason já tão no fogão, preparando a comida. É verão, a gente cozinha do lado de fora pra não esquentar a cabana.

Mas a luz do sol atravessa minhas pálpebras, pontos de tricô de sombra e cor num estampado bonito como o dos tapetes turcos da Velha Sinhá. Como é que o sol já tá tão alto de manhã tão cedo? Todo dia nós acordamos às quatro, menos domingo, como os grupos de trabalho nos velhos tempos. Só que sem a corneta dos feitores tirando a gente da cama. Não tem mais os lavradores equilibrando na cabeça as caixinhas feitas em casa com o carvão em brasa do fogão e a carne com batata, deixadas na beira da plantação pra terminar de cozinhar nas primeiras horas do dia.

Agora que somos meeiros, ninguém pode fazer a gente comer agachado na terra como animais. A gente senta numa cadeira e come numa mesa. Do jeito certo. Depois saímos pra trabalhar.

Abro os olhos e o nosso sítio desaparece. Vejo cavalos enlameados. Um cachorro. Duas garotas amontoadas numa lona no chão, mortas ou meio mortas, ainda não sei.

E vozes.

Aí eu acordo de vez. Levanto a cabeça da sela e fico escutando. Não estão perto, mas ouço alguém falando. Não consigo entender as palavras.

A velha Ginger aponta as orelhas na direção da estrada. O cachorro tá de pé, olhando pra mesma direção, o cinzento bufa, com as narinas fremindo, farejando. Relincha baixinho, como um murmúrio.

Fico de pé, ponho uma das mãos no focinho dele.

— *Shhhh* — cochicho pra ele e pro cachorro.

Será que são os homens da serraria procurando a gente?

Encosto a outra mão na Ginger pra ela ficar quieta. O cachorro se enrosca nos meus pés e eu engancho uma perna nele, fechando os joelhos.

Lá na estrada, molas de carroça rangem e sacodem. Cascos fazem *squich-plash, squich-plash, squich-plash* na terra molhada. Uma roda passa por um buraco. Um homem resmunga. Pode ser que os lenhadores tenham pegado a mula de volta.

Encosto a cabeça no focinho do cinzento e fecho os olhos. "Não se mexa. Não se mexa. Não se mexa enquanto a carroça estiver passando." Quando crio coragem pra soltar os cavalos e dar uma olhada, a carroça está desaparecendo numa curva. Não vou atrás dela. O mais provável é que só me crie problemas. Ainda estou com duas garotas que não conseguem se explicar e viajando com cavalos bons demais pra serem meus.

Sinhazinha Lavinia e Juneau Jane continuam na mesma. Encosto as duas na árvore caída, tento de novo dar água pra elas com o cantil. Juneau Jane abre um pouquinho os olhos, engole um pouco, mas regurgita assim que volta a se recostar nas raízes. Nada a fazer a não ser deitar ela de lado e esperar que volte a si.

Sinhazinha Lavinia não toma nada de água. Nem consegue tentar. A pele dela parece madeira morta, cinza e inchada, os olhos estão opacos e os lábios intumescidos, rachados e colados com sangue, como se tivessem queimado. Deram algum veneno pra essas garotas. Só pode ser isso. Deram algum veneno pra matar ou deixar as duas desacordadas nos caixotes.

Sinhazinha também tem um calombo arredondado na cabeça. Fico pensando se é por isso que ela tá pior que Juneau Jane.

Eu sei sobre venenos, como os que a velha Seddie prepara com raízes e folhas, com a casca de uma determinada árvore, as frutinhas dessa ou daquela planta. Ela dava o veneno certo, dependendo se queria deixar as pessoas muito doentes pra trabalhar, muito confusas ou muito mortas.

"Fiquem longe daquela velha bruxa", mamãe disse pra mim e pra Epheme da primeira vez que entramos na casa pra cuidar da Sinhazinha Lavinia. "Não olhem na direção da Seddie. E não deixem ela achar que a Velha Sinhá trata vocês melhor do que ela. Senão vai dar veneno pra vocês. Fiquem longe da

Velha Sinhá, e também do Sinhozinho Lyle. Só façam o trabalho e sejam boazinhas com o Velho Sinhô, pra ele deixar vocês me visitarem nas tardes de domingo."

Todo domingo de tarde ela dizia a mesma coisa antes de mandar a gente de volta.

Não dá pra saber se alguém vai viver ou morrer depois de um veneno. Só dá pra esperar enquanto o corpo decide o quanto é forte, e o espírito escolhe o quanto deseja viver nesse mundo.

Preciso achar um lugar pra gente se esconder, mas não sei onde. Mais um dia penduradas no lombo de um cavalo pode ser mais do que a Sinhazinha e Juneau Jane conseguem aguentar. E a brisa tá com cheiro de chuva.

Dá um trabalhão preparar tudo pra seguir viagem, mas eu consigo. Já estou cansada antes mesmo de começar o dia, mas pra poupar os cavalos e ficarmos longe da estrada eu começo andando a pé, puxando os cavalos como mulas de carga.

— Vamos lá, cachorro — digo, e partimos.

Ponho um pé na frente do outro, escolhendo o caminho pela floresta, cutucando a terra com um bastão pra evitar brejos e buracos e afastar as folhas afiadas de pequenas palmeiras. Continuo assim até onde consigo, até um grande brejo de água preta bloquear o caminho e me deixar sem escolha a não ser voltar pra estrada.

O cachorro fareja uma trilha que eu não tinha visto. Vejo rastros nas margens do brejo. Grandes... rastros de homem. E pequenos também. De criança ou de uma mulher. Só os dois, então não são os homens da serraria. Talvez gente pescando, caçando jacarés ou catando caranguejo.

Pelo menos passou gente por aqui, e bem recentemente.

Paro na trilha quando a estrada aparece acima da encosta e apuro os ouvidos. Nenhum som além dos que vêm do pântano. O glub-glub das bolhas na lama, o coaxado gutural do sapo-boi, o zumbido dos pernilongos e das moscas pretas. Libélulas zunem pra frente e pra trás sobre o capim-serra e parreiras de muscadínea. Uma cotovia entoa seu canto, tudo misturado como diferentes fitas coloridas amarradas pelas pontas.

O cachorro passa pela folhagem e chega na estrada, espanta uma grande lebre do pântano e sai atrás dela latindo. Fico esperando e ouvindo pra ver se algum outro cachorro responde, se tem alguma fazenda ou casa por perto, mas não escuto nenhum som.

Enfim, resolvo seguir as pegadas encosta acima.

Os rastros mudam de direção e continuam pela estrada. Duas pessoas indo para algum lugar a pé. As duas com sapatos. O rastro maior anda em linha reta, mas o pequeno anda pra frente e pra trás, entrando e saindo da estrada, demonstrando não ter pressa nenhuma. Não sei por que aquilo me consola, mas é como eu sinto. Os rastros não vão muito longe, logo saem da estrada e seguem pra um terreno elevado do outro lado. Paro e dou uma olhada, tentando decidir se devo acompanhar os rastros ou continuar em frente. Uma lufada de vento sopra do céu escuro e responde a minha pergunta. Uma tempestade tá se formando. Precisamos de abrigo, um lugar pra acampar. É só o que podemos fazer.

O cachorro volta. Não pegou a lebre, mas traz um esquilo para me dar.

— Cachorro bonzinho — digo, então destripo o esquilo depressa e amarro numa das selas. — Vamos comer mais tarde. Pega outro se encontrar.

Ele dá um daqueles sorrisos de cachorro, abanando o rabo feio e descarnado e pega a estrada acompanhando as pegadas. Eu vou atrás dele.

Os rastros sobem um pequeno montículo e descem de novo, passando por um riacho raso onde os cavalos param para beber água. Pouco tempo depois, outros rastros vêm de outras direções. Rastros de cavalos. Rastros de mulas. Rastros de gente. Quanto mais se juntam, mais marcam uma trilha nítida, aberta na floresta e afundada na terra. Tem gente andando por aqui há muito tempo. Mas sempre andando, ou a cavalo ou de mula. Nunca numa carroça.

Eu, o cinzento, Ginger e o cachorro acrescentamos nossos rastros a tudo que já passou por aqui antes.

A chuva nos pega logo depois de a trilha ficar mais nítida. Chove a cântaros. Encharca minha roupa e escorre um rio pelo meu chapéu. O cachorro e os cavalos encolhem o rabo e arqueiam o dorso pra se protegerem. Enterro o chapéu na cabeça pra me cobrir, mas a única coisa boa é que lava o meu fedor e o das selas, assim como o dos cavalos, da Sinhazinha e da Juneau Jane.

De vez em quando franzo os olhos para ver através das cortinas de água, tentando enxergar. "Será que tem alguma coisa aqui perto?" Mas não consigo enxergar um palmo diante do nariz. O caminho vira um lamaçal. Meus pés escorregam. Os cavalos se desequilibram, a velha Ginger tropeça e cai de novo sobre as patas dianteiras. Mas tá tão incomodada com a chuva que logo levanta.

Começamos uma outra subida, com riachinhos correndo ao nosso lado. A água entra nos meus sapatos, primeiro ardendo nas feridas abertas, depois deixando meus pés tão gelados que não sinto mais nada. Meu corpo treme tanto que parece que meus ossos podem se partir.

Juneau Jane geme alto e longamente. Consigo ouvir apesar da tempestade. O cachorro também ouve, andando em círculos atrás dela. Logo depois ele volta a liderar o caminho, mas estou tão cega que tropeço nele e caio com as mãos na lama.

Ele solta um ganido, escapa de debaixo de mim e sai correndo. Só quando levanto e tiro meu chapéu da lama entendo por quê. Tem uma casa aqui. Uma casa velha escondida entre as árvores, feita de troncos de cipreste, com o teto baixo e vedada com vime e cimento de ostra. Os rastros se encontram com meia dúzia de outros, vindos de outras direções, e nos levam direto até a porta da casinha.

Ninguém responde quando entro na varanda com o cachorro e me anuncio, puxando os cavalos para ao menos proteger a cabeça.

Assim que abro a porta, já sei pra que serve e o que é essa casa. É o tipo de lugar que os escravos construíam com as próprias mãos bem no meio dos pântanos e das florestas, para que seus donos não conseguissem encontrar. Aos domingos, quando não iam às plantações, os grupos de trabalho iam pra esses lugares, um a um, de dois em dois. Reuniam-se para pregar e cantar, gritar e rezar onde ninguém ouvia, onde os donos e feitores não podiam impedir que cantassem sobre liberdade e sobre como a libertação logo chegaria.

Aqui na floresta, um homem negro era livre para *ler* a Bíblia, se soubesse ler, ou ouvir as palavras se não lesse, não só ouvir que Deus tinha nos dado aos nossos donos pra termos que obedecer.

Agradeço aos santos e tiro todo mundo da chuva o mais rápido possível. O cachorro me segue de um lado pro outro no chão de terra, nós dois deixando rastros de água e lama na palha que forra o chão. Não dá evitar isso, e acho que nem Deus nem ninguém poderia nos culpar.

Bancos de tábuas formam fileiras silenciosas. Na frente do altar, o assoalho foi elevado com quatro velhas portas que devem ter sido de alguma casa-grande de antes da guerra. Três poltronas de veludo vermelho estão dispostas atrás do púlpito do pastor. Na mesa da comunhão, tem um belo copo de cristal e quatro pratos de porcelana, provavelmente trazidos de alguma mansão quando os brancos fugiram dos ianques, deixando a casa vazia.

Atrás do altar, uma janela de vidro alta deixa entrar a pouca claridade do dia. Foi tirada de uma das portas no chão. Lonas emolduradas em madeira cobrem as outras janelas. Tem jornais afixados no fundo da sala. Devia ter rachaduras fundas naquela parte.

É em cima do altar que ponho Sinhazinha Lavinia e Juneau Jane, pego as almofadas de veludo das poltronas e ajeito sob a cabeça das duas. Juneau Jane treme que nem vara verde, o corpo encharcado de lama, água e sangue. Sinhazinha Lavinia está pior ainda, não consegue nem gemer nem se mexer. Chego perto do nariz dela pra sentir: "Será que ainda tá respirando?".

Só sinto um bafejo na minha bochecha. Frio e fraco. Não tem muito que eu possa fazer pra deixar ela mais quente. Tudo que temos tá ensopado e pingando, por isso tiro as roupas de todas nós e ponho pra secar, acendendo um fogo no fogareiro de ferro no fundo do cômodo. É um fogareiro sofisticado, da alcova de alguma dama, com perninhas arqueadas, e rosas, vinhas e folhagem de hera lavradas no ferro.

Tem uma chapa no tampo. Quando o fogo esquentar, vou preparar aquele esquilo pra mim e pro cachorro.

— Pelo menos aqui a gente tá quente e tem um monte de lenha cortada — digo pra ele. — E fósforos também. — Agradeço pelo chão estar seco e o teto não ter goteiras. E, quando consigo fazer um bom fogo, agradeço por isso também. Me agacho despida, nua e lustrosa da chuva, sentindo o calor do fogo antes mesmo de me esquentar. Só de saber que o frio vai passar já melhora a situação.

Quando o fogareiro começa a aquecer tudo, arrasto uma das poltronas de veludo pro fundo da sala. É daquelas poltronas grandes e largas, pras damas se sentarem com as saias armadas recolhidas, se quisessem um acompanhante ao lado, ou abertas, se quisessem afastar um pretendente.

Estendo as pernas na poltrona, recosto a cabeça, passo os dedos no veludo vermelho. É macio como focinho de cavalo. Macio e morno em todo lugar onde encosto o corpo. Fico sentada, olhando as chamas, pensando como é gostosa aquela poltrona.

Nunca tinha sentado numa poltrona de veludo na vida. Nenhuma vez.

Esfrego o rosto no veludo e sinto o calor do fogo penetrar minha pele até esquentar os ossos. Sinto os olhos pesados se fecharem e relaxo.

Seguem-se dois dias dormindo, acordando e cuidando. Dois dias, acho. Podem ser três. Eu mesma fico meio febril no fim do primeiro dia. Febril e cansada, e apesar de cozinhar o esquilo eu não consigo comer muito. O que consigo fazer é levar os cavalos pra pastar, vestir minhas roupas secas e as outras garotas com suas ceroulas e blusas, deixar o cachorro entrar e sair de vez em quando e forçar Juneau Jane a tomar um pouco de água. A Sinhazinha ainda não aceita nada, mas a meia-irmãzinha dela tá ficando mais forte.

No primeiro dia em que me sinto melhor, Juneau Jane abre seus estranhos olhos cinza-esverdeados e olha pra mim da almofada da poltrona vermelha, o cabelo escuro emaranhado como um ninho de cobras. Posso dizer que ela tá me vendo pela primeira vez e tentando entender onde tá.

Tenta falar, mas faço ela ficar quieta. Depois de tantos dias de silêncio, até aquele som fraco faz minha cabeça latejar.

— Fica quietinha — digo em voz baixa. — Você tá segura. É só o que precisa saber. Você esteve doente. Ainda está doente. Descanse. Aqui a gente tá em segurança.

Acho que isso é verdade. Não para de chover há dias. A água deve ter inundado tudo, apagando qualquer rastro que possamos ter deixado no caminho. A única preocupação é quantos dias faltam até domingo, quando vier alguém. No momento, não faço ideia.

A pergunta se responde sozinha quando o cachorro me acorda latindo de manhã cedo. Arregalo os olhos, assustada.

Ouço uma voz cantando lá fora.

Crianças vadeiam a água,
e Deus vai agitar essa água.

Quem é aquela menina de vestido vermelho?
Vadeando a água
Devem ser as crianças que Moisés conduziu
Deus vai agitar essa água...

A voz é forte e grave. Não dá pra saber. "É um homem ou uma mulher?" Mas o som me faz lembrar da mamãe. Ela cantava isso quando eu era pequena.

Sei que preciso me mexer, não deixar ninguém entrar aqui, mas não sei como. Ouço mais alguns versos.

Dessa vez numa voz de criança.

Isso é bom. Bom pra o que estou pensando em fazer em seguida. A vozinha canta, alto, sem medo:

Vadeando a água, crianças
Vadeando a água,
E Deus vai agitar essa água.

Depois a mulher de novo.

Quem é aquela menina de vestido branco?
Vadeando a água
Devem ser as filhas dos israelitas,
Deus vai agitar essa água.

Murmuro os versos junto com elas, sinto o coração da minha mãe batendo, ouço ela dizer bem baixinho: "Essa canção é sobre o caminho pra liberdade, Hannie. Fique na água. O cachorro não consegue sentir o seu cheiro lá".

A criança canta de novo o refrão. Não muito longe. Devem estar quase chegando na clareira.

Levanto e corro até a porta, me apoio nela com as mãos e fico preparada.

Quem é aquela garota de vestido azul?
Vadeando a água

Engulo em seco, pensando: "Por favor, que sejam pessoas boas vindo. Pessoas boas".

Elas cantam juntas, a voz adulta e a voz de criança.

Devem ser as que conseguiram atravessar
Vadeando a água.

Atrás de mim, uma voz roufenha murmura: "Vadeando... ááá-gua. Vadeando a... ááá-gua".

Olho depressa para trás e vejo Juneau Jane se levantando da almofada de veludo vermelho, apoiada num braço tão bambo e fraco que balança como um pedaço de corda, os estranhos olhos entreabertos.

E Deus vai agitar essa água, canta a criança lá fora.

— Você não... a-acredita... foi resgatada... — Juneau Jane oscila, lutando pra enunciar as palavras e ficar de pé.

Uma sensação gelada envolve o meu corpo, seguida por um suor quente.

— Fica quieta! Silêncio! — falo depressa. Abro a porta, cambaleio até a varanda e me apoio numa coluna. Duas pessoas saem da floresta — uma mulher corpulenta e troncuda, com mãos que parecem pratos de sopa e pés grandes com sapatos de couro preto e um lenço branco na cabeça. Com ela vem um garotinho. O neto, talvez? Andando ao lado dela com flores colhidas numa das mãos.

A mulher rodopia uma folha de capim, faz cócegas na orelha do garotinho dançando. Ele dá risada.

— Nã-não se aproximem! — grito. Minha voz tá fraca e não chega muito longe, mas eles param na hora, olhando pra mim. O garoto larga as flores. A mulher logo estende o braço e puxa o garoto pra trás dela.

— Quem é tu? — Ela estica o pescoço para me ver melhor.

— Nós estamos com febre! — respondo. — Fica longe da gente. Nós estamos doentes.

A mulher recua um pouco, levando o garoto. O garoto se agarra na saia dela, olhando pra mim.

— Quem é tu? — pergunta de novo. — Como chegou aqui? Eu não sei quem tu é.

— A gente tá viajando — respondo. — Ficamos aqui presos com febre, todos nós. Não chega mais perto. Se alguém entrar aqui, também vai pegar a doença.

— Em quantos vocês é? — Ela levanta o avental e cobre a boca com ele.

— Três. Os outros dois tão pior. — Não é mentira, mas me apoio mais na coluna pra parecer mais fraca. — A gente precisa de ajuda. Precisa de comida. Eu tenho dinheiro pra dar. Tá com misericórdia na alma hoje, irmã? A gente tá viajando, precisando de misericórdia.

Amigos Perdidos

Prezado editor, estou querendo saber da minha família. Minha mãe era Priscilla; ela pertencia a Watson e ele a vendeu para Bill Calburt, perto de Hopewell, Geórgia. Morávamos perto de Knoxville. Meu nome era Betty Watson. Fui separada dela quando tinha três anos. Agora estou com 55. Aprendi a ler quando tinha 50. Eu compro e leio o *Southwestern*, é alimento para a minha alma. Estou ansiosa e ficaria feliz de saber alguma coisa da minha mãe e do meu irmão Henry. Alguém me ajude. Escreva para mim aos cuidados do reverendo H. J. Wright, na Igreja M. E. de Asbury, Natchitoches, onde sou membro e aluna da escola sabatina.

Betty Davis

— Coluna "Amigos perdidos" do *Southwestern*

14

Benny Silva — Augustine, Luisiana, 1987

— Olha só — diz LaJuna ao pôr de lado uma pilha de revistas *National Geographic*. Ela coloca uma *Encyclopedia Britannica* na mesa de bilhar e abre a capa, mostrando que não tem página nenhuma. Tem sido usada para guardar — ou esconder — um embrulho feito com um desbotado pedaço de papel de parede, que já foi dourado e salpicado de branco em alguma época, mas as listras restantes estão mais para manchas de cola que para qualquer outra coisa. Cordões de juta mantêm o pacote fechado.

— Nem a srta. Robin sabia sobre isso, acho. — LaJuna tamborila o pacote. — Uma das vezes que eu vim aqui, já mais no fim, quando a cabeça do juiz tinhas bons e maus dias, ele me disse: "LaJuna, sobe até aquela prateleira mais alta para mim. Eu preciso de uma coisa de lá, mas alguém tirou a escada". Bom, aquela escada foi levada quando o trilho quebrou, então eu sabia que a cabeça do juiz não estava num bom dia. Enfim, eu fiz o que foi pedido e ele me mostrou o que estava aqui dentro. Depois olhou pra mim e disse: "Eu não devia ter deixado você ver isso. Não tem nada de bom aqui e não há nada que eu possa fazer para corrigir. Pode pôr no lugar onde estava. Não vamos mexer mais nisso a não ser que eu resolva queimar, que é o que eu deveria fazer. Nunca conte a ninguém sobre o que está aqui. Se fizer isso por mim, LaJuna, você pode vir e pegar qualquer outro livro, pode continuar lendo o quanto quiser". Depois ele me fez pegar uma das enciclopédias, arrancou as páginas, embrulhou tudo e nós guardamos.

LaJuna puxa o cordão de juta com as unhas lascadas, vermelhas como maçãs do amor, mas o nó está apertado.

— Veja se tem uma tesoura naquela gaveta do alto. O juiz sempre guardava uma tesoura lá.

Uma pontada na consciência me faz hesitar. Seja o que estiver dentro daquele pacote, deve ser uma coisa muito particular. Não é da minha conta. Mesmo. Ponto-final.

— Deixa pra lá. — As unhas de LaJuna resolvem o problema. — Consegui.

— Acho que você não devia fazer isso. Se o juiz não...

Mas ela já está abrindo o embrulho feito com papel de parede. Há dois livros dentro, que ela põe lado a lado. Os dois com capa de couro, um preto e outro vermelho. Um fino, outro grosso. O preto é fácil de reconhecer. É uma Bíblia de família, do tipo antigo, grande e pesado. O livro de couro vermelho é muito mais fino e tem a forma de uma prancheta de anotações. As desbotadas letras douradas na capa vermelha dizem:

Fazenda Goswood Grove,
William P. Gossett
Registro de Itens Importantes

— Bom, esse livrinho... — LaJuna continua falando. — Isso são as coisas que eles compravam e vendiam. Açúcar, melaço, sementes de algodão, arados, um piano, terras, madeira, cavalos e mulas, vestidos e pratos... esse tipo de coisas. E, às vezes, gente.

Fico sem reação. Não consigo registrar bem o que estou vendo, o que aquilo pode ser.

— LaJuna, isso não é... nós não devíamos... O juiz estava certo. Você devia pôr isso no lugar onde estava.

— Isso é história, não é? — diz casualmente, como se estivéssemos falando do ano em que foi fundido o Sino da Liberdade ou em que a Carta

Magna foi redigida. — Você está sempre dizendo pra gente da importância das histórias antigas.

— É claro, mas... — Essas coisas antigas devem ser manuseadas com as mãos bem lavadas ou com luvas brancas de algodão, por exemplo. Mas, sendo sincera, sei que não são preocupações de arquivista que me incomodam; é o conteúdo.

— Bem, isso são histórias. — Ela passa uma unha na lombada da Bíblia e a abre antes de eu conseguir impedir.

As páginas de *Registro de Família* na frente da Bíblia, talvez uma dúzia ou mais, estão preenchidas por um texto esmeradamente caligrafado com uma antiga caneta-tinteiro, como as que colecionei durante anos. A coluna da esquerda é ocupada por nomes: Letty, Tati, Azek, Boney, Jason, Mars, John, Percy, Jenny, Clem, Azelle, Louisa, Mary, Caroline, Ollie, Mittie, Hardy... Epheme, Hannie... Ike... Rose...

As outras colunas são uma lista de datas de aniversário, algumas de morte, e estranhas anotações, *M, P, L, M*, mais números. Às vezes nomes são listados com quantias em dinheiro ao lado.

A unha avermelhada de LaJuna paira sobre um deles, sem encostar.

— Está vendo, isso tudo é sobre os escravos. Quando eles nasceram, quando morreram e o número da cova onde foram enterrados. Se fugiam ou eram perdidos na guerra, eles ganhavam um *P* ao lado do nome e a data, os que foram libertados depois da guerra ganhavam um *L*, e, se continuavam no lugar como meeiros, eles ganhavam um *M / 1865*. — Ela abre os braços com as palmas das mãos para cima, tão naturalmente como se estivesse discutindo o cardápio do almoço da escola. — Depois disso acho que as pessoas faziam as próprias anotações.

Leva um momento para eu processar a informação e perguntar, hesitante:

— Você ficou sabendo disso tudo pelo juiz?

— Foi. — As feições dela se organizam de forma a transmitir uma leve incerteza sobre os mistérios que o juiz deixou para trás. — Talvez ele quisesse que alguém soubesse como ler isso, já que resolveu não mostrar para a srta. Robin. Não sei por quê. Quer dizer, ela sabia que essa casa foi construída por pessoas escravizadas. Estava bem envolvida na pesquisa sobre Goswood. Acho que o juiz simplesmente não quis que ela se sentisse culpada por coisas que aconteceram aqui muito tempo atrás.

— Imagino... talvez... — concordo. Sinto um nó na minha garganta coçando, incomodando. Parte de mim gostaria que o juiz tivesse assumido a responsabilidade de fechar as portas dessa parte da história e queimar o livro. Outra parte sabe o quão errado seria ter feito isso.

LaJuna continua me convidando à viagem que não quero fazer.

— Está vendo onde não tem o nome do pai escrito? Só o da mãe e de alguém que nasceu? Provavelmente isso era quando o pai era branco.

— O juiz *contou isso* pra você?

Ela aperta os lábios e revira os olhos.

— Eu deduzi sozinha. Isso é o que o *m* minúsculo significa: *mestiço*. Como essa mulher, Mittie. Ela não tem pai, mas é *claro* que tinha pai. Era o...

Agora chega. É o máximo que consigo aguentar.

— Acho que nós deveríamos deixar isso de lado.

LaJuna franze a testa, os olhos fixos nos meus, surpresa e... decepcionada?

— Agora você está falando como o juiz. Professora Benny, é você que está *sempre* falando sobre histórias. Esse livro aqui... é a única história que essa gente teve. O único lugar onde ainda constam os nomes deles, no mundo inteiro. Eles nem tiveram lápides com o nome escrito nem nada. Olha.

Ela abre uma página, e a aba pesada presa à capa fica ao lado do frontispício, aberto como as asas de uma borboleta. Uma espécie de tabela foi desenhada nas páginas, organizada com retângulos e números em certa ordem.

— Isso é onde eles estão — explica, fazendo um círculo na tabela com a ponta do dedo. — É onde enterravam todos os escravos quando morriam. Os velhos, as crianças e os bebezinhos. Bem aqui. — Ela pega uma caneta e põe na mesa ao lado do livro. — Esta é a *sua* casa. Você está morando ao lado dessa gente e nem sabe disso.

Penso no lindo pomar bem perto da minha varanda dos fundos.

— Não tem nenhum túmulo lá fora. O cemitério da cidade é do outro lado. — Ponho um grampeador art déco e um clipe de plástico à esquerda da caneta. — Se a caneta for a minha casa, o cemitério é *aqui*.

188 *Lisa Wingate*

— Professora... — diz LaJuna, estendendo o pescoço. — Eu achava que você soubesse *muito* de história. Esse cemitério aqui ao lado da sua casa, com aquela bela cerca e as casinhas de pedra com os nomes das pessoas, era o cemitério dos brancos. Amanhã, quando eu vier ajudar com os livros, nós podemos passar por lá, e vou mostrar o que tem atrás da sua casa. Eu fui ver pessoalmente depois que o juiz...

Um antigo relógio de parede anuncia as horas e nós duas levamos um susto.

LaJuna se afasta da mesa, tira do bolso um relógio de pulso quebrado e arqueja.

— Eu preciso ir. Só vim dar uma passada rápida aqui pra pegar um livro pra hoje à noite! — Ela agarra um livro de capa mole e sai correndo da sala. Seus passos ecoam enquanto explica: — Preciso cuidar das crianças enquanto minha mãe vai trabalhar!

Bate a porta e desaparece.

Fico sem ver LaJuna por vários dias. Nem em Goswood Grove nem na escola. Ela simplesmente... sumiu.

Ando pelo pomar atrás da minha casa sozinha, estudando as subidas e descidas do solo, me abaixo para arrancar o capim que cresce em tufos, escavo alguns centímetros na terra e só encontro pedras marrons.

Algumas ainda conservam umas marcações desbotadas, mas nada que eu consiga discernir.

Faço um esboço num bloco de notas e comparo com os quadradinhos numerados no mapa do cemitério da biblioteca de Goswood, desenhado à mão. Reproduzem este lugar, como era de se esperar, depois que o tempo decorrido me permitiu aceitar a verdade. Localizo lotes do tamanho de adultos e outros menores — bebês ou crianças, dois ou três enterrados em cada espaço. Paro de contar os retângulos quando chego a *noventa e seis*, pois não aguento mais. Toda uma comunidade de pessoas, gerações de algumas famílias, enterradas atrás da minha casa, esquecidas. LaJuna tem razão. À parte o que foi comunicado oralmente entre os familiares, aquelas tristes e estranhas anotações na Bíblia dos Gossett são a única história que elas têm.

O juiz errou ao esconder aquele livro. Agora reconheço. O que não sei bem é como proceder a partir daqui, ou até mesmo se tenho esse direito.

Gostaria de falar mais com LaJuna, saber quais outras informações ela tem, mas os dias passam e não surge uma oportunidade.

Finalmente, na quarta-feira, eu saio à sua procura.

A busca acaba me levando à frente da casa da tia Sarge. Estou usando umas surradas sandálias verdes que não combinam com nenhuma roupa minha, mas que não machucam o dedão do meu pé que ficou embaixo de uma pilha de livros que desabou na biblioteca de Goswood Grove, parece até que de propósito. Algumas outras coisas estranhas aconteceram durante as muitas horas que passei sozinha na casa, mas me recuso a pensar muito nisso. Não tenho tempo. O fim de semana todo, e durante os três dias seguintes depois das aulas, estive separando livros na velocidade da luz, tentando fazer o possível antes que alguém mais descobrisse que obtive acesso ao local, e antes de procurar Nathan Gossett para informá-lo sobre o verdadeiro conteúdo daquela biblioteca.

Não estou lavando minhas roupas, atraso a correção de provas, a preparação das aulas e quase tudo mais. E meu estoque de biscoitos de aveia anda perigosamente baixo.

No lado positivo, com a mudança das guloseimas que distribuo aos alunos, me livrei do meu antigo apelido, e eles estão experimentando um outro — *Loompa*, em referência aos Oompa-Loompas do sempre popular livro *A fantástica fábrica de chocolate*, do qual agora dispomos de um exemplar, cortesia do gosto do juiz pelas assinaturas do Livro do Mês. Depois de muitos debates, nós elaboramos um sistema em que os alunos se revezam por uma semana com os livros da nossa nova biblioteca. Um dos meus ratos do pântano mais calados, Shad, está com o livro nesse momento. Ele é do primeiro ano e membro da notória família Fish. Assistiu ao filme numa visita da família ao pai dele, que está cumprindo três anos numa prisão federal por conta de alguma acusação envolvendo drogas.

Gostaria de saber mais sobre a situação de Shad — ele consome um bocado de biscoitos de aveia, pra começar, e também guarda alguns disfarçadamente no bolso —, mas não me sobra tempo durante o dia. Sinto-me como se estivesse sempre fazendo uma triagem sobre quem precisa mais da minha atenção.

Essa foi a razão de eu ter demorado dias para me aventurar a averiguar a situação de LaJuna. Acabo de fazer uma visita ao endereço que consta na matrícula dela. O homem que atendeu à porta do apartamento caindo aos pedaços me informou, secamente, que *por isso e aquilo* expulsou a mulher e os pirralhos, e que eu devia ir embora e não o perturbar mais.

Minhas opções seguintes são tia Sarge ou Granny T. Sarge mora mais perto da cidade, por isso estou aqui. O chalé em estilo *creole* lembra a casa que alugo, mas depois de algumas reformas. As paredes laterais e a cerca foram pintadas com cores contrastantes, criando um efeito de casa de boneca, com tons em amarelo, branco e verde-bandeira. A imagem reforça minha decisão de tentar convencer Nathan de que a casa que alugo deve ser preservada. Poderia ser tão bonita como essa.

Amanhã é dia de feira. Tenho esperança de encontrá-lo lá.

Mas vamos por partes. Neste momento, estou à procura de LaJuna.

Ninguém abre a porta, mas ouço vozes vindo dos fundos, então passo por um canteiro muito bem cuidado e chego a um alambrado com um portão. Trepadeiras de ipomeia sobem pelas colunas e se entrelaçam na cerca como um tecido vivo.

Duas mulheres com chapéus de palha esfiapados trabalham numa fileira de plantas altas numa horta que ocupa a maior parte do quintal. Uma delas é corpulenta, de movimentos rígidos e vagarosos. A outra é Sarge, acho, apesar de o chapéu de aba mole e as luvas estampadas de flores não fazerem o seu estilo. Fico observando a cena por um momento, e uma lembrança surge em minha mente aos poucos. Lembro-me de mim ainda criancinha num jardim, com alguém guiando meus dedos gorduchos até eu colher um morango. Lembro-me de tocar em cada moranguinho ainda no pé e perguntar: "Pego esse? Pego esse?".

Não faço ideia de onde foi isso. Em algum lugar onde moramos, algum vizinho generoso que se comportava como um avô postiço. Gente que estava sempre em casa e passava boa parte do tempo no quintal eram meus alvos favoritos sempre que nos mudávamos para uma nova cidade.

Sinto o coração ser envolvido por um sentimento nostálgico e inesperado, mas logo consigo afastá-lo. De vez em quando, apesar de eu e

Christopher termos falado muito a respeito e concordado que não éramos do tipo que queria filhos, ainda sinto esse impulso, o doloroso "Mas e se...".

— Olá! — digo pelo portão. — Desculpe incomodar.

Só um dos chapéus se vira para cima. A mulher mais velha continua seguindo a fileira. Colhendo e guardando, colhendo e guardando, enchendo uma cesta com vagens compridas.

O outro chapéu é mesmo o da tia Sarge. Reconheço o jeito como ela enxuga a testa com o braço e o ajeita na cabeça antes de vir ao meu encontro.

— Está tendo outro problema no telhado? — Seu tom de voz é surpreendentemente solícito, considerando que nosso último encontro terminou de forma desagradável.

— Não, está tudo bem com a casa. Mas, infelizmente, acho que você tinha razão quanto à minha permanência lá. Se souber de outra disponível, um apartamento pequeno ou coisa assim... eu não preciso de muito espaço, pois moro sozinha.

— Bem, se vai acabar sendo *só você*, é melhor lembrar que ele era só um noivo, certo? — Ela se recorda da nossa conversa em cima do telhado, e mais uma vez sinto certa afinidade.

— É verdade.

— Olha, desculpe ter sido dura com você naquele dia — começa a dizer. — Mas é difícil tentar mudar as coisas em Augustine sem enlouquecer. Era só isso que eu tava tentando dizer. Não sou muito diplomática, e basicamente foi isso que abreviou a minha carreira militar. Às vezes, quando a gente resolve ser sincera com as pessoas, acaba sendo excluída do grupo.

— Parece um pouco com o departamento de literatura inglesa numa faculdade — admito. — Tirando os jipões Humvee camuflados, quero dizer.

Eu e tia Sarge damos uma boa gargalhada. Cúmplices.

— É aqui que você mora? — pergunto, para manter a conversa. — É muito bonito. Sou louca por coisas antigas ou de época.

Ela aponta por cima do ombro.

— A casa é da tia Dicey. Irmã caçula da minha avó. Eu vim fazer uma visita na primavera passada... — Solta um suspiro esforçado, e seja lá o que estivesse prestes a divulgar é logo redirecionado para um: — Eu não pretendia ficar, mas tia Dicey estava com muitos problemas. Sem aquecimento, a maior parte do encanamento da casa quebrado. Uma mulher de noventa anos esquentando água no fogão pra tomar banho. Com um bando de filhos e netos imprestáveis, além de bisnetos e sobrinhas e sobrinhos. Tia Dicey não sabe dizer não. Se alguém pedir, ela dá tudo o que tem. Então eu acabei vindo morar aqui.

Ela esfrega a nuca, estica o pescoço para um lado e depois para o outro. Dá uma risada melancólica.

— E aqui estou eu, colhendo quiabo em Augustine, Luisiana. Meu pai deve estar se revirando no túmulo. A melhor coisa que aconteceu com ele foi ter sido convocado pelo Exército, pois assim pôde conhecer todo um novo mundo fora daqui.

Torna-se óbvio que existe uma história muito maior por trás da expressão carrancuda de Sarge.

— Parece que você fez um bocado de melhorias na casa.

— Casas são fáceis. Já pessoas, nem tanto. Você pode trocar o encanamento de chumbo, refazer a fiação, passar uma mão de tinta... e consertar um bocado de coisas dessas famílias.

— Por falar em famílias... — digo, para evitar o sorvedouro do que *não pode* ser feito em Augustine. — A razão de eu ter vindo aqui é a LaJuna. Nós fizemos uma espécie de trato na semana passada. Ela prometeu não faltar mais às aulas, e eu disse que se fizesse isso ela poderia me ajudar com um projeto em que estou trabalhando. Isso foi na tarde de quinta-feira. Ela não foi à escola na sexta, e eu não a vi desde então. Fui procurá-la no endereço registrado na escola, mas o sujeito que está lá me mandou embora.

— Deve ter sido o antigo namorado da mãe dela. Tiffany sempre procura por ele quando precisa de alguém pra ajudar. Ela está sempre pedindo ajuda pra alguém... faz isso desde que tirou meu primo da última série do ensino médio e teve a LaJuna. É assim que Tiffany se vira. — Ela pega um lenço do bolso, tira o chapéu e enxuga a testa, depois abana um pouco embaixo da camiseta. — Tiff é uma pessoa difícil. Deixou LaJuna anos aqui quando esteve presa e nunca fez nada pela tia Dicey.

— Você pode me dizer onde elas estão? Onde estão morando, quero dizer. LaJuna disse que a mãe tinha arranjado outro emprego e que as coisas iam bem. — Sei um pouco sobre como enganar os adultos para disfarçar o que realmente está acontecendo. Coisas que, se eles soubessem, viraria o mundo da gente de cabeça para baixo. — Acho que LaJuna não descumpriria a promessa que fez. Ela estava tão animada em separar... com o nosso projeto — me contenho.

— Querida, você vai entrar? — chama tia Dicey de longe. — Traga a sua amiga. Se ela quiser ajudar na colheita, depois pode ficar e comer um bom quiabo com legumes refogados. Vai ficar bom! Não tem muita carne pra misturar. Só umas duas fatias de assado. Diga pra ela entrar, não precisa ser tímida. — Tia Dicey põe a mão em concha no ouvido, esperando uma resposta.

— Ela tem outros assuntos a tratar, tia Dicey — responde Sarge, tão alto que poderia ser ouvido na próxima cidade ao longo da estrada. — E nós temos carne, eu comprei um suã.

— Ah, oi, Pam! — diz tia Dicey.

Sarge meneia a cabeça.

— Ela tá sem o aparelho auditivo. — Sarge me leva até o carro. — É melhor você ir enquanto pode. Ela vai te segurar até a meia-noite, e sei que você não veio aqui pra isso. Olha, vou fazer o que puder quanto a LaJuna, mas eu e a mãe dela não morremos de amores uma pela outra. Ela arruinou a vida do meu primo. Já peguei Tiffany aqui mais de uma vez tentando descolar comida ou dinheiro com a tia Dicey. Disse que se ela não parasse com isso a coisa ia ficar feia. Tiff precisa pagar as próprias contas, parar de faltar ao trabalho pra encontrar esse ex-namorado dela em Nova Orleans, que é um traste. Aposto que ela tá lá agora. Levando o bebê pra visitar o pai. LaJuna deve estar junto, tomando conta das crianças e tentando fazer a mãe voltar ao trabalho antes de ser demitida.

De repente me dou conta do quanto a vida de LaJuna é massacrante. Não é à toa que ela é malcriada com adultos. Ela já cuida de um.

Sarge me lança um olhar de escrutínio quando chegamos ao carro.

— Você precisa entender que isso não é culpa da LaJuna. A garota está no fundo do poço e precisa subir pela corda puxando mais quatro pessoas. Multiplique isso por meia dúzia de parentes e você vai ver por que tem dias que eu só quero pegar o meu carro e sair dirigindo. Mas eu adorava a minha avó, e ela adorava a irmã mais nova, Dicey... Bem... sei lá. Vamos ver.

— Entendi. — O problema aqui tem raízes profundas. Se fosse fácil mudar o jeito como as coisas são, as pessoas já teriam feito isso. — É como devolver estrelas-do-mar para o oceano.

— Como assim?

— É só uma história que eu tinha no mural do meu antigo escritório. Uma espécie de perspectiva. Se encontrar de novo, vou tirar uma cópia pra você.

Sarge se debruça para olhar o interior do Fusca.

— O que é isso tudo? — Ela vê alguns livros da biblioteca que empilhei no banco de trás, na esperança de mostrar a Nathan na feira amanhã de manhã, uns poucos livros antigos e valiosos com que estou preocupada, além da contabilidade da fazenda e da Bíblia de família com os registros dos enterros.

Considero tentar escondê-los, mas de que adiantaria? Sarge está olhando diretamente para o livro de registros com o nome Gossett na capa.

— Eu queria ter uma oportunidade para ler esses livros com mais atenção... enquanto puder. O técnico Davis me escalou pra tomar conta do portão no jogo de futebol da escola hoje à noite. Pensei em fazer umas leituras enquanto isso ou depois.

— Você esteve na casa do juiz? Foi lá que você conseguiu tudo isso? — Dá um tapa no capô do carro. — Meu Deus. — A cabeça dela pende para trás e o chapéu de palha escorrega, caindo na entrada de carros. — *Meu Deus* — repete. — LaJuna deixou você entrar lá?

— Nathan me deu uma chave — respondo, mas posso sentir a tensão aumentando ao meu lado. Sarge parece uma panela de pressão prestes a explodir.

— Ponha essas coisas de volta no lugar.

— Eu estou procurando livros para as minhas aulas. Nathan disse que eu poderia pegar o que quisesse usar, mas acho que ele não faz ideia do que tem naquela casa. As prateleiras da biblioteca estão lotadas. Metade das prateleiras tem uma fileira de livros por trás. E depois da primeira fileira de livros novos há livros mais antigos, livros raros. Livros como esses. — Aponto na direção do banco traseiro.

— É *esse* o seu projeto com LaJuna? — pergunta Sarge. — Não me importo que ela ande por aqueles jardins, mas eu disse pra ela não entrar na casa.

— Ela apareceu no meu primeiro dia. — Posso sentir minha relação com LaJuna sendo potencialmente dilacerada. Primeiro invadindo o seu lugar secreto, agora criando problemas para ela com a tia. — Ela sabe um bocado sobre aquele lugar. Sua história. As histórias. Passou um bom tempo com o juiz enquanto ele morava com a tia dela... ou tia-avó... a sua tia Dicey. Tem um velho alçapão no chão embaixo do...

— Pode parar. Não estou interessada. — Se eu não acreditava antes, agora percebo muito bem que estou envolvida em algo muito maior do que consigo entender. — Ponha essas coisas no lugar. Não deixe mais LaJuna entrar naquela casa. Se Will e Manford ou suas mulheres descobrirem que ela está envolvida nisso, Tiff não vai conseguir manter seu novo emprego nas Indústrias Gossett, vai ser demitida. E, se você ficar contra eles, é melhor começar a empacotar suas coisas e contratar um caminhão de mudança. Vai por mim.

— Eu não posso simplesmente *desistir*. Eu preciso dos livros, e eles vão apodrecer se continuarem lá.

— Não pense que está segura por não trabalhar nas Indústrias Gossett. A loirinha que Manford exibe por aí como esposa faz parte da *diretoria* da escola.

— Pelo que entendi, a casa e o terreno são do Nathan.

— Olha, as coisas podem ter sido diferentes antes de a irmã do Nathan morrer. — Sarge meneia a cabeça e se concentra na calçada, como se estivesse organizando os pensamentos, depois olha ao longe, fazendo um gesto vago com a mão na direção de Goswood. — Quando herdou aquela casa do juiz, Robin ficava de guarda lá. Ela gostava de Goswood. A casa era dela e não estava disposta a ser roubada pelo tio. Mas ela morreu. E, sim, tecnicamente a casa passou para o irmão, mas a única razão de Nathan não a ter vendido foi o respeito à irmã... por Robin ter lutado contra Will e Manford até o dia da sua morte.

— Ah... — digo em voz baixa.

— É uma confusão — continua tia Sarge. — Não se meta com os Gossett. Fique longe daquela casa. Não fique andando pela cidade com esses livros e, faça o que fizer, não mostre pra ninguém no estádio de futebol. Ponha esses livros no lugar onde encontrou. Vou fazer o possível para LaJuna voltar à escola, mas você precisa garantir que ela fique longe de Goswood.

Nossos olhares se encontram. Há muitas coisas não ditas entre nós naquele olhar rápido antes de eu entrar no carro.

— Obrigada por me ajudar com LaJuna.

— Vai depender do que acontecer com a mãe dela. — Tia Sarge descansa uma das mãos na janela aberta. — Eu conheço essa história da estrela-do-mar. Entendo o que você está tentando fazer. Só que aqui a maré é muito forte.

— Vou levar isso em conta. — Saio com o carro, levanto o queixo e cerro os dentes. Não posso deixar de ir a Goswood Grove. Não vou fazer isso. Vou precisar de uma represa para essa maré, e vou construí-la com livros.

Sigo o conselho de Sarge e cubro os livros no meu carro enquanto vendo ingressos para levantar fundos beneficentes. Estaciono num lugar onde posso ficar de olho no Fusca, porque a fechadura da porta do passageiro não tranca.

Infelizmente, o trabalho no portão demanda mais do que eu esperava. Não só sou encarregada de vender os ingressos como também preciso fazer rondas embaixo das arquibancadas em busca de adolescentes enroscados uns nos outros como cordas emaranhadas. Tenho certeza de que causei prejuízos em alguns romances em potencial.

Os jovens mudaram muito desde a minha época. Existe um mundo assustador escondido nos recantos do estádio de futebol.

Sinto-me mais do que aliviada quando volto ao Fusca e os livros continuam onde os deixei. Minha intenção é ficar acordada até tarde, ignorar a preparação das minhas aulas de amanhã, estudar esse material e fazer anotações. Quero aproveitar todos os minutos que eu passar com eles, para o caso de a planejada conversa com Nathan Gossett não dar certo.

Não estava preparada para encontrar Sarge andando de um lado para outro na minha varanda quando chego em casa.

15

Hannie Gossett — Luisiana, 1875

— A gente tem que sair daqui, Juneau Jane. — Nunca falei desse jeito com uma pessoa branca na vida, mas Juneau Jane não é branca, também não é negra. Não sei como me dirigir a ela. Mas nesse momento isso não tem importância, pois ela poderia ser a rainha de Sabá num novo vestido cor-de-rosa e mesmo assim a gente precisaria sair desse lugar antes que as coisas piorassem. — Preciso que você me ajude a pôr a Sinhazinha Lavinia naquele cavalo, e depois vamos pegar a estrada pela porta dos fundos. Não vai demorar muito até aquela senhora achar que morremos ou que mentimos sobre estarmos com febre.

Já faz quatro dias que estamos entocadas aqui nessa igreja no meio da floresta. Quatro dias cuidando, alimentando e limpando excreções de corpos febris e rezando. Quatro dias deixando moedas na árvore na orla da clareira e gritando pra mulher o que preciso que ela me traga. Ela é boa e piedosa. Até levou o cachorro pra casa pra cuidar direitinho dele. Vai ser boa pro cachorro também, eu sei, e fico feliz por isso, mas a mulher fica cada vez mais nervosa quando vê que ainda estamos aqui. A notícia da febre deve ter se espalhado, e o povo deve estar pensando: "Não seria melhor tocar fogo nesse lugar pra salvar nosso pessoal da doença?".

Os homens da serraria também podem estar farejando a gente. Não posso correr esse risco.

Juneau Jane não me responde. Continua fazendo sei lá o que perto daqueles jornais pregados na parede. Ela fica de costas, então não consigo ver. Quase não disse nada desde que acordou. Confusa, assustada e nervosa, como os soldados que vagavam pelas estradas depois da guerra, perturbados da cabeça, morosos e esquisitos. Quando a cabeça se perde do corpo, nem sempre encontra o caminho de volta. Pode ser a maneira de a alma se preservar. O máximo que ela diz quando pergunto é que não se lembra de nada sobre como veio parar aqui, nem o que o homem com o tapa-olho e seus capangas fizeram com elas.

Sinhazinha Lavinia não disse uma palavra até agora. Parecia uma boneca de pano grande e pesada quando dei banho nela com um barril de água da chuva e vesti as roupas que comprei da velha senhora. Roupas de menino e um chapéu. Se encontrarmos alguém na estrada, vai ser muito mais fácil a gente se explicar desse jeito.

— Está na hora de ir embora — continuo falando enquanto recolho a comida, a colcha e os cobertores de lã que comprei da mulher. Podemos nos cobrir com eles ou fazer uma tenda para dormir. — Já peguei os cavalos. Estão selados. Agora você me ajuda a pôr Sinhazinha Lavinia em cima daquela égua.

Ainda nenhuma resposta, então atravesso a sala e toco no ombro de Juneau Jane.

— Você tá me ouvindo? O que tem de tão importante nesse canto que você não tem tempo pra responder? Eu salvei a sua vida, sabe? Salvei a vida de vocês duas. Podia ter deixado vocês no quartinho daquele caçador, é o que eu podia e devia ter feito. Eu não te devo nada. E tô pedindo pra você vir ajudar. — Já estou exaurida e o sol mal passou da altura das árvores. Talvez seja hora de ir embora e deixar que se virem sozinhas.

— Daqui a pouco — responde ela num tom de voz baixo e monocórdio, soando mais velha do que a criança que é. — Mas primeiro tenho que completar minha tarefa.

Ela arrancou um dos jornais da parede, segurou com o pé descalço e recortou o formato do pé com a faca de esfolar que a mulher me trouxe.

— Bom, desculpe se o sapato que arranjei pra você não é do seu gosto. Mas não temos tempo de cortar jornal pra pôr dentro dele. Você pode encher de capim ou folhas no caminho. Eu já me daria por feliz de ter um sapato, se fosse você. A mulher nem conseguiu um que coubesse na Sinhazinha Lavinia. Por enquanto ela vai ter que ficar descalça, vamos pensar nisso depois. A gente precisa sair desse lugar.

A garota então vira seus olhos estranhos pra mim. Não gosto quando ela faz isso. Me dá arrepios. Ela enfia a mão embaixo da perna, tira um par de pés que já recortou do jornal e entrega pra mim.

— Para os seus sapatos — diz. — Pra afastar mandingas.

A unha de uma bruxa desliza pelas minhas costas, costelas e por todos os outros ossos do meu corpo, deixando a pele arrepiada. Não quero saber de mandinga nenhuma nem gosto de falar a respeito.

"Eu não acredito em mandingas, Senhor", digo a mim mesma. "Só pro Senhor saber." Já que estamos numa igreja, é melhor deixar isso claro.

— Como pode um pedaço de papel proteger de mandinga? — pergunto a Juneau Jane. "Eu não acredito nisso, Senhor, mas pode ser mais rápido fazer o que ela diz..." Sento na poltrona e começo a tirar minhas velhas botinas. — Se é pra você se mexer, então eu faço. Mas nós não estamos nessa encrenca por causa de mandingas. É por culpa de homens maus, de você e da Sinhazinha Lavinia e dos seus planos malucos, e minha por ser burra de me vestir de moleque e ir com vocês.

— Não precisa usar, se não quiser — de repente ela tá falando no tom de voz agudo normal. Talvez até um pouco insolente. Pelo menos é um bom sinal da saúde dela.

Tenta tirar os jornais do meu sapato.

Eu não deixo.

— Eu *vou* usar.

Ela arranca mais jornais da parede, dobra e enfia embaixo da camisa de menino, que estufa no cinto da calça. A camisa é tão larga pra ela que a costura dos ombros chega até os cotovelos.

— Você não devia roubar de uma igreja — digo.

— É pra mais tarde. — Ela aponta a parede com a mão. — Eles têm muitos.

Olho para as tábuas de madeira, forradas de páginas de jornal do teto ao chão. Todas aquelas letras divididas em caixinhas. Não reparei muito nelas enquanto estávamos aqui. Ocupada demais. Mas alguém teve o trabalho de distribuir os jornais com todo cuidado, de um jeito que nenhum cobrisse uma parte do outro. Não parece o que alguém faria pra isolar o clima de fora.

— O que dizem? — Estou falando comigo mesma, mas a pergunta sai em voz alta.

— Você não leu? — Ela continua enchendo os sapatos de jornal. — Nesse tempo todo?

— Eu não sei ler. — Não tenho vergonha em admitir isso, percebo. — Tem gente que não tem uma casa pra morar nem dinheiro pra comprar roupas nem comida dada de mão beijada. A gente precisa dar duro e trabalhar pra viver, desde antes da libertação, desde *depois* da libertação. Antes da libertação, se a Velha Sinhá pegasse a gente tentando aprender a ler, dava uma boa surra de chibata. *Depois* da libertação, a gente trabalha de sol a sol na lavoura, da capinagem até a colheita. Nos intervalos, a gente acende tocos de velas ou nó de pinho e faz meias, remenda meias e costura roupas pra usar ou pra vender. Todo o dinheiro que conseguimos vai pra comprar nossa comida e sementes pro ano seguinte e pra pagar o contrato com o Velho Sinhô pra um dia a terra ser nossa. Que glória! Esse dia tá chegando, se é que eu não estraguei tudo por causa de você e da Sinhazinha Lavinia. Não, eu não sei ler. Mas sei trabalhar, e sei contar muito bem. Posso fazer contas de cabeça mais rápido que muita gente no papel. O que mais eu preciso saber além disso?

Ela levanta os ombros magros e continua amarrando os sapatos.

— Se você fosse comprar a sua terra, por exemplo, haveria, é claro, um documento requerendo uma assinatura. Como alguém incapaz de ler o documento pode fazer para não ser enganado?

Ela é uma danadinha de língua afiada. Toda cheia de si. Acho que gostava mais dela quando estava doente. Sem falar nada.

— Ora, essa é uma pergunta cretina. Eu pediria a *alguém* pra ler pra mim. Alguém digno de confiança. Poupa o tempo de aprender a ler só por causa de um documento.

— Mas de que forma você poderia ter certeza da lealdade dessa pessoa?

— Não é que você é uma coisinha desconfiada? Tem gente por aí que merece confiança. Até negros. Cada vez mais, com esses professores do Norte chegando e construindo escolas pra gente negra. Nos dias de hoje, não dá pra virar pro lado sem encontrar *alguém* que saiba ler. — Mas a verdade é que a Velha Sinhá não quer o pessoal dela se envolvendo com esses professores que vêm do Norte.

— E também é possível ler por prazer. Ler histórias.

— Afff. Prefiro que alguém me *conte* uma boa história. Eu conheço um monte de histórias. Histórias da minha mãe, histórias da Tati e dos mais velhos. Algumas ouvi enquanto eles costuravam roupas para *você*. Eu poderia contar uma dúzia agora mesmo, tudo de cor.

Pela primeira vez, ela me olha com interesse, mas nós não vamos ficar muito tempo juntas pra contar histórias. Não quero mais saber desse negócio dela e da Sinhazinha Lavinia depois de voltar a Goswood Grove.

Acabo de arrumar meus sapatos.

— O que tem nessas palavras no nosso sapato que vão proteger a gente de mandingas? Explica isso pra mim.

— Não são as palavras. — Ela experimenta os sapatos. Agora parece contente com eles. — As *letras*. Antes de lançar uma mandinga sob seus pés, um feiticeiro precisa contar todas as letras. Nesse intervalo de tempo, você já não está mais naquele lugar, certo?

Levanto e ouço o papel sendo amassado pelos meus pés. Uma sensação engraçada.

— Acho que devia ter contado as letras antes de pôr no sapato. Assim eu saberia quanto tempo vou ter *se* um feiticeiro aparecer e dizer: "Espera aí, me dá um minuto pra contar essas letras".

Ela me olha com cara de sabichona, cruza os braços magros e levanta os cotovelos.

— Mesmo assim, você enfiou isso nos seus sapatos.

— Só pra fazer você calar a boca e começar a se mexer. — Olho para os jornais que sobraram na parede. Espero que não sejam importantes. — Pelo menos você vai me contar o que dizem esses jornais antes de a gente sair? Gostaria de saber se não estamos levando alguma coisa importante.

Ela se vira, segura a barra da calça que vai até os joelhos e tenta puxar para baixo. Depois, puxa tudo pra cima de novo. Aposto que essa garota nunca usou um calção na vida.

— Eles estão procurando amigos perdidos.

— Os jornais?

— As pessoas que põem os anúncios nos jornais. — Ela vai até a parede, aponta o canto de cima de uma das páginas. Tudo está escrito em pequenos quadrados, como na Bíblia do Velho Sinhô quando alguém ia ser posto embaixo da terra no lugar dos enterros. Ele fazia um quadrado e escrevia o número da cova nas primeiras páginas.

A mão da Juneau Jane não é muito mais escura que os jornais borrados pela água quando ela passa um dedo pela linha de cima.

— Amigos perdidos — ela lê. — Nós recebemos muitas cartas pedindo informações sobre pessoas desaparecidas. Todas essas cartas serão publicadas nesta coluna. Não cobramos pela publicação das cartas dos assinantes do *Southwestern*. Os outros, por favor, anexem cinquenta centavos...

— Cinquenta centavos! — repito. — Por essas marquinhas num jornal? — Penso em todas coisas que posso fazer com cinquenta centavos.

Juneau Jane dá de ombros e franze a testa.

— Talvez a gente devesse seguir nosso caminho.

— Me conta o resto. — Sinto uma comichão na cabeça, mas não consigo imaginar a razão.

Diante da parede, com seus calções largos, ela olha de novo para os jornais.

— Pastores, por favor, leiam em seus púlpitos os pedidos publicados abaixo e nos informem sobre qualquer caso em que amigos tenham se reunido por meio das cartas do *Southwestern*. — Ela anda um pouco ao longo da parede. — É um jornal para igrejas. Igrejas de negros.

— Igrejas de negros têm um *jornal*? Aqui no estado da *Luisiana*?

— Em muitos estados — responde ela. — Esse jornal é entregue em muitos estados. *The Southwestern Christian Advocate*. É um jornal para pastores.

— E eles leem pras pessoas? Em todo lugar?

— Suponho que sim... se chegou até o lugar onde estamos.

204 *Lisa Wingate*

— Puxa, eu nunca... E o que diz? Em todos esses quadradinhos?

Juneau Jane aponta um deles. É um quadrado pequeno comparado a alguns outros.

— Prezado editor — lê em voz alta. — Eu gostaria de perguntar sobre a minha família. Fui deixado no pátio de um mercador em Alexandria, com um tal sr. Franklin. O restante ia ser mandado para Nova Orleans. Os nomes deles são Jarvis, George e Maria Gains. Qualquer informação sobre eles será recebida com gratidão. Escreva para mim em Aberdeen, Mississippi. Cecelia Rhodes.

— Meu Deus — digo baixinho. — Lê outro pra mim.

Ela conta a história de um garotinho chamado Si, que tinha cinco anos quando um tal de sr. Swan Thompson faleceu e todos os seus bens terrenos, inclusive o pessoal que ele tinha, foram divididos entre o filho e a filha.

— Isso foi em mil oitocentos... — Juneau Jane fica na ponta dos pés pra ler o jornal. — Mil oitocentos e trinta e quatro. Sinhá Lureasy Cuff estava na casa conversando com minha mãe e disse: "Acho que papai devia dar Si para mim porque fui eu que o criei e fiz dele o que é". Tio Thomas conduziu a carroça quando minha mãe saiu. Ela tinha duas crianças, Si e Orange. Escreva para mim em Midway, Texas. Si Johnson.

— Meu Deus! — digo de novo, dessa vez mais alto. — A essa altura, ele é um velho. Um velho lá no Texas, e continua procurando. E as palavras chegam até aqui nessa lonjura, por esse jornal.

Minha cabeça transborda como um rio depois de uma chuva forte. Aumenta, gira, se agita pra catar tudo que vem pesando na minha alma, que ficou nas margens por meses e anos. Flutuo até onde não me permiti ir antes. Será que minha família tá nessa parede? Mamãe, Hardy, Het, Pratt... Epheme, Addie? Easter, Ike e Baby Rose? Tia Jenny ou a pequena Mary Angel, que vi pela última vez no mercado de escravos quando ela tinha só três anos e foi levada pelo comprador?

Já está bem crescida agora, a Mary Angel. Só três anos mais nova que eu. Com uns quinze anos, imagino. Talvez tenha ido pra uma dessas escolas pra negros. Talvez tenha escrito num desses quadradinhos do jornal. Talvez esteja aí nessa parede e eu nem sei disso. Talvez todos estejam.

Preciso descobrir. Saber o que diz cada um desses quadradinhos.

— Conta pra mim. Tudo que tá escrito aí — peço a Juneau Jane. — Não posso sair daqui sem saber. Eu também perdi a minha gente. Quando os ianques subiram o rio com seus navios de guerra, o Velho Sinhô fez um plano pra gente se refugiar no Texas até os Confederados ganharem a guerra. Mas Jep Loach, o sobrinho da Sinhá, roubou uns de nós. Vendeu a gente pela estrada, um a um ou em pares. Eu fui a única dos Gossett a voltar. A única da família que acabou se refugiando no Texas com ele.

Não podemos sair desse lugar. Não hoje. Quando a mulher e a criança vierem, vou pensar no que dizer a eles, mas o mais importante é saber o que dizem todos esses jornais.

— O que diz o quadradinho seguinte? — É a primeira vez na minha vida que sinto fome por palavras, mas é como se eu estivesse com fome desde que era uma criança de seis anos. Quero saber como olhar praquelas marcas desenhadas lá em cima e transformar em pessoas e lugares.

Juneau Jane lê mais uma. Depois outra. Mas não é a voz francesa dela que eu ouço. É a voz roufenha de uma velha procurando a mãe que ela não vê desde que era uma criancinha como Mary Angel. Ainda carrega essa dor no coração, como os ferimentos no corpo, o sangue todo ressecado, mas o único jeito de sarar é encontrar o que foi perdido.

Fico ao lado de Juneau Jane, pego um dos quadradinhos, depois outro diferente, depois mais um no outro lado da parede.

Uma irmã vendida e separada dos irmãos na Carolina do Sul.

Uma mãe que carregou e pariu dezenove filhos, sem conseguir ficar com nenhum depois dos quatro anos.

Uma mulher procurando o marido e os filhos.

Uma mãe com um filho que partiu pra guerra com seu sinhozinho e nunca mais voltou.

Uma família com um filho que foi lutar com as tropas de negros dos federais e ninguém sabe o que aconteceu. Será que morreu e foi enterrado em algum campo empapado de sangue ou ainda tá vivo, em algum lugar longínquo no Norte, ou perambulando pelas estradas, perdido na própria cabeça?

Fico ali olhando pra parede, contando os quadradinhos, calculando de cabeça. Tem tanta gente ali, tantos nomes.

Depois de algum tempo Juneau Jane desce da ponta dos pés, apoia a mão nos calções.

— Nós precisamos sair desse lugar, você mesma disse isso. Precisamos partir enquanto ainda temos algum tempo. Os cavalos estão selados.

Olho para Sinhazinha Lavinia, que se encolheu num dos cantos da casa, com a manta pendurada no pescoço. Ela observa os pequenos arco-íris projetados na sala pelo vitral.

— Pode ser que ela recupere o juízo se a gente ficar mais um dia, vai dar menos problema.

— Você fez menção à sua preocupação de que a senhora que nos traz essas coisas esteja desconfiada.

— Eu *sei* o que eu disse — retruco. — Mas pensei mais a respeito. Talvez seja melhor amanhã.

Ela continua discutindo comigo. Sabe que a gente não vai estar em segurança aqui por muito mais tempo.

— Você não passa de uma garotinha chique — disparo afinal, palavras cortantes e amargas que distorcem minha boca. — Toda certinha, mimada a vida toda, pra ser brinquedinho de algum homem pelo resto dos seus anos. O que você sabe das coisas nesses jornais? Como é a vida pra gente como eu? O que significa ansiar pela sua família sem nunca saber se estão vivos ou mortos? Se vai voltar a ver cada um deles ainda nesse mundo?

Ela não sabe que os quadrados no jornal são como as estacas no pátio de um mercador. Cada um é uma história. Cada um é uma pessoa, vendida daqui pra lá.

— Muito tempo depois da guerra, *muito tempo* depois e em *todas* as plantações, mães e pais continuam vindo... passando pela estrada e dizendo: "Eu vim pegar meus filhos. Meus filhos agora me pertencem". Alguns tão perambulando pelo país todo, tentando reunir a família. Os velhos sinhôs e sinhás não podem fazer nada quanto a isso depois da libertação. Mas *ninguém* nunca apareceu na estrada pra me buscar. Continuo esperando, mas eles não vêm e eu não sei por quê. Talvez esse seja o jeito de descobrir. — Aponto os jornais com o dedo e digo de novo: — Eu *preciso* saber antes de sair daqui. Eu não vou sair.

Antes de eu poder fazer qualquer coisa, Juneau Jane começa a arrancar os jornais da parede.

— Vamos levar os jornais, pra ler enquanto seguimos viagem. — Pega até os pedaços rasgados do chão.

— Isso é roubo — digo. — É errado tirar daqui.

— Então vamos queimar tudo. — Corre para o fogareiro, rápida como uma gata, e abre o forno. — Vou queimar tudo isso, e aí não vamos ter mais nada pra discordar.

— Não sem antes eu arrancar esses bracinhos magricelos do seu corpo.

— Esses jornais já foram lidos pelas pessoas que vêm aqui. — Ela fica segurando os jornais perto do fogareiro. — E, quando terminarmos de ler, vamos deixar com pessoas que talvez não tenham lido. Não seriam muito úteis nesse caso?

Não consigo rebater, e parte de mim realmente não quer, então deixo por isso mesmo.

Quando chega o meio da manhã, nós já saímos de lá há muito tempo, e eles vão ver que deixamos um dólar da Sinhazinha pelo uso da igreja... e pelos jornais.

Somos um grupo que desperta estranheza viajando pela estrada, as três usando calções largos demais. Juneau Jane escondeu o cabelo comprido embaixo da camisa. Os pés da Sinhazinha Lavinia pendem descalços e rosados, e eu vou montada atrás dela na Ginger. A Velha Sinhá estaria esbravejando por causa dos pés e dos tornozelos aparecendo, se pudesse ver. Mas a Sinhazinha não diz nada, só fica olhando pra floresta, o rosto tão pálido e inexpressivo como o pequeno remendo cinza-azulado do céu acima da estrada.

Fico pensando por que ela ainda não recuperou o juízo e começou a falar, como Juneau Jane. Será que a Sinhazinha não enlouqueceu de vez? Será que aquele calombo na cabeça dela é a diferença, ou Juneau Jane tem mais força de vontade?

Lá na frente, Juneau Jane fala em francês com o cavalo dela, deitada na crina e abraçada no pescoço dele.

Quando paramos à tarde, pra comer, tomar água e descansar os cavalos, volto da mata depois de fazer minhas necessidades e vejo Juneau Jane com a faca de esfolar numa das mãos e um pedaço de alguma coisa preta na outra. Em volta dela, como a lã tosquiada de uma ovelha, tem um monte de cabelo escuro e comprido. É como se ela estivesse num ninho, com um lado da cabeça parecendo um filhote de passarinho arrepiado. Talvez a cabeça dela não esteja tão curada como pensei.

Sinhazinha Lavinia tá esparramada ao lado, mexendo os olhos pra cima e pra baixo, preguiçosos, vendo a faca cortar.

A primeira coisa que passa pela minha cabeça é: "A Velha Sinhá vai ter um ataque por causa disso, Hannie. Você virou as costas e deixou uma criança sozinha com uma faca. Vai ser culpa sua por não ter ficado perto. Você é a babá".

Lembro a mim mesma que não sou, e que Juneau Jane não é problema meu, mas mesmo assim digo:

— Por que você tá fazendo isso? A Velha Sinhá... — As palavras quase saem da minha boca, mas lembro que a Velha Sinhá ia jogar essa menina da varanda como se fosse um carrapato. Esmagaria Juneau Jane entre as unhas.

— Você não podia esconder esse seu cabelo no chapéu até voltar pra casa? Sua mãe não vai gostar do que você fez. Nem o seu pai, quando ele voltar. A razão de ele gostar mais de você é por ter sido sempre muito bonitinha.

Ela continua cortando.

— Ele vai voltar, você vai ver. Se aqueles homens maus disseram que ele morreu, tavam mentindo, porque a Sinhazinha pagou eles pra isso. Pra eles, mentir é tão fácil quanto respirar. E o seu pai *não vai* gostar disso... que você tá fazendo.

Até eu sei que a única coisa que essa garota tem de valor é a beleza. A mãe dela vai estar de olho num homem endinheirado que se interesse pela filha. Já não existem mais tantos homens assim como antigamente, mas ainda tem alguns. Nos velhos tempos, eles já estariam levando essa criança aos bailes pra dançar a quadrilha, pra ela ser *vista* por agricultores ricos e seus filhos. Estariam conversando, fazendo algum acordo pra um homem ficar com ela, mesmo que não pudesse se casar, nem se quisesse.

— Demora muito tempo pro cabelo crescer de novo até esse comprimento.

Ela me encara, joga fora o chumaço que tem na mão como se fosse a cabeça de uma serpente e continua. Segura, puxa, corta. Deve doer, mas ela continua firme como aqueles leões sentados nos portões de Goswood Grove antes da guerra.

— Eu não vou voltar. Não até encontrar o meu pai ou a prova da minha herança.

— E como você vai fazer isso?

— Eu resolvi ir para o Texas.

— Texas? — Isso responde a minha dúvida sobre a cabeça dessa garota. — Como é que você vai chegar no Texas? E quando chegar lá, onde acha que vai encontrar o seu pai? O Texas é um lugar grande. Você já *viu* alguma parte do Texas? Porque eu estive lá quando o Velho Sinhô levou a gente como refugiado. O Texas é uma terra selvagem, cheia de homens rudes e índios que vão arrancar esse cabelo da sua cabeça junto com a pele.

Estremeço inteira, de ponta a ponta. Eu me lembro do Texas, e não como uma coisa boa. Eu não vou voltar lá. Nunca.

Mas alguma outra coisa me fala baixinho: "Texas é pra onde alguns dos seus parentes foram levados. Onde você se separou da sua mãe...".

— Minha mãe teve notícias do meu pai quando ele chegou no porto de Jefferson, no Texas. Ele tinha pedido para o advogado cuidar das terras dos Gossett lá perto, que o irmão *dela* vendeu ilegalmente... — Aponta Sinhazinha Lavinia com o ombro, pra eu saber que ela tá falando do Sinhozinho Lyle. A menção àquele garoto me desnorteia. — Aquelas terras são a minha herança, e era o que papai pretendia assim que se chegasse a um acordo legal e os bens fossem transferidos para mim, para garantir meu sustento. O advogado ia resolver as questões de imediato, e se possível fazer Lyle voltar a Jefferson, para o meu pai dar um jeito nele. Na carta que escreveu, papai falou com muita preocupação do mau comportamento do Lyle e das companhias que ele tinha ultimamente.

Sinto um novo estremecimento, uma espécie de mau presságio.

— E o seu dinheiro chegou? Ou seu pai disse alguma coisa sobre *ter encontrado* o filho?

— Não tivemos mais notícias do advogado do meu pai, um tal dr. Washburn, nem do meu pai. O agente do meu pai em Nova Orleans agora está dizendo que a carta em posse da minha mãe é inválida e talvez fraudulenta, e, até que os documentos que a corroboram ou o papai sejam encontrados, nada mais vai ser levado adiante.

— Foi esse dr. Washburn que a Sinhazinha te levou pra encontrar naquela casa do atracadouro, não foi? — Tento organizar tudo aquilo na minha cabeça, mas com o nome do Lyle junto não tem um jeito bom de fazer isso.

— Você já tá lembrando mais sobre isso? — Toda vez que faço essa pergunta, ela só balança a cabeça.

Faz a mesma coisa agora, mas estremecendo um pouco os ombros e desviando o olhar. Ela tá se lembrando de mais coisas do que quer contar.

— Acredito que a Lavinia não saiba mais do que eu sobre o dr. Washburn, e que ele nunca saiu do Texas, apesar de ela *dizer* que ele estaria naquele atracadouro pra falar conosco. — Juneau Jane lança um olhar rancoroso pra Sinhazinha. — Ela citou o nome dele pra me atrair até aquele lugar, e teria me deixado lá mesmo, mas os planos deram errado e ela também acabou sendo traída.

Meu estômago se revira. Será que a Sinhazinha faria uma coisa dessas com a meia-irmã? Com uma parente de sangue?

Juneau Jane volta a cortar o cabelo. Lampejos do sol da tarde reluzem na lâmina da faca e se espraiam pelas raízes das árvores, pelo musgo e as folhas de palmeira.

— Eu vou perguntar sobre o meu pai no porto de Jefferson e fazer uma visita ao escritório do dr. Washburn e resolver o que devo fazer a seguir. Rezo para que o dr. Washburn seja um homem honesto, que não saiba que Lavinia se utilizou do nome dele. Também rezo para encontrar o meu pai, e que ele esteja bem.

"Essa garota não tem a menor ideia do que está dizendo", digo a mim mesma e me levanto. "Melhor não falar mais nada por enquanto. Precisamos seguir viagem. Ainda temos algumas horas antes de escurecer."

Não sei por que não paro e não dou meia-volta.

— Então, como você pensa em chegar ao Texas? — Também não sei por que digo isso. — Você tem dinheiro? Porque eu já aprendi minha lição sobre como é viajar como clandestina nesses barcos. Eles te afogam por isso.

— Eu tenho meu cavalo cinzento.

— Você *venderia* o seu cavalo? — Ela adora aquele cavalo, e o cavalo também adora ela.

— Se for preciso. Pelo meu pai. — Ela engasga nas últimas palavras, mas engole em seco e aperta os lábios.

Aí percebo que, dos três filhos, talvez essa seja a única que ama o Sinhô Gossett, que não quer só se aproveitar dele.

Ficamos em silêncio por algum tempo. Sinto o sangue passando pelos meus músculos e pela pele, latejando nas minhas têmporas, esperando pra ser ouvido. Me chamando.

— Acho que eu também poderia ir pro Texas. — As palavras saem com a minha voz, mas não sei quem falou. "Mais uma colheita como meeira, Hannie. Só mais uma. E aquele pedaço de terra de Goswood é seu. Seu, da Tati, do Jason e do John. Você não pode abandonar eles desse jeito, com pouca gente pra fazer a colheita. Sem ninguém pra ajudar a costurar e tricotar por um dinheiro extra. Como eles vão pagar as contas?"

Mas penso nos quadrados do jornal. Na mamãe. Na minha família.

Juneau Jane para de cortar o cabelo e passa a lâmina na palma da mão, não com força, a ponto de tirar sangue, mas deixa uma marca.

— Talvez... talvez a gente possa fazer essa viagem juntas.

Concordo com a cabeça, e ela também. Ficamos ali sentadas, enroscadas na ideia.

Sinhazinha Lavinia solta um ronco alto. Olho na sua direção e ela tá esparramada no musgo macio e molhado, dormindo profundamente. Eu e Juneau Jane olhamos uma pra outra, pensando a mesma coisa.

"O que a gente vai fazer com ela?"

Amigos Perdidos

Prezado editor, desejo perguntar sobre minha mãe, se possível saber de seu paradeiro. O nome dela é Malinda Gill. Fomos separados em 1843 no condado de Wake, Carolina do Norte, quando eu tinha uns dois ou três anos. Nós pertencíamos ao coronel Oaddis (que é meu pai), e ele nos vendeu para Israel Gill; minha mãe tinha um gênio difícil, e Gill a vendeu e ficou comigo. O reverendo Purefile a levou para Roseville, onde gerenciava um hotel. Quando Israel Gill comprou minha mãe do coronel Oddia, nós morávamos em Raleigh, N. C., depois Gill se mudou comigo para o Texas. Qualquer informação sobre o paradeiro dela será recebida com gratidão. Escreva para mim aos cuidados do sr. C. H. Graves, San Felipe, Texas.

HENRY CLAY

— Coluna "Amigos perdidos"
do *Southwestern*
2 de agosto de 1883

16

Benny Silva — Luisiana, 1987

Tenho uma sensação de déjà-vu enquanto espero no estacionamento da feira agrícola, vendo a picape de Nathan Gossett estacionar. Só que desta vez estou exponencialmente mais nervosa. Depois de uma longa confabulação com Sarge ontem à noite na minha casa e alguns telefonemas, planos incríveis estão se encadeando, mas a maioria deles depende da cooperação de Nathan.

Faz só uma semana que eu o embosquei, querendo permissão para entrar na casa dos Gossett. Ele não poderia saber ao que aquela chave levou. Espero ser coerente em compartilhar a situação com ele.

Em retrospecto, uma boa noite de sono poderia ter sido uma boa ideia, mas coragem e cafeína vão ter que dar conta. Eu e Sarge ficamos acordadas até tarde, traçando esquemas e considerando alguns voluntários.

Abro e fecho os dedos, agito as mãos como um velocista prestes a dar a largada para os cem metros rasos. Valendo medalha. Estou pronta para apresentar um argumento firme e, se necessário, até rastejar. Mas tenho de fazer isso rápido. Preciso estar com tudo pronto na escola ainda hoje. Teremos a palestra de uma convidada muito especial para algumas das minhas turmas de hoje, cortesia da minha nova amiga Sarge.

Se *tudo isso* der certo, a palestrante vai voltar outro dia para falar com os meus alunos das primeira e segunda séries e para os formandos da sétima e da oitava. Com um pouco de sorte, meus alunos estão prestes a embarcar numa jornada que nenhum de nós poderia ter imaginado duas semanas atrás. Uma jornada que a sonhadora que habita em mim realmente acredita ter o potencial de plantar sementes. Sarge não está tão otimista, mas ao menos quer participar.

Nathan se enrijece, na defensiva, quando me vê atravessando o estacionamento numa rota de interceptação. Seus lábios formam um círculo, exalando ar e som, os músculos do rosto se distendem de um jeito que momentaneamente escondem a covinha no queixo. Está com a barba por fazer, que de repente reparo que não lhe cai mal.

Essa observação me pega de surpresa, e de repente me sinto corar quando começamos a conversa.

— Se você está aqui pra me fazer um relatório, não é necessário. Não me interessa. — Ele levanta as mãos com as palmas para cima, num gesto que diz: "Eu não quero me envolver mais nisso". — Eu já disse que não me interessa o que sai da biblioteca. Pegue o que quiser usar.

— É mais complicado do que eu imaginava. A questão da biblioteca, quero dizer.

Nathan se retrai de uma forma que diz que ele lamenta ter me dado aquela chave.

A esta altura, minha única opção é avançar a todo vapor.

— Eu já levei alguns livros para minha sala de aula. Seu avô realmente *adorava* livros. — Paro um pouco antes de dizer que o juiz gostava de *acumular* livros. Conheci tipos assim nos anos em que trabalhei na livraria. Ficaria surpresa se não houvesse mais livros em outros aposentos da casa, mas não bisbilhotei. — Encontrei coisas muito diversas, como coleções de enciclopédias completas e clássicos da *Seleções*. Tudo bem se eu doar parte disso para a biblioteca municipal perto da escola? Ouvi dizer que o acervo deles está bem desatualizado. Eles sequer têm um bibliotecário em período integral. Só voluntários.

Ele aquiesce, relaxando um pouco.

— É, minha irmã era... — Ele para no meio do que ia dizer. — Ela gostava daquele velho prédio.

— Sua irmã tinha bom gosto. Essas antigas bibliotecas da fundação Carnegie são incríveis. Não há muitas delas na Luisiana. — Eu poderia falar muito mais sobre o porquê de ser assim, sobre as razões de *essa* biblioteca da Carnegie ser especial. Aprendi muita coisa com a Sarge ontem à noite, mas sei que o tempo está passando. — É triste ver uma delas correndo o risco de fechar as portas para sempre.

— Se parte da coleção do meu avô puder ajudar, ótimo. O homem era compulsivo com algumas coisas. Era conhecido por deixar os jovens realizarem vendas no gabinete dele no tribunal entre um caso e outro. Foi assim que acabou com um monte de enciclopédias e se associando ao Livro do Mês. Desculpe, eu já devo ter dito isso. — Nathan balança a cabeça de forma pesarosa, deixando mechas castanhas caírem na linha que separa o bronzeado do rosto da parte normalmente protegida por chapéu ou boné. — Você realmente não precisa me perguntar nada. Não há nenhum sentimentalismo da minha parte. Meu pai morreu quando eu tinha três anos. A família da minha mãe não era considerada da *classe dele*, por isso Augustine era o último lugar onde ela queria permanecer depois que ele faleceu. Minha irmã tinha mais laços aqui porque era dez anos mais velha quando minha mãe se mudou conosco para Asheville, mas eu não tinha e continuo não tendo.

— Entendi. — "Mesmo assim, você voltou a morar na Luisiana..."

Eu jamais perguntaria, é claro, mas por que Nathan, criado longe dos pântanos e dos deltas, veio morar perto da casa dos antepassados com os quais ele diz não se importar e dos quais mal pode esperar para se livrar? Por mais que prefira se ver como alguém sem qualquer relação com esta cidade, deve haver laços aqui.

Talvez nem ele mesmo entenda bem quais são.

Sinto uma estranha pontada de ciúme em relação à sua ligação ancestral com o lugar. Talvez seja uma das razões por que estou tão interessada em desenterrar os mistérios de Goswood Grove. Sinto falta da sensação de legado que paira como uma névoa no solo úmido daqui, de antigos segredos muito bem guardados.

Como os de Nathan, desconfio.

O alarme do meu relógio de pulso dispara. Eu o acertei para me dar um alerta cinco minutos antes do meu prazo-limite para ir à escola.

— Desculpe — digo, desligando o alarme. — Coisas de professora. A gente segmenta o dia entre bipes e campainhas.

Quando volto a atenção para ele, Nathan está concentrado em mim, como se estivesse considerando fazer uma pergunta, mas logo muda de ideia.

— Eu realmente não saberia dizer nada sobre o que há naquela biblioteca. Sinto muito.

Disparo a falar sobre livros antigos, sem dúvida de grande valor, e de documentos históricos, além de registros da fazenda que detalham acontecimentos, com fatos que podem não ter sido registrados em nenhum outro lugar. Coisas que, possivelmente, ninguém que não seja da família vê há um século ou mais.

— Nós precisamos de alguma orientação sobre como vocês querem lidar com esses itens.

— Nós? — Ele se retrai, desconfiado. De repente o ar fica tão tenso que poderia estourar a qualquer momento. — Uma das coisas que pedi foi que você mantivesse isso entre nós. A casa está... — Ele interrompe a frase com certo esforço. Seja lá o que quer dizer é resumido em um: — Eu não preciso desse incômodo.

— Eu sei disso. Não era minha intenção, mas as coisas meio que se precipitaram — continuo falando, intimidada, mas com afobação. São decisões que devem ser feitas por alguém da família. — Existe alguma possibilidade de nos reunirmos para você ver certos itens? Poderíamos nos encontrar em Goswood Grove. — De jeito nenhum, adivinho, por isso logo tento outra coisa. — Ou na minha casa, talvez? Eu poderia levar alguns itens pra lá. São coisas importantes. Você realmente precisa dar uma olhada.

— Não na casa de Goswood Grove — diz rispidamente. Fecha os olhos e fica assim por um momento. Depois acrescenta em voz baixa: — Robin estava morando lá quando morreu.

— Desculpe. Eu não quis...

— Eu poderia ir amanhã à noite... sexta-feira. Na sua casa. Tenho uns compromissos em Morgan City hoje à noite.

O alívio relaxa os músculos das minhas costas, solta os meus nós.

— Sexta-feira está perfeito. Às seis horas ou... bem a qualquer hora depois das quatro e meia. Quando quiser.

— Seis horas está bom.

— Posso pegar alguma coisa para nós no Cluck and Oink, o que você acha? Eu me ofereceria para cozinhar, mas na verdade ainda não me instalei bem na casa.

— Tudo bem. — Mas, se tivesse de avaliar seu semblante naquele momento, eu diria que *tudo bem* não descrevia a situação. Goswood Grove está enrolada no pescoço dele como um albatroz; questões sobre o futuro da casa e as dolorosas lembranças envolvidas são coisas que ele quer evitar.

Acho que entendo isso melhor do que ele imagina. Mas não posso explicar as razões, por isso agradeço muito e confirmo o nosso horário.

Quando nos despedimos, tenho a sensação de que Nathan preferiria não ter me conhecido.

No caminho para a escola, tento imaginar a vida dele, pescando camarões e seja lá o que mais ele faz no tempo que passa em Morgan City. Namorada? Amigos? Como será um dia normal dele? Como passa as tardes e as noites? A irmã morreu só dois anos atrás, o avô há três anos. Os dois faleceram enquanto moravam naquela casa. Por onde estou pisando ao fazê-lo voltar a Goswood Grove e encarar uma tristeza que claramente ainda é recente?

É uma pergunta desconfortável, e faço o possível para jogá-la pela janela do Fusca para ser levada pelo vento enquanto dirijo pela cidade; uma mulher com uma missão.

Estou tão ansiosa com o que planejei para as últimas aulas de hoje que me surpreendo olhando para o relógio durante as duas primeiras aulas, com os irrequietos alunos da sétima e da oitava séries.

Minha palestrante convidada chega pontualmente no fim do meu intervalo. Faço uma rápida reavaliação quando ela entra na classe, mexendo numa bolsinha com alças de cordão. Está usando uma blusa branca de gola rendada, saia preta até o tornozelo e botas pretas de cadarço e cano curto. Um vistoso chapéu de palha de aba reta coroa seu cabelo espesso e grisalho, preso no mesmo coque solto que ela usa atrás do balcão do Cluck and Oink.

Alisa a saia com gestos nervosos e se vira quando me aproximo.

— Que tal essa roupa? — pergunta. — Foi a que usei alguns anos atrás num carro alegórico no Dia dos Fundadores. Desde então eu engordei um pouco. Muitos espetinhos e empadas.

— Não precisava ter tido tanto trabalho — respondo, apesar de estar muito impaciente para conversar. — Eu só quero que você conte a eles a história da biblioteca. Como a sua avó e as senhoras do Clube do Novo Século foram responsáveis pela construção.

Ela sorri e me dá uma rápida piscadela antes de ajeitar o chapéu.

— Não se preocupe, querida. Eu trouxe fotos para mostrar e uma cópia da carta que minha avó ajudou a escrever para o sr. Carnegie. Mas essas crianças deviam ouvir essa história contada pela minha avó.

De repente, a fantasia faz sentido. Sinto-me ao mesmo tempo atônita e eufórica.

— Você teve uma ideia brilhante.

— Eu sei — concorda ela com firmeza. — Você disse que queria que seus alunos assistissem à história. Bom, eu vim aqui mostrar uma parte dela.

E é o que ela faz. A ponto de se esconder atrás do meu armário até a classe entrar e eu fazer a chamada. Todos ficam desconfiados quando digo que vamos ter uma palestrante convidada. Não se entusiasmam muito. Até verem quem é.

— Granny T! — gritam.

Granny T os silencia com um dedo em riste e um enérgico aceno de cabeça. Gostaria de ser capaz de fazer o mesmo.

— Não, não, não é a Granny T — corrige ela. — Estamos no ano de 1899. Granny T é uma bebezinha chamada Margaret Turner, com um ano de idade. E a mãe da bebê Margaret, Victory, é uma mulher casada, e eu sou a *mãe* dela, a avó da pequena Margaret. Eu nasci no ano de 1857, e no momento estou com quase quarenta e três anos. Nasci no tempo da escravidão, na casa dos Gossett, e a vida era dura quando eu era criança. Precisava trabalhar colhendo algodão, cortando cana e levando água pra plantação com minhas próprias mãos, mas isso já faz muito tempo. Estamos em 1899, e acabei de usar minhas economias para comprar uma casinha e abrir um restaurante, porque agora sou viúva e preciso ganhar meu sustento sozinha. Tenho nove filhos, e alguns ainda precisam de cuidados em casa.

"Bem, eu não me incomodo que seja um trabalho difícil, mas tem uma coisa que me preocupa muito. Eu prometi ao meu finado marido que todos os nossos filhos iriam estudar, mas aqui a escola pra negros só funciona seis meses por ano, e a biblioteca da cidade é pequena e só para os brancos. A única outra biblioteca para gente como nós é um barracão do tamanho de um armário atrás da igreja metodista, inaugurada dez anos atrás. Temos orgulho dela, mas não é grande coisa. Na época, todas as senhoras importantes da cidade, as esposas dos banqueiros, médicos e pessoas do gênero, têm o que elas chamam de Clube das Senhoras do Novo Século, e o projeto delas é construir uma biblioteca maior... para os brancos. Mas adivinhem só..."

Ela se inclina para a frente numa pausa dramática, e os alunos se debruçam nas carteiras, boquiabertos e concentrados.

— Essa não é a biblioteca pela qual vocês passaram com o ônibus da escola hoje, em 1987. Não, não. Eu vou contar a vocês sobre uma época em que mulheres comuns, que trabalhavam muito pra ganhar a vida, lavando roupas pra fora, fazendo tortas e pêssegos em calda e vendiam tudo o que podiam enganaram todo mundo e construíram a biblioteca mais sofisticada da cidade.

Ela tira da bolsa uma fotografia emoldurada e segura no alto para os alunos verem.

— E aqui estão elas nos degraus daquela linda biblioteca no dia da inauguração. Todas essas senhoras são a razão de isso ter acontecido.

Granny T distribui várias fotos para que circulem entre os estudantes enquanto continua falando sobre a rejeição unânime do Clube do Novo Século à ideia de usar uma das ambiciosadas doações da Carnegie para construir uma nova biblioteca, temendo que o dinheiro viesse com a condição de *acesso livre a todos os cidadãos*, o que poderia significar *independentemente da cor*. As senhoras da igreja que elas frequentavam preferiram elas mesmas solicitarem a doação, a igreja metodista negra doou o terreno e a Biblioteca Carnegie para Pessoas Negras acabou sendo aberta em um prédio recém--construído muito maior que o da outra biblioteca da cidade. Desde então, as fundadoras da Biblioteca Carnegie tomaram a liberdade de se denominarem como Clube das Senhoras Negras do Novo Século de Carnegie.

— Deus do céu — conclui Granny T. — Todas aquelas senhoras do Clube do Novo Século original ficaram morrendo de ciúme, podem acreditar. Isso foi na época da segregação, vocês sabem, e os negros nunca desfrutavam do melhor de nada. Então, elas disseram que o fato de termos um lugar bonito, até mais bonito que a biblioteca dos brancos, era uma mancha para Augustine. Não havia muito que elas pudessem fazer a respeito, mas conseguiram que a cidade não desse permissão para a biblioteca ter um letreiro na fachada. Dessa forma, ninguém que passasse por aqui saberia o que era. Então nós pusemos a estátua de um santo em cima da base de mármore onde a placa seria colocada, e durante anos o prédio ficou daquele jeito, mas isso não impediu sua magia. Naqueles tempos difíceis, era um símbolo de esperança.

Ela mal parou de falar e os alunos começaram a fazer perguntas.

— Por que agora se chama só Biblioteca Carnegie de Augustine? — quis saber um dos ratos do pântano.

Granny T aponta um dedo e aquiesce.

— Essa é uma boa pergunta. Vocês todos viram as fotos. Por que acham que o velho santo teve que mudar de lugar para a placa dizendo Biblioteca de Augustine ser instalada na base de mármore?

Os jovens tentam algumas respostas erradas. Distraio-me por um momento, pensando no vereador Walker na minha varanda com seu cachorro, Sunshine. O santo da biblioteca mora no meu arbusto de oleandro, graças à srta. Retta. Agora vou gostar dele mais do que nunca. É um amante de livros, como eu. A história da biblioteca corre por suas veias.

— Quem está com a foto de 1961? — pergunta Granny T. — Aposto que vocês podem dizer por que agora ela só se chama Biblioteca Carnegie de Augustine.

— Porque acabou a segregação, Granny T — responde timidamente Laura Gill, uma das meninas que mora na cidade. Laura nunca, absolutamente nunca, falou comigo na classe nem no corredor. Ela se sente claramente à vontade com Granny T. Será alguma parente ou ex-aluna da antiga escola dominical, talvez?

— Isso mesmo, querida. E vivaaa! Augustine pode ter lutado por outras coisas o quanto pôde, mas com certeza a cidade ficou feliz ao assumir o controle daquela biblioteca! — Lembranças dançam atrás das lentes grossas dos óculos de Granny T. — Foi o fim de uma coisa e o começo de algo mais. Então crianças negras e brancas podiam ficar juntas na mesma sala e ler os mesmos livros. Foi outro capítulo na história da biblioteca. Outra parte da sua história. E um monte de gente quase não se lembra disso. Não conhece a história daquele prédio, e por isso não dá o devido valor. Mas agora vocês... agora vocês entendem o que ele representa, e sabem que foi uma vitória difícil. E daqui em diante talvez cuidem dele de uma maneira diferente.

— Foi por isso que convidei Granny T para falar com a gente hoje — digo aos alunos, me postando ao lado dela na frente da classe enquanto eles passam as antigas fotos entre si. — Essa cidade tem muitas histórias que a maioria das pessoas não conhece. E nas próximas semanas nós vamos fazer um trabalho de detetive, ver o que conseguimos descobrir. Cada um de vocês vai investigar a história de um lugar ou de um acontecimento dessa cidade... alguma coisa que provavelmente as pessoas não sabem, e vão fazer anotações, tirar cópias de fotografias e o que mais conseguirem reunir para que escrevam a história.

Seguem-se alguns resmungos, mas logo abafados. Na maior parte são murmúrios de interesse, misturados com perguntas.

— Pra quem nós vamos perguntar?

— Como vamos encontrar essas coisas?

— E onde?

— E quem não souber nada de nada daqui?

— E quem não for daqui?

Ouço uma cadeira sendo arrastada e por um instante tenho medo da eclosão de algum problema na frente da nossa palestrante. "Eles não fariam isso..."

Sigo o som e vejo Little Ray de pé com a mão levantada.

— Professora... hã... professora... — Ele não consegue se lembrar do meu nome e tem medo de usar um dos meus dúbios apelidos na frente de Granny T.

— Little Ray?

O LIVRO DOS AMIGOS PERDIDOS 223

— Então a gente tem que escrever sobre um lugar?

— Isso mesmo. Ou sobre um acontecimento. — "Por favor, por favor não comece uma revolta." Se Little Ray se rebelar, o mesmo vai acontecer com sua multidão de admiradores. Vai ser difícil recuperar o controle da classe depois disso. — Vai ser uma boa parte da avaliação do nosso semestre, por isso é importante se esforçar bastante. Mas eu gostaria que fosse divertido também. Me informem assim que escolherem os seus temas, assim a gente não vai ter assuntos repetidos e pode aprender coisas diferentes de todos os relatórios.

Passo os olhos pela sala com meu olhar de professora, como que dizendo: "Estou falando sério. Entendido?".

Outro arrastar de cadeira. Little Ray de novo.

— Professora... hã...

— Benny.

— Professora Benny, o que eu queria dizer é que, em vez de falar sobre um lugar ou acontecimento, a gente pode escrever sobre uma *pessoa*, porque...

— Ah, ah — interfere Laura Gill, na verdade o interrompendo, mas com o braço erguido, como se isso validasse a interrupção. — Tem uma escola em Nova Orleans que na época do Dia das Bruxas organiza uma coisa chamada *Contos da cripta*. Eu li no jornal no ano passado na casa do meu primo. Eles se vestem como a pessoa e contam a história pra todo mundo em cima do túmulo dela. Por que a gente não faz isso?

A ideia desperta uma reação que só era possível nos meus melhores sonhos. De repente, uma centelha percorre a classe. Minha sala de aula está em chamas.

17

Hannie Gossett — Red River, 1875

Juntamos as coisas que temos, dobramos a nossa manta e desarmamos o pedaço de tecido que usamos pra nos proteger do sol, refletido nas ondas e marolas do rio por quilômetros e mais quilômetros. Há dias nosso acampamento embarcou e estamos subindo o Red River, lutando com árvores caídas e roçando bancos de areia, navegando pra atravessar a Luisiana. Agora estamos no Texas, para o bem ou para o pior.

Minha casa ficou longe. Longe demais pra me arrepender ou pra voltar. Os cavalos foram vendidos, e espero que o homem cuide bem deles. Foi difícil a separação, mais difícil ainda pra Juneau Jane, mas esse dinheiro era a única forma de conseguir comprar coisas e uma passagem no convés desse barco movido a pás laterais. Ainda não sei se foi uma boa ideia tomar esse barco com ela, mas antes disso eu fiz Juneau Jane escrever uma carta e postar para Tati, Jason e John. Dizia pra não se preocuparem comigo. Que saí de casa pra saber sobre o Velho Sinhô. Que volto antes da colheita da cana.

Não falo nada sobre minha intenção de saber notícias da minha família. Não sei bem como Tati ia aceitar isso. Nem Jason e John. Por isso, é melhor não dizer. Eles foram a minha única família durante a maior parte da minha vida. Mas tem outra vida bem no fundo de mim, no passado, numa cabaninha de madeira com uma cama cheia de joelhos e cotovelos e tantas vozes que não dava pra escutar todas ao mesmo tempo.

Juneau Jane lê as páginas do jornal em voz alta, todos os quadradinhos, mais vezes do que consigo contar. Os estivadores e a tripulação — a maioria formada por homens negros, exceto os oficiais — vêm até o nosso pequeno acampamento no convés. Sempre perguntando o que dizem aqueles quadrados. Alguns examinam os jornais, leem as fileiras de caixinhas, ansiosos e esperançosos por finalmente encontrar o que precisam para ficar satisfeitos.

Até agora, só um homem teve alguma esperança, uma garota que pode ser sua irmã. Ele disse para Juneau Jane:

— Agora, se eu conseguir papel e alguma coisa pra escrever, você pode escrever uma carta pra eu mandar quando chegarmos ao porto de Jefferson? Eu pagaria pelo incômodo. — Ela prometeu escrever, e o estivador saiu assobiando e cantando: — Senhor, Senhor, isso é tão bom! O senhor foi muito bom pra mim!

A maioria dos brancos no *Katie P* é de gente pobre, esperançosa por encontrar no Texas algo melhor do que deixou pra trás. Olharam para aquele faz-tudo cantando como se ele estivesse louco. Mas não ficaram olhando muito tempo. O boato que corria era que a gente vendia feitiços e poções na nossa tenda de tecido, e que era por isso que os homens tanto entravam e saíam. O pessoal cochichava sobre o jeito do estranho garoto branco, grande e descalço, que estava com a gente, e não queria se meter naquilo.

A gente ainda estava com a Sinhazinha a tiracolo. Não por escolha minha. O atracadouro onde tomamos esse barco não era nada mais que uma velha cidade mercante toda bombardeada na guerra. Não podia deixar Sinhazinha lá do jeito que estava. Se não encontrarmos o Velho Sinhô em Jefferson, estou pensando em deixar Sinhazinha com o tal advogado, ele que carregue esse fardo.

Quando saímos do Red e entramos no lago Caddo, pra depois seguir em direção ao porto de Jefferson, o som dos barcos a vapor ecoava de todas as direções. O casco baixo do *Katie P* balança nas marolas feitas pelos outros barcos, que saem carregados de algodão, milho e sementes, enquanto a gente chega com todos os tipos de produtos, de açúcar a barris de melaço, tecidos, barricas de pregos e vidros de janela. O pessoal deles acena, o nosso pessoal acena.

Mesmo ainda bem de longe, ouvimos e vemos o porto se aproximando. O apito dos barcos gera uma comoção. Prédios luminosos e coloridos e varandas com pesadas grades de ferro aparecem por trás dos ciprestes e das videiras na margem do rio. O burburinho da cidade compete com os rangidos do *Katie P* e do vapor da caldeira. Nunca ouvi tanta balbúrdia na minha vida, nem nunca vi tanta gente. Música e gritos, cavalos relinchando, bois mugindo, cães latindo, carretas e carroças sacolejando nas ruas de tijolos vermelhos. É um lugar agitado. Grande e movimentado. O porto fluvial é o último ponto para desembarcar no Texas.

Sinto um peso no coração. Primeiro não sei o motivo, mas depois descubro. Eu me lembro dessa cidade. Da última vez eu não cheguei aqui pelo rio, mas foi pra onde os homens do xerife me trouxeram ainda criança depois do problema com o Jep Loach. Me puseram na cadeia por segurança, esperando meus verdadeiros donos virem me buscar.

A lembrança fica mais forte enquanto dobro os jornais dos Amigos Perdidos e guardo na nossa sacola. Agora tem nomes anotados em todas as margens dos jornais, feitas com um lápis que um barqueiro roubou de uma mesa de jogo no convés superior. Juneau Jane escreveu os nomes dos homens do *Katie P* que estão procurando sua gente, e todos os nomes das pessoas que querem achar. Prometemos que vamos perguntar por onde a gente passar. Se tivermos notícias, serão mandadas por carta, aos cuidados do barco *Katie P*.

Os homens nos deram alguns trocados daqui, umas moedas dali, uma caixa de fósforos pra acender fogueiras, velas de sebo, biscoitos e pão de milho da despensa do navio. "Pra ajudar nas suas viagens", disseram. Nós não pedimos nada, mas eles deram. Comi melhor nessa viagem do que na minha vida toda. Não consigo lembrar de quando minha barriga ficou cheia tantos dias seguidos como agora.

Vou sentir saudade do *Katie P* e daqueles homens, mas é hora de ir.

— Precisamos fazer ela levantar — digo sobre a Sinhazinha Lavinia, que só fica sentada até a gente fazer ela se mexer como uma boneca de pano, de um lugar pro outro. Ela não resiste, mas também não coopera. O pior é levar a Sinhazinha até as cabines na proa do barco pra fazer suas necessidades algumas vezes por dia, como uma criança, no que Juneau Jane não ajuda. O pessoal abre caminho quando vê a gente chegando, sem querer chegar perto da Sinhazinha. Ela sibila pra eles quando passa, soando como a caldeira do *Katie P.*

Isso torna as coisas mais fáceis pra sair do barco no porto. Os outros passageiros se afastam, e eu e Juneau Jane ficamos sozinhas na passarela. Até os tripulantes e os que trabalham nos camarotes ficam de longe. Mas quase todos são simpáticos e dão uns trocados quando a gente passa.

Chegam mais perto pra cochichar.

— Não se esqueçam de tentar saber da minha família, se puderem. A gente vai ficar muito agradecido.

— O nome da minha mãe é July Schiller...

— Minha irmã é Flora, meus irmãos são Henry, Isom e Paul...

— Meus irmãos são Hap, Hanson, Jim e Zekiel. Todos nascidos como Rollins, pertencentes a Perry Rollins na Virgínia. Meu pai era Solomon Rollins. Era ferreiro. Todos foram vendidos no Sul vinte anos atrás e levados por um mercador de escravos pra pagar uma dívida. Nunca imaginei ver eles de novo nesse mundo. Falem o nome deles por todo lugar que passarem, eu agradeço. E vou recomendar vocês ao Senhor, pra ele não esquecer de vocês também...

— O nome da minha mulher é Rutha. As filhas gêmeas são Lolly e Persha. Compradas da fazenda do Sinhô French por um homem chamado Compton.

Juneau Jane vai até uma pilha de lenha e me pede os jornais dos Amigos Perdidos, pra ter certeza de que não tá esquecendo ninguém.

— Eles tão bem guardados. — Aponto a nossa bagagem. — Já anotamos todos os nomes que eles deram pra gente. Além disso eu guardei a lista na minha cabeça também. — Eu sei como lembrar nomes. Faço isso desde os seis anos na carroça de Jep Loach, não muito longe daqui.

Juneau Jane se empoleira num tronco e espera eu entregar os jornais.

— O que é preservado por escrito fica a salvo de falhas da memória.

— Pessoas podem *perder* os jornais. — Nós não ficamos amigas nessa viagem, eu e ela. Somos duas pessoas precisando uma da outra no momento.

Só isso. E é tudo que vai ser. — Já minha cabeça vai me acompanhar por onde eu for.

— Pessoas podem perder a cabeça também. — Ela olha feio na direção da Sinhazinha, que se acomodou ao lado da pilha de lenha. Tem uma cobrinha verde deslizando pelo capim perto da perna dela. A inclinação do chapéu dá a impressão de que ela tá vendo, mas não faz nada pra enxotar.

Pego um pedaço de pau e espanto o bicho pra longe, e acho que Juneau Jane simplesmente teria deixado a cobra chegar aonde tava indo. É uma coisa muito misteriosa, essa garota de pele marrom-clara, que agora é um garoto magricela de olhos grandes, de dar pena. Às vezes parece uma criancinha quieta e triste. É aí que eu penso: "Talvez a vida de uma garota amarelada também não seja fácil". Outras vezes ela só parece fria. Uma criatura malvada e endemoniada, como a mãe e o resto da sua laia.

Me incomoda não conseguir decifrar a garota, mas ela podia ter me deixado com a Sinhazinha no atracadouro, e não fez isso. Pagou nossas passagens com o dinheiro do cavalo dela. Fico pensando o que isso significa.

Sento ao lado dela na pilha de lenha, entrego as páginas dos Amigos Perdidos e o lápis, e então digo:

— Acho que não custa verificar. De qualquer jeito, a gente nem sabe pra onde tá indo. Se cruzarmos com alguém... gente branca de bem, quero dizer, você tenta perguntar com muita delicadeza: "Onde podemos encontrar o dr. Washburn?".

Um pensamento me vem à cabeça enquanto ela verifica os jornais.

— Como a gente vai fazer pra falar com esse tal de advogado sobre os documentos do seu pai, se encontrar ele? — Olho pra ela de cima a baixo, depois pra mim. — Nesse momento, eu sou um garoto negro e você é um ratinho de rio esfarrapado. — Estive tão envolvida com os Amigos Perdidos na viagem que nem pensei no que fazer quando a gente descesse do barco. — Nenhum advogado vai falar com a gente.

Dá pra perceber que ela também não tinha pensado nisso.

Ela morde a ponta do lápis, olha pra todos aqueles prédios de tijolos sofisticados, a maioria de dois andares. Alguns até com três. Alguém dá um tiro, superando todo o barulho da cidade e do porto. Nós duas damos um pulo. Homens param e olham ao redor, mas logo voltam ao trabalho.

Juneau Jane projeta aquele queixo pontudo dela.

— Eu falo com ele. — Os lábios dela se curvam um pouco nos cantos, torcendo o nariz, arrebitado como o do pai. — Se eu disser que sou filha e herdeira de William Gossett, ele vai achar que sou a Lavinia. Acredito que ela não tenha falado a verdade quando disse que os dois se conheceram recentemente em Nova Orleans, já que o homem mora em Jefferson e foi aqui que meu pai contratou seus serviços, não muito tempo atrás.

Solto uma risada sem querer, mas sinto um frio de medo na barriga. No lugar de onde venho, o que ela tá querendo fazer mata você num instante. Se você é negro, não pode fingir que é branco.

— Você é uma garota negra, caso não tenha notado.

— Nós somos assim tão diferentes? — Ela se abaixa e estica o braço pra perto do da Sinhazinha. A pele das duas não é a mesma coisa, mas também não tão diferente a ponto de revelar a verdade.

— Bem, mas ela é mais *velha* que você — comento apontando a Sinhazinha. — Você ainda é uma criança de calça curta. Ainda nem tem... bom, você não parece ter *catorze* anos. Mesmo se a Sinhazinha mentiu quando disse que conheceu o homem antes, você não vai conseguir se passar por ela.

Os olhos delas ficam a meio mastro, como se eu fosse uma tonta. Tenho vontade de esmagar aquela expressão. Era exatamente a que a Sinhazinha Lavinia fazia quando era criancinha. Essas duas são mais irmãs do que imaginam. Algumas coisas correm nos laços de sangue além do narizinho arrebitado.

— Eles vão esfolar você viva se te pegarem fazendo isso. E me esfolar viva também.

— Que escolha eu tenho? Preciso obter prova das intenções do meu pai para meu sustento. Lavinia me deixaria sem um tostão, sem opção, a não ser minha mãe me negociar com um homem. — Agora o gelo racha um pouquinho. Tem uma dor por baixo daquela frieza, e medo. — Se meu pai tiver morrido, minha única chance será uma herança.

Ela tá certa, eu sei.

— Bom, então a gente vai ter que te arranjar um vestido. Um vestido e um corpete, e alguns enchimentos pra preencher o vestido, e uma boina pra cobrir esse cabelo. — Espero que esse plano não faça com que a gente seja morta, jogada na cadeia ou coisa pior. E aí quem vai divulgar os Amigos Perdidos? — Eu te ajudo com isso, mas você precisa me prometer que não vai embora nem vai me deixar sozinha com ela, não importa o que a gente descubra. — Faço um sinal na direção da Sinhazinha Lavinia. — Eu não preciso carregar esse fardo. E foram vocês duas que me meteram nessa confusão. Você me deve alguma coisa. Eu e você ficamos juntas, até a gente saber do seu pai. E até mandar a Sinhazinha de volta pra casa. Se esse tal de advogado tiver dinheiro pra te dar, você paga a passagem da Sinhazinha e arranja alguém pra levar ela pra casa. Estamos combinadas?

O lábio superior dela se contorce com a ideia de ter de fazer alguma coisa pela Sinhazinha Lavinia, mas ela concorda.

— E tem outra coisa.

— Sem outras coisas.

— E tem outra coisa. Quando a gente se separar, seja lá quando acontecer, os Amigos Perdidos ficam comigo. Enquanto isso, você me ensina a ler e escrever os nomes das outras pessoas.

Trocamos um aperto de mão e fechamos o trato. Estamos juntas nessa confusão. Pelo menos por enquanto.

— Fazer de você uma mulher vai ser bem mais difícil do que foi fazer de você um garoto. — Mal as palavras saem da minha boca quando uma sombra paira sobre mim. Olho pra cima e vejo um homem negro, forte como um lenhador, de pé ao nosso lado. Dobrando e desdobrando o chapéu nas mãos.

Espero que não tenha ouvido o que acabei de dizer.

— Eu vim falar a respeito dos Amigos Perdidos. — Olha na direção do *Katie P.* — Eu soube... ouvi de um sujeito. Vocês podem me pôr também nos Amigos Perdidos?

Damos uma olhada no atracadouro lá perto e vemos o homem que saiu cantando quando Juneau Jane escreveu a carta pra ele no barco, ele tá falando com alguém e apontando na nossa direção. As notícias sobre nós estão se espalhando.

Juneau Jane pega o lápis e pergunta quem o homem está procurando. Não é ninguém que já esteja nas nossas páginas.

Ela escreve os nomes da família do homem e ele dá um níquel pra gente antes de voltar ao trabalho, levando sacas de sementes a um barco pantaneiro. Depois chega outro homem. Diz pra gente onde comprar roupas usadas e artigos baratos, e resolvo que é melhor fazer isso logo, antes de o dia acabar. Não posso levar Juneau Jane e Sinhazinha Lavínia comigo, já que ele tá falando de uma cidade de negros.

— Vocês ficam aqui enquanto eu vou até o lugar que ele falou — digo isso e pego um biscoito da nossa trouxa, a bolsinha da Sinhazinha, e deixo o resto das coisas com elas. — Cuida da Sinhazinha.

Mas sei que ela não vai fazer isso.

Fico um pouco preocupada quando sigo as instruções do homem e vou parar num assentamento numa ravina. Primeiro, encontro uma costureira que vende roupas remendadas no quintal da casa dela. Compro o que preciso para Juneau Jane, mas gostaria de comprar um milagre, que é do que mais preciso. A costureira me indica um fabricante de arreios que também é sapateiro e vende sapatos usados. Eu tenho que adivinhar o tamanho, mas compro um par pra Sinhazinha, pois os pés dela estão em carne viva e ela não olha por onde anda. Troco pela correntinha de ouro que era dela. Resolvo que não tem outro jeito, e a corrente já tá mesmo arrebentada.

Desisto de comprar botinhas de abotoar pra Juneau Jane. Além de muito caras, são sapatos de mulher que ela não vai poder usar como garoto. A gente vai ter que esconder as botinas com a barra do vestido quando ela falar com o advogado. Vou até a tenda de um mascate em busca de agulha e linha, caso a gente precise ajustar o vestido no corpo magriço dela.

Compro umas meias, mais um cobertor e uma caçarola. Compro uns belos pêssegos de um homem carregando um cesto. Ele põe uma ameixa bonita em cima e nem me cobra por ela, já que eu sou nova aqui. O pessoal é simpático na cidade de negros. São todos como eu, vindos de plantações depois da libertação. Trabalham nas estradas de ferro e em madeireiras, ou nos barcos fluviais, em lojas ou nos casarões das madames brancas, que ficam tão perto que quase dá pra ver daqui. Alguns libertos abriram seus próprios negócios pra atender o pessoal negro desse pequeno assentamento aqui na ravina. Estão habituados com gente negra em trânsito, viajando. Pergunto pelos nomes da minha família enquanto faço as compras, falo sobre as miçangas azuis da minha avó.

— Alguém aqui conhece o nome Gossett? Agora são livres, mas eram escravos antes da guerra. Viram alguém usando um cordão com três miçangas? — pergunto mais de uma vez. — Três miçangas azuis do tamanho da ponta do dedinho e muito bonitas?

Não me lembro.

Acho que não, garoto.

Devem ser bem bonitas, mas não, não vi.

Você tá procurando seus parentes, garoto?

— Acho que vi alguma coisa parecida, sim — diz um velho enquanto deixamos uma carreta passar fazendo barulho, cheia de carvão. Nuvens brancas cobrem os olhos do homem como farinha peneirada, por isso ele precisa chegar mais perto pra me ver. Ele cheira a seiva de pinho e fumaça e anda com uma bengala. — Acho que já vi isso antes, mas muito tempo atrás. Não sei dizer onde. Minha cabeça já não é mais tão boa. Minhas desculpas, meu jovem. De qualquer forma, que Deus te acompanhe na tua jornada. Mas não adianta procurar pelos nomes. Muitos mudaram de nome. Escolheram outros depois da libertação. Mas continue procurando.

Agradeço e prometo que não vou desanimar.

— O Texas é um lugar grande — digo. — Vou continuar perguntando. — Fico olhando ele voltar para o assentamento, curvado e manco.

"Eu poderia ficar aqui nessa cidade", penso. "Ficar aqui perto desses grandes prédios e dessas belas casas, com essa música e o barulho e toda essa gente tão diferente, não seria incrível? Poderia perguntar pela minha família, dia após dia, pra todo mundo que passa vindo do leste e do oeste."

A ideia acende uma faísca na minha cabeça, um fogo numa madeira que espera há muito tempo. Seria uma nova vida deixar pra trás as mulas e os campos de algodão, os canteiros e galinheiros, pra ficar num lugar como esse. Eu poderia trabalhar. Sou forte e sou inteligente.

Mas é preciso pensar na Tati, no Jason, no Velho Sinhô, na Sinhazinha Lavinia e na Juneau Jane. Promessas e documentos de meeiros. A vida nunca é como a gente quer. Quase nunca.

Volto a pensar na tarefa que tenho pela frente e começo a me preocupar com quanto tempo estou longe de Juneau Jane e da Sinhazinha, e com o que aconteceria se a Sinhazinha fugisse e criasse problemas. Juneau Jane não tentaria impedir, e é provável que nem conseguisse. Sinhazinha é maior e duas vezes mais forte.

Pego o caminho de volta, andando depressa e tomando cuidado pra não ficar na frente das carroças e charretes das fazendas ou das madames brancas com cestas de compras e carrinhos de bebê. Minha roupa fica molhada de suor, apesar de o dia não estar quente. É de preocupação.

Na minha cabeça, o menino Gus McKlatchy diz: "Bem, esse é o problema de especular, Hannibal. Traz problema que ainda não aconteceu e provavelmente nunca vai acontecer. Por que se preocupar com isso?". Rio comigo mesma e espero que Moses não tenha pegado o Gus e jogado ele do barco também.

Tento parar de especular enquanto sigo meu caminho de volta ao atracadouro.

Sinhazinha e Juneau Jane continuam sentadas perto da pilha de lenha. Com uns negros ao redor — alguns homens de pé, outros agachados ou sentados na grama, um velho apoiado no ombro de uma garotinha e três mulheres. Todos muito pacíficos. Juneau Jane está lendo os Amigos Perdidos pra eles. Com a nossa manta dobrada estendida na frente. Vejo um homem jogar uma moeda nela. Também tem três cenouras lá, mais uma que a Sinhazinha Lavinia tá comendo.

Dá certo trabalho sair de lá, mas eu sei que a gente precisa continuar a nossa tarefa. Digo ao pessoal que a gente volta mais tarde com os Amigos Perdidos. Enfio os pés da Sinhazinha nos sapatos que comprei pra ela e agradeço aos céus por terem servido mais ou menos bem.

Juneau Jane não fica muito contente comigo quando afasto as últimas pessoas pra gente poder sair de lá.

— Você não devia ficar dando espetáculo — digo quando começamos a andar pela margem do rio.

— Correram notícias sobre nós e os Amigos Perdidos quando os homens do nosso barco foram pra cidade com o pagamento que receberam — explica Juneau Jane. — Apareceu mais gente. O que você queria que eu fizesse?

— Não sei. — Até aí é verdade. — Só que não queremos todo mundo em Jefferson falando sobre a gente.

Continuamos andando ao lado do rio, numa trilha que as pessoas devem usar pra pescar ou caçar. Paramos numas folhagens perto da água pra nos lavar um pouco, mas minha preocupação maior é com Juneau Jane.

O vestido e as anáguas ficaram uma tristeza. O corpete surrado parece um saco, e o vestido é comprido demais.

— Você vai ter que andar na ponta dos pés, como se estivesse de salto alto — digo pra ela. — Esconda os pés debaixo do vestido, não deixe ninguém ver esses sapatos velhos; isso pode denunciar a gente. Nenhuma mulher da família Gossett usaria um calçado como esse.

No fim desmancho tudo, pego os calções que ela tava usando e enrolo na cintura dela, por baixo do corpete. Estufo a parte do peito com a camisa e ponho o vestido por cima de tudo. Fica um pouco melhor. Não sei se vai enganar alguém, mas que escolha nós temos? Ponho a boina por último, puxo pra cima do rosto dela pra cobrir o cabelo e dou um passo para trás.

Não consigo deixar de rir vendo aquela figura.

— Você... parece... como se alguém tivesse limado a Sinhazinha Lavinia. — Dou uma tossida. — Tá parecendo... uma espiga de milho roída. — Começo a rir sem parar. Não consigo nem recuperar o fôlego. Juneau Jane bate os pezinhos no chão e esbraveja pra eu parar antes que alguém veja a gente. Que celeuma é essa? Mas, quanto mais ela fica brava, mais eu dou risada.

Aquele acesso de riso me faz sentir saudade da Tati, do Jason e do John, e até vou mais longe no passado, sinto saudade dos meus irmãos e irmãs, da mamãe e da tia Jenny, dos meus quatro priminhos e da vovó e do vovô. Apesar de todo o nosso trabalho, plantando e ceifando, de semear e colher, a gente também dava muita risada. "Rir ajuda a passar por tempos difíceis", era uma coisa que minha vó costumava dizer.

Passo direto do riso a um peso no coração. De repente sinto uma solidão opressiva. Saudade de gente que eu amo. Saudade de casa.

— Bom, vamos acabar logo com isso — digo. Botamos Sinhazinha Lavinia de pé e voltamos pra cidade, seguindo as indicações que o pessoal deu a Juneau Jane sobre o escritório do tal advogado. Não é difícil de achar. O homem tem um prédio grande de tijolos de dois andares, com letras e números encravados numa laje quadrada no alto. Juneau Jane lê o nome dele lá em cima. L. H. Washburn.

— Anda na ponta dos pés — digo de novo. — Esconda os sapatos debaixo da barra da saia. E fala com voz de dama. E se comporta como uma dama.

— Eu sei como me conduzir com propriedade — ela se gaba, mas parece muito assustada por baixo da boina. — Eu tive lições de boas maneiras. Meu pai insistiu muito nisso.

Deixo passar essa última parte. Me lembra o quanto ela viveu bem todos esses anos.

— E faça o que fizer, não tira essa boina.

Subimos a escada até a porta e dou mais uma verificada antes de ela entrar. Encontro uma sombra pra sentar com a Sinhazinha. Ela passa a mão no estômago e dá um gemidinho. Ofereço uma bolacha pra acalmar, mas ela não aceita.

— Então fica quieta — digo. — Você deveria estar assustada demais pra pensar na barriga nesse momento. Da última vez que fiquei na frente de uma casa vendo alguém entrar, você e Juneau Jane foram parar num caixote e eu quase morri.

Dessa vez eu não vou pegar no sono dentro de um barril, com certeza.

Fico de olho no prédio enquanto esperamos.

Juneau Jane não fica lá muito tempo, e temo que isso signifique más notícias. E eram mesmo. O advogado nem tá lá; só uma mulher que cuida do escritório e que tá desmontando tudo, do piso aos caibros. O Velho Sinhô passou por aqui há algum tempo, mas deixou o caso das propriedades pro advogado resolver e seguiu pra cidade de Fort Worth procurando por Lyle. Então, duas semanas depois de o Velho Sinhô passar por aqui, os federais vieram procurar alguns arquivos no escritório. A mulher não sabia o que era, mas o dr. Washburn saiu pela porta dos fundos quando viu os tais federais. No dia seguinte, ele pegou algumas coisas e também foi pra Fort Worth. Disse que ia ver se abria um escritório lá e que não sabia quando voltava.

— Ela não tinha nenhum documento com o nome do papai — explica Juneau Jane. — Até abriu a caixa para eu ver. Só tinha isso aqui. É um livro em que o dr. Washburn fazia a contabilidade das terras do papai aqui... as terras que foram fraudulentamente vendidas pelo Lyle. Na virada do ano as anotações foram interrompidas, e nós precisamos...

— Shhh. — Seguro nela com uma das mãos e pego Sinhazinha com a outra.

Estou vendo três homens no outro lado da rua, andando na direção do prédio — dois brancos, outro alto e esguio, cor de noz-pecã, com a mão na coronha do revólver no cinturão. Seria capaz de reconhecer os passos largos e decididos daquele homem em qualquer lugar.

Moses olha na minha direção quando puxo Sinhazinha e Juneau Jane pra sombra. Não consigo ver os olhos dele embaixo da aba do chapéu, mas sinto eles em mim. Ele encolhe um pouco o queixo e inclina a cabeça pra olhar pra gente.

Afasta-se um pouco dos outros e imagino que agora vem bala.

Uma pergunta surge na minha cabeça.

"Em qual de nós ele vai atirar primeiro?"

Amigos Perdidos

Prezado editor, eu pertencia a John Rowden do condado de St. Charles, Missouri. Eu era chamada de Clarissa. Fui vendida ao sr. Kerle, um agricultor. Minha mãe se chamava Perline. Eu era a mais nova dos primeiros filhos da minha mãe. Tinha uma irmã chamada Sephrony e um irmão chamado Anderson. Não sei muita coisa sobre os segundos filhos da minha mãe. O nome do meu padrasto era Sam. Era carpinteiro e também pertencia ao sr. Rowden. Eu tinha oito ou nove anos quando fui vendida. Quando os candidatos democratas à presidência e à vice-presidência Polk & Dallas passaram pela região, me lembro de ouvir dizer que eu tinha dez anos de idade. Gostaria de perguntar se tenho algum parente vivo e exatamente onde estão morando agora, e também os nomes completos, para poder escrever para eles. Já escrevi antes, mas não recebi resposta. Estou sozinha no mundo e seria uma grande felicidade saber que ainda tenho alguns parentes vivos. Se minha mãe, irmãs e irmãos morreram, acho que devo ter alguns sobrinhos e sobrinhas vivos. Tenho esperança na ajuda de Deus para saber sobre alguém da minha família o quanto antes. Respeitosamente, Clarissa (agora Ann). Sra. Ann Read, n. 246 da Customhouse Street, entre a Marais e a Tremé Street Nova Orleans.

— Coluna "Amigos perdidos"
do *Southwestern*
19 de janeiro de 1882

18

Benny Silva — Augustine, Luisiana, 1987

Acordo e olho ao redor do quarto, surpresa por estar encolhida na poltrona reclinável, carinhosamente apelidada de *Soneca*, com meu cobertor felpudo favorito jogado em cima de mim, um presente de aniversário do Christopher no ano passado. Puxo o cobertor até o queixo enquanto olho para a suave luz do sol batendo no velho assoalho de tábuas de cipreste.

Descubro meu braço, esfrego a testa com o pulso, pisco, a casa entra em foco e vejo do outro lado do quarto pés masculinos com meias apoiados sobre o antigo baú de madeira que resgatei do lixo perto do *campus* alguns anos atrás. Não reconheço as meias, nem as surradas botas de caça jogadas no chão perto de mim.

Então, subitamente, eu *reconheço*. E percebo que a noite passou, a manhã chegou e eu não estou sozinha. Em um instante de pânico atordoado, apalpo meu braço, meu ombro, minhas pernas encolhidas. Estou *totalmente* vestida e não falta nada no quarto. É um alívio.

Volto à noite anterior, primeiro aos poucos, depois cada vez mais rapidamente. Lembro-me de ter pegado coisas da casa de Goswood, inclusive alguns tesouros da coleção da biblioteca municipal, para estar totalmente preparada para meu encontro com Nathan. Lembro que ele chegou tarde na minha casa. Tive medo de que tivesse resolvido não vir.

Chegou à minha varanda pedindo desculpas e com um bolo que tinha comprado de presente.

— Bolo *doberge*. É uma especialidade da Luisiana — explicou. — Acho que devia pedir desculpas pela intromissão. Com certeza você teria planos mais interessantes para uma sexta-feira à noite.

— Que pedido de desculpas incrível! — Aceitei o que parecia ser um quilo e meio de sobremesa e dei um passo para trás, deixando-o entrar. — Mas admito que é difícil competir com cuidar do portão num jogo de futebol e não deixar adolescentes se beijarem debaixo das arquibancadas.

Nós dois rimos, o tipo do riso nervoso de duas pessoas inseguras quanto aos rumos que a conversa poderia tomar a partir dali.

— Deixa eu mostrar por que pedi pra você vir — falei. — Vou pegar uns petiscos e um chá gelado num minuto. — Tive o cuidado de não oferecer vinho ou cerveja, com medo de que aquela visita parecesse um encontro romântico.

Passaram-se horas até nos lembrarmos da comida e do bolo. Confirmando as minhas esperanças, Nathan não era tão desinteressado pela história da família quanto ele pensava. O emaranhado passado de Goswood Grove nos arrebatou enquanto folheávamos primeiras edições de livros, registros relacionando anos de transações comerciais da fazenda e balanços de colheitas, diários detalhando atividades do dia a dia, diversas cartas guardadas entre os livros de uma das prateleiras. Eram apenas palavras de uma garota de dez anos escrevendo para o pai sobre as atividades diárias numa escola de freiras, corriqueiras na época, mas agora fascinantes.

Deixei de lado a Bíblia de família e mostrei primeiro as coisas mais inofensivas e agradáveis. Conjecturei sobre o que ele sentiria sobre as partes mais duras e difíceis do legado. Claro que, em termos concretos, com certeza ele *conhecia* a história da família, entendia o que um lugar como Goswood Grove teria sido no tempo da escravidão. Mas como se sentiria ao encarar de frente a realidade humana, mesmo pelas lentes distantes do papel amarelado e da tinta esmaecida?

A questão me atormentava, evocava realidades que nunca quis revisitar, nem compartilhar com Christopher, que tivera uma infância tão idílica. Acho que tive medo de ele passar a me ver de outra forma se soubesse toda a verdade sobre a minha infância. Quando aquilo acabou vindo à tona, ele simplesmente se sentiu traído pela minha falta de sinceridade na nossa relação. A verdade acabou nos distanciando.

Já era tarde da noite quando mostrei a Nathan a velha Bíblia de capa de couro com os registros de nascimentos e mortes, de compra e venda de seres humanos, de bebês cuja paternidade não era registrada, pois tais coisas não deviam ser discutidas. E o mapa quadriculado do enorme cemitério agora escondido embaixo de um pomar. Locais de descanso eterno marcados apenas por algumas pedras e pedaços de madeira lentamente desfeitos pelo vento e pela água, por tempestades e pelas estações do ano.

Deixei-o sozinho com aqueles registros e fui lavar os pratos e jogar as sobras no lixo. Dei um tempo enxugando a louça e enchendo nossas xícaras de chá enquanto ele falava baixinho, consigo mesmo ou comigo, o quanto era estranho ver tudo aquilo no papel.

— É uma coisa horrível constatar que a sua família comprava e vendia pessoas — comentou com a cabeça recostada na parede, passando os dedos pelas escrituras de seus ancestrais, o rosto sombrio. — Nunca entendi por que Robin quis voltar a morar aqui. Por que ela queria tanto desenterrar tudo isso.

— Faz parte da história — observei. — Estou tentando ensinar aos meus alunos que todos temos uma história. O fato de nem sempre ficarmos felizes com a verdade não quer dizer que não devemos conhecê-la. É como nós aprendemos. É como podemos fazer melhor no futuro. Pelo menos é o que se espera.

Na minha família, corriam boatos de que os pais do meu pai tiveram cargos de destaque no regime de Mussolini, que colaboraram com o "eixo do mal" que apoiou uma tentativa de dominar o mundo, com o custo de milhões de vidas. Depois da guerra, a família dele se misturou discretamente com a população, mas conseguiu conservar boa parte do dinheiro ganho de forma desonesta. Não cheguei a sequer pensar em investigar se esses boatos eram verdadeiros. Nunca quis saber.

Por alguma razão, confessei tudo isso a Nathan quando voltei à sala de estar e me sentei no sofá ao seu lado.

— Acho que isso faz de mim uma hipócrita, já que estou impingindo a você a história da sua família — admiti. — Eu e meu pai nunca fomos próximos.

Em seguida conversamos sobre relações com os pais — talvez nós dois precisássemos pensar em outra coisa por algum tempo. Talvez pais que morreram cedo ou se divorciaram parecessem um tópico mais abordável que tráfico de seres humanos acorrentados e como essa situação havia continuado geração após geração, em tão grande escala.

Ponderamos sobre isso enquanto folheávamos as páginas dos registros da fazenda, uma espécie de diário detalhando atividades de negócios e da vida — perdas e ganhos, em termos financeiros, mas também em termos muito mais humanos.

Cheguei mais perto, lutando para decifrar um detalhado texto relatando a perda de um garoto de sete anos, junto com um irmão de quatro anos e uma irmã de onze meses. Eles foram deixados trancados num casebre da senzala pela mãe, Carlessa, que trabalhava na lavoura, comprada de um mercador de escravos. Com certeza não era por escolha própria que tinha de chegar às quatro da manhã na plantação para começar o dia cortando cana-de-açúcar. Supõe-se que tenha trancado a cabana para proteger os filhos, para que não saíssem de casa. Talvez tenha ido ver como estavam no intervalo do meio do dia. Talvez desse instruções ao filho de sete anos sobre como cuidar dos irmãos mais novos. Talvez tenha amamentado a filha Athene, com menos de um ano, antes de deixar a bebê tirando uma soneca. Talvez tenha parado na porta, preocupada, exausta, com medo e aflita, como qualquer mãe se sentiria. Talvez tenha notado o ar frio do quarto e dito ao filho de sete anos:

— Pega um cobertor e se enrola com seu irmão. Se Athene acordar, fica andando com ela, brincando um pouco. Eu volto quando escurecer.

Talvez a última instrução dada a ele tenha sido:

— Não vai tentar acender aquele fogo, tá? Ouviu o que eu disse?

Mas o filho não obedeceu.

Os filhos de Carlessa, os três, foram tirados dela naquele dia.

O horrível destino que sofreram está registrado no diário. Termina com uma anotação, escrita por um patrão, uma patroa ou um supervisor contratado — a caligrafia varia, deixando evidente que a responsabilidade de manter os registros era dividida.

7 de novembro de 1858. A ser lembrado como um dia cruel. Incêndio nos alojamentos. E esses três foram levados de nós.

Aquelas palavras, *um dia cruel*, podiam ter várias interpretações. Seriam uma indicação do remorso de quem escreveu, sentado à escrivaninha com a caneta na mão, e o leve cheiro de cinzas e fuligem ainda emanando da pele, do cabelo e das roupas?

Ou revelam uma isenção da responsabilidade pelas circunstâncias que ceifaram a vida de três crianças? O *dia* foi cruel, não a prática de trancar seres humanos como prisioneiros, ou de obrigar mulheres a deixar seus filhos sem cuidados apropriados enquanto trabalhavam, sem receber nada, para engordar os cofres de homens ricos?

O enterro das crianças foi mencionado naquela mesma semana, mas apenas em termos casuais, para documentar o acontecimento.

Horas e horas se passaram enquanto eu e Nathan líamos os registros diários, sentados lado a lado no sofá, com os quadris se tocando, nossos dedos se tocando, lutando para interpretar anotações que o tempo estava lentamente apagando.

Tento me lembrar do resto, agora acordada, sem saber bem como acabei dormindo nessa poltrona reclinável do outro lado da sala.

— Que... horas são? — pergunto com a voz rouca e sonolenta, sentando-me para olhar para a janela.

Nathan levanta o queixo — talvez estivesse cochilando também — e olha para mim. Seus olhos estão vermelhos e cansados. O cabelo castanho, desgrenhado. Fico imaginando se chegou a dormir. Em algum momento ele ao menos tirou os sapatos, ficou mais confortável. Tomou a liberdade de pegar uma pilha de papel em branco do meu estoque para a escola. Vejo várias folhas na minha mesinha de centro.

— Eu não pretendia ficar tanto tempo — explica. — Eu adormeci, depois quis copiar o mapa do cemitério. A questão é que há um acordo de anexação do terreno no negócio do cemitério, mas já existem pessoas enterradas lá. Preciso ver se consigo fazer alguma estimativa de onde isso começa e onde termina. — Ele aponta os lotes marcados no livro.

— Você devia ter me cutucado. Eu teria acordado pra te ajudar.

— Você parecia muito confortável nessa cadeira. — Abre um sorriso, a luz da manhã reflete nos olhos dele e sinto um estranho arrepio.

Seguido por uma sensação de terror.

"Não", digo a mim mesma. "Um firme e inequívoco não." Estou vivendo um momento estranho na minha vida, à deriva, perdida, solitária e insegura. Agora sei o suficiente de Nathan para entender que ele também. Somos um perigo um para o outro. Eu estou em recuperação, e ele... bem, não sei ao certo, mas não é o momento de descobrir.

— Eu fiquei para continuar lendo depois que você dormiu — explica. — Devia ter voltado à cidade e ficado num hotel.

— Isso teria sido uma bobagem. Você sabe que só existe um hotel em Augustine, e é horrível. Eu dormi lá na noite que cheguei. — Na verdade, é triste Nathan falar em ficar num hotel na cidade natal da sua família, onde os dois tios parecem ser donos de tudo, e onde ele próprio é dono não só da minha casa como de outra casa enorme aqui perto.

— Garanto que os meus vizinhos não vão começar a espalhar boatos. — Menciono a velha piada sobre o cemitério para ele saber que não estou nada preocupada com quaisquer prejuízos à minha reputação. — Se eles fizerem isso, e nós conseguirmos *ouvir*, *aí sim* vou me preocupar.

Uma covinha se forma numa das bochechas bronzeadas. É cativante, mas eu não devia pensar nisso, e por isso não penso. Já me peguei imaginando casualmente o quanto ele pode ser mais jovem que eu. Uns dois anos, talvez.

E logo digo a mim mesma para parar.

O comentário dele propicia uma perfeita transição para voltar a falar de trabalho, o que é um alívio. Estivemos tão absortos pelas nossas descobertas nos documentos de Goswood Grove que nem cheguei a mencionar minha outra razão de querer falar com ele — além da questão do valor dos livros antigos, do que ele acha sobre a doação e de tomar algumas medidas para a adequada preservação histórica dos registros da propriedade.

— Tem um outro assunto que eu queria mencionar, antes de você ir embora — começo a dizer. — Eu estou querendo usar todo esse material com os alunos da minha classe. São tantas as famílias dessa cidade que vivem aqui há várias gerações, e muitas delas estão ligadas a Goswood, de um jeito ou de outro. — Fico atenta à sua reação, mas ele se mantém reservado. Parece quase impassível enquanto continuo falando. — Os nomes que constam em muitos desses livros contábeis e registros de compra e venda, de nascimentos, de mortes e enterros... e até de gente escravizada que trabalhou em outras plantações na Estrada do Rio, de comerciantes que trabalharam aqui ou venderam produtos para os Gossett... Vários desses nomes foram transmitidos pelas famílias. Eles ocupam uma parte dos meus boletins. São anunciados pelos alto-falantes durante os jogos de futebol, citados na sala dos professores. — Rostos desfilam pela minha mente. Rostos de todos os tons. De olhos cinzentos, verdes, azuis, castanhos.

Nathan ergue um pouco o queixo e movimenta a cabeça, como se pressentisse um golpe e tentasse se desviar por reflexo. Talvez ele não tenha considerado que esses eventos de muito tempo atrás tenham tecido seus fios no aqui e agora.

Eu sei, mesmo que não tenha entendido bem antes, por que existem Gossett negros e Gossett brancos nessa cidade. Todos estão relacionados pelo emaranhado de histórias dessa Bíblia, pelo fato de os escravos de uma fazenda receberem o sobrenome do dono. Alguns mudaram o nome depois da alforria. Outros mantiveram os nomes que já tinham.

Willie Tobias Gossett é o garoto de sete anos que foi enterrado há mais de um século com o irmão de quatro anos e a irmãzinha, Athene. Filhos de Carlessa, que pereceram no incêndio de um casebre por não terem conseguido sair. Tudo o que resta de Willie Tobias é uma anotação no mapa de um lote cuidadosamente mantido, que agora está em cima da mesa ao lado da mão de Nathan.

Mas Tobias Gossett é também um garoto de seis anos que perambula, aparentemente sem restrições, pelas estradas e caminhos das fazendas dessa cidade com um pijama de Homem-Aranha, com seu nome presumivelmente passado através de gerações como uma relíquia — uma moeda ou uma joia favorita — de antepassados mortos há muito tempo, que não tinham nenhum símbolo a passar adiante a não ser seus nomes e suas histórias.

— Os alunos estão querendo fazer um trabalho para a escola. Uma coisa que eles mesmos elaboraram. Eu acho uma boa ideia... uma grande ideia, aliás.

Como ele continua ouvindo, falo sobre a minha palestrante da sexta-feira e da história da Biblioteca Carnegie, da reação dos alunos e como a ideia se originou daquela ocasião.

— E o interessante é que isso começou com uma tentativa de interessá-los em ler e escrever. Uma forma de substituir uma lista de livros oficiais que não parecem relevantes para histórias pessoais, e as histórias daqui podem estar relacionadas com a vida deles. Atualmente há gente que pergunta por que os jovens não se respeitam ou respeitam a cidade onde moram, ou por que não honram os próprios nomes. É porque eles não sabem o que esses nomes *significam*. Não conhecem a história da cidade onde vivem.

Posso ver as engrenagens girando enquanto Nathan esfrega devagar o queixo com a barba por fazer. Está entendendo o meu entusiasmo, acho. Espero.

Sigo em frente.

— O que eles imaginaram pra fazer isso... é uma coisa que chamaram de *Contos da cripta*. Parece que acontece em visitas a cemitérios em Nova Orleans. Eles vão pesquisar e escrever sobre alguém que tenha vivido e morrido nesta cidade, ou até aqui na propriedade, alguém com quem sintam ter alguma relação ao longo dos séculos passados. Para o *gran finale*... talvez um evento de arrecadação de fundos, quando eles vão se fantasiar e falar ao lado da sepultura da pessoa em questão como uma testemunha viva, e contar suas histórias durante uma visita pelo cemitério. Isso mostraria a todos *como* essas histórias estão interligadas. Por que a vida de pessoas comuns era importante, e por que *continuam* sendo importantes. Por que continuam sendo relevantes até hoje.

Nathan olha para o livro dos registros da propriedade no colo, passa um polegar pela beira da página.

— Robin teria adorado essa ideia. Minha irmã tinha muitas ideias em relação a Goswood, sobre restaurar a casa, documentar seu passado, restaurar os jardins. Queria abrir um museu cujo tema fossem *todas* as pessoas de Goswood, não só as que dormiram naquelas camas com dossel da casa-grande. Robin tinha ideias grandiosas. Uma sonhadora. Foi por isso que o juiz deixou a casa pra ela.

— Ela deve ter sido uma pessoa incrível. — Tento imaginar a irmã que ele perdeu. Faço uma imagem na minha cabeça. Os mesmos olhos azul-esverdeados. Mesmo sorriso. Cabelos castanhos como os de Nathan, porém sete anos mais velha, de feições mais delicadas e de compleição mais leve.

E muito amada. Nathan se entristece só de mencioná-la.

— Você precisa dela, não de mim — admite.

— Mas nós temos *você*. — Tento ser delicada. — Sei que você é ocupado e nem mora na cidade, e que nada disso é do seu interesse. — Aponto os documentos que ele passou a noite toda lendo. — Eu só ficaria tremendamente grata se os meus alunos pudessem ter acesso a esses documentos para os projetos de pesquisa, e muitos só vão localizar seus antepassados no cemitério não demarcado. Nós precisamos de permissão para usar o terreno atrás da minha casa, e esse terreno pertence a você.

Passa-se um tempo desordenado enquanto ele se engalfinha com a pergunta. Ensaia uma resposta uma vez, depois mais duas, mas não diz nada. Examina o material sobre a mesa de centro, na mesa maior, no sofá. Franze a testa, fecha os olhos. Os lábios se afinam numa linha repuxada por emoções que ele claramente sente que não devem transparecer.

Nathan não está preparado para tudo isso. Está diante de um poço de dor, e não tenho como entender bem todas as fontes que o alimentam. A morte da irmã, do pai, do avô, a realidade da história de Goswood Grove?

Gostaria de libertá-lo desse anzol, mas não consigo me forçar a dizer alguma coisa. Eu devo proporcionar essa pesquisa aos meus alunos, antes que sabe-se lá o que aconteça com esses documentos, e mesmo com Goswood Grove.

Nathan se senta na beira do sofá de forma que, por um momento, tenho medo de que tenha resolvido ir embora. Meu pulso acelera.

Finalmente, ele apoia os cotovelos sobre os joelhos, deixa a cabeça pender entre os ombros e olha pela janela.

— Eu odeio aquela casa. — Entrelaça as mãos num aperto firme. — Aquela casa é uma maldição. Meu pai morreu nela, meu avô morreu nela. Se Robin não tivesse sido tão obcecada em lutar contra meus tios para ficar com o lugar, não teria ignorado os sintomas do seu coração. Eu percebi que ela não estava bem da última vez que estive lá. Deveria ter feito exames, mas não queria nem ouvir falar sobre isso. Não queria aceitar que a casa era demais para ela enfrentar. Passou catorze meses batalhando pelos planos de transformar a casa num museu... lutando com os irmãos do meu pai, com a paróquia, com advogados. O que você puder imaginar, Will e Manford têm influência sobre isso. Foi o que consumiu minha irmã nos seus últimos anos, e foi o que discutimos da última vez que nos vimos. — Os olhos dele cintilam ao se lembrar desses acontecimentos. — Mas Robin prometeu ao meu avô que tomaria conta da casa, e ela não era de faltar com uma promessa. A única promessa que deixou de cumprir foi quando morreu. Ela me prometeu que não morreria.

A dor pela perda da irmã é uma ferida aberta, arrasadora, inequívoca, apesar de ele tentar esconder.

— Nathan, eu sinto muito — digo em voz baixa. — Eu não queria... não estava tentando...

— Tudo bem. — Ele esfrega os olhos com o polegar e o indicador, respira fundo, endireita o corpo, tentando controlar as emoções. — Você não é daqui. — Nossos olhares se encontram. — Eu entendo o que está tentando fazer, Benny. Admiro, reconheço o valor. Mas você não faz ideia de em que está se envolvendo.

19

Hannie Gossett — Texas, 1875

Estou de joelhos quando acordo. O chão estremece e ondula como se eu estivesse cavalgando uma nuvem de tempestade sobre a terra. Farpas penetram meus calções e espetam minha pele.

Vejo minha gente lá longe na plantação. Mamãe e todos os meus irmãos e irmãs e primos estão sob o sol, as cestas cheias no chão enquanto levantam as mãos para ver quem está chamando por eles.

— Mamãe, Hardy, Het, Prat, Epheme... — grito. — Easter, Ike, tia Jenny, Mary Angel, eu estou aqui! Mamãe, vem buscar a sua filha! Eu estou aqui! Não está me vendo?

Tento me aproximar, mas minha mãe desaparece e abro os olhos para um céu escuro e estrelado. O vento açoita meu rosto com as cinzas quentes do motor do trem que tá levando a gente pro Oeste. Mamãe não tá aqui e nunca teve. Foi só mais um sonho, de novo. Quanto mais a gente entra no Texas, mais vejo minha mãe quando fecho os olhos.

Será um sinal?

Juneau Jane me dá um puxão forte. Ela amarrou uma corda na minha cintura pra eu não cair desse vagão de carga durante o sono. A corda passa em torno da Sinhazinha Lavinia e da Juneau Jane. Não teve jeito de se livrar da Sinhazinha em Jefferson, com Moses cafungando no nosso cangote. Não sei por que ele não atirou e matou a gente naquela rua, nós três. Nem quero saber.

Ele simplesmente virou as costas e continuou andando com os outros homens, e a gente conseguiu tomar esse trem e se afastar muitos quilômetros dele.

É difícil viajar nesse vagão aberto, com o vento jogando cinza quente pelo céu noturno em cima da gente. Eu já tinha visto trens, mas nunca viajado em um. Não achei que fosse gostar, e não gosto. Mas foi o jeito mais rápido de fugir de Jefferson. Todos os trens vão pro Oeste, tão cheios de animais, de gente e de mercadorias que mal sobra espaço. As pessoas viajam no teto dos vagões de passageiros e nos vagões abertos, com seus cavalos e no meio da carga, como estamos fazendo. Eles descem aqui e ali, às vezes quando o trem reduz a velocidade pra deixar um saco de cartas num gancho e pegar outro, tocando o apito.

Vamos ficar nesse trem até a última estação, passando pela cidadezinha de Dallas e seguindo até Eagle Ford no rio Trinity, onde termina a ferrovia Texas & Pacific, mas eles vão continuar a construção mais para o Oeste. De Eagle Ford a gente vai atravessar o rio e ter mais um dia de viagem, a pé ou de carroça, até a cidade de Fort Worth pra encontrar o Velho Sinhô ou o tal advogado... ou saber o que puder sobre eles.

Nunca vi tanto espaço aberto como tem aqui. Quanto mais a gente avança pro Oeste nessa fera rugindo e chacoalhando, mais a paisagem muda. As florestas de pinheiros já ficaram pra trás, a última parte do Texas que lembro dos nossos anos de refugiados. Aqui a relva se estende por quilômetros e mais quilômetros por montanhas baixas, com olmos, carvalhos e pinheiros aglomerados na beira de riachos e nos recôncavos dos divisores de águas.

Uma terra estranha. Vazia.

Me acomodo ao lado da Sinhazinha, sinto ela me segurar pela roupa. Ela também tem medo desse lugar.

— Fica quieta — digo. — Fica quieta e não se preocupa. Tá tudo bem com você. — Vejo árvores passando na escuridão, projetando as sombras da lua em colinas e planícies sem luzes de fazendas ou fogueiras de acampamentos, até onde consigo enxergar.

Caio num sono profundo, mas minha mãe não aparece e não vejo o quintal do mercador nem a pequena Mary Angel no pátio do leilão. Só sinto uma quietude tranquila dentro de mim. O tipo de quietude em que o tempo não passa.

Parece que se passou um piscar de olhos quando acordo com o barulho, com Juneau Jane me sacudindo pelo braço e Sinhazinha choramingando e entrelaçando os dedos. Tem música tocando em algum lugar, e ouço o som de um moinho triturando grão pra fazer farinha. Meu pescoço tá doendo de tanto ficar torto, minhas pálpebras coladas pelo vento e pela poeira. Abro os olhos com os dedos e vejo que ainda tá escuro. A lua já baixou, mas as estrelas ainda salpicam o céu escuro.

O trem segue em frente com um balanço lento e preguiçoso, como uma mãe embalando um bebê, muito absorta com o filho pra pensar no longo e pesado dia de trabalho à frente.

Quando o trem para, é uma confusão de homens e mulheres, cavalos e cachorros, carretas e carrinhos de mão. Um mascate grita:

— Panelas, caldeirões, chaleiras! Porco salgado, toucinho!

Outro anuncia:

— Belos baldes, machados afiados, lonas, enxadas...

Um homem canta "Oh Shenandoah", e uma mulher dá uma risada longa e estridente.

Apesar de a maioria das pessoas estar dormindo a essa hora, o barulho das pessoas e dos animais parece vir de toda parte. Barulho, muito barulho.

Descemos do trem, nos afastamos das carroças em movimento e dos cavalos agitados e encontramos um lugar numa passarela embaixo de um lampião de carvão. Carroças quase trombam umas com as outras e o pessoal grita:

— Cuidado aí!

— Eia, Bess. Eia, Pat. Vamo lá! Levanta daí!

Um homem grita alguma coisa numa língua que não entendo. Um bando de cavalos soltos sai da escuridão e desce a rua, balançando as rédeas. Uma criança grita chamando a mãe.

Sinhazinha aperta o meu braço com tanta força que sinto o sangue fazer minha mão inchar.

— Para com isso. Você tá me machucando. Não vou andar até Fort Worth com você apertando o meu braço. — Tento me desvencilhar, mas ela não larga.

Vejo um touro passar trotando pela luz do lampião e seguir em frente, muito tranquilo, sem ninguém conduzindo, ninguém perseguindo nem preocupado com ele, até onde posso ver. A luz do lampião ilumina suas manchas brancas e os assustadores chifres cinzentos, tão compridos que um homem poderia estender uma rede entre eles. A luz bate nos olhos do touro e reflete um brilho azul-avermelhado quando ele funga poeira e vapor.

— Esse lugar é medonho — digo a Juneau Jane, preocupada com que Fort Worth seja pior, não melhor. O Texas é um descampado hostil, quando a gente passa do porto do rio. — Acho melhor começar a andar e sair logo daqui.

— Mas ainda tem o rio — lembra Juneau Jane. — Precisamos esperar até o amanhecer pra saber como os outros atravessam o rio.

— Acho que sim. — Detesto concordar, mas ela tem razão. Pode ser que de manhã a gente possa pagar pra pegar uma carroça, quem sabe.

Ficamos vagando de um lado pra outro, procurando um lugar pra nos acomodar. Se nos virem, as pessoas vão vir atrás. Ninguém vai ver com bons olhos dois garotos esfarrapados, um negro e um branco juntos, arrastando um molambo pela mão. Finalmente chegamos à margem do rio, onde as carroças acampam, e nos escondemos num arbusto, encolhidas como três cachorrinhos perdidos esperando que ninguém nos incomode.

Logo chega a luz do dia, fazemos um desjejum de biscoitos duros da nossa sacola e os últimos nacos de presunto defumado da tripulação do *Katie P*. Logo depois colocamos nossas trouxas na cabeça e atravessamos o rio pela parte mais rasa. Não é difícil saber o caminho, é só seguir a fila de carroças atravessando o rio indo pro Oeste. Outra fila de pessoas passa por nós na direção contrária, no sentido da estrada de ferro, com suas carretas e carroças. Manadas de gado malhado de chifres compridos passam atropelando, seguidos por homens rudes e garotos com chapéus de abas largas e botas até o joelho. Às vezes as manadas demoram um tempo que parece uma hora.

Ainda não chegou o meio da manhã quando Sinhazinha começa a mancar com o sapato novo que comprei na cidade em Jefferson. O suor e a poeira da estrada emplastram a pele dela, colando a camisa no corpo. Ela fica mexendo e puxando a camisa pra soltar o pano grudado no peito achatado.

— Para com isso — fico dizendo, segurando a mão dela.

Finalmente chegamos na relva da margem, enquanto duas carroças passam em sentido contrário. No minuto em que viro as costas, Sinhazinha desaba na sombra de um pequeno carvalho. E não se levanta, por mais que a gente tente convencer ela.

Fico ao lado da estrada e começo a procurar uma carroça que possa levar a gente por uma pequena quantia.

Um cocheiro negro, de expressão bondosa e a carroça encosta para pra gente subir. É um tipo falante. Diz que se chama Rain. Pete Rain. O pai era um índio creek, e a mãe uma escrava foragida de uma fazenda que pertencia a alguns cherokees. A carroça e a parelha são dele mesmo, e esse é o seu negócio: transportar artigos da ferrovia pros assentamentos, e dos assentamentos pra ferrovia, pra serem transportados pro leste.

— Não é um mau trabalho — explica. — A única preocupação é de não ser escalpelado. — Ele mostra buracos de bala na carroça e conta histórias de assaltantes e de ataques de temíveis guerreiros pintados.

Ele fica contando histórias quase o dia inteiro. Histórias de índios no norte daqui, os kiowas e os comanches, que fogem das reservas quando querem, pra roubar cavalos e queimar fazendas, levar prisioneiros ou deixar corpos mutilados pra trás.

— Não dá pra entender muito o comportamento deles — explica. — O que é que eles ganham com isso? No Sul a guerra acabou, mas aqui ainda tem guerra. Vocês precisam tomar cuidado. Cuidado com os patrulheiros nas estradas e também com bandidos. Se cruzarem com qualquer um que diga pertencer ao Bando do Marston, tomem outra direção bem depressa. O bando deles é o pior de todos e aumenta a cada dia que passa.

Quando começa a escurecer, eu e Juneau Jane estamos olhando duas vezes pra cada arbusto ou árvore e cheirando o ar por sinais de fumaça. Ficamos atentas aos sons de índios, de assaltantes e do Bando do Marston, seja lá o que for. Ficamos contentes em acampar com Pete Rain. Juneau Jane ajuda com os cavalos e arreios e eu ponho pra cozinhar um guisado de arroz com presunto defumado e feijão. Pete Rain mata um coelho e a gente mistura junto também. Sinhazinha fica sentada olhando pra fogueira.

— Qual é o problema desse garoto? — pergunta Pete enquanto comemos e me vê dando comida pra Sinhazinha de colher, porque ela não consegue comer o guisado sozinha.

— Não sei. — O que é verdade. — Ele ficou assim desde que teve problemas com uns homens maus.

— Que coisa triste — comenta Pete, antes de limpar o prato com areia, jogar num balde com água e se recostar pra olhar as estrelas. São maiores e mais brilhantes aqui do que as que eu via lá em casa. Parecem mais largas também. O céu se estende de uma ponta a outra do mundo.

Quando Pete para de falar, comento sobre minhas três miçangas azuis e pergunto sobre a minha família, no caso de ele conhecer alguém. Ele não conhece, não que se lembre.

Juneau Jane fala sobre os Amigos Perdidos e ele quer saber mais, então ela pega os jornais e leva pra perto do fogo. Fico olhando enquanto ela passa os dedos pelas palavras pra me mostrar enquanto lê. Pete também não conhece nenhum daqueles nomes, mas diz:

— Eu tenho uma irmã por aí em algum lugar. Caçadores de escravos roubaram ela e mataram minha mãe enquanto eu estava caçando com meu pai. Isso foi em 1852. Acho que nunca mais vou encontrar, e ela nem deve se lembrar mais de mim, mas pode botar o nome dela nos Amigos Perdidos. Eu te pago cinquenta centavos pra publicar uma carta nesse jornal *Southwestern*, mais o dinheiro da postagem se puser no correio pra mim quando estiver em Fort Worth. Eu não fico muito naquele lugar. Não é à toa que o pessoal chama aquilo de Meio Acre do Inferno.

Juneau Jane diz que vai fazer o que ele pede, mas pega o livro contábil do escritório do advogado em vez dos jornais.

— Nos jornais não tem mais lugar — explica. — Aqui a gente tem mais espaço.

— Agradeço muito. — Pete recosta a cabeça nas mãos como se fosse um travesseiro e fica olhando o rastro de anjos cintilando no céu noturno. — Amalee, esse era o nome dela. Amalee August Rain. Mas ela era muito nova pra dizer o nome na época, então acho que nem se lembra.

Juneau Jane abre o livro e começa a escrever, dizendo as palavras enquanto escreve. "Amalee August Rain, irmã de Pete Rain de Weatherford, Texas. Perdida nas Nações Indígenas em setembro de 1852, quando tinha três anos." Ela fala as palavras em voz alta, e tento pensar como cada letra vai ser antes de o lápis desenhar. Algumas eu acerto.

Quando me deito naquela noite, penso nas letras do alfabeto e aponto o dedo na direção daquele céu grande, preto e sedoso, então desenho as letras de uma estrela a outra. *A de Amalee... R de Rain... T de Texas. H de Hannie*. Continuo fazendo isso até minha mão ceder e meus olhos se fecharem.

Quando acordo de manhã e sento no meu cobertor, a chama do lampião pendurado num gancho tá fraca, e Juneau Jane tá sentada embaixo, com as pernas entrelaçadas e o livro no colo. A faca de esfolar tá espetada no chão ao lado e o lápis já virou um toco. Os olhos dela estão vermelhos e cansados.

— Você ficou fazendo isso a noite toda? — Ela nem tirou o cobertor da carroça.

— Na verdade, sim — responde ela baixinho, já que Pete e Sinhazinha ainda não acordaram.

— Escrevendo uma carta do Pete pra mandar de Fort Worth? — Levanto do meu lugar e vou até ela.

— E mais outras coisas. — Segura o livro na luz pra eu poder enxergar. Agora todas as páginas estão com palavras. — Eu copiei todos os nomes. — Ela me mostra o trabalho, enquanto olho deslumbrada. — Nessas páginas, começando pela primeira letra do sobrenome. — Mostra uma página com o *r*, que é uma letra que conheço, e lê lá no alto: — Amalee August Rain.

Sento ao seu lado, ela me passa o livro e eu viro todas as páginas.

— Puxa vida — murmuro. — Um livro dos amigos perdidos.

— Isso — ela concorda e me dá um pedaço de papel destacado, que diz ser a carta do Pete.

Nesse momento, me bate uma saudade, e em vez de acender um fogo e começar a preparar o desjejum, continuo sentada na relva ao lado dela.

— Você poderia tirar outra página do livro e escrever uma carta pra mim, se ainda sobrar um pouco do lápis? Uma carta pra minha família... pros Amigos Perdidos.

Juneau Jane me olha com uma das sobrancelhas erguida.

— Nós vamos ter tempo pra isso enquanto seguimos viagem. — Ela fita Sinhazinha e Pete Rain dormindo. Nos troncos eriçados dos pinheiros acima, os passarinhos da manhã já começaram a anunciar o amanhecer.

— Eu sei. E nem tenho cinquenta centavos pra publicar no jornal... nem o dinheiro pra pagar o selo... — Só Deus sabe quando vou poder gastar tudo isso em palavras num jornal. — Mas acho que eu só queria segurar minha carta. Até chegar o momento. Seria como manter a esperança de algum jeito, não seria?

— Suponho que sim. — Pega o livro de novo, abre a capa, passa a unha ao longo da emenda e destaca uma página com todo cuidado. — Como você quer que a carta seja escrita?

— Eu quero uma carta mais ou menos bonita. Assim, se o meu pessoal ler, eles não... — Sinto uma comichão na garganta, como se estivesse cheia de penas de passarinho. Tenho que pigarrear antes de voltar a falar. — Bom, eu quero que eles achem que sou inteligente. Educada, sabe? Então escreve uma carta educada, tá bom?

Ela concorda com a cabeça, põe o toco de lápis na página e se debruça, fechando os olhos bem apertado antes de abrir. Imagino que estejam ressecados de cansaço, depois daquela noite.

— O que você gostaria que a carta dissesse?

Fecho os olhos, pensando nos meus tempos de infância.

— E não precisa ler as palavras pra mim enquanto escrever — digo. — Não dessa vez. Agora só precisa escrever, certo? Começa com: "Sr. editor, eu queria saber da minha família". — Gosto do jeito como parece amigável, mas depois não sei como continuar. As palavras não me vêm à cabeça.

— *Très bien*. — Ouço o lápis arranhando o papel e depois ficar em silêncio por um tempo. Uma pomba arrulha um canto suave e Pete Rain se vira no cobertor.

— Me fale sobre a sua família — diz Juneau Jane. — Os nomes e o que aconteceu com eles.

O pavio do lampião pinga e chia. Luzes e sombras lampejam nos meus olhos, contando minha história pra mim mesma, e depois eu conto pra Juneau Jane.

— Minha mãe se chamava Mittie. Sou a filha do meio de nove filhos e meu nome é Hannie Gossett. — A canção começa a soar na minha cabeça. Eu e mamãe cantando juntas embaixo da carroça. — Os outros se chamavam Hardy, Het, Pratt...

Sinto todos eles ao meu redor, dançando nas sombras róseas e amarronzadas das minhas lembranças, todos nós lembrando juntos nossa história. Quando termino, meu rosto tá molhado de lágrimas e gelado da brisa da manhã. Minha voz tá embargada pela solidão que chega com o jeito como a história termina.

Pete Rain se mexe, resmunga e suspira, então eu enxugo a cara e pego o papel que Juneau Jane me dá. Dobro num quadrado que posso guardar. Uma esperança.

— A gente pode mandar de Fort Worth — diz Juneau Jane. — Ainda tenho um pouco de dinheiro da venda do meu cavalo.

Engulo em seco de novo, abano a cabeça.

— Melhor guardar pro nosso sustento por enquanto. Eu mando essa carta quando tiver o dinheiro. Por enquanto basta saber que ela tá comigo. — Sinto um frio nos ossos quando vejo o tamanho do céu na direção do Oeste, onde as últimas estrelas ainda brilham na aurora cinzenta. Minha mãe costumava dizer que as estrelas eram os fogareiros do céu, que minha avó, meu avô e todo mundo que tinha ido antes da gente acendia o fogo do céu todas as noites.

A carta parece mais pesada na minha mão quando penso nisso. E se toda minha gente já estiver lá em cima, reunida em volta dos fogareiros? Se ninguém responder a minha carta, será que é por isso?

Mais tarde naquele dia eu me pergunto se Pete Rain pensa a mesma coisa da carta dele. Nós mostramos a carta pra ele na carroça, enquanto percorremos os últimos poucos quilômetros até Fort Worth.

— Sabe de uma coisa, acho que eu mesmo vou mandar essa carta por cinquenta centavos — decide e enfia a carta no bolso, com uma expressão séria e tensa. — Assim eu posso fazer uma prece primeiro.

Resolvo que vou fazer o mesmo com a minha carta, quando chegar o momento.

Antes de a gente se separar na cidade, Juneau Jane rasga um pedaço do jornal e entrega a Pete Rain.

— O endereço pra você mandar sua carta ao *Southwestern* — explica.

— Obrigado. E vocês se cuidem por aqui — alerta mais uma vez, guardando o recorte no bolso. — Fort Worth não é a pior cidade pra negros, não tão ruim como Dallas, mas também não é muito pacífica, e o Bando do Marston gosta desse lugar. Tentem ficar nos acampamentos perto do rio, atrás do tribunal. Vocês podem acampar lá, mas não se afastem das suas coisas. Ninguém está seguro em Battercake Flats. Muita gente necessitada, todas no mesmo lugar. São tempos difíceis em Fort Worth desde que a ferrovia parou e a linha não chegou até aqui. Tempos difíceis fazem surgir gente boa e gente má. Vocês vão encontrar os dois tipos.

— Se precisaram de ajuda, falem com John Pratt da loja de ferragens, perto do tribunal. Um homem negro, bom sujeito. Ou com o reverendo Moody e os episcopais metodistas africanos da Capela Allen. Cuidado com os bordéis e os bares. Só vão causar encrencas pra um garoto. Negro ou branco. Se querem um conselho... não fiquem muito tempo em Fort Worth. Sigam pra Weatherford ou na direção de Austin City. Tem mais futuro por lá.

— Nós viemos procurar o meu pai — diz Juneau Jane. — Não pensamos em ficar depois disso. — Agradece pelo transporte e tenta pagar pela viagem, mas ele não aceita.

— Você me devolveu uma esperança que tinha perdido há muito tempo — explica. — Isso já é o suficiente.

Ele toca os cavalos e segue viagem, e nós ficamos ali. Já é mais de meio-dia, então a gente se junta entre duas casas de madeira e comemos nosso almoço de biscoitos duros e uns pêssegos, que não vão durar muito tempo na nossa bagagem.

Uma agitação na rua chama a nossa atenção. Olho pra cima achando que vou ver gado ou umas carroças, mas é um destacamento de soldados federais trotando pela rua em fila dupla. Cavalaria. Não se parecem muito com os federais esfarrapados do tempo da guerra, que cavalgavam ou marchavam com uniformes azuis remendados, sujos e manchados de sangue, com pedaços de madeira no lugar dos botões de metal. Os soldados daquele tempo montavam cavalos esqueléticos e desemparelhados, de qualquer tipo que conseguiam comprar, roubar ou capturar, pois eram difíceis de encontrar, já que tantos deles tinham morrido em batalhas.

Esses soldados de hoje montam cavalos iguais, todos eles. As listras amarelas das calças da cavalaria bem destacadas, com quepes de aba preta bem assentados na cabeça. As placas de metal dos fuzis brilham ao sol. Os sabres embainhados, as fivelas e os cascos dos cavalos fazem um barulhão.

Recuo para a sombra. Sinto um aperto envolver meu corpo de dentro pra fora. Faz tempo que não vejo soldados. Onde eu moro, quando se vê um soldado, ninguém se atreve a olhar direto pra ele ou parar pra conversar. Por mais que a guerra tenha acabado há tantos anos, gente como a Velha Sinhá não vai gostar de ver ninguém falando com os federais.

Puxo Juneau Jane e a Sinhazinha pra junto de mim.

— A gente precisa ter cuidado — cochicho e corro com elas pro outro lado da viela. — Aquela mulher em Jefferson disse que foram os federais que vieram procurar o dr. Washburn e os documentos. E se estiverem procurando ele aqui também? Por causa do problema que o Lyle arrumou? — Por um minuto me surpreendo com minhas palavras. Eu não chamei Lyle de Sinhozinho, de Sinhô Lyle nem de sr. Lyle. Só de *Lyle*, como a Juneau Jane.

"Bom, ele não é o seu sinhô", digo a mim mesma. "Você é uma mulher livre, Hannie. Livre pra chamar aquela serpente pelo primeiro nome se quiser."

Alguma coisa em mim fica maior naquele momento. Não sei bem o que é, mas tá ali. Agora mais forte. Diferente.

Juneau Jane não parece preocupada com os soldados, mas fica claro que ela tá pensando em outras coisas. Olha pra encosta abaixo, onde casebres feitos de várias partes de carroças, galhos tombados, sarrafos de madeira, aros de barril, caixotes e árvores serradas se alastram pelas margens barrentas do rio Trinity. As construções pendem na direção da água, cobertas de peles, lonas, tecido com alcatrão e pedaços de tabuletas e cartazes de cores brilhantes. Um garotinho negro tira um pedaço de madeira de um dos barracos pra alimentar um fogareiro de outro.

— Acho que eu poderia trocar de roupa lá embaixo, antes de procurar o dr. Washburn. Alguns barracos parecem vazios — diz Juneau Jane.

O que ela tá pensando?

— Aquilo ali é Battercake Flats. Onde Pete disse pra gente não ir. — Mas não adianta discutir. Ela já tá a caminho. Não posso deixar ela ir sozinha, por isso sigo atrás arrastando Sinhazinha comigo. Pelo menos Sinhazinha pode dar medo em alguém. — Você vai me matar. Você vai me matar em Battercake Flats — grito pra Juneau Jane. — Não é o tipo de lugar onde gostaria de encontrar o Criador, sem a menor dúvida.

— Nós não vamos largar nossos pertences — fala, andando na frente com aquelas pernas finas de aranha.

— Vamos sim, se estivermos mortas.

Duas mulheres brancas com roupas surradas e sujas de fuligem sobem o caminho na direção contrária. Olham pra gente com muita atenção, examinando nossas trouxas pra ver se podem roubar alguma coisa. Agarro o braço da Sinhazinha como se estivesse preocupada e digo:

— Olha, não liga pra essas mulheres. Elas não vão te fazer nenhum mal.

— Vocês tão precisando de alguma coisa? — pergunta uma delas. Os dentes apodrecidos brotam das gengivas em pontas afiadas. — Nosso acampamento é logo ali. Tão com fome de alguma coisa quente? A gente divide com vocês. Vocês têm algum dinheiro? Dá um pouquinho pra nós pra Clary aqui comprar um pouco de café no mercado. O nosso cabou. Mas num é longe... o mercado.

Olho pra frente e vejo um homem olhando. Recuo um pouco e puxo Sinhazinha comigo.

— Num precisa ficar tão assustado e ressabiado. — A mulher sorri, passando a língua pelos vãos entre os dentes. — Nós é gente boa.

— Nós não precisamos de amigos — diz Juneau Jane, abrindo caminho pra mulher passar.

O homem lá embaixo continua olhando. Ficamos esperando até as mulheres fazerem a curva no tribunal e depois também seguimos naquela direção. Subindo a ladeira de volta.

Lembro o que Pete falou. Tem gente boa e tem gente má. Aqui em Fort Worth, parece que tem alguém olhando em cada esquina, vendo se vale a pena roubar a gente. É um lugar com muito e com nada, essa Fort Worth. Um lugar onde é preciso saber como funciona pra se sentir seguro, então a gente vai até a loja de ferragens pra falar com o John Pratt. Deixo Sinhazinha e Juneau Jane do lado de fora e entro sozinha. Ele é simpático, mas não sabe nada do dr. Washburn.

— Muita gente abandonou a cidade quando a ferrovia não chegou — explica. — Tinha um bocado de pessoas especulando com isso. Foram embora quando souberam das notícias. Agora são tempos difíceis. Mas tem gente que veio pra cá pra aproveitar os preços mais baixos. Pode ser o caso desse seu dr. Washburn. — Ele ensina como chegar às casas de banho e aos hotéis, onde a maioria das pessoas que chega na cidade vai se tiver dinheiro. Pergunta por ali, é capaz que eles saibam, se ele estiver por aqui.

Seguimos pra o lugar que ele falou, perguntando pra qualquer um disposto a falar com três garotos errantes.

Uma mulher de cabelo louro com vestido vermelho chama a gente da porta lateral de um prédio, diz que é gerente de uma casa de banho e oferece um banho barato. Diz que a água tá quente e não tem ninguém pra usar.

— Tempos de vacas magras, garotos — explica.

Um aviso na janela diz que gente como eu não pode entrar, nem índios. Fico sabendo porque Juneau Jane mostra o aviso e cochicha no meu ouvido.

A mulher na porta observa a gente com atenção.

— Qual é o problema do garotão? — Ela cruza os braços e chega mais perto. — Qual é o seu problema, hein, grandalhão?

— Ele é simplório, senhora. Bobo da cabeça — respondo. — Mas é inofensivo.

— Eu não perguntei pra você, moleque — dispara ela, depois olha pra cara da Juneau Jane. — E você? Também é simplório? Você tem sangue de índio? É branco ou mestiço? Aqui não entra nem índio, nem negro. Nem irlandês.

— Ele é francês — respondo, e a mulher me manda calar a boca e se vira pra Juneau Jane. — Você não sabe falar? Você é bem bonitinho, sabe? Que idade você tem?

— Dezesseis anos — responde Juneau Jane.

A mulher joga a cabeça pra trás e dá risada.

— Tá mais pra doze, eu diria. Você ainda nem faz a barba. Mas você fala mesmo como um francês. Tem dinheiro? Eu deixo entrar. Não tenho nada contra os franceses. Desde que possam pagar.

Eu e Juneau Jane nos afastamos da mulher.

— Eu não tô gostando disso — falo baixinho, mas ela já decidiu. Pega as moedas que precisa e a trouxa com as roupas de mulher e deixa o resto comigo.

— A gente vai ficar aqui fora. Esperando — falo bem alto, pra mulher ouvir. Depois cochicho pra Juneau Jane: — Quando entrar, vê se tem outra porta. Tá vendo aquele vapor saindo do fundo da casa? Eles devem esvaziar os baldes e lavar a roupa lá atrás. Sai escondida por lá quando acabar, pra ela não te ver com roupa de mulher.

Puxo Sinhazinha pelo braço, pensando em procurar alguém da minha cor pra perguntar pelo dr. Washburn. Um pouco adiante na passagem de madeira, um garoto chama a gente pra engraxar os sapatos. Ele tem a pele negra e é um magricela mais ou menos da idade de Juneau Jane. Vou até lá e faço a minha pergunta pra ele.

— Talvez eu saiba — responde. — Mas não dou respostas de graça, a não ser quando tô engraxando sapatos. Esse seu sapato não vale a pena engraxar, mas se você me der cinco centavos eu engraxo, mas na viela lá atrás. Os brancos não podem saber que eu engraxo sapato de negros. Depois não vão deixar eu usar minha escova com eles.

Nada é de graça nessa cidade.

— Acho que posso encontrar outro lugar pra perguntar... a não ser que você queira fazer um negócio.

Ele estreita os olhos, franzindo a pele bronzeada.

— O que você tem pra me dar em troca?

— Eu tenho um livro — respondo. — Um livro pra escrever nomes de gente que você perdeu na guerra, ou que foi vendida antes da libertação. Você perdeu algum parente? A gente pode pôr o nome deles no livro. Perguntar sobre eles nos lugares por onde passarmos. Se você tiver três centavos pra um selo e cinquenta centavos pro anúncio, a gente pode escrever uma nota sobre sua gente e mandar pro jornal *Southwestern*. Ele circula por todo o Texas, Luisiana, Mississippi, Tennessee e Arkansas, nas igrejas, onde eles falam do púlpito, caso seu pessoal estiver lá. Você tem algum parente que tá procurando?

— Eu não tenho ninguém no mundo — diz o garoto. — Minha mãe e meu pai morreram de febre. Nem me lembro de nenhum dos dois. Não tô procurando ninguém.

Alguma coisa me puxa pelo calção, e quando me viro tem uma velha negra agachada, encostada na parede. Ela tá enrolada numa manta, com as costas tão corcundas que mal consegue levantar a cabeça pra olhar para mim. Os olhos dela são nublados e opacos. Tem um cesto de pralinas no colo com uma placa que não consigo ler, a não ser algumas letras. A pele dela é escura e rachada como couro seco.

Ela quer que eu chegue mais perto. Quando vou me abaixar, Sinhazinha Lavinia tenta me puxar.

— Para de me perturbar — ralho. — Não sai daí.

— Eu não tenho dinheiro pra comprar seus produtos — digo. — Eu compraria se pudesse. — É uma pobre mulher, em andrajos.

A voz dela é tão baixa que preciso me debruçar pra ouvir, com todo o barulho de homens, carroças e cavalos passando.

— Eu tenho parentes — diz. — Você me ajuda a achar minha família? — Pega uma caneca de latão ao lado e sacode pra ouvir o som. Tem só umas poucas moedas dentro.

— Pode ficar com suas moedas — respondo. — Vou pôr o seu nome no nosso livro com os Amigos Perdidos. Pra perguntar sobre a sua família por onde a gente passar.

Levo Sinhazinha Lavinia pra perto da parede. Deixo ela sentada num banco pintado em frente a uma janela. Ela é branca, então acho que pode sentar ali.

Depois volto e me ajoelho ao lado da mulher.

— Me fala sobre os seus parentes. Eu vou me lembrar e, assim que tiver uma chance, eu anoto no nosso *Livro dos amigos perdidos*.

A velha diz que o nome dela é Florida. Florida Jones. E me conta sua história, enquanto uma música soa em algum lugar lá perto, pessoas andam pelas calçadas, o martelo de um ferreiro entoa *tec din-ding, tec din-ding* e cavalos bufam e lambem as bridas dormitando preguiçosos nas estacas de amarração.

Quando termina a história, repito tudo pra ela. Os sete nomes dos filhos e os nomes de três irmãs e dois irmãos, os lugares onde foram tirados dela e por quem. Gostaria de saber escrever. Estou com o livro e com o que sobrou do lápis, mas não sei fazer tantas letras a partir de como elas soam. Tampouco sei usar o lápis.

Florida encosta as mãos frias na minha pele. O xale dela cai e vejo a marca a ferro no braço dela. *F* de fugitiva. Antes de pensar no que estou fazendo, toco na marca com um dedo.

— Eu saía procurando meus filhos — conta. — Cada vez que levavam um, eu saía atrás. Ficava procurando enquanto conseguia, até me encontrarem, ou patrulheiros ou cachorros me pegarem e me levarem de volta praquela casa que eu odeio e praquele homem que ficava comigo contra a minha vontade. Quando acabava o castigo, o Sinhô dizia: "Façam outro bebê, vocês dois, senão...", e aquele homem trepava em mim e logo eu tava prenha de novo. Adorava aquelas coisinha linda e meiga quando nasciam. Toda vez o Sinhô dizia: "Florida, esse vai ficar com você". Mas toda vez que ele precisava de dinheiro eles iam embora. E ele dizia: "Bem, esse era muito bom pra ficar, Florida". E eu chorando de tristeza até conseguir fugir pra procurar.

Florida pergunta se eu posso escrever uma carta pra ela e mandar pro jornal *Southwestern*. Depois estende a caneca pra mim pra eu pegar o dinheiro.

— Ainda não dá pra pagar o jornal — explico. — Mas a gente já pode deixar a carta pronta. E ainda tá cedo. Talvez a gente consiga te ajudar a vender o resto do seu...

Sou interrompida por uma comoção na rua. Viro a cabeça a tempo de ouvir uma mulher gritando e um homem berrando quando uma carroça quase atropela alguém. Um cavalo amarrado lá perto se assusta e arrebenta as rédeas babadas e dá um salto pra trás, escoiceando o ar. Outros cavalos se assustam, soltam as rédeas e saem correndo. Um deles tromba num homem montado num potro marrom que mal tem porte pra estar selado.

— Eia! — grita o homem e puxa o potro magrela, usando a espora e chicoteando com a rédea comprida. O potro baixa a cabeça e começa a corcovear, quase atropelando Sinhazinha Lavinia, que saiu do banco e tá no meio da rua olhando a cena. A parelha da carroça se agita e o cocheiro luta pra acalmar os cavalos antes de dispararem. Pessoas a pé e cães saem correndo pra todas as direções. Homens correm até as estacas de amarração pra resgatar seus cavalos, enquanto outros saem em disparada pela rua com as rédeas soltas.

Saio correndo quando vejo o potro e o homem montado levantando nuvens de poeira, os cascos do potro passando rentes pela Sinhazinha parada lá olhando.

Alguém grita na calçada:

— Eia! Cuidado com esse potro!

Alcanço a Sinhazinha pouco antes de o potro cair de pernas abertas, dobrando os joelhos e rolando por cima do cavaleiro, que se mantém firme e quase volta pra sela.

— Levanta, seu desgraçado. — O homem chicoteia o focinho e as orelhas do cavalo até ele se aprumar, depois avança na Sinhazinha Lavinia. — Sai do meio da rua! Você assustou meu cavalo! — Ele pega uma corda da sela, acho que pra bater nela.

Sinhazinha levanta o queixo, arreganha os dentes e rosna pra ele.

Tento levar Sinhazinha pra passagem de madeira, onde ele não pode subir, mas ela não se mexe, fica ali rosnando.

A corda bate forte, sinto a pancada nos ombros, ouço o laço zunindo de um lado pro outro, acertando o couro da sela e a pele do cavalo e o que mais consegue alcançar. O cavaleiro puxa a rédea com força e o potro arregala os olhos e rodopia, trôpego e resfolegante. Ele cai de lado e tenta não bater a cabeça, mas derruba Sinhazinha Lavinia no processo. Ela tomba na lama, e eu caio em cima dela.

— Por favor! Por favor! Ele é bobo da cabeça! Ele é bobo da cabeça! Não entende nada! — grito e me protejo com os braços quando a corda canta de novo. Acerta meus dedos com força e eu seguro a corda, desesperada. O laço ricocheteia e me atinge na cara como um martelo. Luzes explodem nos meus olhos, e começo a cair num buraco fundo e escuro. Levo a corda comigo, segurando com toda a força. O caubói grita, o potro cambaleia, e ouço o baque pesado quando ele cai. Sinto o bafo do potro na minha cara.

A corda me puxa pra cima antes de eu largar, e eu saio voando pra longe da Sinhazinha. Quando percebo, estou de barriga pra baixo na rua, olho no olho com o cavalo. É um olho grande e preto, brilha como uma gota de tinta úmida, vermelho e branco nas bordas. Pisca uma vez, devagar, ainda olhando pra mim.

"Não esteja morto", digo na minha cabeça, e vejo o homem saindo de baixo do potro caído. Outros homens acorrem, puxando as cordas que se enrolaram no pobre coitado. Mais uma piscada e eles põem o cavalo de pé, bambo e ofegante, mas melhor do que o homem, de pé numa perna só. Ele tenta se apoiar na outra perna, mas bambeia, dá um grito e quase cai antes de alguém conseguir segurar ele.

— Me dá o meu rifle! — grita, lutando pra chegar na bainha da sela. O potro se assusta e sai de lado. — Me dá o meu rifle! Vou acabar com esse imbecil e o moleque dele! Vocês vão precisar de uma pá pra recolher o que restar quando eu acabar com eles.

Tento desanuviar a cabeça. Preciso levantar, fugir antes de ele pegar aquela arma. Mas o mundo gira ao redor, tudo se mexe como um redemoinho de areia — a velha Florida, o potro alazão, a coluna vermelha e branca perto duma loja, o sol brilhando no vidro duma janela, uma mulher de vestido cor-de-rosa, uma roda de carroça, um cachorro latindo na coleira, o engraxate.

— Espera aí, espera um pouco — alguém diz. — O xerife vem vindo aí.

— Esse idiota tentou me matar! — berra o homem. — Ele e esse moleque tentaram me matar e roubar meu cavalo. Ele quebrou minha perna! Quebrou minha perna!

"Vai, Hannie, foge", grita minha cabeça. "Levanta! Foge daqui."

Mas eu não sei nem pra que direção levantar.

Amigos Perdidos

Prezado editor, por favor, permita que eu use um espaço no seu valoroso jornal para perguntar sobre meus irmãos e irmãs. Nós pertencíamos ao sr. John R. Goff, do condado de Tucker, Virgínia Ocidental. Fui vendido a Wm. Elliott, do mesmo estado. Minha irmã Louisa foi vendida a Bob Kid e mandada aqui para a Luisiana. Os nomes dos meus irmãos são Jerome, Thomas, Jacob, Joseph e Uriah Culberson. As irmãs eram Jemima, Drusilla, Louisa e Eunice Jane. Jerome, Joseph e Eunice Jane, eu sei que morreram. Uriah ainda está vivo e morando perto da nossa antiga casa. Thomas foi com o exército dos rebeldes. Jacob e Drusilla, eu não sei onde estão. Eu me casei com Jas. H. Howard em Wheeling, W. Va., em 1868, e me mudei para cá em 1873. Minha irmã, Louisa, está aqui morando com Gilbert Daigre, o antigo dono dela, como sua mulher. Estou muito ansiosa para saber o paradeiro deles, e qualquer informação que me possibilite encontrá-los será recebida com gratidão. Jornais de Atlanta, Ga., Richmond, Va., e Baltimore, por favor publiquem também. Escreva para mim em Baton Rouge, La.

JEMIMA HOWARD

— Coluna "Amigos perdidos"
do *Southwestern*
1º de abril de 1880

20

Benny Silva — Augustine, Luisiana 1987

Poucas coisas na vida são mais inspiradoras do que ver uma ideia que começa incipiente e frágil na infância, aparentemente destinada a nascer e morrer quase no mesmo alento, encher os pulmões e se agarrar aos fios da vida com uma determinação que não pode ser compreendida, apenas sentida. Nosso projeto de história de três semanas atrás foi apelidado pelos alunos de *Contos do subterrâneo*, mesclando a ideia original de *Contos da cripta* a uma homenagem à Ferrovia Subterrânea, o movimento pela liberdade que ajudou escravos foragidos a irem para o Norte.

Às terças e quintas, na sala de aula, nós lemos sobre os heróis da Ferrovia Subterrânea, como Harriet Tubman, William Still e o reverendo John e Jean Rankin. A sala de aula, antes tão barulhenta e ensurdecedora que eu mal conseguia ouvir meus pensamentos, ou tão silenciosa que conseguia ouvir — mesmo enquanto lia *A revolução dos bichos* — o tique-taque do relógio e o leve ressonar dos alunos cochilando nas carteiras, agora ressoa com canetas e lápis se agitando e trechos de debates vívidos e perspicazes. Durante as últimas duas semanas, falamos muito sobre as condições políticas e nacionais do período pré-Guerra Civil, mas também sobre as histórias locais que descobrimos nas segundas, quartas e sextas, quando percorremos os dois quarteirões até a velha Biblioteca Carnegie em fila indiana, nem sempre de uma forma muito bem organizada.

A própria biblioteca se tornou parceira no nosso projeto *Contos do subterrâneo*, acrescentando interessantes histórias locais às nossas discussões, não só pelo processo pelo qual o antigo e grandioso edifício surgiu, mas pelo que significa e por ter sido útil por tantas décadas. No segundo andar, num velho anfiteatro comunitário, apropriadamente apelidado de O Salão dos Notáveis, fotos emolduradas nas paredes são testemunhas de uma vida diferente, de uma época diferente, quando Augustine era oficialmente separada por uma divisória entre as cores. O Salão dos Notáveis abrigava de tudo, de peças teatrais a reuniões políticas, de apresentações de músicos de jazz a reuniões de soldados para a guerra e equipes de beisebol da divisão de negros, proibidas de se hospedar nos hotéis próximos e necessitadas de um lugar para dormir.

No adjacente Salão do Destino, com umas duas semanas de trabalho árduo dos meus alunos, com mesas dobráveis emprestadas pela igreja ao lado e com a ajuda de alguns descendentes do legado do Clube das Senhoras do Novo Século da biblioteca, nós criamos uma espécie de centro de pesquisas temporário. Até onde sabemos, é a primeira vez que uma área tão grande de informações históricas foi reunida num só local. Ao longo dos anos, a história de Augustine foi sendo enfurnada em gavetas de escrivaninhas, sótãos, caixas de arquivos no tribunal e em dezenas de outros lugares fora de mão. Sobreviveu basicamente em fragmentos espalhados — em fotografias desbotadas, Bíblias de famílias, registros de batismo da igreja, contratos de venda de lotes de terra e lembranças passadas de geração a geração contadas para crianças sentadas no colo dos avós.

O problema é que no mundo de hoje, de famílias fragmentadas, programas disponíveis na TV a cabo e videogames que podem ser ligados em aparelhos de televisão para horas de Pong e Super Mario ou socos com o Mike Tyson Punch-Out!!, as histórias correm o risco de desaparecer no turbilhão da era moderna.

Ainda assim, há algo nesses jovens que levanta a *curiosidade* sobre o passado, sobre como as pessoas chegaram a este aqui agora e sobre o que... ou quem... chegou antes.

Além disso, a ideia de pessoas mortas, de ossos e cemitérios, de se fantasiar para trazer fantasmas de volta à vida é um apelo muito forte, ao qual nem mesmo os meus casos mais perdidos conseguem resistir. Talvez seja a presença de Granny T e de outras senhoras do Clube do Novo Século, mas meus alunos estão trabalhando seriamente na Sala do Destino, solidários no revezamento dos dez pares de luvas de algodão branco que pegamos emprestados do coral da igreja. E, graças a palestras de um professor de história da Universidade do Sudeste da Luisiana, os garotos entendem a fragilidade desses antigos documentos e a importância de usar luvas. São cuidadosos com o material que pegamos emprestado dos arquivos da biblioteca e dos registros das igrejas locais, bem como com os documentos que foram trazidos de Goswood Grove e de sótãos de várias famílias da cidade.

Com exceção das poucas horas que a biblioteca está aberta ao público, nós ficamos sozinhos no lugar, portanto o barulho não incomoda. E nós *somos* barulhentos. Ideias circulam pelo recinto como abelhas, zumbindo de um lugar para outro, colhendo o néctar da inspiração.

Durante as últimas três semanas, cada dia trouxe novas descobertas. Inovações. Pequenos milagres. Nunca imaginei que ensinar pudesse tomar essa forma.

Eu adoro esse trabalho. Adoro esses jovens.

Acho que eles estão começando a retribuir o meu sentimento.

Pelo menos um pouco. Até já me deram um novo apelido.

— Professora Puff — diz Little Ray durante a pequena caminhada dos alunos da minha quarta aula até a biblioteca para mais uma sessão de segunda-feira.

— Sim? — Aperto os olhos por conta da luz do sol e da sombra das folhas passando por suas bochechas gorduchas. O garoto é grande como uma montanha, em pleno estirão de crescimento adolescente que costuma acometer rapazes nessa idade. Poderia jurar que ontem ele era oito centímetros mais baixo. Deve ter pelo menos um metro e noventa, mas as mãos e os pés ainda são muito grandes para o corpo, como se ele ainda fosse crescer muito.

— Você podia pôr umas gotas de chocolate nesses biscoitos. — Mostra o biscoito que está comendo enquanto andamos, lutando para não engasgar

sem beber nada. Não é permitido comer na biblioteca, mas na entrada há um bebedouro em estilo art déco. — Acho que ia ficar bom.
— Mas não seriam tão saudáveis, Little Ray.
Ele mastiga outro bocado como se fosse um pedaço de cartilagem.
— Professora Puff? — Ele muda de assunto. Eu prefiro acreditar que eles me deram esse delicioso apelido por eu ser fofa e charmosa, como o Ursinho Puff. Mas na verdade eles me deram esse apelido por causa desses biscoitos pedaçudos de aveia e cacau.
— Diga, Little Ray.
Ele olha para cima, observando as árvores enquanto lambe as sobras do lábio inferior.
— Eu andei pensando uma coisa.
— Que milagre — caçoa LaJuna. Ela voltou tão sem cerimônia como sumiu e vem frequentando as aulas já há duas semanas e meia. Está na casa de Sarge e tia Dicey. Ninguém sabe, nem a própria LaJuna, quanto tempo isso vai durar. Estranhamente, ela parece pouco interessada e até relutante em relação ao projeto *Contos do subterrâneo*. Não sei se é por causa de sua situação atual, pelo projeto ter sido desenvolvido enquanto ela estava sumida, ou por não gostar do fato de dezenas de outros alunos terem se intrometido em suas explorações dos segredos que o juiz deixou escondidos na casa de Goswood Grove. Aquele lugar era um território sagrado para ela, um refúgio desde sua infância.

Há dias em que sinto como se tivesse traído uma frágil confiança da parte dela, ou de não ter passado em um teste importante, e que nunca chegaremos aonde gostaríamos de estar. Mas tenho dezenas de outros alunos para me preocupar, e eles também são importantes. Talvez eu esteja sendo ingênua ou idealista, mas não consigo deixar de ter esperança de que os *Contos do subterrâneo* tenham o potencial de preencher as lacunas que atormentam todos aqui. Ricos e pobres. Negros e brancos. Privilegiados e desprivilegiados. Ratos do pântano e urbanos.

Gostaria de ter conseguido envolver a escola do lago no projeto, de juntar estudantes que moram a poucos quilômetros uns dos outros, mas que habitam mundos separados. As únicas ocasiões em que se aproximam são as contendas no campo de futebol ou as mesas com *boudin balls* e carne defumada do Cluck and Oink. Mas, durante as sessões de atualização — que se tornaram regulares nas tardes de quinta-feira na minha casa —, Nathan já me preveniu que a Academia Preparatória de Lakeside é um dos lugares dos quais preciso me manter afastada, e é o que tenho feito e vou continuar fazendo.

— Então, professora Puff?

— O que foi, Little Ray? — As conversas com esse garoto nunca são breves. Todas são desse jeito. Em etapas. Os pensamentos transitam com muita cautela dentro da cabeça dele. Infiltram-se enquanto ele parece perdido no espaço, olhando para as árvores ou pela janela ou para a carteira, concentrado na fabricação de bolinhas de papel com cuspe.

Mas, quando finalmente emergem, são pensamentos interessantes. Bem elaborados. Meticulosamente considerados.

— Então, professora Puff, como já disse, eu andei pensando... — As mãos desproporcionalmente grandes giram no ar, dedos róseos esticados como se estivesse ensaiando para tomar um chá com a rainha. Aquela imagem me faz sorrir. Cada um desses alunos é tão singular... Cheio de ideias incríveis. — Não tem só adultos e velhos mortos naquele cemitério, nem nos registros do cemitério. — Ele franze a testa, consternado. — Tem um monte de crianças e bebês que mal nasceram e já morreram. É triste, não? — A voz dele definha.

O melhor atacante do time de futebol está engasgado. Por causa de bebês e crianças que morreram mais de um século atrás.

— Ora, é claro que eles morreram, seu bocó — dispara LaJuna. — Eles não tinham remédios e coisas do tipo.

— Granny T disse que eles esmagavam folhas e raízes, cogumelos e musgo e outras coisas — intervém o magrelo Michael, ansioso para cumprir seu papel de guarda-costas de Little Ray. — Disse que alguns funcionavam até *melhor* que os remédios de hoje. Você não ouviu isso, garota? Ah, é verdade, você faltou nesse dia. Se estivesse lá estaria sabendo, como nós, e não enchendo o saco do Little Ray. Ele tá tentando ajudar o projeto *Subterrâneo*. E você tá aí querendo estragar tudo.

— É isso aí. — Little Ray abandona sua perene atitude de marasmo. — Se quem não sabe das coisas deixasse de falar bobagem, *eu* ia dizer que a gente pode interpretar gente da *nossa* idade, ou mais velha, pintando o cabelo de branco e tal. Mas não pode interpretar *garotinhos*. Talvez a gente podia arranjar alguns garotinhos pra ajudar, pra falar nos túmulos das crianças. Como Tobias Gossett. Ele mora perto do apartamento onde moramos. Não tem nada pra fazer. Ele podia ser o Willie Tobias Gossett que tá no túmulo. Aquele que morreu no incêndio com os irmãos e as irmãs porque a mãe precisava deixar eles em casa. As pessoas deviam saber, acho, que não se pode deixar criancinhas sozinhas desse jeito.

O nó que estava na garganta do Little Ray se transfere para a minha. Engulo em seco, tentando manter o controle. Há um súbito levante de opiniões, contra e a favor desse plano. Copiosos insultos, uma discussão sobre o pobre Tobias e uma nuvem de leves palavrões se somam ao debate, mas não necessariamente de maneira produtiva.

— Tempo! — Uso o sinal do árbitro para marcar minha posição. — Little Ray, segure esse pensamento um minuto. — Em seguida me dirijo aos outros. — Quais são as regras da sala de aula?

Uma meia dúzia de alunos revira os olhos, resmungando.

— A gente tem que *dizer*? — alguém pergunta.

— Sim, até todos se lembrarem de seguir essas regras — insisto. — Ou podemos voltar à sala de aula e colocar sentenças em diagramas. Eu posso muito bem fazer as duas coisas. — Faço o movimento da batuta de um regente de coral. — Todos juntos. Qual é o Artigo Número Três da Constituição da nossa Classe?

Um coro pouco entusiasmado responde:

— Nós incentivamos o debate vigoroso. O debate cívico é um processo saudável e democrático. Se alguém não consegue defender uma opinião sem gritar, xingar ou ofender os outros, deve preparar um argumento mais forte antes de continuar falando.

— Muito bem! — Faço uma vênia jocosa. Nós escrevemos meticulosamente a Constituição da Classe juntos, que eu ampliei numa copiadora, plastifiquei e mantenho sempre pendurada ao lado do quadro-negro. Também dei uma cópia a cada aluno. Eles ganham pontos extras se souberem de cor.

— E o Artigo Dois? Porque até agora eu já contei três... *três* violações do primeiro artigo nessa conversa recente. — Ando um pouco para trás, regendo o coro mais uma vez. Trinta e nove expressões descontentes dizem sem palavras: "Você é incorrigível, professora Benny".

— Se a palavra for depreciativa ou imprópria para uma conversa educada, não deve ser usada na aula da professora Benny — murmura o grupo enquanto nos aproximamos da escadaria da biblioteca.

— Isso mesmo! — Finjo me sentir tremendamente encantada com a capacidade de se lembrarem da Constituição de cabeça. — E, mais ainda, tampouco se deve usar essas palavras *fora* da classe. Essas palavras nos fazem parecer pessoas medíocres. E nós não somos medíocres. Nós somos... *o quê?*

— Aponto os dedos indicadores para eles, levantando os polegares, fazendo o símbolo da nossa escola.

— Excepcionais — respondem com a voz arrastada.

— Então tudo bem! — Uma emenda irregular na calçada arruína o meu momento mágico. Escorrego com meus saltos-plataforma e quase caio no chão. LaJuna, Little Ray e uma garota nerd e caladona chamada Savanna correm pra me segurar, enquanto o resto da classe irrompe em risadinhas e sorrisinhos.

— Tudo bem. Pode deixar! — digo e dou uma parada para recuperar meu sapato.

— A gente devia acrescentar à Constituição: "Nunca ande de costas de salto alto". — É a primeira coisa bem-humorada que LaJuna diz desde que voltou à escola.

— Essa foi boa. — Dou uma piscadela, mas LaJuna já está se afastando. O resto do grupo parou para me segurar, mas eles já estão atentos aos degraus da biblioteca.

Quando me viro, sinto o coração adejar como uma borboleta alçando voo ao ver que Nathan está lá. Deixo um entusiasmado "oi!" pairando no ar antes de me conter. Sinto um calor subir pelo rosto quando uma observação aleatória perpassa minha consciência. A camiseta que está usando é da cor dos olhos dele. E lhe cai muito bem.

E o pensamento para por aí, como uma frase interrompida, em suspenso e sem pontuação.

— Você disse... pra eu aparecer. Se tivesse um tempo. — Nathan parece inseguro. Talvez sentindo o peso da plateia, ou talvez percebendo a minha insegurança.

Trinta e nove pares de olhos curiosos nos observam com atenção, interpretando a situação.

— Que bom que você veio! — Será que ainda pareço muito efusiva? Contente demais? Ou simplesmente receptiva?

Estou ciente de que até agora nossa parceria sempre envolveu comida para viagem do Cluck and Oink e a minha casa. Em particular. Desde a nossa primeira sessão de pesquisa que durou a noite toda, nós passamos a uma reunião semanal nas noites de quinta-feira, por ser conveniente para nós dois. Examinamos as últimas descobertas de Goswood Grove, ou trechos das pesquisas dos alunos, diversos documentos que a Sarge e as Senhoras do Novo Século conseguiram desenterrar do juizado da paróquia. Tudo o que surge de novo no projeto *Subterrâneo*.

Depois passamos pelos velhos mapas do cemitério da propriedade e da vala comum entre o pomar e a cerca do cemitério principal. Ocasionalmente, vamos até as silenciosas pedras cobertas de musgo, as criptas de concreto ou as estruturas de mármore ornamentadas que sustentam os túmulos dos cidadãos mais proeminentes de Augustine. Visitamos os locais de descanso dos antepassados de Nathan em uma seção particular com imponentes mausoléus, com as elaboradas construções de mármore cercadas por uma bem trabalhada cerca de ferro batido. As estátuas e as cruzes encimando as sepulturas, inclusive a do pai de Nathan e a do juiz, são bem mais altas que nós, denotando riqueza, importância, poder.

A irmã de Nathan não está enterrada lá, percebi, mas não perguntei por que nem onde ela está. Talvez em Asheville, onde eles foram criados? Imagino que a pompa do lote da família Gossett não combinaria com Robin, pelo pouco que sei dela. Tudo naquele lugar pretende proporcionar algum tipo de imortalidade aqui na terra — ainda que os Gossett de antigamente não tenham alterado a natureza terminal da vida humana. Assim como os escravos e os meeiros, os habitantes do pântano e os homens e mulheres comuns que trabalhavam no campo na vala comum, todos tiveram o mesmo fim. São pó embaixo da terra. Tudo que deixaram está nas pessoas que ficaram. E nas histórias.

Às vezes pondero, enquanto vagamos pelo cemitério, o que restará de mim algum dia. Será que estou criando um legado importante, que vai perdurar? Será que um dia alguém vai parar no meu túmulo e se perguntar quem eu fui?

Durante as nossas caminhadas, eu e Nathan nos envolvemos em conversas profundas sobre o significado mais abrangente de tudo — no sentido hipotético. Desde que não cheguemos muito perto do assunto da irmã dele, ou de uma possível visita à casa de Goswood Grove, ele fica relaxado e é fácil conversar. Conta o que sabe sobre a comunidade, o que se lembra do juiz, o pouco que se lembra do pai. Não é muito. Fala da família Gossett de um jeito distanciado, como se não fizesse parte dela.

Guardo a maior parte da minha história comigo mesma. É tão mais fácil falar numa esfera mais abstrata, menos pessoal. Mesmo assim, fico esperando nossas sessões das noites de quinta-feira com mais ansiedade do que quero admitir.

E agora lá está ele, no meio de um dia de trabalho — um período em que normalmente estaria navegando em seu barco — para ver por si mesmo o assunto de que mais falo quando estamos juntos. Dessas crianças, do meu trabalho, da história. Receio que se sinta obrigado a saber mais a respeito, caso essa coisa toda se transforme num campo de batalha envolvendo o restante do clã Gossett, sobre o que ele me alertou diversas vezes que poderia acontecer. Se chegar a esse ponto, ele poderá interferir ou tentar mitigar os danos, ou alguma outra coisa que ainda não percebi.

— Eu não quero atrapalhar. Tive que vir à cidade pra assinar uma papelada. — Enfia as mãos nos bolsos e olha para os alunos, amontoados atrás de mim como uma equipe em marcha com a baliza de banda caída à frente.

Little Ray se estica para enxergar melhor. LaJuna também. Parecem flamingos de plástico com os pescoços curvados em direções opostas, um ponto de interrogação, como se cada um fosse o reflexo do outro.

— Eu esperava que você aparecesse em algum momento. Para... nos ver em ação. — Retomo a iniciativa. — Os alunos reuniram informações ainda mais surpreendentes nessa semana, não só com os livros e os documentos de Goswood, mas também na biblioteca municipal e no tribunal. Conseguimos até algumas caixas com fotos de família, velhas cartas e álbuns de recortes. Alguns alunos também estão fazendo entrevistas com pessoas mais velhas da comunidade, usando histórias orais. Enfim, mal podemos esperar pra mostrar um pouco disso tudo para você.

— Impressionante. — O elogio me anima.

— Posso fazer uma visita com ele, se quiser — Little Ray logo se oferece. — Eu consegui coisas muito boas. O que consegui é *demais*, como eu.

— Você não é demais — resmunga LaJuna.

— Você devia calar essa sua boca grande e suja — protesta Little Ray. — Senão a gente invoca a Regra da Natividade pra você, certo, professora Benny? Acho que a gente devia invocar agora mesmo. LaJuna já me desrespeitou duas vezes. Artigo Seis... Regra da Natividade, *duas* vezes. Certo, professora Puff?

LaJuna responde antes de mim:

— Que seja. E é Regra da Negatividade, e é *e*vocar, seu imbecil.

— Oh-oh! — Little Ray dá um pulo de um metro do chão, aterrissa meio de joelhos em posição de partida, estala os dedos e aponta para ela. — E esse é o Artigo Três, Regra da Civilidade. Você acabou de me chamar de *imbecil*. Me ofendeu em vez de apresentar um argumento cívico. Isso é contra o Artigo Três. Certo? Hein? Hein?

— Você também me ofendeu. Disse que eu tenho uma boca grande e suja. Qual das suas regras fuleiras isso infringe?

— Tempo! — digo energicamente, mortificada por isso estar acontecendo na frente do Nathan. O problema com boa parte desses jovens, crianças do campo, da cidade, a triste maioria, é que a norma para eles é um drama constante, cada vez maior. A conversa começa, fica mais alta, mais feia, torna-se pessoal. E então passam para as ofensas, que logo viram trancos, empurrões, puxões de cabelo, arranhões, troca de socos, qualquer coisa. O diretor Pevoto e o encarregado da segurança da escola apartam diversas altercações todos os dias. Lares desfeitos, bairros desfeitos, estresse financeiro, abuso de substâncias, fome, relações disfuncionais. A maioria das crianças de Augustine é criada numa panela de pressão.

Volto a pensar nas origens da minha mãe, uma região rural, um mundo que ela pensou ter deixado para trás. Mas, ao observar os jovens daqui, percebo o quanto daquele mundo ela conservou sem querer. As relações da minha mãe com homens eram impulsivas, descuidadas, estridentes, instáveis, cheias de manipulação e abuso verbal, ataques que se manifestavam dos dois lados e às vezes se tornavam físicos. Minhas inteirações com ela eram do mesmo jeito, uma mistura de amor intenso, humilhações habituais, rejeição esmagadora e ameaças que podiam ou não ser levadas adiante.

Mas agora percebo que, mesmo com a vida doméstica pedregosa e imprevisível que vivi, eu tive sorte. Tive o benefício de crescer em lugares onde as pessoas ao redor — professores, avós interinos, babás, pais de amigos — acharam que valia a pena investir em mim, se interessaram por mim. Ofereceram exemplos, modelos, refeições em família na sala de jantar, repreensões que não vinham com agressões ou observações cortantes nem terminavam com perguntas como: "Por que você nunca entende, Benny? Por que às vezes você é tão burra?". As pessoas com quem convivi me convidavam para frequentar casas que funcionavam com parâmetros, em que os pais diziam palavras encorajadoras. Essas pessoas mostraram o que poderia ser uma vida estável. Se não tivessem feito isso, como eu poderia *saber* que havia outra maneira de viver? Não dá para aspirar a algo que você nunca viu.

— Sessenta segundos de silêncio para se acalmar — digo, pois preciso disso tanto quanto a classe nesse momento. — Ninguém diz nada. Depois vamos analisar *por que* não tivemos um bom diálogo. Podemos também rever os Artigos da Negatividade e da Civilidade... se vocês quiserem.

Segue-se um silêncio requintado. Ouço folhas farfalhando, passarinhos cantando, um cabo telefônico cedendo quando um esquilo passa. A bandeira balança com o vento, uma presilha de metal bate um código Morse irregular no mastro.

São os gloriosos momentos de paz que vivem à sombra do Artigo Seis, a Regra da Negatividade, e do castigo prescrito por infringi-lo. Os alunos detestam ter de pagar por cada comentário negativo fazendo três comentários positivos. Preferem ficar de boca fechada a reconhecer os argumentos dos outros. É uma triste realidade, mas espero estar demonstrando que a negatividade tem consequências e um alto custo. A reparação exige três vezes mais trabalho.

— Bom, tudo bem — digo depois de uns trinta segundos. — Estejam avisados. A Regra da Negatividade está oficialmente vigente. O próximo que disser algo negativo vai ter de compensar com três declarações positivas. Vamos fazer como na sala de aula?

A resposta vem em ondas.

— Não!

— Não.

— Professora, *por favor*. Nós já entendemos.

Nathan olha para mim discretamente, com uma expressão de surpresa e... admiração? Sinto-me um pouco mais leve que o ar, como se o dia nublado da Luisiana tivesse subitamente sido injetado de gás hélio.

— Eu vou começar — digo como uma provocação. — Vocês são excepcionais. Definitiva e absolutamente, vocês estão entre as minhas seis turmas favoritas.

Eles respondem com grunhidos e arquejos, pois eu só tenho mesmo seis turmas, levando em conta o período de preparação das aulas, é claro.

Little Ray põe a mão enorme acima da minha cabeça, como se fosse me quicar como uma bola de basquete.

— Mas nós somos os primeiros colocados — argumenta o magrelo Michael. — Porque somos os melhores. Regra dos Calouros.

Faço um gesto de fechar um zíper na minha boca.

— Eu também poderia mostrar o *meu* projeto pro seu amigo — propõe Michael quando começamos a subir a escada da biblioteca. — Cara, meu projeto é o *máximo*. Eu encontrei cinco gerações da minha família. A família Daigre tem uma história maluca. Nove irmãos e irmãs, nascidos escravos na Virgínia Ocidental, que acabaram se espalhando por aí. Thomas entra no Exército confederado. Por quê? Não sei. A irmã dele, Louisa, se casa com o homem que era dono dela quando a guerra termina. Eles se apaixonaram ou ela teve que fazer isso? Não sei. Como eu disse, os meus *Contos do subterrâneo* são o máximo.

— É, mas a minha história é tão o máximo que é um *triplo máximo* — reivindica Little Ray, mas logo sente o possível atrito com a Regra da Negatividade. — Mas não tô dizendo que a dele é ruim. Só que a minha é o máximo. Barra-pesada, sabe? Eu rastreei minha família até um passado bem distante. Tem coisas da Biblioteca do Congresso no meu projeto.

— Minha família chegou aqui antes das de todos vocês — protesta Sabina Gibson, que na verdade está registrada como sendo da tribo choctaw. — Eu ganho de tudo que vocês descobriram. A não ser que vocês tenham, tipo, homens das cavernas nos seus documentos ou coisa assim.

Segue-se um duelo entre antepassados. A discussão continua enquanto passamos por um lindo pedestal de mármore com uma placa dizendo Biblioteca Carnegie de Augustine e seguimos pelos degraus de concreto.

O grupo se reúne em frente às portas bem moldadas e ornamentadas, que decerto já foram de um metal brilhante, mas agora mostram a triste pátina do abandono. Acalmo o burburinho antes de entrarmos. Quero que os alunos mantenham um mínimo de etiqueta bibliotecária, apesar de provavelmente o lugar estar vazio, a não ser pelas Senhoras do Novo Século que nos ajudam.

Little Ray reclama baixinho de que foi ideia dele mostrar seu projeto para o *cara*, e que portanto deveria ter prioridade com nosso convidado.

O *cara* não diz nada, apenas olha para mim como se dissesse que concorda com o que eu decidir.

Percebo que não fiz as devidas apresentações, e, ainda que alguns dos alunos possam saber quem é Nathan, a maioria não o conhece. Eu o apresento, mas assim que digo seu nome a animação do grupo despenca como se todos estivessem afundando em cimento fresco. Uma silenciosa corrente de apreensão passa por nós. Alguns olham para Nathan com desconfiança, outros com certa curiosidade. A garota Fish leva a mão à boca e cochicha no ouvido da amiga.

Nathan parece alguém que preferiria descer a escada, sair da cidade e nunca mais voltar. Mas algo o detém — talvez a mesma coisa que o trouxe aqui hoje.

Desconfio que nenhum de nós sabe bem o que é.

21

Hannie Gossett — Texas, 1875

Sinhazinha Lavinia rola no catre, chorando e gemendo no escuro. Se molhou toda porque não quis usar o balde no canto, e reclamou tanto disso que também vomitou tudo que tinha no estômago. A cadeia inteira tá fedendo. A noite tá estagnada, nenhum ar entra pelas grades da janela pra levar o cheiro embora.

"Como eu vim parar aqui?", pergunto a mim mesma. "Meu Deus, como eu vim parar aqui?"

O homem na cela ao lado reclama do barulho e do fedor, esmurra a parede entre nós e fala pra Sinhazinha ficar quieta, que tá ficando quase louco com ela. Ouvi quando os auxiliares do xerife trouxeram ele algumas horas depois do pôr do sol — um bêbado louco que se meteu em encrenca por roubar cavalos do Exército. O xerife de Fort Worth tá esperando o Exército vir buscar o homem. É um irlandês, pelo jeito de falar.

Sento no escuro e tateio o ponto no meu pescoço onde as miçangas da vovó deveriam estar. Penso na minha mãe e em como tudo deu errado desde que perdi as miçangas, e que talvez agora eu nunca mais encontre ela ou alguém da minha família nesse mundo. A solidão se empoleira como um urubu na minha cabeça. Bica meus olhos de um jeito que só consigo ver um borrão pela janela quando a meia-lua bafeja seu hálito nas estrelas, ofuscando sua luminosidade.

Nunca me senti tão sozinha. A última vez que fiquei presa, eu tinha seis anos de idade, quando disse ao meu comprador no leilão que tinha sido roubada de Goswood Grove. Apesar de ser só uma criança, sozinha e assustada naquela cadeia, quando ele me entregou às autoridades, pelo menos eu tinha esperança de o Velho Gossett vir me buscar e depois encontrar minha mãe e o resto.

Dessa vez ninguém vai vir. Seja onde estiver Juneau Jane nesta noite, ela não faz ideia do que aconteceu com a gente. Mesmo se soubesse, não ia poder fazer nada a respeito. A essa altura o mais provável é que também esteja encrencada.

— Faça esse mentecapto ca-calar a boooca! — berra o ladrão de cavalo irlandês. — Se não f-fizer ele ficar quieto eu vou... vou... vou...

Sento ao lado da Sinhazinha no escuro, e meu estômago se revira com o cheiro dela.

— Fica quieta. Você só tá piorando as coisas pra gente. Fica quieta.

Levanto a cabeça e o nariz pra respirar o ar da noite e tento cantarolar a música que a mulher e a criança cantaram na porta da igreja no pântano. Não canto a letra, mas na minha cabeça eu ouço os versos na voz da minha mãe.

Quem é aquela menina de vestido branco?
Vadeando a água
Devem ser as filhas dos israelitas,
Deus vai agitar essa água.

Sinhazinha se encolhe como uma bola e afunda a cabeça no meu joelho, como fazia quando eu ia até o berço dela porque chorava à noite. As únicas vezes que ficava meiga desse jeito era quando estava com medo e precisava de alguém.

Passo os dedos pelos cabelos dela, finos e ralos, fecho os olhos e continuo cantarolando até a música e a noite finalmente se apagarem...

Acordo ouvindo o meu nome.

— Hannie — um chamado rápido, um sussurro agudo. — Hannie.

Sento ereta, escutando. Sinhazinha se mexe, mas cai do meu joelho e volta a dormir. O irlandês também tá quieto. Será que eu sonhei com a voz?

A primeira luz tênue e acinzentada entra pela janela. O medo vem junto. Quanto tempo eles vão deixar a gente aqui e o que vai acontecer depois? Tenho medo de saber.

— Hannibal? — A voz chamando de novo. Aí eu reconheço. Só tem uma pessoa que me chamaria de *Hannibal*, mas não pode ser, e aí entendo que é um daqueles meus sonhos em que tô acordada. Mesmo assim, saio do catre, seguro as barras da cela e apoio o queixo pra olhar. Pra saber o que o sonho tem a me dizer.

Vejo a figura dele no lusco-fusco da manhã, segurando a corda de um jumento atrelado a uma carreta de madeira de duas rodas.

— Gus McKlatchy? Do barco?

— Shhh! Não chama a atenção — diz, mas não tem mais ninguém no meu sonho a não ser ele.

— Você trouxe uma mensagem pra mim? O Senhor te enviou?

— Disso eu duvido, já que eu não tenho religião.

Daí eu me pergunto se eles jogaram Gus do barco depois de mim e se ele foi moído pelas pás. Será o fantasma do Gus McKlatchy na minha frente, com aquela camisa esfarrapada e o chapéu de aba mole, coberto de neblina até o joelho?

— Então você é uma assombração?

— Não, a não ser que ninguém tenha me contado. — Olha pra os dois lados e aproxima o jumento da parede, depois monta no jumento pra chegar mais perto da janela.

— O que você tá fazendo aqui, Hannie? Nunca achei que ia te ver de novo nesse lado do mundo. Achei que tinha se afogado no rio quando aquele homem, Moses, te jogou do convés.

Meu corpo inteiro estremece com a lembrança. Sinto a água cobrindo minha cabeça, o grande tronco de árvore rolando pelo fundo do rio como um cata-vento, agarrando minha calça e me puxando pra baixo. Sinto o hálito de Moses na bochecha, a boca roçando minha orelha. "Você sabe nadar?"

— Eu consegui escapar e chegar até a margem. Eu não nado muito bem, mas sei nadar.

— Bem que eu sabia que era você que eu vi sendo preso ontem. Você com um garoto branco grandão e cabeçudo, mas não entendi *como*, já que você tinha sido jogado no rio. — A voz do Gus fica mais alta quando ele fica agitado. Ele olha ao redor e fica em silêncio de novo. — Você acabou dando sorte. Na noite seguinte, eu vi um homem ser espancado, depois cortaram a garganta dele e jogaram pela proa. Ouvi eles dizerem que era um federal se metendo em negócios alheios. Aquele barco tava cheio de gente dos confederados. O sujeito com o tapa-olho, todo mundo chamava ele de *tenente*, como soldados, como se não soubessem que a guerra acabou dez anos atrás. Fiquei escondido até chegar no Texas, e fiquei muito feliz quando desci, vou te falar.

Sinto um nó amarrando minha garganta. Não tô contente de estar onde estou, mas agradeço por eu e Gus termos saído daquele barco vivos.

— Eu podia tirar você daí, Hannibal — diz Gus.

— Só gostaria que me dissesse como. A gente tá encrencado. Muito encrencado.

Ele para um minuto pra pensar, esfrega as grandes sardas no queixo e faz um sinal com a cabeça.

— Bom, eu arranjei trabalho numa carroça de carga que vai pra Hamilton e San Saba e depois segue até Menardville. É meio perigoso, tem índios e coisas assim, mas paga um valor bem respeitável. Acho que vai me levar mais pro sul, onde tem todo aquele gado solto desde a guerra, se cruzando e procriando, e a gente só precisa pegar eles pra ganhar uma fortuna. Você pode vir junto, a gente pode ser sócios, como já conversamos. Eu posso pedir pro meu patrão adiantar o seu pagamento pela viagem e pagar a fiança pra você sair da prisão, se aceitar o trabalho. Eles tão precisando de guardas e de cocheiros. Você sabe tocar duas parelhas com quatro cavalos grandes, não sabe?

— Claro que sei. — Deixo minha cabeça ruminar com a ideia. Eu poderia deixar Sinhazinha Lavinia e Juneau Jane com seus problemas e partir com Gus perguntando sobre a minha família nos lugares que a gente passar. Mais cedo ou mais tarde Gus ia ficar sabendo que eu não sou um garoto, mas talvez ele nem se importe com isso. Eu sou forte, sou competente. Posso fazer o trabalho de um homem. — Eu sei tocar parelhas de mulas, de cavalos, de bois, arados. Sei como ferrar um cavalo e ver quando ele vai ter cólicas, e também remendar arreios. Pode falar sobre mim com o seu patrão.

— Vou fazer isso. Como já disse, é um pouco perigoso, só pra você saber. Comanches e kiowas e tudo mais. Eles saem do Território Indígena pra matar algumas pessoas, depois fogem de novo pro norte, onde o Exército não pode chegar. Por acaso você sabe atirar com um rifle?

— Sei. — Já faz anos que eu caço pra comer na floresta e nos charcos de Goswood Grove. Tati achou que era melhor deixar Jason e John trabalharem na colheita, já que eles eram mais fortes. — Já matei mais esquilos e gambás do que você pode contar.

— E vai conseguir atirar num homem se precisar?

— Acho que sim. — Mas não faço ideia. Penso na guerra. Homens mortos sem rosto, braços e pernas e partes do corpo largados como postas de carne, flutuando no rio ou sendo levadas por amigos ou escravos para o enterro. Comida pra moscas e vermes e criaturas selvagens.

— É melhor ter certeza disso — diz Gus.

— Acho que consigo fazer o que for preciso. Eu faço qualquer coisa pra sair desse lugar.

— Eu vou cuidar disso — confirma Gus, e vejo aquilo como uma esperança. Uma certeza abençoada que, de alguma forma, minha liberdade tá pra chegar. — Enquanto isso, eu tenho uma coisa pra você. — Enfia a mão no bolso. — Não sei por que fiquei com isso, a não ser por a gente ser companheiro de viagem e quem sabe sócio no negócio do gado... antes de você ter sido jogado do barco, quero dizer. E eu te fiz aquela promessa, de perguntar sobre a tua gente por onde meu caminho me levasse.

Ele estende o braço, e vejo o cordão de couro com três pontinhos redondos amontoado na mão suja dele. As miçangas da minha avó, mas como pode?

— Gus, onde...

— Sabe o lugar onde você foi jogado do barco? Eu peguei isso no convés. Achei que o mínimo que eu podia fazer era informar sua gente do que aconteceu com você, se encontrasse sua gente, quer dizer. Andei perguntando aqui e ali sobre pessoas com o nome de Gossett, que usam três miçangas de vidro num cordão. Gus McKlatchy não esquece o que promete. Nem pra alguém que podia ter morrido afogado. Mas você não tá morto, ao menos pela evidência apresentada nesse momento, então isso é seu.

Pego as miçangas, sinto a pele quente e suada do Gus onde a gente se toca. Meus dedos se enlaçam nas miçangas. "Segura firme, Hannie. Segura firme, no caso disso ser um sonho." É bom demais pra ser verdade, recuperar essas miçangas depois de todo esse tempo.

— Eu andei perguntando por aí — continua Gus. — Sobre o tal sr. William Gossett e o tal de dr. Washburn que você mencionou. Não consegui saber de nada.

Ouço a voz dele como se estivesse do outro lado de uma grande plantação, a acres e mais acres de distância.

Encosto as miçangas no rosto, sinto o cheiro delas, rolo pela minha pele. Lembro a história da minha gente. A história da minha avó e da minha mãe. A *minha* história. Meu sangue começa a latejar cada vez mais forte, me inundando e me levantando até eu poder abrir os braços e voar como um passarinho. Voando pra longe daqui.

— A caravana de carga tá indo mais ou menos na direção certa — continua Gus, mas eu não quero mais ouvir. Quero ouvir a música das miçangas. — Vamos chegar lá, arranjar algum trabalho... Menardville, Mason, Fredericksburg, talvez Austin City. Economizar pra cada um de nós comprar um cavalo e equipamento. Enquanto a gente tá lá, posso ajudar a perguntar sobre o seu pessoal, se você quiser. Perguntar em lugares onde um garoto negro não pode meter o bedelho. Eu sou bom em fazer pergunta. Quem não arrisca não petisca. É o que nós, McKlatchy, dizemos.

Rolo as miçangas pela minha pele e respiro mais fundo. Fecho os olhos e imagino: "Se eu desejar bastante, será que consigo sair voando por essas grades?".

Um galo canta ao longe, e em algum lugar mais perto um sino anuncia o sol da manhã. Gus toma fôlego.

— Eu preciso ir. — O jumento dá um zurrado quando Gus desce e pousa quase sem fazer barulho na rua. — Melhor ir cuidar do meu negócio antes que alguém me veja aqui. Mas a gente ainda vai se ver. Como já disse, Gus McKlatchy sempre cumpre o que promete.

Abro os olhos e vejo Gus se afastando, com a cabeça inclinada pra trás, assobiando uma música na luz difusa da manhã. Mas pouco a pouco ele desaparece na névoa que sobe do rio, até só conseguir ouvir a melodia de "Oh! Susanna", o som dos cascos pequenos e redondos do jumento e o rangido das rodas de madeira da carreta girando. *Chiii-cla-claque, chiii-cla--claque, chiii-cla-claque, chiii...*

Quando nem isso consigo mais escutar, volto ao catre, seguro o cordão na mão e me debruço pra ver se as miçangas continuam sendo de verdade.

Quando acordo de novo, a luz tá entrando pelos quadrados das barras da janela. O estampado de retalhos já no meio do chão. Quando o sol se põe, eles sobem pela parede.

Abro a mão e estico o braço até onde a luz é quente e verdadeira. As miçangas refletem o sol e brilham como a asa de um passarinho.

Ainda estão aqui. Ainda são de verdade.

Sinhazinha está acordada, balançando pra frente e pra trás e fazendo os seus barulhos, mas eu levanto, fico perto do catre e olho pela janela. Choveu em algum momento nas primeiras horas, por isso não consigo ver os rastros de um garoto nem de uma carreta, mas estou com as miçangas na mão, então eu *sei*.

— Gus McKlatchy — digo. — Gus McKlatchy.

É difícil imaginar como um garoto de treze anos pode tirar a gente desse lugar, mas tem dias que a gente se agarra a qualquer esperança que encontra, mesmo na forma de um garoto branco, pobre e magricela como o Gus.

O dia fica um pouco menos pesado pra mim enquanto os quadrados de luz percorrem o chão. Penso no Gus, em algum lugar dessa cidade. Penso em Juneau Jane, que não tem um tostão no bolso. Todas as nossas trouxas, exceto as roupas de mulher da Juneau Jane, ficaram comigo, e agora estão com o xerife. Nosso dinheiro. Nossa comida, nossos pertences e a pistola. O *Livro dos amigos perdidos*. Tudo.

Sinhazinha geme e aperta a barriga, começa a ficar inquieta muito antes de o carcereiro vir com nossas tigelas de sopa de legumes e duas colheres de pau. Uma vez por dia. Uma tigela. É só o que vamos ganhar, disse o xerife.

Ouço o irlandês se mexer na cela ao lado. Vai começar a gritar, agora que acordou. Mas enquanto a gente toma a nossa sopa ele cochicha:

— Ei. Ei, vocês tão me ouvindo, vizinhos? Vocês tão me ouvindo, não tão?

Descruzo as pernas, levanto, vou até a parede e ando de lado até ver dois braços grossos pendurados nas grades da janela, mas o irlandês não consegue me ver. A pele dele é sardenta e queimada de sol. Uma camada de pelos louros recobre tudo, até as juntas das mãos. São mãos de um homem forte, por isso fico encostada na parede.

— Eu tô ouvindo.

— Quem tava lá fora conversando com você de manhã?

Não há razão pra confiar nele, por isso respondo:

— Eu não conheço.

— McKlatchy, eu ouvi ele dizendo. — Então o homem tava escutando a gente. — Um bom nome escocês. Amigos de irlandeses como eu. Minha querida mãe era escocesa-irlandesa, era mesmo.

— Não sei dizer nada a respeito. — O que esse homem quer? Será que vai falar sobre mim com o xerife?

— Se vocês dois me ajudarem a sair daqui, garoto, eu posso retribuir. Posso ajudar vocês dois. — As mãos grandes desenham um círculo, apressadas.

Continuo encostada na parede.

— De algumas coisas eu sei — continua o irlandês. — Esse homem que você tá procurando, William Gossett. Eu encontrei esse homem. Ao sul daqui, em Hill Country, perto da cidade de Llano. Quis vender um belo cavalo pra ele, quando o dele começou a mancar. Eu posso levar você até ele, se me ajudar a sair daqui. Receio que esse seu sr. Gossett tenha problema se os soldados toparem com ele por lá... porque ele tava montando um cavalo do Exército quando a gente se separou. Eu avisei, avisei mesmo, que ele devia trocar o animal por outro quando chegasse na cidade mais próxima. Mas ele não era do tipo de ouvir conselho. Nem o tipo de homem praquela cidade de Llano. Se me ajudar a fugir daqui, eu faria isso valer a pena te ajudando na sua busca. Eu posso ser útil pra você, meu amigo.

— Não vejo muito jeito de a gente poder te ajudar — respondo, pra ele saber que não acredito no que tá dizendo.

— Fala pro patrão do seu amigo que eu sou bom com cavalos e não tenho problema com os perigos da viagem. Se ele conseguir me tirar dessa dificuldade atual sem uma corda no meu pescoço.

— Eles não vão soltar um ladrão de cavalos da prisão.

— Tem muito auxiliar de xerife que pode ser comprado.

— Eu também não sei nada sobre isso. — De todo jeito, não consigo acreditar em nada que venha de um irlandês. Os irlandeses só contam histórias, e odeiam negros, e o sentimento é mútuo.

— As três miçangas azuis — tenta em seguida. — Ouvi vocês falando a respeito, ouvi sim. Tenho vagado muito por essas montanhas e já vi dessas coisas. Num hotel e restaurante pra viajantes no caminho de Austin, bem perto do ribeirão Waller. Três miçangas azuis num cordão. No pescoço de uma garotinha branca.

— Uma garota branca? — Acho que ele não percebeu que eu sou negra e que qualquer um com as miçangas azuis da minha avó também seria.

— De cabelo ruivo, uma garotinha magricela, nova ainda. Oito, talvez dez anos, eu diria. Servindo água nas mesas num pátio embaixo de uns carvalhos. Eu podia levar você até lá.

Me viro e volto pro catre.

— Não é ninguém que eu conheço.

O irlandês chama de novo, mas eu não respondo. Começa a jurar por Deus e pela alma da mãe dele que não tá mentindo. Mas eu não ligo.

De qualquer jeito, antes de dar tempo pra sopa esfriar na tigela o Exército vem buscar o sujeito. Ele sai arrastado, gritando tão alto que Sinhazinha tapa os ouvidos e se esconde debaixo do catre, no meio de todo aquele fedor e sujeira.

Logo depois o auxiliar do xerife entra e me arrasta da cela e não tem nada que eu possa fazer.

— Cala essa matraca, se sabe o que é melhor pra você — ordena.

O xerife tá na sala da frente, e começo a implorar e a dizer que não fiz nada.

— Vai embora daqui — diz, e joga nossas trouxas na minha mão. Parece que tá tudo ali, até a pistola e o livro. — Você foi contratado pra um trabalho que vai te levar pra longe da minha cidade. Mas nunca mais quero ver sua cara por aqui depois que as carroças do J. B. French partirem.

— Mas a Si... — Paro de falar antes de dizer *Sinhazinha*. — Ele. Eu preciso cuidar dele, o garotão que veio comigo. Ele não tem ninguém mais no mundo. É inofensivo, só meio bobo da cabeça, mas eu...

— Fecha essa matraca! O xerife James não quer saber o que você tem a dizer. — O auxiliar me dá um chute forte nas costas, me jogando de cara na parede. Caio em cima das trouxas, apoiada nos joelhos e num cotovelo, e corro pra recolher tudo do chão.

— O garoto vai ser internado no Manicômio Estadual de Austin — diz o xerife. O delegado abre a porta da cadeia e me chuta pra rua.

Gus está na porta me esperando e me ajuda a juntar as trouxas e sair andando.

— É melhor a gente ir logo, antes que a cabeça deles recalibre a sua soltura — afirma.

Eu continuo falando da Sinhazinha enquanto ele me arrasta pra longe.

— Olha aqui, Hannibal. Eu só consegui soltar *você*. Se começar a criar problema, eles te prendem de novo e ninguém vai poder te ajudar.

Saio cambaleando, deixando Gus me arrastar pela rua.

— Comporte-se — continua. — O que deu em você? Vai acabar botando nós dois no xadrez. O sr. J. B. French e o capataz, Penberthy, não querem saber de bobagens.

Continuo andando, tentando raciocinar sobre o que fazer a seguir. As ruas da cidade, cavalos e carroças, gente branca e negra, cachorros e cauboys, lojas e casas passam pelos meus olhos numa mistura, de um jeito que não vejo nada. Depois tem a viela perto do tribunal e de Battercake Flats. Paro e olho na direção das folhagens, lembro de ter estado ali, eu e Sinhazinha e Juneau Jane, comendo os biscoitos da nossa bagagem.

— Por aqui. — Gus me empurra pelo ombro. — Só um pouco mais, até onde estão as carroças. Eles acabaram de carregar uma delas, e os últimos a chegarem vão viajar em cima da carga. Vamos encontrar com as carroças vindo de Weatherford e de lá partir para o sul. Não temos tempo a perder.

— Eu vou junto — digo, jogando as trouxas nas mãos de Gus antes de ele dizer não. — Eu vou, mas primeiro preciso fazer uma coisa.

Saio correndo pelas ruas e vielas, passo por cachorros ganindo e cavalos amarrados em traves. Sei que não devo, mas retorno ao lugar onde toda confusão começou. Onde a velha Florida e o engraxate trabalham, pouco depois da casa de banho. Pergunto sobre Juneau Jane. Eles dizem que não viram ninguém e eu corro até os fundos da casa. Dou uma parada e vejo trabalhadoras indo e voltando, levando água nos baldes.

Uma mulher negra gorda e de rosto redondo sai pra recolher roupas de um varal que atravessa a viela. Dá risada e brinca com outras mulheres. Chego mais perto, pensando em perguntar sobre Juneau Jane.

Ainda não cheguei na metade do caminho quando vejo um homem na sacada acima de mim. Ele joga o chapéu pra trás e sopra a fumaça de um charuto. A fumaça espirala pela aba do chapéu e paira no ar quando ele chega até o gradil pra bater as cinzas. Quando ele faz isso, vejo as cicatrizes derretidas no lado do rosto e o tapa-olho. Preciso reunir toda a minha coragem pra dar meia-volta bem devagar, sem correr, e sair andando. Cerro os punhos e estico os braços sem olhar para trás, nem pra esquerda nem pra direita. Sinto que o tenente tá olhando pra mim.

"Não, não tá. Não, não tá", digo a mim mesma.

"Não olha."

Viro a esquina e saio correndo como uma louca.

Só então percebo que a viela ao lado tá vazia. Tem um homem carregando umas caixas num carrinho de mão. É alto e esguio, forte, escuro como as sombras que recobrem a gente. Reconheço a silhueta mesmo na meia-luz. Não dá pra esquecer um homem que quase te matou, duas vezes. E que faria isso agora, se tivesse chance.

Tento parar e dar meia-volta, mas a água dos baldes de lavar roupa escorre pela viela como um pequeno riacho. Escorrego no lodo e caio no chão.

Moses me agarra antes de eu conseguir levantar.

Amigos Perdidos

Prezado editor, nasci no condado de Henrico, Va., uns 70 anos atrás. Minha mãe era Dolly, uma escrava pertencente a Phillip Frazer, e continuei escrava do dito Frazer até eu ter 13 anos de idade. Eu tinha duas irmãs mais novas. Os nomes delas eram Charity e Rebecca. Elas tinham de 4 a 5 anos quando eu fui vendida para Wilson Williams, de Richmond. O sr. Williams me vendeu mais ou menos 6 ou 7 meses depois para os mercadores de negros Goodwin & Glenn, que me venderam em Nova Orleans, La. Eu tinha na época uns 14 anos, e subsequentemente me tornei propriedade de muitos e diversos senhores na Luisiana e no Texas, até ser libertada pela proclamação da emancipação do presidente Lincoln. Agora sou residente desta cidade e membro da Igreja M. E. Gostaria de saber das minhas irmãs, Charity e Rebecca, que deixei na Virginia e também de outros familiares, se eu tiver algum; e me valer das suas colunas como forma de inquirir sobre eles. Podem me escrever aos cuidados do Rev. J. K. Loggins, igreja de St. Paul, Galveston, Texas.

Sra. Caroline Williams

— Coluna "Amigos perdidos" do *Southwestern*
14 de abril de 1881

22

BENNY SILVA — AUGUSTINE, LUISIANA, 1987

É QUINTA-FEIRA DE NOVO E EU sei, mesmo sem o primeiro vislumbre entre as árvores, que a picape de Nathan estará estacionada na entrada da casa. Meus pensamentos correm na frente do Fusca, que agora está de para-choque novo, graças a Cal Frazer, o mecânico local e sobrinho da srta. Caroline, uma das Senhoras do Novo Século. Frazer adora carros antigos como o Fusca, porque eram feitos para serem consertados e mantidos em uso, não descartados como lixo quando os relógios digitais e os cintos de segurança automáticos deixam de funcionar.

Uma viatura da polícia sai de um esconderijo atrás de um outdoor e vem atrás de mim, e dessa vez não começo a suar de nervoso sobre ser parada por causa da questão do para-choque. Mesmo assim, sou acometida por um sentimento ligeiramente sinistro a cada curva que fazemos juntos. É como a cena de um filme em que os agentes da lei e os poderosos de uma cidade pequena são indistinguíveis uns dos outros. Todos têm o mesmo objetivo: impedir que qualquer um de fora abale o *status quo*.

Por mais que eu preferisse manter discreto o projeto *Subterrâneo* até chegar perto de sua realização, é difícil quando dezenas de adolescentes, um grupo de senhoras e um punhado de voluntários como Sarge estão andando pela cidade querendo saber de coisas que variam de arquivos do tribunal a velhos artigos de jornal, de fotos de família a documentos, de cartazes a crônicas de costumes. Chegamos à primeira semana de outubro, o que põe a data da nossa apresentação no Dia das Bruxas para daqui a menos de trinta dias.

Paro no começo da minha entrada de carros, só para ver quem está na viatura policial, que já está bem além dos limites da cidade. O motorista é Redd Fontaine, é claro. Como é irmão do prefeito e primo de Will e Manford Gossett, ele assume tudo como sua jurisdição. Dirige sem pressa, olhando para minha casa ao passar.

Não posso deixar de pensar se ele não está tentando ver a picape do Nathan. Eu e o Fusca mantemos nossa posição, tentamos bloquear a visão até o carro de polícia passar, e só depois seguimos em frente. Meu pulso acelera quando vejo a bermuda cáqui e uma camisa de cambraia estampada de camuflagem atrás do oleandro que esconde o santo de jardim. Reconheço o traje, antes mesmo de ver Nathan no balanço da varanda. Até onde sei, ele tem mais ou menos cinco uniformes diários, todos casuais, confortáveis e sintonizados com o clima quente e úmido do sul da Luisiana. O estilo dele é uma mistura de montanhista com vagabundo de praia. Ele nunca usa roupas formais.

É uma das coisas que eu gosto nele. Também não sou dessas que seguem a moda, apesar de estar tentando causar uma boa impressão na minha carreira como professora. "Vista-se para o emprego que você deseja, não para o emprego que você tem" era uma das recomendações dos conselheiros da faculdade. Acho que quero ser diretora algum dia. É uma ideia nova e ainda estou pensando a respeito. O ensino médio combina comigo de um jeito inesperado. Esses estudantes fazem me sentir como se eu tivesse um propósito, que é importante levantar e sair para trabalhar todos os dias.

O Fusca se aninha em silêncio em seus sulcos habituais na entrada de carros e suspira quando desligo a ignição. No balanço, Nathan está apoiado num dos braços, os dedos relaxados. Observa o cemitério com os olhos semicerrados, e por um momento cogito se não está dando uma cochilada. Ele parece... relaxado, imperturbável e no presente.

É uma lição que estou tentando aprender com ele, esse viver totalmente no presente. Eu me preocupo, faço planos. Vivo me atormentando, repassando mentalmente meus erros do passado, desejando ter sido mais sábia, desejando ter sido mais forte, desejando ter feito escolhas diferentes. Vivo mais nos domínios do mas, e se... Também gasto muito tempo e energia mental tentando prever qual armadilha pode estar escondida na próxima esquina. O comportamento normal de Nathan parece ser aceitar a vida como ela é, e enfrentar as armadilhas quando e se elas aparecem. Talvez seja o resultado de ter sido criado nas montanhas por uma mãe artista, que ele define afetuosamente como uma *beatnik*.

Gostaria de que falasse mais sobre ela. Tenho buscado maneiras de entendê-lo, mas ele não dá muito espaço. Mas, até aí, eu também não. São tão poucas as coisas que posso contar sobre minha família ou meu passado que não tenham relação com o que tenho tentado evitar a maior parte da minha vida adulta...

O rangido dos degraus da varanda o despertam de seu devaneio. Ele inclina a cabeça e me examina por um momento.

— Dia difícil? — pergunta.

— Pareço estar *tão mal* assim? — Insegura, ajeito algumas mechas na trança que parecia adequadamente profissional de manhã. Nathan aponta a metade vaga do balanço como se fosse o divã de um psicólogo.

— Você parece... preocupada.

Dou de ombros, mas na verdade estou um pouco preocupada, e magoada.

— É por causa da aprovação do projeto *Subterrâneo*, acho. Já expliquei para o diretor Pevoto algumas vezes, mas não sei bem se ele me ouve, sabe? Ele meio que passa a mão na minha cabeça e diz para eu conseguir a assinatura dos pais aprovando o projeto. Ainda faltam muitos. Meu plano era falar com vários deles na reunião de pais e mestres. Onze deles passaram brevemente pela minha sala de aula. Onze. No total. De cinco turmas de aulas diárias, com uma média de trinta e seis alunos em cada uma, só consegui falar com três mães, um pai, um casal, uma tia, um tutor legal e uma guardiã. E dois avós. Passei a maior parte da noite sozinha numa sala vazia.

— Ah, puxa, que dureza. — Ele tira o braço do encosto do balanço e me abraça pelos ombros, os dedos roçando a pele do meu braço. — Deve ter doído um pouco, hein?

— Sim, doeu. — Mergulho no gesto de consolo e companheirismo... ou seja o que for. — Eu levei relatórios do que os alunos escreveram e algumas fotos. Queria ser simpática com todo mundo, sabe? Mas ficamos só eu, uma bandeja de biscoitos e suco de caixinha... e pratos e copos com temas de outono comprados para a ocasião. Acho que eu exagerei. Agora não vou precisar comprar essas coisas por meses.

Estou ciente de estar em busca de solidariedade, e detesto isso, mas acho que faz parte do meu momento atual. Noites de reunião com pais de alunos são difíceis, e isso... seja lá o que estamos fazendo, faz bem.

— Ah — repete Nathan, com um aperto amigável, como que tentando me animar. — Eu posso comer alguns desses biscoitos.

Minha cabeça relaxa no ombro dele. De repente parece muito natural.

— Jura?

— Juro.

— Então me dá o dedinho. — Levanto minha mão livre, mas logo a recolho. Eu fazia isso com Christopher. Velhos hábitos. Um espectro surgindo para me lembrar que se jogar num novo relacionamento para curar a tristeza de um rompimento era uma das estratégias de vida da minha mãe, e nunca funcionou. Eu e Nathan somos amigos. Companheiros. É melhor manter desse jeito. Ele sabe disso, que é a razão de nunca ceder quando tento pescar alguma informação sobre o seu passado. Cheguei até a insinuar que adoraria ver como funcionam as coisas no pesqueiro de camarão. Mas nunca fui convidada para conhecer essa parte da vida dele. Nem para dar uma olhadinha. Há uma razão para isso.

Afasto-me um pouco, recuperando uma distância segura.

Nathan apoia a mão no banco entre nós e depois, meio incerto, deixa a mão sobre a coxa e começa a tamborilar os dedos de leve. Vemos uma corruíra saltitar pelo gradil da varanda e logo sair voando.

Finalmente ele pigarreia e diz:

— Ah, olha. Antes que eu me esqueça, queria dizer que falei com o meu advogado para anular a vinculação da venda do terreno com o cemitério, pelo menos na forma atual. Claramente, não está certo começar a vender lotes de um cemitério onde pessoas foram enterradas há mais de cem anos. A vinculação com o cemitério vai ter que ser substituída por algum terreno anexo em outro lugar. Isso significa que você não precisa se preocupar com a casa. Você pode ficar morando aqui pelo tempo que quiser.

Sinto uma mistura de alívio com gratidão.

— Muito obrigada. Você não imagina o quanto isso significa. — A revelação me proporciona uma postura mental mais segura. Eu preciso dessa casa, e meus alunos precisam do projeto *Subterrâneo*. E qualquer tropeço que leve a uma relação romântica entre mim e Nathan poderia complicar tudo.

Viro o corpo e ponho o joelho no banco entre nós, aumentando ainda mais a distância, e passo a falar sobre a casa. Coisas neutras. Nada pessoal. Acabamos falando sobre o tempo e como o dia está lindo, que quase parece outono. Quase.

— Claro que amanhã deve voltar a fazer trinta e cinco graus — brinca Nathan. — Assim é o sul da Luisiana.

Reclamamos de como é estranho morar num lugar onde as estações são fluidas no dia a dia. Nessa época, nas montanhas da Carolina do Norte de Nathan, as encostas estão salpicadas de tons vívidos de amarelo e âmbar, em meio a uma miríade de altos pinheiros verdes. No Maine, meu lugar favorito entre os locais onde cresci, os pomares estão floridos e os passeios de charrete seguem a todo vapor, prontos para o trânsito intenso de turistas apreciando os áceres, os liquidâmbares e as nogueiras. As manhãs são açucaradas por uma geada cristalina, e as pontas da relva moribunda mostram sinais das primeiras neves. No mínimo, haveria no ar a inconfundível insinuação da chegada do inverno.

— Nunca pensei que sentiria falta do outono, mas sinto — digo a Nathan. — Mas também devo dizer que, para quem gosta de uma folhagem impressionante, os jardins de Goswood Grove são um bom substituto. — Estou prestes a falar das rosas trepadeiras antigas cascateando pelas cercas e escalando as árvores altas, do que resta de um velho caramanchão que só ontem descobri na minha caminhada... mas logo percebo para onde estou levando a conversa.

A atitude relaxada de Nathan evapora. De repente, ele parece abatido. Quero pedir desculpas, mas não posso. Mesmo isso levaria aos graves problemas que ele tem com a casa e com o que vai acontecer com ela a longo prazo.

Seu olhar vagueia naquela direção. Percebo seu semblante enevoado, e me repreendo por dentro.

— Bom... eu poderia preparar um queijo-quente com creme de tomate pra nós. E que tal um chocolate, já que estamos comemorando um falso outono e tudo mais? — Pareço um time de futebol tentando surpreender o adversário para mudar o andamento da partida. — Você está com fome? Porque eu estou.

A atenção dele se divide por mais uns instantes. Está querendo dizer alguma coisa. Mas as nuvens se abrem, ele sorri e propõe:

— O Cluck and Oink seria mais fácil.

— Bem, isso seria bem bom. — Tento imitar o sotaque da Luisiana, mas soa patético. — Você traz umas costelas de porco, enquanto isso eu ponho um jeans.

Voltamos ao clima descontraído da nossa rotina das noites de quinta-feira. Depois da refeição, costumamos sair do coma alimentar dando um passeio pelo cemitério, fazendo comentários sobre antigos túmulos e conjeturando sobre as vidas que representam. Ou vamos até a estrada do açude da fazenda para ver o sol se pôr atrás dos arrozais, sempre evitando o portão de Goswood Grove, é claro.

— Não — diz ele, se levantando. De repente tenho medo de que tenha desistido do jantar. — Vamos comer lá no Cluck and Oink mesmo. Você teve uma semana difícil. Não faz sentido ter que lavar a louça depois. — Ele deve ter percebido a surpresa estampada no meu rosto, pois logo acrescenta: — A não ser que você não queira.

— Não! — respondo depressa. Mas, fora aquela visita à biblioteca, só comigo, com os alunos e alguns ajudantes, eu e Nathan somos discretos. — É uma ótima ideia. Deixa só eu dar uma ajeitada rápida nesse cabelo.

— Para ir ao Cluck and Oink? — Ele franze a testa de surpresa, as linhas formando uma marca.

— Tem razão.

— Você está ótima. Uma mistura de Jennifer Grey em *Dirty dancing* com Jennifer Beals em *Flashdance*.

— Bom, nesse caso... — Ensaio uns passos de dança esquisitos que meus colegas da faculdade de Letras apelidaram carinhosamente de

Garibaldo no gelo. Nathan dá risada e partimos para a cidade na sua picape, conversando sobre coisas sem importância.

Ao entrar no Cluck and Oink, sinto uma pontada de insegurança. Granny T está na caixa registradora. LaJuna traz os nossos cardápios, cumprimenta com um tímido "olá" e diz que é quem vai atender a nossa mesa.

Talvez tivesse sido melhor pedir para viagem. A biblioteca é uma coisa, mas isso aqui está muito parecido com um encontro, e de certa maneira essa é a sensação.

A treinadora de corrida das meninas está numa mesa de canto. Olha pra mim de um jeito não amistoso. Ela e os outros treinadores estão irritados comigo. Alguns alunos têm chegado atrasados nos treinos depois das aulas, por estarem ocupados com o projeto *Subterrâneo*.

Little Ray sai da cozinha com uma bacia na mão e garrafas de desinfetante penduradas no cinto, como revólveres de um caubói. Eu nem sabia que ele trabalhava aqui.

Cruza o caminho de LaJuna no pequeno espaço entre o balcão das garçonetes e a porta da cozinha. Os dois se empurram de leve e logo depois, num canto onde acham que ninguém pode ver, se abraçam e se beijam.

"Quando foi que isso começou?"

Sinto como se meus olhos estivessem queimando.

"Não. Por favor, não."

"Chega."

Que Deus me ajude, talvez eu não sobreviva aos meus alunos. Cada vez que viro as costas, acontece alguma coisa. Uma nova armadilha, um buraco na pista, um bloqueio na estrada, uma decisão equivocada, um ato de pura burrice.

Little Ray e LaJuna são muito jovens, e ambos têm um tremendo potencial, mas também enfrentam grandes dificuldades na vida cotidiana. Os jovens ficam dolorosamente vulneráveis quando vivem uma situação familiar difícil e tentam preencher essa lacuna com seus iguais. Por mais que teoricamente eu seja a favor do amor entre jovens, também sei das consequências potenciais a que pode levar. Não posso deixar de considerar que Little Ray e LaJuna precisam tanto de um relacionamento adolescente quanto eu preciso de um salto agulha de quinze centímetros.

"Não leve muito a sério", digo a mim mesma. "A maioria desses casinhos dura uma semana."

— Então, eu andei pensando na casa. — fala Nathan. Tiro os olhos da cena do balcão das garçonetes, tentando também ignorar os olhares da treinadora.

— A minha casa?

A pergunta paira no ar quando um garoto traz uma cesta de pães que teria um aroma divino em qualquer outra circunstância. Põe na mesa um cesto de plástico bem usado e o enche de broas de milho, palitinhos e pãezinhos, ao lado de manteiga, mel e uma faca.

— Olá, professora Puff — diz. Estou tão distraída que nem olho para cima para perceber que o garoto servindo o pão *também* é meu aluno. Um menino de cabelo desgrenhado da família Fish. Os outros o classificam na categoria de *os da periferia*. Corre o boato de que ele fuma maconha, que a família planta em algum lugar escondido na mata. Normalmente ele cheira a cigarro, principalmente depois do almoço.

A família Fish também não é bem falada na sala dos professores. Brancos que não têm onde cair mortos. "Nenhum dos filhos dos Fish concluiu o ensino médio, então por que perder tempo?" Foi o que disseram. "Quanto antes eles desistirem, melhor. Só servem como má influência para os outros."

Abro um sorriso. Enquanto Shad Fish, o segundo filho da família, é um pouco mais extrovertido, eu nem sabia que esse filho mais velho sabia o meu nome. Gar Fish nunca falou nada na sala de aula. Nenhuma vez. Fica a maior parte do tempo com a testa apoiada nas mãos, olhando para a carteira. Até mesmo na biblioteca. Como aluno, é totalmente desleixado. Tampouco é atleta, por isso nenhum treinador defende sua falta de esforço acadêmico.

— Oi, Gar. — O coitado do garoto tem irmãs chamadas Star e Sunnie e um irmãozinho chamado Finn. Os outros vivem caçoando dos nomes deles.

Eu não fazia ideia de que Gar trabalhava no Cluck.

— Eu tenho... escrito... sobre o meu projeto — diz ele.

"Meu Deus..."

Um olhar hesitante paira pela franja escura e oleosa debaixo da touca do Cluck.

— Meu tio Saul foi até a casa de repouso em Baton Rouge pra dar um alô pro vovô. Eu e Shad fomos junto e também conversamos com ele. Não temos nenhuma Bíblia de família ou coisa do gênero em casa.

O garoto lança um olhar de soslaio quando a recepcionista acomoda outros clientes na mesa ao lado. Gar vira de costas para eles antes de continuar.

— Meu avô contou algumas coisas sobre a família. Eles tinham um negócio rio acima, perto daqui. O maior alambique clandestino da região. Meu avô foi trabalhar lá quando tinha só onze anos, quando os agentes fiscais tiraram o pai dele de circulação. Mas o negócio da família foi interditado depois de um tempo. Meu avô saiu de casa e subiu o rio pra trabalhar com alguns tios que tinham uma serraria. Disse que eles moravam num quarto no celeiro que ainda tinha correntes para escravos. Do tempo em que eles faziam algum dinheiro pegando foragidos no pântano e levavam pra Nova Orleans. Dá pra imaginar? Caçadores ilegais. Como caçar jacarés fora da temporada. Era o que a minha família fazia pra ganhar a vida.

— Hã? — Às vezes é só o que consigo dizer sobre alguns fatos que descobrimos na nossa jornada do projeto *Subterrâneo*. A verdade é quase sempre hedionda. — Às vezes as coisas que descobrimos na história não são fáceis de entender, não é, Gar?

— É... — Os ombros parecem meio caídos. Ele baixa os olhos, da cor musgosa da água do pântano. Vejo um hematoma bem pronunciado embaixo do olho esquerdo. Não dá para imaginar onde ele arrumou aquilo. — Como é que eu posso começar o meu projeto? É como se a família Fish só aprontasse, sempre com alguém na cadeia. Será que eu não podia escolher alguém que não esteja no cemitério e falar sobre ele? Um sujeito rico, o prefeito ou alguém assim?

Contenho um acesso de emoção.

— Não desista ainda. Vamos continuar explorando. Fale comigo amanhã quando estivermos na biblioteca e vamos trabalhar nisso juntos. Você já pesquisou o outro lado da família? O lado da sua mãe?

— Minha mãe foi posta num orfanato quando era pequena, nós nem conhecemos a família dela. Eles são dos arredores de Thibodaux, acho.

Sinto-me meio constrangida, chocada ao pensar numa criança deixada desamparada no mundo, à mercê de estranhos.

— Bem, certo, então vamos ver o que podemos descobrir. Vamos começar por aí amanhã. Pelo sobrenome da sua mãe. A gente nunca sabe onde...

— ... pode estar a pepita de ouro até começar a cavar. É, eu sei. — Ele conclui o mantra que eu e os alunos criamos.

— Toda família tem mais de um lado na própria história, certo? Qual era o sobrenome dela. Da sua mãe?

— Minha mãe era uma McKlatchy antes de casar com um Fish.

Nathan larga a faca da manteiga na mesa com um *cling*, se aprumando um pouco.

— Minha mãe tem alguns McKlatchy na família. Parentes distantes, mas todos moram nas imediações de Morgan City, Thibodaux, Bayou Cane. Talvez a gente tenha parentes em comum no passado.

Eu e Gar ficamos surpresos. Eu não tinha ideia de que Nathan tinha laços de família por aqui por parte de mãe. Baseada na descrição dela como uma forasteira, deduzi que fosse de algum lugar distante. Nathan tem toda uma vida ao sul daqui, ao longo do litoral. Uma vida com outras pessoas. Parentes e reuniões familiares.

— Pode ser — concorda Gar, como se tivesse tendo uma grande dificuldade ao processar uma possível relação genética com Nathan Gossett. — Mas eu duvido.

— No caso de ser um *parente* seu, faça uma pesquisa em Augustus "Gus" McKlatchy — diz Nathan. — Meus tios e tias de idade costumavam falar sobre ele nas reuniões de família, quando eu era garoto. Pode haver uma boa história aí, se ele estiver na sua árvore genealógica.

Gar parece em dúvida.

— Espero que gostem dos pães — diz em voz baixa, dá de ombros e se afasta da mesa.

Nathan fica olhando para ele.

— Pobre garoto — comenta e olha para mim de uma forma que diz mais ou menos: "Não sei como você consegue aguentar isso todos os dias".

— É, eu meio que sei como ele se sente. — Por alguma razão, talvez pela nova revelação sobre Nathan e os Fish, parte dos boatos sobre Mussolini e a família do meu pai vêm à tona. — É estranho como a gente pode se sentir culpado por uma história familiar com a qual não temos nada a ver, não é? Meus pais se divorciaram quando eu tinha quatro anos e meio, e meu pai se mudou para Nova York. Nós não temos contato, mas agora eu até gostaria de perguntar sobre algumas coisas, saber a verdade. — Nem acredito que disse aquilo, e logo para Nathan. Com o projeto *Subterrâneo* invadindo tanto do meu espaço mental, acho que também tenho pensado em laços familiares. A maneira como Nathan me ouve, aquiescendo com atenção, dá a entender que está tudo bem.

Ele nem tocou no pão.

Por um momento considero se poderia contar o resto para ele — tudo. Se isso também não faria diferença. Mas logo me sinto envergonhada e descarto a ideia. Pode mudar a maneira como ele me vê. Além disso, nós estamos num local público. De repente percebo que as mulheres atrás de mim estão totalmente em silêncio. Espero que não tenham ouvido nada.

Claro que não. Por que se interessariam por isso?

Estico um pouco o pescoço, e a loura de frente para mim levanta o cardápio, de modo que só seu sofisticado penteado fica visível.

Empurro os pães na direção de Nathan.

— Desculpe. Não sei por que falei sobre esse assunto. Vai nessa.

— Damas primeiro. — Empurra o cesto para mim e me oferece a faca, segurando o cabo com o polegar e o indicador. — A não ser que você odeie broa de milho com *jalapeño*.

Dou uma risadinha.

— Você sabe que odeio. — A broa de milho é uma piada interna entre nós. Prefiro o pãozinho de seis centavos da mercearia da esquina a comer uma broa de milho. Sei que é uma coisa do Sul, mas não consegui tomar gosto. É como comer serragem.

Atacamos a cesta de pães. Broa de milho para Nathan, palitos de pão para mim. Os pãezinhos, vamos comer durante a refeição. Já se tornou uma rotina para nós.

Quando LaJuna chega para anotar o nosso pedido, volto a olhar para as mulheres na mesa ao lado. LaJuna fica esperando, lápis na mão.

— Professora Benny? — É uma das poucas que não sucumbiu a me chamar de professora Puff. É o jeito dela de se diferenciar do resto da turma, acho. — Minha mãe vinha me visitar outro dia com as crianças. Eu ia dar um presente de aniversário pra minha irmã, eu e a tia Dicey até fizemos um bolo. Mas depois acabamos só falando pelo telefone, porque o carro dela às vezes dá problema.

— Ah, que pena! — Seguro o guardanapo no colo e retorço os dedos por conta da minha frustração. É pelo menos a quarta vez que a mãe dela *promete* fazer uma visita que não acontece. LaJuna fica toda animada e esperançosa com a perspectiva, só para se recolher em si mesma quando os planos resultam em decepção. — Bom, ainda bem que vocês se falaram pelo telefone.

— Não deu pra conversar muito, porque a conta telefônica da tia Dicey fica muito cara. Mas eu falei sobre o projeto *Subterrâneo*. Ela me disse que, quando era pequena, eles contavam que muito tempo atrás a tataravó dela tinha dinheiro, usava roupas sofisticadas e era dona de terras, tinha cavalos e tudo. Posso ser ela no meu projeto *Subterrâneo*, pra poder usar um vestido bonito?

— Bom, não vejo por... — A frase completa, "Não vejo por que não", não chega a sair da minha boca. O sininho da porta é acionado e surte um efeito súbito, palpável. Parece que sugaram o ar do salão.

Vejo uma mulher cutucar o marido e apontar disfarçadamente em direção à porta. Um homem em outra mesa para no meio de uma garfada de carne, deixa o garfo de lado, senta na beira da cadeira.

À minha frente, a expressão de Nathan se desfaz, depois endurece. Olho por cima do ombro e vejo dois homens com a recepcionista, com trajes de golfe de grife que não combinam com o restaurante de madeira e zinco. Will e Manford Gossett estão mais velhos do que nos retratos pendurados em Goswood Grove, mas mesmo sem as antigas fotos e a semelhança com o restante da família, provavelmente, eu teria adivinhado quem eram, só pela atitude. Eles entram no restaurante como se fossem os donos, rindo, conversando, acenando para pessoas em outras mesas, trocando apertos de mão.

Evitam ostensivamente olhar para nossa mesa quando passam por nós e ocupam seus lugares... com as mulheres da mesa ao lado.

23

Hannie Gossett — Texas, 1875

Os penhascos rochosos, salpicados de carvalhos, olmos e cedros e os vales de nogueiras e álamos há muito se transformaram numa relva que se estende até onde a vista alcança. As montanhas são amareladas, com leves tons de verde e marrom-avermelhado, com topos emplumados de um tom rosado. Arbustos de algaroba se espalham num estampado de folhas rendadas. Cactos baixos e pedras calcárias incomodam os cascos e as patas dos cavalos, tornando a viagem lenta, mesmo agora que já passamos por Hill Country, com suas pequenas plantações, celeiros de pedra e casinhas alemãs. Já passamos há muito por isso. Estamos ao sul da cidade de Llano, onde não há nada além de árvores ressecadas acocoradas nos lugares mais baixos, como uma costura esverdeada e enrugada numa colcha marrom e dourada.

Vi antílopes e gado selvagem, malhado com as mais diferentes cores, de chifres grossos como eixos de carroça. Vi uma criatura que eles chamam de bisonte. Paramos a caravana acima de um rio e ficamos vendo aqueles bichos lanudos vagando. Muito tempo atrás, antes de os caçadores de pele chegarem, tinha centenas e mais centenas numa manada, foi o que Penberthy disse. Ninguém aqui chama o chefe da caravana de senhor. Ele é o Penberthy. Só isso.

Então eu também chamo ele assim.

Meu trabalho é nas últimas duas carroças da caravana, com Gus. Começamos como laçadores em outras carroças, mas já perdemos quatro homens nessa viagem — um doente, um com a perna quebrada, um de picada de cobra e um que fugiu em Hamilton depois de saber sobre ataques de índios mais ao sul e de colonos morrendo de formas horríveis. Tento não pensar muito nisso. Prefiro conduzir a carroça, observando cada rocha, cada árvore e toda a região onde a terra encontra o céu. Procuro por coisas se movendo e penso em Moses a cada quilômetro.

O homem foi fiel à sua palavra. Não sei dizer por que, a não ser que ele não é o que pensei que era. Não é o demônio. É o homem que nos salvou — a mim, Sinhazinha Lavinia e Juneau Jane.

— Foge daqui — falou com o peso do corpo em cima de mim naquela viela perto da casa de banhos. A mão tapando minha boca pra me impedir de gritar. Não ia adiantar nada mesmo. É pouco provável que alguém escutasse naquela cidade desenfreada e indecente, ou que alguém fizesse alguma coisa caso ouvisse. Meio Acre de Inferno. Pete Rain tava certo. Um nome bem merecido. O coveiro deve ser o sujeito mais atarefado da cidade de Fort Worth.

A única razão de não estarmos enterradas lá é Moses.

— Shhh — ordenou e olhou pra viela, depois se abaixou mais pra cochichar. — Foge enquanto pode. Sai desse lugar, sai de Fort Worth. — Os olhos dele estavam frios e metálicos, o rosto fino marcado pelo bigode grosso e comprido, o corpo de ossos pesados, de feixes de músculos e tendões.

Concordei com a cabeça, ele me alertou de novo pra não gritar e tirou a mão da minha boca.

— Eu não posso fazer isso — falei baixinho e expliquei sobre Sinhazinha e Juneau Jane, que eram filhas do sr. William Gossett, que tinha desaparecido no Texas e que nós três tínhamos nos separado à força. — Eu arranjei trabalho numa caravana partindo em breve, na direção da cidade de Llano e seguindo até Menardville.

— Eu sei — respondeu, com o suor do chapéu escorrendo na pele dele.

Contei pra ele sobre o irlandês que falou do sr. William Gossett.

— Eu preciso resgatar Sinhazinha e Juneau Jane de algum jeito e ir com elas pra longe daqui.

Vi o pescoço dele latejando, e Gus olhou de novo ao redor. Ouvimos um barulho ali perto. Vozes.

— Foge daqui — repetiu. — Você não vai poder ajudar aquelas duas dentro de um caixão de pinho, que é onde você vai parar. Eu mando elas depois, se puder. — Ele me virou da sombra em direção à luz e me deu um empurrão. — Não volte mais aqui.

Saí correndo pelas ruas e não parei nem tomei fôlego até a gente sair de Fort Worth com a caravana.

Ainda estávamos no nosso ponto de encontro com o grupo vindo de Weatherford quando um homem branco e forte chegou a cavalo, com Juneau Jane e Sinhazinha Lavinia atrás num grande cavalo baio. Ele estava vestido como um caubói, mas os cavalos tinham selas e marcas de um regimento federal.

— Da parte do Moses — disse o homem sem olhar pra mim.

— Mas como ele...

Um rápido meneio de cabeça me alertou que eu não devia fazer perguntas. Ajudou a pôr Sinhazinha e Juneau Jane na minha carroça e foi falar com Penberthy. E foi só isso. Não sei o que foi dito, e Penberthy não falou nada a respeito durante toda a viagem.

Agora nós somos os cachorrinhos novos numa matilha, nós três e o Gus McKlatchy, que conduz a carroça à frente da nossa. Somos os mais baixos na escala, mas a equipe de cocheiros e guardas das carroças de Penberthy é formada basicamente por jovens, e mais da metade é negra, índia ou mestiça. Nós três não chamamos muita atenção. Seguimos a poeira da trilha, os sulcos das travessias dos riachos, a bruma da relva esmagada e o capim esvoaçante que se alastra pela pradaria como uma nuvem depois da passagem de meia dúzia de carroças. Se atacarem essa caravana, os kiowas ou os comanches vão chegar primeiro na nossa carroça, por trás. É provável que a gente não viva pra ver o que acontece depois. Nossos batedores, índios tonkawas e homens negros que viveram com os índios e se casaram com mulheres indígenas viajam ao lado, na frente e atrás, em cavalos fortes e velozes. Observando os sinais. Ninguém quer perder a carga da caravana.

Assim como ninguém quer morrer. Gus não mentiu sobre o perigo da viagem.

À noite, quando acampamos, eles contam histórias. Morrer na mão dos índios é uma morte especialmente ruim. Tenho ensinado Juneau Jane a usar o revólver e a velha carabina que Penberthy deu pra gente. Até carreguei a velha pistola do Velho Sinhô, caso a gente se desespere a ponto de ter que descobrir se ainda funciona. Noite após noite, Juneau Jane mostra letras e palavras pra mim e pro Gus, ensinando como elas soam e como são escritas, e é ela quem guarda o *Livro dos amigos perdidos*. Gus não aprende tão rápido quanto eu, mas nós dois tentamos. Tem homens nessa caravana com parentes perdidos, homens que foram escravos no Arkansas e na Luisiana, no Texas e no Território Indígena antes da guerra. Também tinha gente assim nas cidades por onde passamos, por isso a gente tem muitas palavras novas pra aprender.

De tempos em tempos, aparecem novos nomes pra escrever no livro, até mesmo de estranhos na estrada. A gente conversa quando acampa e nas refeições, juntando histórias sobre os Amigos Perdidos e informações sobre o caminho à frente, pra saber de problemas com índios ou de trechos perigosos onde salteadores ou o Bando do Marston assaltam e roubam, ou a natureza dos rios e cursos d'água. Foi um carreteiro do correio que avisou a gente numa das últimas paradas pra tomar cuidado nessa região. Falou de ladrões de cavalo e de gado, de um conflito entre rancheiros alemães e americanos que se juntaram aos confederados durante a guerra.

— Os alemães organizaram um grupo de vigilantes, chamado de Hoodoos. Arrombaram a cadeia de Mason um tempo atrás pra pegar alguns sujeitos que foram presos por roubarem gado solto no pasto. Quase mataram o xerife e um patrulheiro do Texas. Balearam um homem na perna, que não tinha nada a ver com o gado, mas foi preso por estar num cavalo roubado do Exército. O pobre coitado teve sorte que não o enforcaram também naquela noite. Os Hoodoos já tinham enforcado três presos quando o xerife e o patrulheiro os fizeram parar. Agora os Hoodoos mataram mais um, e a família formou um bando e partiu pra guerra por isso. Também houve problemas recentes com o Bando do Marston. O chefe chama a si mesmo de "General". Ele fala sobre uma nova onda da febre hondurenha, está recrutando secessionistas ferrenhos para construir o novo Sul nas Honduras Britânicas, e talvez na ilha de Cuba também. Tem ganhado muita gente para a causa. Não dá para dizer quem é quem só de olhar. Vocês precisam tomar cuidado. Não passa um fio de pelo de coelho entre a lei e os fora da lei por aqui. É uma região perigosa.

— Eu ouvi falar do Bando do Marston — diz Gus. — Eles tavam fazendo reuniões secretas num depósito em Fort Worth, recrutando mais gente. Um bando de loucos, se querem saber. O mundo não anda pra trás. Vai pra frente. O futuro pertence ao homem que encara tudo de frente.

Penberthy coça a barba grisalha e concorda. O chefe da caravana botou o menino Gus McKlatchy debaixo da asa, como um pai ou um avô.

— Esse tipo de pensamento vai te levar longe — comenta, e diz pro carreteiro do correio: — Obrigado pelo aviso, amigo. Vamos tomar cuidado.

— Como se chamava o homem que tomou o tiro na perna? — me intrometo, e todos olham pra mim, surpresos. Não quero chamar atenção nessa viagem, mas neste momento eu tô pensando na história do irlandês. — O que tava na cadeia por roubar cavalo do Exército?

— Não sei direito. Mas ele sobreviveu com a bala na perna. Um tipo estranho para um ladrão de cavalo, um sujeito meio senhorial. Acho que o Exército vai enforcar ele, se já não enforcou. É, tem todo tipo de gente ruim hoje em dia. O mundo não é mais o que era e...

Ele continua contando suas histórias, mas eu guardo aquele comentário na cabeça, penso nele até tarde da noite. Talvez o irlandês de Fort Worth não tava mentindo sobre vender um cavalo roubado do Exército pra um tal de sr. William Gossett. Se era verdade, será que a história da garotinha branca com as três miçangas azuis também era? Falo sobre isso com Gus e Juneau Jane quando a gente se recolhe para dormir, e fazemos um pacto de ir a Mason quando a caravana chegar a Menardville pra saber sobre o homem que tomou o tiro na perna, só pro caso de o homem ser o Velho Sinhô ou alguém que sabe dele.

Fecho os olhos e durmo e acordo, então durmo de novo. Nos meus sonhos, estou tocando uma carroça com duas parelhas com quatro cavalos pretos. É o sr. William Gossett que eu tô procurando. Mas não encontro. No lugar dele aparece o Moses. Entra no meu sonho como um puma que a gente não vê, só sabe que vem te seguindo por trás, ou pela esquerda, pela direita ou na frente, agachado e estampado contra o céu. Quando você escuta um movimento ele já tá ali, o corpo em cima da gente e respirando depressa.

Você fica imóvel, com medo de olhar nos olhos dele. Com medo de não olhar.

Superado pelo poder do bicho.

É assim que Moses se insinua na minha cabeça, nunca me deixa saber ao certo. É meu amigo ou meu inimigo? Sinto todas as partes dele contra as minhas. Vejo aqueles olhos, sinto seu cheiro.

Quero que ele suma... mas não quero.

"Não volte mais aqui", diz ele.

Acordo com o coração batendo como um tambor. O som toma meus ouvidos, e aí percebo que é um trovão. O barulho me deixa aflita e inquieta, tão instável quanto o clima. Levantamos acampamento sem comer e seguimos em frente. Ainda temos dois dias até Menardville, se não houver problemas.

Não chove muito nessa região seca, mas nos dias seguintes parece uma chaleira despejando água em cima da gente. O trovão incomoda os cavalos, e os relâmpagos riscam o céu como garras douradas de um gavião, prontas pra agarrar o mundo e sair voando com ele.

Os animais derrapam e mascam as bridas quando a terra fica encharcada, e a lama esbranquiçada de calcário fica escorregadia e gruda nos cascos dos cavalos. As rodas da carroça afundam, e a água tingida de branco se espraia como leite enquanto elas continuam girando, girando, girando.

Vejo aquela desolação e penso no sr. William Gossett, tentando imaginar se ele chegou aqui tão longe nessa terra deserta e acabou sendo apanhado num cavalo roubado e depois preso numa cadeia, com homens armados arrombando a porta com cordas de enforcamento.

Nem consigo imaginar ele num lugar como esse. O que faria ele vir pra essa terra selvagem?

Mas no fundo eu sei. Eu mesma respondo a minha pergunta. *Amor*. A coisa que traria ele até aqui. O amor de um pai que não consegue desistir do único filho. Que vagaria pelo mundo inteiro se necessário pra levar seu garoto pra casa. Lyle não merece esse tipo de amor. Ele não retribui, a não ser com más ações, intemperança e problemas. É provável que Lyle já tenha encontrado o fim que merecia. Morto, baleado ou enforcado em algum lugar inesperado como esse, os ossos roídos por lobos e deixados pra virar pó. O mais provável é que o Velho Sinhô tenha vindo até aqui atrás de um fantasma. Mas não conseguiu perder a esperança até saber com certeza.

A chuva para no segundo dia de uma hora pra outra, como começou. É assim que acontece nessa região.

Os homens sacodem os chapéus e tiram as capas impermeáveis. Juneau Jane sai de baixo da lona da carroça, onde ficou quase o tempo todo escondida durante as tormentas. É a única que pode fazer isso, por ser tão pequena. Sinhazinha tá toda molhada, pois não conseguiu nem manter a capa no corpo. Ela não tá tremendo e nem se aflige, nem parece notar. Continua sentada na traseira da carroça, olhando pra fora.

— *Quanto de temps... tiempo nos el voy... viaje?* — pergunta Juneau Jane a um dos batedores, um mestiço tonkawa que não fala nossa língua, só espanhol. Sabendo francês, Juneau Jane aprendeu um pouco da língua dele durante a viagem. Eu também, um pouquinho.

O batedor mostra três dedos. Deduzo que significa mais três horas de viagem pra nós. Daí ele levanta a mão espalmada e passa pra cima e pra baixo diante da boca, o sinal dos índios de que a gente tem de atravessar mais um rio.

O sol abre caminho pelas nuvens e o dia começa a brilhar, mas dentro de mim chega uma escuridão. Quanto mais nos aproximamos de Menardville, mais sinto o peso de que logo mais a gente vai estar atrás do Velho Sinhô de novo — e se o que descobrirmos for ruim pra Juneau Jane? E se ele teve um fim terrível nesse lugar estranho?

O que vai ser da gente?

De repente, abre-se uma mancha azul no céu ao longe e eu penso numa coisa. Penso bem em voz alta.

— Eu não posso voltar.

Juneau Jane vira a cabeça na minha direção, sai de dentro da carroça e se acomoda ao meu lado, com aqueles olhos que parecem moedas de prata me observando debaixo do chapéu de aba mole.

— Eu não posso voltar pra casa, Juneau Jane. Se tivermos alguma notícia lá em Mason, ou até mesmo se a gente encontrar o seu pai. Eu não posso voltar pra casa com você e a Sinhazinha. Ainda não.

— Mas você precisa voltar. — Tira o chapéu molhado, põe sobre o joelho e coça o cabelo bagunçado. Os homens estão bem longe da gente, então ela pode fazer isso. Sem o chapéu, agora alguém podia pensar que ela não é um menino. Ela cresceu um pouco nessa viagem. — Por causa da terra. Da sua fazenda. É uma questão de grande importância para você, não?

— Não, não é. — Uma certeza se firma na minha alma. Não sei no que vai dar depois disso, mas sei que é verdade. — Alguma coisa começou em mim, lá atrás, quando a gente tava naquela igrejinha na floresta e lemos as páginas do jornal. Quando prometemos coisas pros estivadores do *Katie P*, e depois quando começamos o *Livro dos amigos perdidos*. Eu tenho que seguir em frente, cumprir as promessas que nós fizemos.

Não sei bem como vou fazer isso sem Juneau Jane. É ela que escreve. Mas eu continuo aprendendo, e tendo a melhorar. A ponto de escrever os nomes e os lugares e as cartas da coluna "Amigos perdidos" para as pessoas.

— Eu vou ser a guardiã do livro quando você voltar pra casa. Mas quero que me prometa que quando voltar a Goswood Grove você vai ajudar Tati, Jason, John e todos os outros meeiros a serem tratados com justiça, como dizem os contratos. Dez anos como meeiro e você fica com a terra, a mula e o equipamento. Você faz isso por mim, Juneau Jane? Sei que não somos amigas, mas você jura que vai fazer isso?

Ela põe a mão nos meus dedos segurando as rédeas, aquela pele clara e macia tocando minhas mãos calejadas pela enxada e o arado, marcada pelos arranhões das brácteas afiadas das bolas de algodão. Minhas mãos são feias de tanto trabalhar, mas eu não me envergonho. Eu dei duro pelas minhas cicatrizes.

— Eu acho que nós *somos* amigas, Hannie — diz Juneau Jane.

Concordo com a cabeça, sentindo um nó na garganta.

— Eu cheguei a pensar sobre isso uma ou duas vezes.

Toco os cavalos mais rápido. A gente tá ficando muito pra trás.

Começamos a subir uma longa encosta, o caminho é difícil e os cavalos exigem minha atenção. Estão cansados e molhados, marcados pelos arreios de tanto puxar a carroça na lama. Abanam o rabo pra enxotar as moscas esvoaçando no ar parado. À frente, a caravana batalha com a subida e a terra escorregadia, afundando e derrapando, afundando e derrapando.

Uma carroça começa a recuar como se fosse descer a encosta. Desvio minhas parelhas pro lado pra sair do caminho, por precaução.

Só aí vejo que Sinhazinha desceu da carroça e tá colhendo umas flores amarelas sem se preocupar com nada. Não chego nem a gritar, pois um barril de sorgo arrebenta a corda da carroça destrambelhada e começa a descer encosta abaixo, espalhando pedras brancas e lama, capim e detritos.

Sinhazinha levanta a cabeça e vê o barril passar a menos de três metros dela, mas não se mexe um centímetro, apenas sorri e agita as mãos no ar tentando pegar a lama e os detritos que brilham ao sol.

— Tira ela de lá — grito, e Juneau Jane desce da carroça. Sai correndo com os sapatos grandes demais, pulando por cima de pedras e valetas, ágil como um cervo. Levanta Sinhazinha do chão, arranca as flores da mão dela e xinga em francês. Depois sai com ela de lá, se afastando da zona de perigo.

Em momentos como esse, eu desisto de acreditar que a Sinhazinha ainda tá dentro daquele corpo, que vai voltar a si aos poucos. Que escuta as coisas que a gente diz, só que não responde. Em momentos como esse, acho que ela se foi pra sempre — que o veneno, a pancada na cabeça ou seja o que for que aqueles homens maus fizeram com ela, quebrou alguma coisa que não pode ser consertada.

Ao ouvir Sinhazinha tomar aquela bronca da filha mestiça do pai dela, eu digo a mim mesma: "Se a Sinhazinha Lavinia estivesse em algum lugar naquele corpanzil, ela ia reagir e esbofetear essa meia-irmã até dizer chega. Como faria a Velha Sinhá".

Não quero pensar no que a Velha Sinhá vai fazer com a Sinhazinha Lavinia quando elas voltarem pra casa. Mandar a filha a um hospício pra passar o resto da vida, acho. Eliminando qualquer chance de ela recuperar o juízo, se isso ainda fosse possível. Sinhazinha ainda é nova. Tem só dezesseis anos. Vai ter que passar muitos anos num hospício.

Essa questão me incomoda o resto do caminho até Menardville, que afinal não é muito mais que alguns armazéns, um ferreiro, uma cadeia, dois bares e umas casas e igrejas. Nosso plano é partir para Mason pra saber sobre o Velho Sinhô. Fica só a um dia a cavalo, mas a pé demora mais. Penberthy retém nosso pagamento e não deixa a gente ir. Diz que é muito perigoso viajar a pé e que vai arranjar um jeito melhor pra gente chegar lá.

De manhã, ficamos sabendo que afinal não vamos a Mason. Penberthy soube que os soldados levaram o homem que roubou o cavalo do Exército pra Fort McKavett e que ele ainda está lá, mas não tá com saúde nem pra ser enforcado.

Penberthy arranja um transporte pra gente com um coche do correio que vai pro forte, a trinta quilômetros ao sul e a oeste de Menardville. O chefe da caravana se despede de nós com gentileza e mantém sua promessa. Paga a nossa parte sem nem descontar o dinheiro que pagou pra me tirar da prisão em Fort Worth. Diz pra gente tomar cuidado com o tipo de pessoa que vamos encontrar.

— Tem muita gente jovem que sucumbe às promessas de uma vida boa e de riqueza fácil. Guardem bem esse dinheiro, no fundo do bolso. — Ele contratou Gus McKlatchy pra outra viagem, então é aqui que nossos caminhos se separam.

Nos despedimos do grupo. Com o Gus a despedida é mais difícil. Gus tem sido um amigo pra mim. Um grande amigo, na verdade.

— Eu podia ir com vocês — diz antes de a nossa carroça partir. — Gostaria de ver um forte. Talvez até me alistasse como batedor do Exército. Mas preciso comprar um cavalo pra chegar aonde fica todo aquele gado selvagem esperando ser apanhado. Com a viagem de volta a Fort Worth eu vou ter o suficiente pra estar bem montado e começar a fazer minha fortuna juntando um rebanho só meu.

— Vê se te cuida — digo, e ele sorri e se despede com um gesto, dizendo que os McKlatchy sempre caem de pé. Nossa carroça segue adiante com a carga balançando debaixo da gente. Juneau Jane se agarra em mim, eu me firmo nas cordas com uma das mãos e seguro a Sinhazinha com a outra. — Se cuida, Gus McKlatchy — grito da carroça em movimento, rumo a Fort McKavett.

Ele bate no velho revólver no cinto e abre um sorriso cheio de sardas e dentes de cavalo. Depois põe as mãos em concha na boca e grita:

— Espero que você encontre a sua gente, Hannibal Gossett!

É a última coisa que escuto antes de perder a cidade de vista e sermos engolidas pelo vale do rio San Saba.

Amigos Perdidos

Procuro informações sobre minha mãe, Martha Jackson, uma mestiça que pertencia ao juiz Lomocks, em Fredericksburg, Virgínia, e foi vendida no ano de 1855. A última vez que ouvi falar dela foi em Columbia, Mississippi, trabalhando numa loja de chapéus. Tinha três irmãs octorunas: Serena Jackson, nascida em 13 de fevereiro de 1849, Henrietta Jackson, nascida em 5 de setembro de 1853. Louisa Jackson, de mais ou menos 24 anos; todas foram vendidas junto com a mãe na Virgínia. Qualquer informação sobre as pessoas citadas acima será recebida com gratidão por uma filha consternada e afetuosa. Endereçar à sra. Alice Rebecca Lewis (nascida Jackson), 259 Peters Street, entre Delord e Calliope, Nova Orleans, La.

— Coluna "Amigos perdidos"
do *Southwestern*
5 de outubro de 1882

24

Benny Silva — Luisiana, 1987

É NOITE DE SÁBADO E ESTOU preocupada, apesar de determinada a não demonstrar. Temos tentado fazer um ensaio final do nosso projeto *Subterrâneo* a semana toda, mas o clima está contra nós. Chuva e mais chuva. Augustine, Luisiana, parece uma esponja de banho depois de se esvaziar a banheira. A chuva finalmente parou, mas o cemitério está molhado, o parque da cidade está empoçado, meu quintal é praticamente um charco, a lama do pomar nos fundos da minha casa chega até o tornozelo. Mas nós precisamos fazer alguma coisa. Nossas últimas duas semanas antes do fim de semana do Dia das Bruxas — e do projeto *Subterrâneo* — estão se esvaindo rapidamente. O departamento de agricultura da escola está organizando uma festa com arrecadação de fundos no Dia das Bruxas e uma casa mal-assombrada na oficina do celeiro da escola no mesmo fim de semana, e já distribuiu seus folhetos. Se quisermos competir com eles, precisamos começar a divulgação.

Antes de fazer isso, preciso provar que vamos realmente fazer uma performance com esse projeto. Até agora, meus alunos estão meio confusos. Alguns estão prontos. Outros estão na luta. Alguns continuam mudando de ideia sobre participar da performance. Não ajuda em nada que muitos deles tenham pouco estímulo ou colaboração em casa e pouco ou nenhum dinheiro para as fantasias e os materiais.

Estou perdendo a esperança, considerando se não seria melhor fazermos relatórios por escrito ou apresentações na sala de aula. Alguma coisa mais administrável. Sem uma representação teatral no cemitério. Sem propaganda. Sem envolver a comunidade. Sem risco de humilhação ou uma esmagadora decepção de público para os que realmente se esforçaram tanto.

Requisitei o antigo campo de futebol para nossa tentativa de ensaio. É um terreno razoavelmente alto, e vejo crianças da cidade brincando e jogando aqui com certa frequência, então imagino que esteja disponível.

Na luz do entardecer, posicionamos o Fusca e alguns calhambeques dos alunos para usar os faróis como iluminação. Não tenho as chaves para os holofotes do estádio, que pendem tortos e quebrados nas velhas vigas de concreto, e provavelmente eles nem funcionam. Alguns postes de luz meio inclinados projetam alguma iluminação, e é só isso. Gastei o que sobrou de uma pequena doação da sociedade histórica para equipar os garotos com lamparinas de um dólar, que surpreendentemente parecem autênticas. São iluminadas por velinhas de bolo, mas até mesmo mantê-las acesas acabou se revelando um desafio.

Alguém achou que uma fieira de pequenos fogos de artifício seria um grande incremento para a diversão desta noite. Quando começaram a estourar, o caos eclodiu em inúmeros níveis. Garotos e garotas correram por toda parte, gritando, rindo, se empurrando. As falsas tumbas de cartolina que construímos durante a semana acabaram sendo pisoteadas sem querer. Algumas estavam bem bacanas. Alguns chegaram até a reproduzir com giz as inscrições dos monumentos reais em que seus trabalhos se basearam.

Nossas lanterninhas ficaram bruxuleando na lama, metade delas de lado e de cabeça para baixo, vítimas da confusão causada pelos fogos de artifício.

"Isso está muito fora da norma para eles", diz a voz na minha cabeça. "É mais do que eles conseguem lidar."

"Se não conseguirem completar um ensaio, qualquer tipo de apresentação em público está fora de questão." Em parte é culpa minha. Não previ o quanto a dinâmica de grupo mudaria com todas as minhas classes juntas, vários grupos etários e até mesmo irmãos e irmãs mais novos e primos, todos reunidos para interpretar os personagens que escolheram.

— Espera aí, turma. Não vamos estragar tudo agora. — Tento falar num tom severo, mas na verdade estou reprimindo uma pontada de desânimo. O que é injusto com os que realmente quiseram esse trabalho. Inclusive eu. — Nós estamos falando de *pessoas*. Eram pessoas de verdade, vivas e respirando. Elas merecem respeito. Cada um pegue sua lápide e a lamparina e vamos seguir a programação. Os que ainda não estiverem com fantasia, vistam por cima das roupas mesmo. *Já.*

Minhas ordens não são levadas muito a sério.

Preciso de mais ajuda do que a dos poucos adultos voluntários, basicamente confinados numa calçada porque o campo está enlameado e escorregadio e ninguém quer levar um tombo. Cheguei a pedir a um professor de história e assistente dos técnicos de futebol americano para nos ajudar nesse projeto, mas ele fugiu, lembrando que ainda estávamos na temporada de futebol e disse:

— É meio complicado. Você já pediu aprovação da diretoria da escola pra isso?

A partir daí comecei a sentir um aperto no estômago. Será que os professores procuram a diretoria da escola a cada vez que querem organizar uma atividade com a classe? O diretor Pevoto sabe do nosso projeto *Subterrâneo*... mais ou menos. Só tenho medo de que não tenha entendido bem a escala. Ele sempre tem muita coisa na cabeça e vive correndo de um lado para outro. É como falar com uma motosserra.

Gostaria que Nathan estivesse aqui. Meus alunos sempre perguntam por ele. Depois do nosso desastrado encontro com os tios dele e as louras na semana passada, tem havido muitas fofocas e especulações na cidade toda. Quando me levou para casa, Nathan mencionou que estaria ocupado pelo resto da semana, inclusive no fim de semana. Não me deu uma razão; ele realmente não estava com vontade de conversar. Comer espetinhos com metade da cidade cochichando sobre você tem esse efeito.

Desde então eu não o vi mais, apesar de ter afinal cedido e ligado para ele umas duas vezes, mas desliguei antes de a secretária eletrônica me permitir deixar um recado. Ontem acabei deixando uma mensagem sobre o ensaio de hoje. De vez em quando dou uma olhada ao redor na esperança de que ele apareça. Sei que é tolice, que no momento tenho coisas mais importantes com que me preocupar.

Como Little Ray se esgueirando pelo local do ensaio — como se um adolescente de cento e vinte quilos pudesse passar despercebido —, tentando não ser notado chegando atrasado. LaJuna anda atrás dele, levando o que presumo ser os túmulos de cartolina dos dois. Está com um vestido de baile cor-de-rosa, uma anágua armada por baixo e um xale de renda branca. Ray está usando uma calça larga e um elegante colete de seda estampado, que podem ter sido o ultrapassado traje de casamento de alguém. Com um paletó cinza e uma cartola pendurados no braço.

As roupas deles não estão ruins, Sarge disse que ajudou LaJuna com as dela, mas o fato de terem chegado atrasados me deixa meio inquieta. Os dois se esfregam e se empurram enquanto se misturam com o grupo. Vejo como ela segura no braço dele, possessiva, contente consigo mesma. Carente.

Eu entendo a história dela. Minhas próprias lembranças são reais e recentes, embora sejam de mais de uma década atrás. Assim como minha consciência dos riscos em potencial. Minha mãe começou a me alertar muito antes de eu ter a idade de LaJuna. Nunca se eximiu de falar sobre sexo, gravidez na adolescência, o problema das más escolhas de parceiros num relacionamento, coisas que ela havia feito muito ao longo dos anos. Ressaltava que a coisa que as garotas da família dela faziam melhor era engravidar cedo, e com trastes não necessariamente maduros para serem bons pais. Que foi esse o motivo de ter saído de sua cidade natal. Nem isso a salvou. Mesmo assim ela engravidou do homem errado... e vejam no que deu. Teve de se virar para ser mãe solteira.

O problema era que me doía ouvir isso. Reforçava todas as minhas inseguranças, e o medo de que minha existência neste mundo fosse uma inconveniência, um equívoco.

"Talvez fosse bom ter uma conversa com LaJuna." Anoto isso no meu arquivo mental, junto com uma dúzia de outras coisas. "E com Little Ray. Com os dois."

"Será que professoras podem fazer isso? Talvez seja preferível discutir o assunto com Sarge."

Mas neste momento temos um ensaio a ser realizado, ou uma apresentação teatral no cemitério a ser cancelada, uma coisa ou outra.

— *Atenção!* — grito para ser ouvida na algazarra. — Eu disse *atenção*! Parem de *brincar* com essas lanternas. Parem de conversar uns com os outros. Parem de bater na cabeça dos outros com as lápides. Deixem as infantilidades de lado, e chega de brincadeiras. Prestem *atenção*. Se não fizerem isso, vamos todos voltar para casa. Não faz mais sentido prosseguir com a apresentação do *Subterrâneo*. Vamos nos ater aos trabalhos de pesquisa e apresentações na sala de aula e encerrar esse assunto.

A barulheira diminui um pouco, mas só um pouco.

Granny T manda todo mundo ficar quieto, falando sério. Vai contar às mães deles como se comportaram mal. Como se elas ligassem.

— Eu *sei* onde as suas mães moram.

Ajuda um pouco, mas ainda estamos num zoológico. Uma espécie de competição de luta-livre irrompe no lado esquerdo do grupo. Vejo garotos pulando, aplicando gravatas e dando risada. Trombando e derrubando alguns alunos da sétima série.

"Você deveria saber que isso aconteceria." Meu cinismo interior desfere um oportuno golpe no meu estômago. "Que maravilha, Benny! Você e suas grandes ideias." A voz soa bem parecida com a da minha mãe, o tom cortante e debochado que costumava usar nas nossas discussões.

— *Parem* com isso! — grito. Vejo um carro passando na rua pelo canto dos olhos. Passa devagar, o motorista olhando pela janela com curiosidade, nos escrutinando. O aperto no meu estômago sobe para a garganta. Sinto como se tivesse engolido um melão.

O carro faz o retorno e começa a voltar. Agora até mais devagar.

Por que ele está olhando para nós desse jeito?

Um apito atrás de mim rasga o ar e bifurca o caos. Viro a cabeça e vejo Sarge andando em volta do prédio da escola. Achei que estava ocupada dando uma de babá hoje à noite, mas fico tremendamente contente por terem chegado reforços finalmente.

O segundo apito dela é bem mais alto, de estourar os tímpanos. Consegue um grau admirável de redução do barulho da turma.

— Muito bem, seus zeros à esquerda, está frio aqui fora, e eu tenho coisas melhores a fazer do que ficar vendo um bando de *idiotas* se empurrando. Se isso é o melhor que conseguem fazer, vocês são uma *perda de tempo*.

Do *meu* tempo. Do tempo dessa *senhora*. Do tempo da *professora Benny*. Se querem se comportar como fracassados, é melhor irem pra casa. Caso contrário, fechem a matraca e só falem *depois* de levantar a mão bem alto e a professora Benny chamar um de vocês. E só levantem a mão se tiverem alguma coisa inteligente a dizer. Estamos entendidos?

Faz-se um silêncio total. Resultado de uma pura e gloriosa intimidação.

Os alunos se equilibram sobre o fio de uma navalha. Ir embora? Fazer seja o que for que estariam fazendo num sábado à noite em outubro? Ou ceder à autoridade e cooperar?

— Eu *não ouvi* a resposta — exige Sarge.

Dessa vez eles respondem que sim, num murmúrio receoso e apreensivo.

Sarge dá uma olhada para mim e resmunga:

— É por isso que não sou professora. Eu já estaria puxando orelhas e batendo cabeças umas nas outras.

Recomponho-me como um alpinista depois de uma queda até o fundo de um cânion.

— Então, vamos parar por aqui ou vamos prosseguir? Vocês decidem.

"Se forem embora, está tudo acabado."

A verdade é que ninguém espera muito dessa escola. Vista de qualquer ângulo, metade dos professores só está enrolando. Só o que precisam fazer é impedir que os estudantes façam muito barulho, fiquem zanzando por aí ou fumem no pátio. Sempre foi assim.

— Desculpe, professora Puff. — Nem sei qual aluno diz isso. Não reconheço a voz, mas é um dos mais novos, talvez da sétima série.

Outros seguem o seu exemplo, quando o impasse é resolvido.

Surge uma nova atitude. Os zeros à esquerda da Sarge começam a agir sem mais instruções, pegam suas lanterninhas, separam as lápides e tomam suas posições no terreno.

Meu coração fica radiante. Faço o possível para disfarçar e parecer apropriadamente severa. Sarge fica à vontade, fazendo um sinal de autorrealização olhando para mim.

Cumprimos toda a programação, não como uma máquina bem azeitada, mas aos trancos e barrancos. Fico andando ao redor, simulando uma plateia.

Little Ray fez duas lápides para si mesmo. Uma é do próprio bisavô de cinco gerações atrás, nascido de uma mãe escrava em Goswood, que depois se tornou um homem livre, um pregador ambulante.

— E eu aprendi a ler com vinte e dois anos, quando ainda era escravo. Saía escondido para a floresta e pagava uma garota negra livre pra me ensinar. E era muito perigoso para nós dois, pois era contra a lei naquele tempo. Você podia ser morto e enterrado, ou açoitado, ou vendido a um mercador de escravos e separado de toda sua família. Mas eu queria aprender a ler, e consegui — afirma, pontuando a sentença com um decisivo aceno de cabeça.

Em seguida, ele faz uma pausa, e de início acho que esqueceu o resto da história. Mas, depois de um ligeiro distanciamento do personagem e o leve tremor de um sorriso que demonstram que ele sabe que cativou a plateia, respira fundo e continua:

— Eu me tornei pregador assim que os negros puderam ter suas próprias igrejas. Fui eu que construí muitas das congregações de toda essa região. E fazia o circuito de muitas delas o tempo todo, e isso também era muito perigoso, pois, apesar de não existirem mais patrulheiros perseguindo escravos na época, a Ku Klux Klan e os Camélias Brancas andavam pelas estradas. Eu tinha um bom cavalo e um bom cachorro, e eles me alertavam se ouvissem ou farejassem alguém. Eu conhecia todos os lugares onde podia me esconder e todas as pessoas que podiam me esconder também, se precisasse.

Little Ray levanta sua outra lápide.

— E eu me casei com a garota que me ensinou a ler. O nome dela era Seraphina Jackson, e ela morria de preocupação quando eu saía pelas matas do pântano. Às vezes ela ouvia lobos farejando e escavando ao redor das paredes da nossa cabana, e ficava acordada a noite toda com um grande fuzil que encontramos perto de uma cerca de pedra num antigo campo de batalha. Às vezes ela também ouvia bandos de arruaceiros passando por perto, mas que não ameaçavam nem ela nem os meus filhos. Por quê? Pela razão de ser uma mulher livre antes da emancipação, porque o pai dela era o banqueiro.

Little Ray modifica a postura, estufa o peito, põe a cartola na cabeça e muda de túmulo. Suas pálpebras ficam entreabertas e ele nos encara.

— Sr. Tomas R. Jackson. Sou um homem branco e rico. Tinha sete escravos na minha mansão na cidade, que anos depois pegou fogo. É o terreno onde foram construídas a Igreja Metodista Negra e a biblioteca. Mas também tive três filhos com uma negra livre, e por isso eles também são livres, porque o status do filho seguia o da mãe. Comprei uma casa para eles e uma oficina de costura para ela, porque a lei não permitia que nos casássemos. Mas também não me casei com ninguém mais. Nossos filhos estudaram na faculdade de Oberlin. Nossa filha, Seraphina, casou-se com um liberto a quem ensinou a ler, tornando-se assim esposa de um pregador, e cuidou de mim quando fiquei velho. Era uma boa filha e ensinou muita gente a ler até ficar velha e não conseguir mais enxergar as letras.

Quando o discurso termina, não consigo me controlar, estou em lágrimas. Sarge pigarreia ao meu lado. Está de braços dados com Granny T de um lado e com tia Dicey do outro, porque elas insistiram em vir, e Sarge não quer que tomem algum tranco.

A apresentação seguinte é de LaJuna.

— Eu sou Seraphina — diz. — Meu pai era banqueiro...

Acabo deduzindo que ela abandonou o projeto de pesquisa sobre as origens da própria família para fazer o papel da família de Little Ray, agora que são um casal.

Vamos ter de conversar sobre isso mais tarde.

Deixo que ela termine e seguimos em frente. Algumas histórias de vida são mais completas que outras, mas todas têm algo de magnífico. Mesmo os participantes mais novos conseguem se sair mais ou menos bem. Tobias conta em poucas palavras a história de Willie Tobias, que morreu com as irmãs de forma tão trágica.

Quando termina o ensaio, estou comovida e fico ao lado das voluntárias, incapaz de processar meus pensamentos em palavras. Estou surpresa. Encantada. Orgulhosa. Amo essas crianças ainda mais intensamente que antes. Elas são incríveis.

E também atraíram algum público. Há vários carros estacionados no acostamento, onde os pais que se acham técnicos costumam parar para ver os treinos de futebol americano. Alguns dos que estão aqui esta noite sem dúvida são pais que vieram buscar os filhos. Sobre os outros eu não sei bem.

Os sofisticados utilitários e os sedãs de luxo são chiques demais para essa escola, e as pessoas que se reúnem em grupos parecem atônitas, observando, conversando, de vez em quando apontando. A linguagem corporal parece ameaçadora, e acho que vejo a mulher do prefeito com seu traje de ginástica. Um veículo do departamento de polícia vira a esquina e estaciona. Redd Fontaine sai do carro, barriga primeiro. Alguns dos espectadores vão ver o que está acontecendo.

— Hum... isso é problema — diz Granny T. — Membros da SI, a Sociedade Intrometida, estão indo até lá. E hum... lá vai o sr. Fontaine, todo importante, pra ver se alguém está com lanternas traseiras queimadas ou a carteira vencida e aplicar algumas multas. Só veio pra mostrar que é importante. É só o que ele quer.

Uma picape com marcas de ferrugem no fim da rua sai sacolejando antes de o policial Fontaine chegar. Alguns carros que vieram buscar os alunos mais pobres saem logo de cena.

— Oh-oh... — murmura uma das outras Senhoras do Novo Século, desgostosas.

Sinto um calor subindo pelo corpo e chegando até o pescoço. Estou lívida. Esta é uma noite de triunfos. Recuso-me a deixar que seja estragada. Não vou tolerar isso.

Começo a andar, mas sou cercada por estudantes perguntando como foram as coisas, se foi bom, e o que devem fazer com as lanternas, onde podem conseguir tecido para as fantasias se ainda não tiverem o que precisam. Como nosso ensaio com as fantasias foi bem, os que ainda estavam indecisos ficam histéricos.

— Nós fomos bem? — quer saber Little Ray. — A gente vai mesmo fazer a nossa apresentação do *Subterrâneo*? Porque eu e LaJuna já bolamos todos os cartazes de propaganda. Nosso gerente do Cluck diz que, se a gente escrever um texto pra um folheto, ele leva ao Kinkos e tira cópias pra nós quando for a Baton Rouge comprar produtos pro restaurante. Com papel colorido e tudo mais. Tá tudo certo pra gente fazer isso, né, professora Puff? Eu peguei emprestado esses trapos com o meu vizinho e acho que fiquei *muito bem*. — Ele solta LaJuna e faz um giro de 360 graus para eu ver o efeito.

O sorriso dele esmaece quando vê que LaJuna é a única a rir.

— Professora Puff, você ainda tá brava com a gente?

Eu não estou brava. Estou concentrada nos carros e nos transeuntes. O que está *acontecendo* aqui?

— Nós fomos bem? — sonda LaJuna, retomando o braço de Little Ray. Está bonita com o vestido de baile. Acinturado e curto. Curto demais. Está bonita até *demais*. Feromônios adolescentes engrossam o ar como fumaça de uma combustão espontânea prestes a entrar em chamas. Eu vi as travessuras que acontecem embaixo das arquibancadas durante os jogos de futebol. Sei até onde isso pode ir.

"Não pense no pior, Benny Silva."

— Sim, está tudo bem. — Mas tenho um pressentimento de que essa atividade na rua significa que talvez nem tudo esteja bem. — Vocês todos foram incríveis. Estou muito orgulhosa de vocês... pelo menos da maioria. Quanto ao resto, bem, vocês precisam ajudar uns aos outros e vamos deixar tudo em ordem.

— É, e quem tá atrapalhando agora? — pergunta Little Ray, afastando-se com sua cartola. LaJuna segura a saia e sai atrás dele.

Ao passar por perto com uma caixa de lanterninhas, Sarge se aproxima de mim e cochicha:

— Não estou gostando disso. — Aponta a rua com a cabeça, mas antes de eu conseguir responder ela volta a atenção para LaJuna e Little Ray, que desaparecem juntos na noite. — E também não estou gostando daquilo. — Põe as mãos em concha na boca e chama: — LaJuna Rae, aonde você pensa que vai com esse garoto? — E sai correndo atrás dos dois.

Fico observando o público se dispersar, pais saindo com os filhos e espectadores não convidados, partindo com seus veículos um a um. Redd Fontaine consegue aplicar uma multa em uns pobres pais. Quando tento intervir, ele me aconselha a cuidar da minha própria vida e pergunta:

— Você teve permissão para deixar todos esses estudantes vagando por aí até essa hora? — Ele lambe a ponta da caneta e volta a escrever no bloco de multas.

— Eles não estão vagando por aí. Estão trabalhando num projeto.

— Esse terreno é da escola. — Aponta com o queixo triplo na direção do prédio. — Só pode ser usado para atividades escolares.

— É um projeto da minha classe... para a *escola*. Além do mais, eu sempre vejo garotos jogando bola aqui depois das aulas e nos fins de semana.

Fontaine para de escrever e me encara, assim como o desafortunado motorista do carro multado — um dos avós que compareceram na noite de reunião com os professores. A neta da oitava série afunda no banco de passageiros e afunda no assento enquanto a atenção do policial é desviada.

— Você está tentando discutir comigo? — O policial Fontaine avança o corpanzil na minha direção.

— Eu jamais faria uma coisa dessas.

— Está dando uma de espertinha comigo?

— De jeito nenhum. — "Quem esse sujeito pensa que é?" — Só estou verificando se todos os meus alunos vão conseguir chegar em casa.

— Por que não verifica se esse terreno está limpo? — grunhe Fontaine, antes de voltar ao trabalho. — E apague essas velas antes que você ponha fogo no mato e incendeie esse lugar.

— Acho que, com toda essa chuva, nós não vamos ter esse problema — digo em voz baixa, lançando um pedido de desculpas ao avô. Provavelmente piorei ainda mais as coisas para ele. — Mas obrigado pelo alerta. Vou ter *mais* cuidado ainda.

Sarge está me esperando quando volto à calçada do prédio da escola. LaJuna e Little Ray estão ao lado dela, amuados.

— Então? — pergunta Sarge.

— Não sei bem — admito. — Realmente, não faço ideia.

— Duvido de que isso pare por aqui. Me informe se precisar de mim. — Sarge chama LaJuna para levá-la para casa. Pelo menos é uma coisa a menos com que me preocupar. Little Ray sai andando sozinho na noite com sua cartola.

Quando chego em casa, tudo está muito quieto. Pela primeira vez, as janelas parecem escuras e sombrias. A caminho da varanda, enfio a mão por baixo do oleandro e faço um afago extra na cabeça do santo do jardim para dar sorte.

— É melhor você ir trabalhar, parceiro — digo.

Quando entro em casa o telefone está tocando. Para no quarto toque, justamente quando tiro o fone do gancho.

— Alô? — digo. Nada.

Disco o número de Nathan antes de pensar duas vezes. Talvez fosse ele. Espero que tenha sido. Mas ninguém atende. Deixo uma mensagem com uma versão abreviada da história da noite, a alegria da vitória, o entrevero com Redd Fontaine e concluo com:

— Bom... enfim... achei que você poderia estar em casa. Eu só queria... conversar.

Ando pela casa e acendo todas as luzes, depois fico na varanda dos fundos, vendo os vaga-lumes e ouvindo um casal de noitibós chamar um ao outro ao longe.

Feixes de luar bombardeiam o quintal. Debruço-me a tempo de ver o carro da polícia municipal contornar o cemitério antes de voltar à estrada. Sinto um estranho mal-estar no corpo, como um sintoma de alguma doença que ainda não se manifestou. Fico matutando o quanto tudo vai piorar antes de acabar.

Encosto a cabeça numa das colunas ressecadas e rachadas que já viu dias melhores. Olho para o pomar e para o céu salpicado de estrelas encobrindo as árvores. Pondero sobre como conseguimos pôr um homem na Lua, ir e voltar do espaço em ônibus espaciais, enviar sondas a Marte, mas não conseguimos transpor os limites do coração humano, consertar o que está errado.

"Como as coisas podem continuar desse jeito?"

"Essa é a razão de ser dos *Contos do subterrâneo*", digo a mim mesma. "As narrativas mudam as pessoas. Uma história, uma história real, ajuda as pessoas a se entenderem, a se verem de dentro para fora."

Passo o resto do fim de semana observando um aumento das visitas ao cemitério, não só da polícia. Parece que cidadãos comuns sentem a necessidade de passar por lá para verificarem se os jovens da cidade, ou eu, não perturbamos o lugar. Redd Fontaine faz suas patrulhas de tempos em tempos também. E meu telefone toca outras vezes sem ninguém falar nada, até eu afinal desistir de atender e deixar a secretária eletrônica ligada. Na hora de deitar eu desligo a campainha, mas fico acordada no sofá, esperando a luz do dia começar a entrar pelas persianas, refletindo o fato de que as ligações e as passagens de Fontaine pelo cemitério nunca acontecem ao mesmo tempo. Com certeza um homem adulto, um policial, não poderia ser tão infantil.

Na tarde de domingo meus nervos estão em frangalhos, e tenho certeza de que se meu cérebro arquitetar mais um cenário pessimista eu vou até a plantação de arroz e me jogo para os jacarés. Apesar de dizer a mim mesma que não deveria e que não vou fazer isso, pego o telefone e ligo para o número de Nathan mais uma vez. Mas desligo em seguida.

Penso em ir até a casa da Sarge, conversar com ela e com tia Dicey, talvez com Granny T também, mas não quero deixar ninguém alarmado. Talvez eu esteja exagerando. Talvez o policial só esteja querendo marcar presença por eu ter puxado uma briga com ele. Talvez o aumento de visitas ao cemitério nesse fim de semana seja mera coincidência, ou talvez o interesse dos alunos tenha despertado a curiosidade dos outros.

Exasperada, ando pelos jardins de Goswood Grove, em busca do pote de ouro no fim do arco-íris... e talvez de Nathan, que não encontro, é claro. E também de LaJuna. Que não está lá. Provavelmente está concentrada em sua nova relação amorosa. Quem sabe ela e Little Ray estão até ensaiando suas apresentações do projeto *Subterrâneo*?

Quem sabe até *aconteça* uma apresentação do projeto *Subterrâneo*?

"Vai acontecer", digo a mim mesma. "Vai acontecer. Nós estamos fazendo acontecer. Pensamento positivo."

Infelizmente, apesar de todos os meus esforços para me manter firme, a segunda-feira desponta como uma ladra de potes de ouro. Às dez da manhã, eu estou no escritório do diretor. A convocação chegou na segunda aula, e assim perco o tempo em que deveria estar corrigindo provas — tomando uma bronca do diretor Pevoto por conta das minhas atividades com os alunos, com a ajuda e a supervisão de dois membros da diretoria da escola. Posicionadas num canto do escritório, como soldados de uma tropa de assalto em ação. Uma delas é a loura da mesa ao lado do Cluck and Oink, tia por afinidade de Nathan, segunda ou terceira mulher-troféu de Manford Gossett.

Ela nem tem filhos nessa escola. Os dela estudam na escola do lago — o que não é surpresa nenhuma.

A única coisa mais irritante do que sua atitude condescendente é sua voz esganiçada.

— Não consigo ver *o que* uma coisa dessas tem a ver com o currículo aprovado pela prefeitura, que gastou um bom dinheiro para que fosse desenvolvido por especialistas em formulação de currículos. — O sotaque sulista faz as palavras parecerem diplomáticas e açucaradas, mas não são. — O currículo que nos foi prescrito é algo pelo qual uma professora *inexperiente* e no primeiro ano de ensino, como você, deveria agradecer. Seria melhor que você o seguisse ao pé da letra.

Também começo a entender por que ela me pareceu vagamente familiar no Cluck and Oink. Foi ela que passou de carro por mim no primeiro dia de aula, quando o caminhão transportando encanamentos arrancou o para-choque dianteiro do meu Fusca. Ela olhou bem para mim, nós duas chocadas e horrorizadas com o que quase aconteceu. A gente não esquece um momento como esse. Mas logo saiu de lá como se não tivesse visto nada. O motivo? O caminhão era das Indústrias Gossett. Na época eu não sabia o que isso significava, mas agora sei. Significa que alguém pode ficar a centímetros de esmagar um transeunte e ninguém vê nada, ninguém diz nada. Ninguém se atreve.

Agora aqui estou eu, agarrada ao assento de uma cadeira mal estofada, com tanta força que minhas unhas se dobram. Gostaria de pular da cadeira e dizer: "Seu caminhão quase passou por cima de mim e quase atropelou um garoto de seis anos e não parou, e você não parou. Agora, de repente, você está preocupada com essa escola? Com esses garotos?".

"Nem sequer tenho os materiais de que preciso para as minhas aulas. Preciso levar biscoitos para a escola, para meus alunos não sentirem fome enquanto estão tentando aprender."

"Enquanto isso você fica apontando essas mãos bem-cuidadas e esse seu bracelete de diamantes cafona pra mim. Isso ajuda muito para que você pareça ter toda a razão." Trinco os dentes para prender as palavras. Elas estão logo atrás da barricada. Quase saindo, quase...

Quase.

O diretor Pevoto percebe. Olha para mim, meneia a cabeça quase imperceptivelmente. Não é culpa dele. Só está tentando manter seu emprego. O meu e o dele.

— A professora Benny não tem muita experiência — fala num tom de voz conciliador, como uma babá usaria para aplacar um pirralho mimado. — Ela ainda não tem como entender as aprovações necessárias para levar adiante um projeto dessa... magnitude. — Olha para mim com uma expressão solidária. Ele está do meu lado... só que não pode estar. Não tem permissão para isso. — Em sua defesa, ela falou sobre esse projeto comigo. Eu deveria ter pedido mais detalhes.

Continuo agarrada à cadeira, que parece prestes a se transformar num assento ejetor. Não consigo aguentar mais. Não consigo.

"Por que se preocupa tanto com isso, minha senhora? Seus filhos nem estudam nessa escola."

Na minha imaginação, estou de pé no meio da sala, gritando essas palavras com a devida indignação. A *maioria* dos membros da diretoria não tem filhos aqui. Tem seus próprios negócios, são advogados, médicos da cidade. Só fazem parte da diretoria por uma questão de prestígio e controle. Querem regulamentar coisas como as linhas divisórias do município, requisitar aumentos de taxas imobiliárias, emissão de títulos e transferências de alunos para a escola-modelo da cidade à beira do lago — coisas que podem lhes custar dinheiro, pois têm propriedades e são donos da maioria dos negócios aqui.

— Todos os novos professores recebem uma cópia do manual dos funcionários, que contém todas as políticas e os procedimentos da escola. — A adorável sra. Gossett, que não me considera digna de usar um primeiro nome, libera o calcanhar de um lustroso sapato prateado de couro de jacaré e fica balançando o pé para cima e para baixo. — Os novos funcionários assinam o documento depois de ler, não é? O documento assinado consta na ficha deles, não é?

A pequena lambe-botas ao seu lado, uma morena esbelta, concorda com a cabeça.

— É claro — responde o diretor Pevoto.

— Bem, o manual deixa bem claro que *qualquer* atividade fora da escola envolvendo um grupo de alunos ou um clube precisa da aprovação da diretoria.

— Para andar dois quarteirões até a biblioteca municipal? — desembucho. O diretor Pevoto me lança um olhar de repreensão. Não devo falar a não ser que falem comigo. Já fui avisada sobre isso.

A loura gira o queixo pontudo com a precisão de um robô: clique, clique, clique. Agora estou direto na mira dela.

— Prometer a esses meninos que eles vão fazer algum tipo de... apresentação... *fora* da escola, *depois* das aulas, certamente é um *desrespeito* a essas regras. Um desrespeito flagrante, devo dizer. E ainda por cima no cemitério da cidade. Meu Deus. *Realmente!* Não é apenas ridículo, é obsceno e desrespeitoso com entes queridos falecidos.

Estou perdendo o controle. Socorro! Socorro!

— Eu perguntei aos moradores do cemitério. Eles não se incomodam.

O diretor Pevoto respira fundo.

A sra. Gossett aperta os lábios. As narinas fremem. Parece a Miss Piggy dos *Muppets*, só que magricela.

— Eu não estou *brincando*; você achou que eu estava? Apesar de estar tentando fazer o possível para ser delicada sobre isso. Aquele cemitério pode não significar *nada* para você, que nasceu em... bem, sei lá onde você nasceu... mas com certeza é importante para esta comunidade. Por razões históricas, é claro, mas também porque nossos familiares estão enterrados lá. É *claro* que não queremos que sejam perturbados, que seus túmulos sejam profanados para... entreter jovens meliantes. Já é difícil manter esse *tipo* de gente na linha, imagine deixar que vejam o nosso cemitério como um parquinho de diversões. É uma falta de respeito e de sensibilidade.

— Mas eu mal...

Ela não me deixa terminar. Aponta um dedinho para a janela.

— Alguns anos atrás, várias lápides caras foram remexidas naquele cemitério. Vandalizadas.

Meus olhos se arregalam tanto de indignação que parecem saltar do rosto.

— Talvez coisas como essas não acontecessem se as pessoas conhecessem suas histórias, se soubessem sobre a vida das pessoas que aquelas pedras representam. Talvez eles até *impedissem* que coisas como essas acontecessem. Meus alunos têm antepassados enterrados lá. A maioria...

— Eles não são seus alunos.

O diretor Pevoto enfia um dedo no colarinho, puxa a gravata. Vermelho como o carro de bombeiros que dirige nos fins de semana como voluntário.

— Professora Silva...

Eu continuo falando. Agora que comecei, não consigo me conter. Sinto tudo, todos os planos que fizemos, desfazendo-se. Não posso deixar isso acontecer.

— Ou tem antepassados enterrados lá perto. Em túmulos sem inscrições. Um cemitério que meus alunos estão arduamente colocando no computador, para que a biblioteca tenha registros dos que viveram suas vidas naquelas terras. Como *escravos*.

Aquilo foi demais. Toquei numa ferida exposta. Essa é a verdadeira questão. Goswood Grove. A casa. Seu conteúdo. As partes difíceis da sua história. A parte vergonhosa. Que carrega um estigma do qual ninguém sabe bem como falar a respeito, e como esse inconveniente legado ainda persiste em Augustine até hoje.

— Isso não é da sua conta! — retruca ela. — Como você se atreve?

A puxa-saco pula da cadeira de punhos fechados, como se fosse me atacar.

O diretor Pevoto levanta, debruça-se na mesa com os dedos armados como pernas de aranha.

— Muito bem. Agora chega.

— Chega *mesmo* — concorda a sra. Gossett. — Eu não sei quem você *pensa* que é. Você mora aqui há... o que... dois meses? Três? Se os alunos dessa escola quiserem um dia superar suas origens, se tornarem membros produtivos da sociedade, eles precisam fazer isso deixando o passado para trás. Sendo práticos. Obtendo um treinamento vocacional em algum trabalho em que sejam capacitados. A maioria terá sorte se conseguir superar o analfabetismo funcional para preencher um formulário de emprego. Como você se atreve a insinuar que nossa família é descuidada com isso? *Nós* pagamos mais impostos para essa escola municipal do que qualquer um. Somos *nós* que empregamos essa gente, que tornamos possível a vida nesta cidade. Que trabalhamos com as prisões para eles conseguirem empregos quando são soltos. Você foi contratada para ensinar *inglês*. Segundo o *currículo*. Não haverá nenhuma apresentação no cemitério. Tome nota das minhas palavras. Aquele cemitério é administrado por uma diretoria, e eles não vão permitir isso de jeito nenhum. Eu vou interferir pessoalmente.

Ela passa depressa por mim, com sua ajudante logo atrás. Já na porta, dá uma parada para disparar mais uma rajada.

— Faça o seu *trabalho*, professora Silva. E saiba com *quem* está falando aqui, se quiser continuar tendo um emprego com que se preocupar.

O diretor Pevoto retoma a conversa com uma preleção rápida e calma, dizendo-me que todo mundo tem seus tropeços no primeiro ano de ensino. Diz que reconhece meu entusiasmo e pode ver que estou estabelecendo uma comunicação com os alunos.

— Isso vai dar resultados — garante com a voz cansada. — Se eles gostarem de você, vão trabalhar com você. Mas, no futuro, atenha-se ao currículo. Vá para casa, professora Silva. Tire uns dias de folga e volte quando estiver com a cabeça mais fria. Eu já chamei uma substituta para as suas aulas.

Resmungo alguma coisa, o sinal toca no corredor e eu saio do escritório. A meio caminho da minha sala, paro e fico imóvel, chocada. É quando percebo que eu não *posso* voltar para minha sala de aula. Estou sendo mandada para casa no meio do dia.

Os estudantes passam pelo corredor, desviando-se de mim numa estranha e estridente maré, mas sinto como se estivessem muito longe, como se nem encostassem em mim, como se eu tivesse desaparecido do mundo.

Os corredores se esvaziaram e o segundo sinal toca antes de eu voltar a mim e continuar a ir para minha sala de aula. Em frente à porta, organizo meus pensamentos antes de entrar e pegar minhas coisas.

Um assistente está cuidando dos meus alunos, imagino que até a substituta chegar. Mesmo assim eles disparam perguntas. "Aonde eu estou indo? O que está acontecendo? Quem vai levar a classe à biblioteca?"

"Nós vamos fazer isso amanhã. Certo? Certo, professora Puff?"

O assistente me lança um olhar solidário e começa a gritar para todos ficarem em silêncio. Saio logo de lá, e quando entro em casa nem me lembro de como cheguei até ela. O lugar parece abandonado e vazio e, quando abro a porta do carro, ouço o telefone tocar quatro vezes antes de parar.

Tenho vontade de entrar correndo, arrancar o fone do gancho e gritar no bocal: "Qual é o seu problema? Me deixa em paz!".

O sinal de mensagens da secretária eletrônica está piscando. Aperto o botão como se fosse a ponta afiada de uma faca. Talvez tudo esteja se agravando e agora... seja quem for... começou a gravar mensagens ameaçadoras na fita. Para que se dar a esse trabalho quando podem fazer isso abertamente via diretoria da escola?

Mas, quando começo a ouvir a mensagem, é Nathan. Com a voz sombria. Pede desculpas por demorar a ouvir os recados que deixei na secretária dele — está na casa da mãe em Asheville. Os últimos dias marcaram ao mesmo tempo as datas do nascimento e da morte da irmã. Robin estaria fazendo trinta e três anos. É um momento difícil para a mãe dele; acabou tendo de ir ao hospital com problemas de pressão, mas agora está tudo bem. Já voltou para casa e uma amiga foi passar algum tempo com ela.

Disco o número de Nathan e ele atende.

— Nathan, desculpe. Sinto muito. Eu não sabia — falo depressa. Não quero jogar mais um peso nos ombros dele. A catástrofe do meu trabalho e o posicionamento da diretoria da escola parecem menos importantes quando penso em Nathan e na mãe dele lamentando a morte da Robin. A última coisa de que ele precisa agora é de uma batalha com os Gossett. Vou reunir outros reforços. Sarge, as Senhoras do Novo Século, os pais dos meus alunos. Vou ligar para o jornal, organizar um piquete. O que está acontecendo é errado.

— Tudo bem com você? — pergunta, hesitante. — Fale sobre o que está acontecendo.

Lágrimas apertam a minha garganta com a força de uma prensa. Sinto-me frustrada. Triste. Engulo em seco, passo a mão na testa, pensando: "Para com isso".

— Tudo bem.

— Benny... — implicitamente, a voz dele está dizendo: "Vamos lá. Eu te conheço".

Acabo me abrindo e contando toda a história, terminando com a triste conclusão daquela manhã.

— Eles querem encerrar o projeto *Subterrâneo*. E, se eu não cooperar, vou perder o emprego.

— Escuta... — começa a dizer, e ouço uns ruídos no fundo, como se ele estivesse no meio de alguma coisa. — Estou saindo para o aeroporto pra tentar entrar na lista de espera de algum voo. Já estou atrasado, mas minha mãe me disse que Robin estava trabalhando numa espécie de projeto antes de falecer. E não queria que meus tios soubessem a respeito. Não faça nada até eu chegar.

25

Hannie Gossett — Fort McKavett, Texas, 1875

É DIFÍCIL ACREDITAR QUE O HOMEM afundado no colchão é o sr. William Gossett. Ele tem o corpo coberto por lençóis brancos amarrotados, suados e enrugados nas partes em que as mãos se agarram, tentando torcer sua dor como água suja. Os olhos, antes azuis como as miçangas de vidro da minha avó, estão fechados e afundados no poço das pálpebras. O homem de quem eu me lembro não se parece em nada com esse na cama. Até o vozeirão com que nos chamava pelo nome agora é só uma série de gemidos.

As lembranças me voltam quando os soldados deixam a gente com ele no grande prédio do hospital de Fort McKavett. Nos tempos antes da libertação, sempre havia uma grande festa de Natal, quando o Sinhô dava presentes pra todos nós — sapatos novos feitos lá mesmo na fazenda e dois vestidos largos de chita para o trabalho, dois camisões novos, uns cinco metros de tecido pra cada criança, sete para as mulheres e os homens, e um vestido branco de algodão com uma cinta de pano pros escravos dos Gossett ficarem mais bonitos que os outros quando iam à igreja dos brancos. Todos nós íamos nessa festa, os meus irmãos e irmãs, mamãe e tia Jenny Angel e os meus primos, a vovó e o vovô. Mesas com presunto e maçã, batata e pão de trigo de verdade, pirulitos de hortelã para as crianças e aguardente de milho para os adultos. Eram os melhores dias num tempo difícil.

Esse homem na cama adorava essas festas. Ficava contente ao ver que a gente tava feliz, que a gente ficava com ele porque queria, não porque precisava, que a gente não queria ser livre. Imagino que era o que dizia a si mesmo pra se convencer de que tava fazendo a coisa certa.

Me afasto da cama e me lembro de tudo isso, e não sei o que sentir. Gostaria de pensar: "Nada disso é problema seu, Hannie. A única coisa que você precisa desse homem é saber onde tá o contrato dos meeiros que vai fazer justiça com a Tati, com o Jason e o John. Ele já tirou muito da sua vida, ele e a Velha Sinhá".

Mas esse muro que eu deveria construir não fica de pé dentro de mim. É feito de areia, muda com cada respiração ofegante dele, treme junto com aquele corpo magro e acinzentado. Não consigo fazer a argamassa ficar mais sólida. Às vezes morrer é uma coisa difícil. Esse homem tá tendo uma morte difícil. O ferimento da perna infeccionou enquanto ele tava na prisão. Os médicos tiveram que amputar, mas o veneno já tinha entrado no sangue dele.

O que sinto, talvez, seja compaixão. Compaixão que eu gostaria que sentissem por mim se fosse eu naquela cama.

Juneau Jane é a primeira a encostar nele.

— Papai, papai! — Ela se senta na beira da cama e pega a mão dele, encosta no rosto. Seus ombros magros estremecem. Depois de fazer toda essa viagem mantendo a coragem, isso acaba com ela.

Sinhazinha Lavinia segura o meu braço com as duas mãos. Segura apertado. Não chega nem perto do pai. Faço um afago nela, do jeito que fazia quando era pequenina.

— Vai lá. Ele não vai te morder. Ele tá com o sangue envenenado por causa da bala, só isso. Não vai passar nada pra você. Senta aqui nesse banquinho. Segura a mão dele e não começa a fazer aquele barulho esganiçado que você fazia na carroça, nem a se agitar, chorar ou fazer qualquer tumulto. Seja boazinha, pra ele ter paz e consolo. Vê se ele acorda um pouco pra falar.

Mas ela reluta.

— Vai lá — insisto. — Aquele médico disse que ele não vai acordar muito mais, se é que vai acordar. — Ponho ela sentada no banco e fico meio torta, porque ela pesa no meu braço, cravando as unhas na minha pele.

— Senta aí. — Tiro o chapéu dela e ponho na prateleira do pequeno gabinete em cima da cama. Todos os leitos do quarto são de madeira e iguais a esse, talvez uma dúzia em cada parede, mas os outros estão com os colchões enrolados em cima. Um pardal esvoaça ao redor das vigas, como uma alma presa em um corpo de carne e osso.

Ajeito o cabelo da Sinhazinha, puxo pra trás da nuca. Gostaria que o pai não visse ela desse jeito, se chegar a acordar, quero dizer. A mulher do médico ficou escandalizada quando nos viu e dissemos que somos filhas do homem, que viemos à procura dele. É uma mulher bondosa, queria que a Sinhazinha Lavinia e Juneau Jane se lavassem e pegassem emprestado uma roupa melhor pra vestir, mas Juneau Jane só queria saber de ir pro lado da cama. Acho que ainda vamos continuar usando roupas de menino por um bom tempo.

— Papai! — Juneau Jane chora, tremendo dos pés à cabeça e rezando em francês. Faz o sinal da cruz no peito, muitas e muitas vezes. — *Aide-nous, Dieu. Aide-nous, Dieu...*

O pai se agita no travesseiro, piscando e se debatendo, gemendo e movendo os lábios, depois se acalma e fica ofegante, se distanciando da gente de novo.

— Não tenham muitas esperanças — diz o médico mais uma vez, numa mesa perto da lareira num dos lados do quarto.

O cocheiro que trouxe a gente contou a história na viagem até aqui. Ele faz essa viagem regularmente, até o forte e até Scabtown, que fica do outro lado do rio em frente ao forte. O Velho Sinhô foi trazido da cadeia de Mason pra explicar o seu caso e dizer ao comandante do posto o que sabia sobre o homem que vendeu o cavalo do Exército pra ele, mas nem chegou aqui. Alguém atacou a escolta no caminho e acertou um soldado antes de eles conseguirem se proteger e reagir. O soldado morreu na hora e o Velho Sinhô tomou um tiro de raspão na cabeça. Estava em más condições quando foi carregado até o forte. O médico do posto cuidou do Velho Sinhô pra ver se ele revivia pra dizer se sabia quem tinha atacado a escolta e por quê. Imaginavam que pudesse ser alguém que o Sinhô conhecia e talvez até o ladrão que andava por lá vendendo cavalos roubados do Exército. Tavam a fim de pegar ele faz tempo. Ainda mais se tivesse matado o soldado.

Eu podia falar sobre o irlandês, mas no que isso ia ajudar? Ele tava preso pelo Exército em Fort Worth, por isso não pode ter sido quem fez o ataque. Se o Velho Sinhô sabe quem é o culpado, ele não vai dizer. A única pessoa que o sr. William Gossett poderia conhecer aqui é justamente quem ele veio de tão longe pra procurar. Um filho que não quer ser encontrado.

Não falo nada a respeito, fico em silêncio o dia todo, também no dia seguinte e no outro, apesar de querer contar a eles sobre o Lyle, que o Velho Sinhô mandou ele fugir da Luisiana dois anos atrás, um garoto de apenas dezesseis anos, por causa de uma acusação de assassinato. E como Lyle foi encarregado das terras no Texas, a terra que um dia seria a herança de Juneau Jane, e que Lyle vendeu mesmo sem ser dele. Um garoto que poderia atirar no próprio pai.

Mas não digo nada a ninguém. Tenho medo de prejudicar a gente aqui se contar. Continuo calada durante os dias que passamos no forte, com o Velho Sinhô entre a vida e morte. A mulher do médico cuida da gente e arranja roupas adequadas pra nós, doadas por outras mulheres no forte. Cuidamos do Velho Sinhô e umas das outras.

Eu e Juneau Jane passamos algum tempo com o *Livro dos amigos perdidos*. Tropas de cavalaria de negros vivem aqui no forte. Soldados búfalos, como são chamados. São homens que vieram de muito longe de muitos lugares, e homens que viajam para muito longe e pra muitos lugares também. Desbravam territórios inexplorados. Perguntamos sobre os nomes do nosso livro e ouvimos as histórias dos soldados, anotamos os nomes de parentes deles no livro e de onde foram levados.

— Fiquem longe de Scabtown — dizem pra gente. — É um lugar muito perigoso para mulheres.

Parece estranho ser mulher outra vez, depois de todo esse tempo sendo menino. É mais difícil, de certa forma, mas eu jamais sairia do forte pra ir até aquela cidade mesmo. Um saber vem sendo fermentado em mim outra vez. Sinto alguma coisa chegando, mas não sei dizer o que é.

Mas é uma coisa ruim.

Essa intuição me mantém perto dos soldados e nunca longe do prédio do hospital, que fica distante dos outros pra não espalhar doenças caso exista alguma. Vejo as mulheres dos oficiais andando por lá, os filhos brincando.

Vejo os soldados praticando, treinando ordem unida, tocando corneta e partindo para o Oeste em longas colunas, lado a lado nos grandes cavalos baios.

Esperando o último suspiro do Velho Sinhô.

E observando os horizontes.

Faz duas semanas que estamos no forte quando olho do quarto em que fomos alojadas pela mulher do médico e vejo um homem sozinho, cavalgando pela pradaria no raiar do dia, não mais que uma sombra na luz tênue. O médico disse que o corpo do Velho Sinhô não passa de hoje, no máximo de amanhã, então penso que talvez aquele cavaleiro seja o anjo da morte, finalmente chegando pra tirar a gente dessa provação. O Velho Sinhô tem perturbado os meus sonhos. Um espírito inquieto que não me deixa em paz. Ele quer contar alguma coisa antes de partir. Tá guardando um segredo, mas o tempo tá se esgotando.

Espero que ele se livre desse segredo e não me assombre depois de partir da sua casca terrena. Esse pensamento toma minha cabeça enquanto vejo o anjo da morte chegando a cavalo pela neblina da manhã. Estou acordada e usando um vestido de chita azul igual ao que compramos pra Juneau Jane em Jefferson. A saia ficou um pouco curta pra mim, mas não imprópria. Não preciso de enchimento no corpete como a gente usou com a Juneau Jane.

Saio de perto da janela quando Sinhazinha acorda engasgada e tapando a boca. Quase não chego a tempo com a bacia pra ela não sujar o chão.

Juneau Jane sai tropeçando da cama e me passa um pano molhado logo depois. Os olhos dela estão vermelhos e encovados. O coração da menina tá cansado com toda essa espera.

— *Nous devons en parler* — diz, apontando a Sinhazinha. — *Nós precisamos falar sobre isso.*

— Hoje não — respondo, porque agora já entendo um pouco do francês dela. A gente usa no forte quando não quer que os outros saibam o que falamos. Esse lugar tá cheio de gente que quer saber os segredos que podemos estar guardando. — Não vamos falar sobre Sinhazinha hoje. Vai ter tempo de sobra amanhã. O problema dela não vai a lugar nenhum.

— *Elle est enceinte.* — Juneau Jane não precisa me explicar aquela última palavra comprida. Nós duas sabemos que a Sinhazinha tá prenhe. A menstruação dela não desceu em todo esse tempo que a gente teve viajando. Ela se sente enjoada quase toda manhã, e tão sensível nos seios que não me deixa amarrar ela, nem quando a gente usava roupas de menino. Ela se agita e reclama do corpete folgado, que precisa usar pra ficar decente aqui.

Eu e Juneau Jane deixamos o assunto no ar até agora na esperança de que ignorar o fato pudesse fazer com que não fosse verdade. Não quero pensar sobre como aconteceu, ou quem pode ser o pai da criança. De uma coisa eu tenho certeza: não vai demorar muito pro doutor ou a mulher dele descobrirem. Não podemos continuar aqui por muito mais tempo.

— O dia de hoje é pro seu pai — digo a Juneau Jane. As palavras entalam na minha garganta, enganchadas como pequenos anzóis, como a areia do vento de uma terra ressecada. — Você vai se arrumar e ficar bem bonita. Quer que eu ajude com o seu cabelo? Já cresceu um pouco.

Ela aceita e engole em seco, senta na beira da caminha onde dorme. Uma armação de ferro com colchonetes. Eu durmo numa esteira no chão. Só assim o pessoal deixa duas mulheres brancas e uma garota negra ficarem no mesmo quarto — se a garota negra dormir como dormiam os escravos, ao pé da cama.

Juneau Jane senta-se ereta, com os ombros salientes na blusa de algodão branca. Feixes de músculos tensos aparecem sob a pele. Ela levanta o queixo e aperta os lábios.

— Tudo bem se você chorar — digo.

— Minha mãe não aprova essas coisas — responde ela.

— Bom, acho que eu não aprovo muito a sua mãe. — Com o passar do tempo, passei a não ver a mãe dessa garota com bons olhos. Minha mãe pode ter sido roubada de mim ainda nova, mas enquanto podia ela só me ensinou coisas boas. Coisas que perduraram. As palavras ditas por uma mãe são as que perduram mais do que todas. — E de qualquer forma, ela não tá aqui, tá?

— *Non*.

— Vocês ainda vão se encontrar um dia?

Juneau Jane dá de ombros.

— Não sei dizer. Ela é tudo que me restou.

Meu coração fica apertado. Não quero que ela volte. Não pra uma mulher que venderia a filha pra qualquer homem que pagasse pra ter ela como amante.

— Você tem a *mim*, Juneau Jane. Nós somos parentes. Sabia disso? Minha mãe e o seu pai são filhos do mesmo pai, então em parte eles eram irmão e irmã, apesar de ninguém falar sobre isso. Quando minha mãe ainda era bebezinha, minha avó teve que deixar ela e ir pra casa-grande ser ama--seca do novo bebê branco. Aquele homem no hospital? Ele é meu meio-tio. Você não vai ficar sozinha no mundo quando seu pai morrer. Eu queria que soubesse disso. — Continuo contando mais sobre o Velho Sinhô e a minha mãe terem nascido com poucos meses de diferença. — Eu e você, nós somos meio que primas.

Dou o espelho pra ela segurar, ela sorri ao ver o reflexo de nós duas juntas e encosta a cabeça no meu braço. Lágrimas enchem os olhos cinzentos e meigos, repuxados pra cima como os meus.

— A gente vai ficar bem — digo, mas sem saber como. Somos duas almas perdidas, eu e ela, perambulando pelo mundo longe de casa. Na verdade, onde é a nossa casa agora?

Começo a pentear o cabelo de Juneau Jane e viro a cabeça pra olhar pela janela de novo. O sol já passou da cordilheira, levantando a neblina da encosta. A silhueta do homem já virou carne e osso. Não é o anjo da morte, mas é alguém que eu conheço.

Me debruço pra enxergar melhor, vejo quando ele tira as luvas, enfia no cinto e fala com dois homens no pátio lá embaixo. É o Moses. Fiquei sabendo algumas coisas sobre ele desde que a gente chegou ao forte um tempo atrás. Ouvi algumas histórias. Que os homens só contam quando tem uma garota negra por perto, não uma branca. Acham que uma garota negra não escuta. Não consegue entender. Não sabe de nada. A mulher do médico é outra que também fala. Reúne as outras mulheres pra tomar chá e café nas tardes quentes, e elas comentam tudo que souberam dos maridos no jantar e no desjejum.

Moses não é o que pensei quando vi ele aquela primeira vez no atracadouro na Luisiana. Não é um homem mau, nem um fora da lei, nem servo do homem com o tapa-olho, o tenente.

O nome dele nem é Moses. É Elam. Elam Salter.

É um agente federal.

Um homem negro, agente federal dos Estados Unidos! Mal consigo imaginar, mas é verdade. Os soldados daqui contam histórias sobre ele.

Fala uma meia dúzia de línguas indígenas, fugiu de uma fazenda no Arkansas antes da guerra e foi pro Território Indígena. Viveu com os índios e aprendeu o modo de vida deles. Conhece todo esse território, cada centímetro.

Não tava com aqueles homens maus pra ajudar nas maldades, mas pra caçar os líderes daquele grupo de que a gente tem ouvido falar, o Bando do Marston. Elam Salter seguiu o bando por três estados e pelo Território Indígena. É verdade o que o cocheiro da caravana falou. O bando deles espalhava boatos maldosos e deixava as pessoas loucas de raiva.

"O chefe deles, esse tal de Marston, não vai parar por nada no mundo", disse a mulher do médico para as amigas. "Vive cercado de ladrões e assassinos. Seus seguidores são capazes de pular com ele de um abismo sem olhar duas vezes, foi o que eu ouvi dizer."

"Elam Salter vai caçar esse bando dos portões do céu até o vestíbulo do diabo", disse um dos soldados búfalos sobre ele. "Até o Território Indígena onde os kiowas e comanches acampam. Até o México, onde os federais matam qualquer homem da lei americano que encontrarem, e até o Oeste daqui, por onde cavalgam os apaches."

Elam Salter mantém a cabeça raspada pra não valer um escalpo. Passa a navalha no cabelo toda semana, infalivelmente, contam.

Homens se reúnem com ele agora, soldados búfalos e soldados brancos cumprimentando o agente federal como amigos. Olhando da janela, penso naqueles momentos naquela viela, o corpo dele me apertando na parede, meu coração batendo forte junto ao peito dele. "Foge daqui", ordenou e me soltou.

Não fosse isso, seria o dia da minha morte. Ou eu podia acabar acorrentada no porão de um navio indo pras Honduras Britânicas com o Bando do Marston, escrava de novo, com minha liberdade perdida. As mulheres do forte dizem que eles roubam gente — negros, mulheres brancas e meninas.

Eu queria agradecer Elam Salter por ter salvado a gente. Mas tudo nele me atrai e me assusta ao mesmo tempo. É como um fogo, e eu estendo a mão na direção dele, mas logo tiro de novo. Sinto o poder dele mesmo através do vidro da janela.

Alguém bate na porta. A mulher do médico veio dizer pra gente não demorar muito pra chegar ao hospital. O médico diz que o tempo do Velho Sinhô tá acabando.

— É melhor a gente ir — digo, e acabo de pentear o cabelo de Juneau Jane. — Seu pai precisa da gente pra dizer a ele que tudo bem ele partir. Recitar o salmo da morte sobre o corpo dele. Você conhece?

Juneau Jane anui, levanta e arruma o vestido.

— Humm-humm... humm-humm, humm-humm — continua Sinhazinha Lavinia, balançando o corpo num canto. Deixo ela fazendo isso enquanto a visto e a levo até a porta.

— Agora chegou a hora de você parar com esse barulho — concluo. — Seu pai não precisa de mais preocupações quando se for deste mundo. Não importa as queixas que você pode ter, ele continua sendo seu pai. Agora fica quietinha.

Sinhazinha para de cantar e a gente vai até o leito do Velho Sinhô, respeitosas e em silêncio. Juneau Jane segura a mão dele e se ajoelha no chão duro. Sinhazinha fica sentada no banco. O médico fechou a cortina de musselina nos trilhos em torno da cama, então ficamos só nós quatro naquele pedaço de mundo estranho e incolor. Pedras brancas e argamassa branca, o lençol branco em volta dos braços flácidos, magros e azulados. Um rosto pálido como os lençóis.

O peito sobe e desce com a respiração.

Uma hora. Duas.

Recitamos o Salmo 23, eu e Juneau Jane. Dizemos a ele que está preparado pra partir.

Mas ele continua.

Eu sei por quê. É o segredo que ainda tá dentro dele. A coisa que assombra os meus sonhos, mas que ele não conta. Ele não consegue se libertar disso.

Sinhazinha começa a se contorcer, e fica claro que ela precisa ir à privada.

— A gente volta logo — digo tocando o ombro da Juneau Jane quando saio com a Sinhazinha. Antes de fechar a cortina, vejo ela apoiar o rosto no peito do pai. E começar a cantar um hino em voz baixa em francês.

Um soldado sentado numa cama do outro lado do quarto ouve de olhos fechados.

Levo Sinhazinha pra fazer suas necessidades, o que dá mais trabalho agora com ela propriamente vestida. O dia tá quente, e quando ela acaba eu estou suando. Olho pro hospital ao longe, sentindo o sol e o vento quente no corpo. Estou seca e cansada, de corpo e espírito. Seca como aquele vento e cheia de pó.

— Tenha piedade — falo baixinho e levo Sinhazinha até um banco tosco ao lado duma casa com uma grande varanda na frente. Fico na sombra sentada ao seu lado, recosto a cabeça pra trás e fecho os olhos, dedilhando as miçangas da minha avó no pescoço. O vento balança os carvalhos acima e os álamos no vale. Os pássaros do rio cantam não muito longe.

Sinhazinha retoma o som de uma roda de carroça, mas agora bem baixinho:

— Humm-humm...

O som fica cada vez mais longe, como se ela estivesse flutuando água abaixo, ou eu. "É melhor dar uma olhada nela, penso."

Mas eu não abro os olhos. Estou cansada, só isso. Os ossos cansados de viajar, de dormir no chão, de tentar saber o que é o certo fazer. Minha mão cai das miçangas da minha avó, repousa no colo. O ar traz o cheiro da terra calcárea e das plantações de mandioca, com ramos estranhos e altos com flores brancas brotando, de figo-da-índia de frutos doces e roxos, de arbustos de sálvia e da relva que se estende até o horizonte. Flutuo naquilo. Flutuo como na grande água de que a vovó costumava falar. Vou até a África, onde o capim cresce vermelho, marrom e dourado por acres e acres e todas as miçangas azuis voltam a se juntar num cordão, em volta do pescoço de uma rainha.

"Esse lugar é como a África." É a última coisa que eu penso. Dou risada baixinho quando saio navegando por aquele capim. "Aqui estou eu na África."

Acordo assustada ao sentir um toque no meu braço. Não faz tempo que estou aqui, posso dizer pelo sol.

Elam Salter está em pé na minha frente. Segurando Sinhazinha pelo cotovelo. Ela tá com um punhado de flores silvestres, algumas arrancadas com as raízes. A terra seca cai cintilando na luz do sol. Uma das unhas da Sinhazinha tá sangrando.

— Eu a encontrei andando por aí — diz Elam. O bigode aparado contorna os lábios dele como uma moldura de três lados. Ele tem uma boca bonita. Grande e séria, com o lábio inferior grosso. Nessa luz, os olhos dele são de um marrom-dourado, como âmbar.

Mesmo enquanto observo tudo isso, meu coração bate forte e minha cabeça gira tão depressa que não consigo pensar em nada. Os últimos sinais de cansaço se dissipam ao mesmo tempo, e é como se eu tivesse sido acordada por aquele puma do pântano que já pensei que ele fosse. Não sei se saio correndo ou fico olhando, pois acho que nunca mais vou estar tão perto de uma coisa tão bonita e tão assustadora.

— Ah... — Ouço minhas palavras vindo longe. — Foi sem querer.

— Não é seguro ela se afastar tanto do forte — explica, e posso ver que tem mais coisas que ele não vai dizer sobre o perigo. Traz a Sinhazinha até o banco. Noto como faz isso com delicadeza, acomodando a mão dela no colo, pra não amassar as flores. Ele é um homem de bem.

Levanto, estico meu pescoço dolorido e tento reunir coragem.

— Eu sei o que você fez por nós, e...

— É o meu trabalho — interrompe ele antes de eu prosseguir. — Só fiz o meu trabalho. Não tão bem quanto gostaria. — Faz um gesto de cabeça na direção da Sinhazinha, de um jeito que assume a culpa pelo estado em que ela tá agora. — Só fiquei sabendo sobre isso depois de a coisa ter acontecido. O sujeito que vocês seguiram até aqui, William Gossett, se envolveu de alguma forma com o Bando do Marston, e foi esse o motivo de terem pegado as filhas dele. Achei que eles iam manter as meninas no porto na Luisiana. Deixei um homem lá pra soltar as duas quando o *Genesee Star* zarpasse, mas ele não conseguiu encontrar ninguém.

— E o que eles queriam com ele... com o sr. Gossett? Tento imaginar o homem que conheci envolvido numa coisa dessas, só que não consigo.

— Dinheiro, terras, ou se ele já era um aliado, talvez só garantir que continuasse cooperando cada vez mais. É o método que eles usam pra engordar as finanças para a causa deles. É normal se aproveitarem dos filhos mais novos de famílias abastadas. Alguns são feitos reféns. Outros são voluntários. Alguns começam de um jeito e acabam se convertendo quando são pegos pela febre de Honduras. A ideia de terras de graça na América Central é tentadora.

Baixo os olhos. Penso nos problemas da Sinhazinha, no bebê na barriga dela. O calor sobe pelo meu rosto. Vejo a poeira de uma cor amarelada cobrindo as botas dele.

— Então foi assim que a Sinhazinha Lavinia se envolveu com essa gente? Primeiro de propósito, mas depois deu errado? — Será que eu devia contar pra ele sobre o irmão da Sinhazinha? Ou ele já sabe e tá me testando? Olho pra ele com o canto dos olhos, ele alisa o bigode com o polegar e o indicador e belisca o queixo, como que esperando eu falar, mas eu não falo nada.

— É bem provável. O Bando do Marston é dedicado à causa de corpo e alma. Essa ideia de voltar aos velhos tempos e aos reinos de algodão, de novas terras para governar como acharem melhor, dá a eles algo em que acreditar, uma esperança de que os tempos da casa-grande e da escravidão não tenham terminado. Marston exige uma lealdade absoluta. Mulher contra marido, pai contra filho, irmão contra irmão, a única coisa que importa é que obedeçam Marston, continuem dedicados ao seu propósito. Quanto mais recompensas eles distribuem, mais eles se sentem dispostos a trair suas famílias, os conterrâneos, os vizinhos, e, quanto mais eles sobem na hierarquia, mais terras são prometidas na imaginada colônia de Honduras.

Ele fixa o olhar em mim pra ver como eu reajo.

Sinto um tremor profundo percorrer os meus ossos.

— O sr. William Gossett não se envolveria numa coisa dessas. Não se soubesse o que era. Tenho certeza. — Mas no fundo me pergunto se a viagem do Velho Sinhô ao Texas envolve mais do que eu sei. Será por isso que todos os livros com os documentos dos meeiros sumiram? Será que planejava sumir com nossos contratos e vender as terras pra também ir a Honduras?

Meneio a cabeça. Não pode ser. Ele devia estar tentando salvar o Lyle, só isso.

— Ele não era um homem tão ruim, mas era cego quando se tratava do filho. Tolo e cego. Faria qualquer coisa por aquele garoto. Mandou Lyle vir aqui pro Texas pra se livrar dos problemas na Luisiana e não acabar sendo morto. Depois Lyle se encrencou aqui alguns meses atrás. Foi por isso que o Velho Sinhô viajou tanto pra chegar no Texas. Estava procurando o filho, essa é a *única* razão.

Elam Sater olha através de mim, como se eu fosse fina como uma cortina rendada.

— Eu não tô mentindo — digo, endireitando o corpo.

Ficamos nos encarando. Eu e Elam Sater. Sou uma garota alta, mas preciso levantar a cabeça como uma criança pra olhar pra ele. Uma espécie de faísca estala entre a gente. Sinto percorrer minha pele de alto a baixo, como se ele estivesse me tocando, apesar da distância entre nós.

— Eu sei que não está mentindo, srta. Gossett. — Ouvir ele dizer meu nome daquele jeito cavalheiresco me retrai um pouco. Eu sempre fui só a Hannie. — Lyle Gossett estava com a cabeça a prêmio no estado do Texas por crimes cometidos nos condados de Comanche, de Hills e de Marion. Os relatórios dizem que ele foi levado seis semanas atrás, morto, para a Companhia A dos Patrulheiros do Texas no condado de Comanche, e que a recompensa foi paga.

De repente me sinto gelada, com um arrepio de um mau espírito passando por perto.

Lyle morreu. O pai dele vem perseguindo uma alma que já pertencia ao diabo.

— Eu não tenho nada com isso. Nada mesmo. A única razão de eu vir aqui... a *única* razão de fazer o que fiz... foi... foi por causa... — Qualquer palavra que eu disser vai soar errada pra um homem como Elam Salter. Um homem que fugiu do seu dono e encontrou o caminho da liberdade quando não era mais que um garoto. Um homem que se tornou alguém de quem até os homens brancos falam com admiração.

E aqui estou eu, Hannie. Hannie Gossett, ainda com o nome que me foi dado por alguém que era *dono* de mim. Ainda nem escolhi outro nome, porque isso poderia envergonhar a Velha Sinhá. Só Hannie, ainda vivendo numa cabana de meeiros, escavando um pedaço de terra pra me sustentar. Uma mula. Um boi. Um animal do campo e sem fazer nada a respeito. Só sei ler umas poucas palavras. Não sei escrever. Vim até essa lonjura do Texas cuidando de gente branca, como nos velhos tempos.

Nunca fui nada. Não sou nada.

O que um homem como Elam Salter pensa de mim?

Seguro meu vestido de chita amassado. Cubro o lábio superior com o de baixo e tento ficar o mais ereta possível, pelo menos.

— Você fez uma coisa muito corajosa, srta. Gossett. — Os olhos deles se voltam para a Sinhazinha, cantando sozinha lá no banco, desfolhando as flores silvestres secas, pétala por pétala, vendo as cores caírem no pergaminho ressecado do chão. — Elas estariam mortas se não fosse você.

— Talvez não fosse problema meu. Talvez eu devesse ter deixado acontecer, só isso.

— Você não é esse tipo de gente. — As palavras dele escorrem pela minha pele como manteiga derretida. Será que ele acha isso mesmo de mim? Tento sondar, mas o rosto dele tá virado na direção da Sinhazinha.

— Porque tudo o que o homem semear, isso também ceifará — diz com sua voz grave. — Costuma ir à igreja, srta. Gossett?

— Não erreis: Deus não se deixa escarnecer. — Eu conheço o versículo. A Velha Sinhá sempre citava quando queria dizer que castigava a gente por culpa nossa, não dela. Deus queria que a gente fosse açoitada. — Eu costumo ir à igreja, sr. Salter. Mas pode me chamar de Hannie, se achar melhor. Acho que a essa altura nós já nos conhecemos muito bem. — Penso naquele momento no barco, quando ele me agarrou pra me jogar no rio. Deve ter sido quando ele percebeu que eu não era um garoto.

Os cantos dos lábios dele se contraem ligeiramente, e talvez esteja pensando nisso também, mas continua olhando pra Sinhazinha.

— Acho melhor eu entrar com ela — digo. — O médico falou que o pai dela pode morrer a qualquer momento.

Elam concorda, mas continua onde está.

— Você tem alguma ideia de pra onde vai quando isso acabar? — Passa os dedos naquele bigode de novo, esfrega o queixo.

— Não sei bem. — É verdade. A única coisa que sei nesse momento é que eu *não* sei. — Eu tenho alguns afazeres em Austin.

Tiro as miçangas azuis da minha avó da gola do vestido, conto sobre meu trato com Juneau Jane sobre o *Livro dos amigos perdidos*. Concluo com a história do irlandês e a garota branca na cafeteria.

— Imagino que isso não queira dizer nada. Pode ser que ele tenha visto as miçangas, ou talvez a história nem seja verdade... foi um ladrão de cavalos irlandês que contou. Mas não posso ir embora sem saber se é verdade. Preciso verificar isso antes de sair do Texas. Já cheguei a pensar em ficar por aqui, continuar andando por aí com o livro, procurar minha gente, divulgar os nomes dos Amigos Perdidos, anotar outros nomes, continuar perguntando sobre eles, por mim e pelas outras pessoas. — Não digo que não fui eu que escrevi no livro e que só sei ler um pouco. Elam é um homem de palavra. Digno e orgulhoso. Não quero que me veja como menos que isso.

Penso de novo no *Livro dos amigos perdidos*, em todos aqueles nomes e as promessas que fizemos.

— Pode ser que eu volte ao Texas em um ano ou dois com o livro. Agora que já sei o caminho. — Olho pra Sinhazinha, sinto como se ela fosse uma saca de colheita pesada sobre os meus ombros. Quem no mundo vai cuidar dela? — Mesmo depois de tudo que fez, não posso deixar ela por aí do jeito que tá. Também não posso deixar Juneau Jane com esse fardo. Ela ainda é uma criança e tá triste por perder o pai. E não quero que seja enganada com a herança dela. A gente tinha esperança de encontrar os documentos do pai e provar o que ele queria deixar pra ela, mas o médico disse que o sr. Gossett chegou aqui no forte sem nada.

— Eu vou escrever pra cadeia de Mason e ver o que consigo descobrir sobre a sela e o equipamento dele. Também vou pedir a alguém pra embarcar você no trem para o leste que vai até Austin. Nós estamos perto do Marston e seus homens, e eles sabem disso. Vão fazer o que puderem pra manter a causa viva, e não vão querer deixar livres testemunhas que possam depor contra eles, se forem presos. As meninas podem confirmar a identidade do tenente e talvez dos outros, e você também, aliás. É melhor vocês saírem do Texas.

— Nós ficaríamos gratas a você. — O vento agita as folhas das árvores, e a sombra malhada deixa a pele dele clara e escura, os olhos castanhos, depois dourados de novo. Deixo de ouvir todos os sons do forte. Tudo se dissolve num minuto. — Toma cuidado com esses homens, Elam Salter. Toma muito cuidado.

— Ninguém consegue me acertar. É o que dizem. — Ele abre um pequeno sorriso e encosta uma das mãos no meu braço. O toque passa pelo meu corpo e pousa no fundo da minha barriga, em algum lugar que eu desconhecia. Oscilo um pouco, pisco, vejo sombras girando em espiral. Abro a boca pra dizer alguma coisa, mas minha língua fica grudada. Nem sei o que dizer.

Será que ele também sente isso, o vento circulando em volta da gente no calor do verão?

— Não tenha medo — fala ele em voz baixa, antes de se virar e se afastar com os passos longos e firmes de um homem que construiu seu lugar no mundo.

"Não tenha medo, penso."

Mas eu tenho.

Amigos Perdidos

Prezado editor, gostaria de saber dos parentes do meu pai. Meu avô é Dick Rideout, minha avó é Peggy Rideout. Eles pertenciam a Sam Shags, de Maryland, a 20 quilômetros da cidade de Washington. Eles tiveram 16 filhos — Betty, James, Barbary, Tettee, Rachel, Mary, David, Henderson, Sophia, Amelia, Christian, Ann. Meu pai é Henderson Ripeout [sic]. Ele foi vendido, fugiu, foi apanhado e vendido para um mercador de negros em 1844, que o trouxe a Nova Orleans e o vendeu no Mississippi. Vi tia Sophia em 1866, que na época estava morando em Claiborne Co., Miss. Meu endereço é Columbia, Miss.

DAVID RIDEOUT

— Coluna "Amigos perdidos" do *Southwestern* 25 de novembro de 1880

26

Benny Silva — Augustine, Luisiana, 1987

Viro na entrada de carros de Goswood Grove. A grama foi recentemente cortada, indicando que Ben Rideout esteve aqui hoje para fazer seu trabalho. Reduzo para entrar com o Fusca no portão da esquerda, que fica aberto a maior parte do tempo, balançando um pouco ao vento. O da direita está sempre fechado, como se não tivesse certeza de querer que eu entre. As dobradiças rangem, indecisas.

O melhor seria descer para abrir até o fim, mas prefiro acelerar e passar raspando. Estou muito ligada para parar, e não consigo superar a sensação de que, antes de conseguirmos concluir o que viemos fazer aqui, alguém vai aparecer e tentar nos impedir — os tios de Nathan, uma delegação com membros da diretoria da escola, o diretor Pevoto numa missão para me pôr na linha, Redd Fontaine e sua viatura fazendo uma ronda. Essa cidade é um cachorro velho e mal-humorado. Alisei o pelo dele no sentido contrário e abanei suas pulgas. Se deixar que volte a dormir, talvez ele me permita ficar, mas já demonstrou que está pronto para me morder se eu continuar aqui.

Os telefonemas não diminuíram. Fontaine continua passando de carro. Hoje de manhã, quatro homens num Suburban chegaram ao cemitério e ficaram andando por lá, conversando, gesticulando e apontando os limites do terreno, inclusive os em torno da minha casa e do pomar nos fundos.

Já estou prevendo uma escavadeira e uma notificação de despejo a seguir... só que o terreno é do Nathan, e ele me disse que não está à venda. Será que o negócio do terreno já chegou a um ponto em que ele não pode mais impedir? Não tenho como saber. Ele passou mais de vinte e quatro horas lutando contra voos atrasados e aeroportos fechados por causa de um tornado no meio do país. Quando finalmente alugou um carro para voltar para casa, não arranjou um minuto para dar uma parada num telefone público e me ligar com alguma informação.

Fico aliviada quando vejo o carro dele na entrada, um pequeno Honda azul — ao menos suponho que seja o que ele alugou. Passo pelo automóvel e estaciono meu Fusca atrás do casarão, onde ninguém pode ver da estrada. Estou no terceiro dia da minha licença involuntária da escola. Disseram aos meus alunos que eu estou gripada. Sei disso porque Granny T e as Senhoras do Novo Século, além da Sarge, ligaram para saber sobre mim. Tenho deixado a secretária eletrônica atender o telefone, pois não sei o que dizer. Eu estou *doente*, mas é algo só com meu coração.

Seja qual for a informação que Nathan descobriu, espero que tenha o poder de mover montanhas, pois é disso que precisamos — uma Ave Maria que nos faça ganhar o jogo nos segundos finais. Meus alunos merecem ganhar, para ver que inteligência e um bom trabalho compensam.

— Bem, aqui estamos nós — digo ao Fusca e fico ali sentada um momento em solidariedade. Foi um longo caminho para nós dois desde as consagradas paredes do departamento de inglês da universidade. Não sou mais a mesma pessoa. Independentemente do que acontecer a seguir, esse lugar e essa experiência me mudaram. Mas não posso corroborar um sistema que diz aos estudantes que eles não são nada, que *nunca* serão nada — que acha que manter os alunos nas carteiras é a principal façanha do dia. Eles merecem as mesmas oportunidades que meus amigos e mentores me proporcionaram, de perceber que a vida que criamos para nós mesmos pode ser totalmente diferente da vida determinada pela nossa origem. Preciso encontrar um caminho. Não sou de desistir. Quem desiste não constrói grandes coisas.

Desistentes não vencem uma guerra como essa. "Você não foi derrotada enquanto não desistir da luta", digo a mim mesma.

Nathan está dormindo pesado no banco do motorista do pequeno Honda com os vidros abertos. Usando o que cataloguei mentalmente como o traje azul, azul — calça jeans com uma camisa de cambraia azul. O cabelo está desgrenhado, mas dormindo ele parece um homem que fez as pazes consigo mesmo. Sei que não é o caso. É tremendamente difícil para ele estar aqui. A última vez que esteve nesta casa foi também a última vez que viu a irmã viva. Mas nós dois sabemos que essa visita não pode ser adiada.

— Oi — digo, e ele se assusta tanto que bate o cotovelo no volante e toca a buzina. Levo a mão ao pescoço e olho ao redor, nervosa, mas não há ninguém por perto.

— Oi. — Um esgar distorcido demonstra seu pesar quando se vira para mim. — Desculpe o susto — diz, e percebo o quanto senti falta da voz dele. Abre a porta e começa a sair do carrinho, e aí eu percebo o quanto senti falta *dele*.

— Você conseguiu. — É difícil esconder minhas emoções, mas sei que é preciso. — Você parece cansado.

— Foi um longo caminho até chegar em casa. — E assim, de repente, ele me puxa para dar um abraço. Não um abraço ombro a ombro, um abraço de verdade, do tipo que você dá em alguém em quem pensou muito enquanto esteve longe.

De início fico surpresa. Não estava esperando... bem... *isso*. Esperava mais a dança insegura e desajeitada que geralmente fazemos. "Amigos... ou duas pessoas que desejam algo mais?" Nunca sabemos ao certo. Mas desta vez parece diferente. Passo os braços por baixo dos dele e retribuo o abraço.

— Dias difíceis? — pergunto em voz baixa, e ele apoia o queixo na minha cabeça. Ouço seu coração batendo, sinto a calidez provocante da pele dele na minha. Meu olhar paira sobre as trepadeiras de glicínia e os galhos de murta que escondem as antigas estruturas dos outrora espetaculares jardins de Goswood Grove, que guardam tantos segredos.

— Parece que foram dias difíceis por toda parte — diz Nathan afinal.

— Acho que devíamos entrar. — Mas fica como está mais um minuto.

Nós nos afastamos devagar, e de repente não sei o que fazer a seguir. Não sei como catalogar. Num instante estamos muito à vontade. No instante seguinte, estamos distantes — ou nos retirando para nossas respectivas zonas de segurança.

Ele para no meio da varanda e se vira, firma um pouco a postura como se fosse pegar algo pesado. Cruza os braços, inclina a cabeça e olha para mim, com um dos olhos quase fechados.

— O que nós somos um para o outro?

Fico boquiaberta por um momento, antes de minhas palavras saírem numa sequência hesitante.

— Em... em... que sentido?

Estou apavorada, é por isso que não dou uma resposta direta. Relacionamentos exigem que se diga a verdade, o que envolve riscos. Uma antiga e insegura parte de mim diz: "Você é mercadoria estragada, Benny Silva. Alguém como Nathan jamais entenderia. Ele nunca mais vai ver você da mesma maneira".

— No sentido da pergunta — responde ele. — Eu senti saudade, Benny, e prometi a mim mesmo que dessa vez admitiria. Porque... bem... você é difícil de entender.

— *Eu* sou difícil de entender? — Nathan sempre se manteve um mistério, sobre o qual sempre tento juntar as pistas. — *Eu?*

Ele não se deixa cair na inversão, ou a ignora.

— Então, Benny Silva, nós somos... amigos ou somos... — A frase flutua no ar, inconclusiva, um espaço a ser preenchido. Essas são mais difíceis que as de múltipla escolha.

— Amigos... — Procuro a resposta certa, que não seja muito presunçosa, mas que seja correta. — Indo para algum lugar... no nosso ritmo? Espero.

Sinto-me nua ali parada. Assustada. Vulnerável. E potencialmente indigna do investimento dele em mim. Não posso cometer o mesmo erro em que já caí antes. Há coisas que ele precisa saber. É justo, mas este não é o momento, nem o lugar certo para isso.

Nathan apoia as mãos nos quadris, deixa a cabeça pender para a frente, exala um suspiro que estava segurando.

— Tudo bem — diz com um tom de aprovação. Uma das bochechas treme, erguendo um canto da boca. Acho que ele pode estar corando um pouquinho. — Concordo.

— Eu também.

— Então nós estamos de acordo. — Ele dá uma piscadela para mim e continua na direção da casa, satisfeito. — Podemos conversar sobre os detalhes mais tarde.

Saio praticamente flutuando atrás dele, tomada por uma nova expectativa que não tem nada a ver com os planos de hoje. Estamos entrando num admirável mundo novo... em mais de um sentido. Eu nunca tinha passado pela porta da frente de Goswood Grove. Na verdade, eu nunca estive em parte alguma além da cozinha, da copa, da sala de jantar, do vestíbulo e da biblioteca. Não que não tenha me sentido tentada durante as minhas visitas, mas me determinei a respeitar a confiança que Nathan depositou em mim. Em outras palavras, não bisbilhotar.

A entrada é palaciana e surpreendente. Já tinha visto pela janela, mas ao pisar no puído tapete persa, nos sentimos pequenos em meio àquelas paredes enormes forradas com lambri e os afrescos do teto arqueado. Nathan olha para cima, as costas rígidas, mãos na cintura.

— Foram poucas vezes que eu entrei por aqui — fala em voz baixa. Não sei bem se está falando comigo ou só preenchendo o silêncio. — Mas é que eu te dei a única chave que tinha da porta dos fundos.

— Ah.

— Nem o juiz usava muito essa entrada. — Dá uma risadinha. — Engraçado, essa é uma das coisas de que me lembro dele. De gostar de entrar pela porta da cozinha. Roubar uma comidinha no caminho. Dicey sempre guardava uns doces, um pãozinho ou coisas assim. E biscoitos numa jarra.

Penso nos recipientes quadrados de vidro art déco na cozinha, visualizo um deles cheio de biscoitos.

— Bolinhos. — Nathan altera minha imagem mental.

Bolinhos parecem mais apropriados para esse lugar. Cada centímetro transmite o que foi outrora. Grandioso, opulento, um extravagante banquete para os olhos. Esta casa agora é uma senhora de idade. Uma senhora cuja estrutura óssea ainda mostra o quanto já foi adorável.

Não consigo me imaginar morando num lugar como esse. Parece que Nathan também não. Passa os dedos na nuca, do jeito que sempre faz quando pensa em Goswood Grove, como se cada tijolo, cada viga, cada bancada e cada pedra pesassem sobre ele.

— Eu simplesmente... não ligo pra essas coisas, sabe? — comenta enquanto nos dirigimos ao pé das escadas duplas em espiral que sobem em direções opostas como irmãs gêmeas. — Nunca tive a relação que Robin tinha. Provavelmente o juiz estaria se revirando no túmulo se soubesse que eu acabaria ficando com essa casa.

— Duvido. — Considero as histórias que ouvi sobre o avô de Nathan. Acho que, sob certos aspectos, era um homem que se sentia desconfortável com sua posição nesta cidade, que lutava para lidar com as desigualdades do lugar, com a natureza das coisas, e até com a história dessas terras e dessa casa. Era algo que o atormentava, mas ele não estava preparado para lutar essa batalha em grande escala, e tentava compensar isso com pequenas atitudes, fazendo coisas pela comunidade, por pessoas que se perderam na vida, comprando livros de leilões beneficentes e enciclopédias de garotos trabalhando para pagar uma faculdade ou comprar um carro. Botando LaJuna embaixo da asa quando ela veio aqui com a tia-avó.

— Eu realmente acredito que ele confiaria nas suas decisões, Nathan. Pessoalmente, acho que ele gostaria que finalmente a história de Goswood e a dessa cidade fossem reconhecidas.

— Você é incansável, Benny Silva. — Ele passa as costas da mão no meu rosto e sorri. — Você me faz lembrar da Robin... e não sei quanto ao juiz, mas Robin teria gostado do seu projeto *Subterrâneo*. — As palavras saem embargadas, ele aperta os lábios, engole em seco e esconde suas emoções, como que se desculpando, apoiando a mão no corrimão desgastado. — Ela teria gostado de você.

Sinto como se ela estivesse aqui na sala conosco, a irmã que ele amava tanto e pela qual ainda sofre muito. Eu sempre quis ter uma irmã.

— Eu gostaria de ter conhecido sua irmã.

Outro suspiro profundo e ele começa a subir para o andar superior, fazendo sinal para eu ir na frente.

— Minha mãe dizia que, fosse qual fosse o projeto em que Robin vinha trabalhando, ela estava fazendo um bocado de pesquisas, compilando documentos, mas sem divulgar nada. Alguma coisa relativa à casa e a coisas que ficou sabendo pelos registros e diários do juiz. Você não encontrou documentos desse tipo na biblioteca, encontrou? Da Robin ou do juiz?

— Nada além do que já mostrei a você. Nada recente, com certeza.

— Pensamentos intrigantes me vêm à cabeça. Daria qualquer coisa para ter pelo menos uma conversa com Robin.

Mas provavelmente uma conversa só não seria suficiente.

Finalmente vejo uma foto de Robin, no quarto dela no segundo andar. Não uma foto de quando era criança, como os retratos desbotados tirados em estúdio no vestíbulo do andar térreo, mas uma foto já como adulta. O porta-retratos de madeira está em uma delicada escrivaninha de pernas finas e torneadas perto de uma janela, mostrando a imagem de uma mulher sorridente de cabelo loiro-claro. Com um rosto suave e fino. As órbitas verde-azuladas dos olhos parecem dominar a fotografia. São olhos cálidos e bonitos. Como os do irmão.

Robin está num pesqueiro de camarão com Nathan ao fundo, então adolescente. Os dois estão rindo, ela segurando uma vara de pesca toda emaranhada.

— O barco era do nosso tio — explica Nathan olhando por cima do meu ombro. — Do lado da minha mãe. Minha mãe não tinha dinheiro, mas o pai dela e os tios sabiam como viver bem. De vez em quando nós saíamos com eles nos pesqueiros de camarão, pra onde eles fossem. Tentávamos pescar, quando dava. Às vezes desembarcávamos em algum lugar e ficávamos um ou dois dias. O pai e os irmãos conheciam todo mundo e tinham parentesco com metade da população dessa região.

— Devia ser divertido. — Tento imaginar de novo, o pesqueiro de camarão, a outra vida de Nathan. Seus laços com o litoral.

— Era mesmo. Mas minha mãe não aguentava ficar muito aqui pelos pântanos. Às vezes as pessoas sentem uma coisa em relação ao lugar onde nasceram e a como foram criadas. Ela se casou com um sujeito rico, quinze anos mais velho, e sempre achou que os dois lados da família a condenavam por isso... por ter casado por interesse, e esse tipo de coisa. Ela não sabia reagir a tudo isso, por isso preferiu se afastar. Asheville propiciou um ambiente mais artístico, uma espécie de nova identidade, entende?

— Sim, entendo. — Mais do que posso dizer. Quando saí de casa, eu expurguei todos os aspectos do meu passado, ou pelo menos tentei. Augustine me ensinou que o passado viaja com a gente. Fugir dele ou aprender com ele é o que faz toda a diferença.

— Não foi tão difícil quanto achei que seria... voltar aqui — diz Nathan, mas sua postura rígida diz o contrário. — Mas não faço ideia do que estamos procurando. Para dizer a verdade, seja o que for, pode não estar mais aqui. Will, Manford, os filhos e as mulheres se apropriaram de quase tudo que queriam depois que Robin morreu.

Apesar de Robin ter morrido há dois anos, nossa busca pelo quarto dela parece invasiva e constrangedora. Suas coisas ainda estão aqui. Com todo o cuidado, verificamos gavetas, prateleiras, o closet, uma caixa num canto, uma velha mala de couro. Tudo parece já ter sido vasculhado antes, depois jogado casualmente de volta no lugar.

Não encontramos nada importante. Faturas de cartões de crédito e remédios, cartas de amigos, cartões-postais, folhas de papel em branco, um diário com um belo ferrolho dourado na capa. Destrancado, com a chave ainda entre as páginas, mas quando Nathan o examina só encontra a lista de leituras de Robin, com anotações de suas citações favoritas, pequenos resumos de cada livro e as datas do início e da conclusão da leitura. Às vezes ela lia vários livros numa semana, desde clássicos a histórias de faroeste, de não ficção às edições condensadas da *Seleções* guardadas nas caixas lá embaixo.

— Sua irmã era uma bibliófila de carteirinha — comento, olhando a lista de livros por cima do ombro de Nathan.

— Ela aprendeu com o juiz — responde. Entre as páginas do diário há também um placar dos jogos de bilhar disputados na grande mesa Brunswick na biblioteca, uma espécie de torneio em andamento entre avô e neta no último ano da vida do juiz. — Eles tinham muito em comum.

A gaveta da escrivaninha sai dos trilhos quando Nathan a abre para pôr de volta alguns papéis. Uma bola de bilhar rola do fundo, quica no chão e sai rolando, como que por vontade própria. Eu e Nathan ficamos olhando a bola rolar pelas tábuas irregulares do assoalho, mudando de direção, refletindo a luz do sol e das luminárias das paredes até finalmente desaparecer embaixo da cama.

Meus ombros estremecem involuntariamente.

Nathan atravessa o quarto, levanta a barra da colcha empoeirada e olha embaixo da cama.

— Nada além de alguns livros. — Puxa alguns deles com o pé.

A gaveta da escrivaninha resiste a voltar para o lugar. Tento ver qual é o problema, tentando fazer a gaveta se encaixar de novo nos trilhos. A moldura triangular e o restante das bolas de bilhar estão presos no fundo, desequilibrando a gaveta. Anos recuperando mobílias de lojas de badulaques me deram certa habilidade com móveis antigos, e depois de algumas gambiarras consigo colocar as coisas na ordem certa.

Quando me viro, Nathan está sentado no chão perto da cama de mogno com dossel, encostado na colcha empoeirada, com as pernas compridas esticadas. A impressão é de que ele desabou lá, concentrado nas páginas de um livro infantil, *Onde vivem os monstros*.

Abro a boca para perguntar se o livro era dele, mas a resposta fica evidente em sua expressão absorta. Nesse momento é como se eu nem estivesse ali. Há um fantasma ao seu lado. Ele está lendo o livro junto com a irmã. Os dois fizeram a mesma coisa muitas vezes antes.

Fico olhando de longe, e por um instante consigo vê-la — a mulher na foto de pesca. Nathan tira um envelope e uma pequena pilha de fotografias, deixando o livro no colo.

Aproximo-me em silêncio enquanto ele põe as fotos no chão, uma a uma.

Fotos de bebê. Fotos do primeiro dia na escola, de férias. Uma foto da família esquiando. A mãe de Nathan é uma loura alta com um macacão impermeável rosa. É linda, parece uma supermodelo. Robin tem uns dez anos, Nathan está começando a andar. O pai de Nathan, usando um equipamento caro, segura-o nos braços. Está sorrindo, sem as sobrancelhas caídas e o cenho franzido tão evidentes nos seus irmãos mais velhos, Will e Manford. Parece feliz. Relaxado.

Nathan abre o outro envelope. Leio o texto por cima do ombro dele.

Nathan,

Eu sabia que você não conseguiria resistir a este livro.

Mamãe tinha essas fotos bagunçadas nos estojos de material artístico. Você sabe o quanto ela é desligada! Achei melhor juntar tudo e guardar para você. Assim, ao menos você vai saber como era na época. Você era muito gracinha, ainda que às vezes chatinho. Vivia fazendo tantas perguntas que eu e mamãe tínhamos vontade de tapar sua boca com fita-crepe. Quando perguntei por que fazia tantas perguntas, você olhou para mim com a expressão mais sincera e disse: "Pra saber tudo, como você".

Bem, meu irmãozinho — surpresa! —, eu não sei tudo, mas sei que você cresceu e virou um cara grande e bonito. Valeu todo o trabalho que deu. Tem uma boa cabeça no lugar. Se estiver lendo esta carta, provavelmente deixei você com algumas perguntas que não consegui responder.

Andei trabalhando em algumas coisas nesses últimos dois anos desde que o vovô Gossett morreu. Sempre tive a sensação de que ele guardava um segredo, algo que queria contar, mas não conseguia. No caso de eu morrer e alguém mais revirar a biblioteca antes de você... você sabe de quem estou falando... gostaria de garantir que você obtenha a informação. Quando você souber, vai saber por quê. Se não encontrar meus papéis na biblioteca lá embaixo, vá até o banco. Deixei uma cópia de quase tudo numa caixa num cofre particular. Escrevi seu nome na caixa e paguei o aluguel a longo prazo, então vai estar lá para ninguém mais além de você.

Agora isso fica por sua conta, Nat. Desculpe. Você vai ter de decidir o que fazer com tudo isso. Detesto deixar esse fardo, mas você vai tomar as decisões certas, sejam quais forem.

Assim como o autor deste livro (que você me fez ler em voz alta até eu achar que iria pirar se tivesse de fazê-lo mais uma vez), disse antes de falecer: "Agora não tenho nada mais senão apreço pela minha vida. Há tantas coisas lindas neste mundo que vou ter de deixar quando morrer, mas estou preparado, estou preparado, estou preparado".

Encontre as coisas lindas, irmãozinho. Cada vez que você se entristecer por mim, eu estarei longe. Mas, quando você celebrar, eu estarei bem aí ao seu lado, dançando.

Cuide da mamãe também. Ela é um tipo peculiar, mas você sabe como nós, artistas, podemos ser. Nós dançamos de acordo com a nossa música.

Te amo demais,
Robin

Na quarta capa do livro há uma chave presa com fita adesiva. Nathan pega o objeto e fica olhando para ele.

— Isso é tão típico dela. É *exatamente* ela. — As palavras são cheias de ternura, ele solta um dos braços sobre o joelho e deixa a carta pendendo na mão. Passa um longo tempo olhando pela janela, observando as tênues nuvens brancas vindas com o vento do golfo mais ao sul. Por fim, enxuga os olhos e fala com um sorriso triste: — Ela pediu que não houvesse choro.

Eu me sento na beira da cama e espero até ele recuperar o fôlego, guardar as fotos, fechar o livro e se levantar.

— Existe *algum lugar* onde poderiam estar os papéis da minha irmã naquela biblioteca?

— Acho que não. Eu vasculhei aquela sala toda nas últimas semanas.

— Então nós vamos fazer uma visita ao banco.

Na saída, ele para na porta e dá uma última olhada pelo quarto. Quando fecha a porta, o ar assobia ao passar pelo batente. Segue-se o ruído de algo rolando — o inconfundível som da bola de bilhar deslizando de novo no piso. Dou um pulo quando ela bate na porta.

— Essa casa é velha. — Uma tábua do assoalho range quando Nathan dá um passo para trás. A bola de bilhar rola para longe da porta.

Enquanto descemos a escada, me vejo olhando e pensando: "Por que Robin teria guardado as bolas de bilhar na gaveta da escrivaninha?". É evidente que não eram necessárias lá embaixo. A mesa de bilhar estava coberta quando vim aqui pela primeira vez. Ela tinha empilhado livros em cima.

"A mesa de bilhar..."

27

Hannie Gossett — Texas, 1875

Rezo para que Elam Salter seja mesmo difícil de matar, como dizem.
Como *ele* diz.
Que ninguém pode acertar um tiro nele. Nunca.
Junto as histórias dos soldados sobre ele e faço um ninho que nem um gato de fazenda no feno numa noite fria de inverno.

Perdeu o chapéu duas vezes por balas que passaram de raspão.

O cavalo que montava caiu baleado três vezes.

Capturou o fora da lei Dange Higgs sozinho.

Perseguiu o mestiço Ben John Lester pelo Território Indígena até o Kansas.

Elam Salter consegue seguir um rastro como ninguém.

Penso nas histórias enquanto vejo o Velho Sinhô partir desse mundo, e depois, nos dias de luto e pesar, quando é enterrado em seu lugar de descanso, tento imaginar o quanto a Sinhazinha entende do que aconteceu. No enterro, ela deita no túmulo bem ao lado de Juneau Jane, choramingando. Vejo quando enterra os dedos no solo e se recusa a sair de lá.

São dias estranhos e tristes, que demoram a passar.

Quando afinal tudo acabou, partimos pela estrada do rio San Saba — eu, Sinhazinha e Juneau Jane numa carroça puxada por mulas do Exército, com um cocheiro e três soldados a cavalo. Depois de levar a gente até lá, eles vão buscar um carregamento de armas em Austin, ou ao menos foi o que disseram.

Os três a cavalo estão relaxados, rindo e conversando, com os rifles e os revólveres nos coldres. Não parecem nada preocupados. Mascam nacos de tabaco e se provocam, apostando quem cospe mais longe.

O cocheiro também segue tranquilo, observando a paisagem, parecendo não esperar que alguém nos ataque.

Eu e Juneau Jane compartilhamos nossas preocupações olhando uma pra outra em silêncio. A pele ao redor dos olhos dela está inchada e vermelha, de tanto ser esfregada. Ela chorou muito, tanto que fico pensando se vai sobreviver a tudo isso. Não para de olhar pra trás, fitando pela última vez a terra onde o pai foi enterrado. Não vai ser fácil ele descansar naquela cova, tão longe de Goswood Grove. Juneau Jane queria enterrar o pai em casa, mas não foi possível. Até mesmo a nossa volta depende da piedade de estranhos. Como foi com o enterro do Velho Sinhô também. Um homem que já foi dono de mais de quatro mil acres agora descansa debaixo de uma simples cruz de madeira com o nome escrito. Tive até que adivinhar o ano do nascimento dele. Eu e Juneau Jane não temos certeza, e a Sinhazinha não consegue falar.

Começa a cair uma chuva leve, fechamos as cortinas da carroça e ficamos ouvindo as rodas girarem, quilômetro após quilômetro. Já é tarde quando ouço os homens saudarem alguém a distância. Os cabelos da minha nuca se eriçam, fico de joelhos e levanto a lona. Juneau Jane vem atrás de mim.

— Fica lá atrás cuidando da Sinhazinha — digo pra ela, que me obedece. Essas últimas semanas nos tornaram mais do que meias-primas. Agora eu sou irmã dela, acho. O homem se aproxima como um espírito, tão parte da terra quanto a relva marrom e dourada e os figos-da-índia. Ele monta um grande cavalo de pelo avermelhado e puxa outro, com uma sela mexicana de couro cru manchada de sangue seco.

Meu coração acelera, abro as cortinas da carroça e examino Elam Salter pra ver se o sangue não é dele. Ele entende a pergunta nos meus olhos e começa a acompanhar a carroça.

— Eu me saí um pouco melhor do que o outro homem.

— Isso é um alívio pra mim. — Abro um grande sorriso e mal penso no homem que caiu morto da outra sela. Se foi Elam que matou, devia ser um homem que se enveredou por maus caminhos.

— Eu queria te encontrar antes de vocês partirem. Meu trabalho me tomou mais tempo do que eu esperava. — Ele apoia o cotovelo no pito da sela. Está molhado e salpicado de lama. Uma espuma ressecada se acumula na manta da sela do cavalo. Elam solta as rédeas, e o pobre animal cansado abaixa a cabeça e enche os pulmões com uma longa respiração.

— Queria que soubessem que nós cortamos a cabeça da serpente — diz ele, então olha pra Juneau Jane e de volta pra mim. — Marston está na cadeia de Hico, pra ser julgado e enforcado pelos seus crimes. Espero que de alguma forma isso sirva de alívio para o sofrimento de vocês. — Olha de novo pra Juneau Jane, depois pra Sinhazinha. — Agora vamos atrás do resto dos tenentes e altos oficiais dele, mas sem Marston muitos vão perder a fé na causa e cruzar a fronteira com o México. O comandante não foi muito corajoso. Desentocamos ele de um celeiro de milho, escondido como um rato acuado. Foi preso sem disparar um tiro.

Juneau Jane funga e aquiesce, faz o sinal da cruz no peito e olha pras mãos no colo. Uma lágrima escorre pelo seu rosto, desenhando um pequeno círculo no vestido.

A raiva me queima por dentro. Do tipo profana.

— Fico contente por isso. Contente de ele pagar pelos crimes que cometeu. Contente de você ter voltado inteiro também.

Um sorriso levanta o bigode grosso.

— Como prometi, srta. Gossett. Como prometi que voltava.

— Hannie — corrijo. — Lembra que eu falei que você podia me chamar pelo primeiro nome?

— Sim, lembro. — Toca o chapéu com a ponta dos dedos e segue adiante pra conversar com os outros homens.

Aquele sorriso fica comigo o dia inteiro e continua à noite. Fico olhando ele se afastar da carroça e desaparecer nas montanhas. De tempos em tempos, vejo a silhueta dele no horizonte. Me sinto mais segura, sabendo que ele tá lá.

É quando paramos pra acampar que me sinto inquieta de novo. Os animais refugam nos piquetes, balançam a cabeça e agitam as orelhas. Juneau Jane segura o cabresto e afaga o nariz de um grande cavalo baio.

— Eles estão sentindo alguma coisa — comenta.

Penso em índios e pumas, nos coiotes e nos lobos-mexicanos cinzentos que uivam nas pradarias à noite. Aperto a velha bolsinha da Sinhazinha no corpo, sinto o peso da pistola lá dentro. Ajuda um pouco, mas não muito.

Elam Salter chega no acampamento, e isso sim ajuda ainda mais.

— Fiquem entre as rochas e a carroça — instrui, e depois fala em voz baixa com os homens do outro lado da carroça. Vejo o movimento dos corpos e das mãos, apontando, observando.

Um dos soldados pendura um cobertor entre dois cedros para as nossas necessidades, enquanto outro cozinha alguma coisa num pequeno fogão na carroça.

Não há sorrisos nem conversas amigáveis com Elam naquela noite.

Quando nos deitamos, ele já desapareceu de novo. Não sei se foi a algum lugar ou se tá dormindo. Foi simplesmente engolido pela escuridão. Não ouço e não vejo mais ele depois disso.

— O que ele está procurando? — pergunta Juneau Jane quando a gente se acomoda numa barraca com a Sinhazinha entre nós. Amarro o tornozelo da Sinhazinha no meu, caso ela resolva levantar e sair andando... ou se eu andar nos meus sonhos.

Mas Sinhazinha adormece assim que se estende na manta.

— Não sei do que ele tá atrás. — Acho que sinto um cheiro de fumaça no vento. Só um fiapo, mas não sei ao certo. Nosso fogareiro tá apagado faz horas. — Mas acho que não vai acontecer nada essa noite. Tem cinco homens cuidando da gente. Eu e você já estivemos em situações piores. — Penso no pântano, sem saber se a gente estaria viva no raiar do dia. — Pelo menos não estamos sozinhas.

Juneau Jane concorda com a cabeça, mas a luz do lampião que passa pela tenda ilumina uma lágrima.

— Eu abandonei o meu pai. Ele ficou sozinho.

— Ele foi pro outro lado — respondo. — Não tá mais naquele corpo. Agora vê se dorme.

Puxo o cobertor, mas não consigo relaxar.

O sono chega afinal como um rio seco no verão, um córrego raso que contorna pedras e galhos caídos e raízes de árvores, se dividindo cada vez mais, até se transformar numa gota d'água de orvalho da manhã, escorrendo preguiçosamente pela tenda do Exército que nos cobre.

Quando levanto, acho que sinto cheiro de fumaça de novo. Mas quase não tem fogo no fogareiro pra fazer o café, e o vento tá soprando em outra direção.

"É só a sua cabeça, *Hannie*", digo a mim mesma, mas faço questão que a gente se levante juntas pra ir atrás do cobertor fazer as nossas necessidades. Sinhazinha quer colher umas hortênsias num arbusto ali perto, mas eu não deixo.

Elam Salter chega de onde quer que tenha passado a noite. Parece que não dormiu. Tá atento a alguma coisa, mas não diz o quê.

Comemos biscoitos duros, molhando na xícara pra ficarem mais moles de mastigar. Sinhazinha faz careta e cospe os dela.

— Assim você vai ficar com fome — digo. — Você precisa comer por causa do... — Seguro o *do bebê* na garganta, engulo em seco.

Juneau Jane me encara. Não vai dar pra esconder esse bebê por muito tempo. Sinhazinha devia consultar um médico, mas, se a cabeça dela não melhorar logo, qualquer médico vai querer mandar ela pra um hospício.

Quando partimos, Elam sobe uma encosta a cavalo. Vejo ele lá olhando pelo binóculo enquanto o céu se abre em plena aurora, que parece uma brasa embaixo da terra. Um vermelho róseo e amarelado com contornos dourados tão brilhantes que fica nos olhos quando a gente pisca. O céu é tão grande quanto a terra, de uma ponta a outra.

Elam e o cavalo parecem em casa estampados naquele fogo, naquela desolação deserta. Nossa carroça contorna a montanha e sacoleja por uma descida íngreme, e Elam vai desaparecendo aos poucos.

Fico olhando dos dois lados da carroça, tentando enxergar a figura dele, mas a gente não vê mais nenhum sinal pelo resto da manhã.

Por volta do meio-dia, pego a pequena pistola da bolsa da Sinhazinha, examino a arma e deixo ao alcance. Ainda não sei se vai funcionar, mas me sinto melhor com ela ali.

Juneau Jane vê a arma de relance, depois olha pra mim.

— Eu estava dando uma verificada — explico. — Só isso.

Passamos por uma ou duas carroças durante o dia. Fazendeiros com carroças de mercadorias. Um coche do correio. Gente a cavalo, e perto das cidades pessoas a pé indo e voltando das fazendas. Aqui e ali, cavaleiros passam ao nosso redor. Matuto sobre quem eles são pra não se incomodarem de ser vistos perto dos soldados.

À noite nós acampamos, e os homens dizem pra gente ficar por perto, e é o que fazemos. De manhã levantamos acampamento e seguimos em frente. Fazemos a mesma coisa no dia seguinte, no outro e depois mais uma vez. De tempos em tempos Elam fica no nosso acampamento ou se aproxima da carroça, mas passa a maior parte do dia perambulando. Quando tá com a gente, fica calado e atento. Sei que encontrou sinais de alguma coisa por aí.

Passam-se os dias e continuamos em frente, de sol a sol, enquanto o tempo tá bom.

Finalmente desaba uma tempestade, e fechamos bem as cortinas da carroça. Os cavalos e as mulas chafurdam na lama e na água até a chuva parar, tão rapidamente quanto começou. Procuro por Elam, mas não vejo ninguém. Não vi ele a manhã inteira, e isso me deixa nervosa.

Encontramos um homem na estrada, mas ele passa ao largo sem falar com os soldados. Depois que passamos, dá a volta pra ver melhor a traseira da carroça, pra verificar se tem alguma coisa lá que ele queira. O jeito ousado dele me deixa ainda mais nervosa, me faz olhar pra pequena pistola de novo. A luz reflete nas rosas prateadas lavradas no cabo, e Sinhazinha faz menção de pegar a arma, mas eu afasto a mão dela.

— Não encosta nela — esbravejo. — Isso não é pra você.

Sinhazinha dá um gritinho e sai de perto, me olhando meio intrigada. Enfio a pistola debaixo do meu corpo, onde ela não consegue pegar.

Perto do meio do dia chegamos a um rio.

O céu começou a roncar de novo, por isso a gente segue em frente e faz a travessia antes de descansar os cavalos e as mulas. A correnteza é rápida, mas o rio não é fundo.

— Vamos continuar até chegar naquela encosta! — grita o sargento, girando o punho acima da cabeça. — Vamos parar do outro lado pra dar água aos animais.

O sargento comanda, o cocheiro chicoteia a parelha e os soldados chegam dos dois lados pra não deixar as mulas pararem e a carroça sair boiando. O leito do rio é rochoso e a carroça sobe e desce, de um lado e do outro. Dá uns solavancos nas partes mais fundas. Sinhazinha bate a cabeça e dá um grito.

Faço as duas ficarem mais perto da traseira, pra gente poder sair se a carroça atolar. Não devia ser uma travessia difícil, mas é.

Vejo Elam por um vão da lona. Bem lá atrás, mas tá lá.

As mulas afundam até a barriga, e filetes de água correm pelo piso da carroça.

É então que ouço um estampido estridente, como de uma roda ou um eixo quebrando.

A lona do teto estremece. Olho pra cima e vejo um buraco redondo e a luz do sol. Depois o som de mais um estampido. Outro furo na lona.

— Emboscada! — grita um dos soldados. As mulas saltam pra frente. O cocheiro pega o chicote.

Meus dedos escorregam na tampa traseira e tombo com meio corpo pra fora da carroça. O baque me tira a respiração, e a água chega quase até o meu queixo. Alguém me agarra pelo vestido. Uma mão grande e forte, e sei que é da Sinhazinha. Juneau Jane também corre pra me acudir, e as duas me puxam pra dentro e todas caímos no chão da carroça. É quando vejo o cavalo do Elam Salter tombando pra trás. Não vejo eles caírem. Ouço um cavalo gritar, o zumbindo de uma bala, um soldado gemer, um baque na água, o barulho de cascos de cavalos na margem. Os soldados começam a atirar em quem quer que esteja atacando a gente.

A carroça não tem opção a não ser seguir em frente pelas pedras, as mulas cambaleando na água, a carroça balançando forte como um brinquedo de criança enquanto se arrasta até a margem e a terra seca. Seguro Juneau Jane e a Sinhazinha, faço as duas deitarem e enfio a cabeça entre elas. Chovem lascas de madeira, poeira e pedaços de lona.

Faço minhas orações, faço minhas pazes com Deus. Pode ser que, depois de tudo que aconteceu, é assim que termine. Não no pântano com um puma, não no fundo de um rio ou numa carroça de carga num território hostil, mas aqui nesse riacho, atacada por razões que desconheço.

Levanto a cabeça pra olhar ao redor e localizar a pistola do Velho Sinhô.

Meu único pensamento é: "Se forem índios ou vigilantes de estrada, não posso deixar eles pegarem a gente viva". Ouvi muitas histórias desde que chegamos ao Texas, histórias sobre o que eles podem fazer com as mulheres. E também vi o que fizeram com Sinhazinha e Juneau Jane. "Senhor, me dê a força pra fazer o que for preciso", digo numa prece. Mas, se eu achar a pistola, ela só tem duas balas, e nós estamos em três.

"Me dê a força e os meios."

Mas tudo mudou, tá de cabeça pra baixo, e não consigo ver a pistola.

De repente tudo fica em silêncio. O trovejar de armas e os gritos param da mesma forma repentina que começaram. A fumaça da pólvora paira no ar, densa, azeda e silenciosa. Só se ouve o grunhido agoniado de um cavalo e os horríveis estertores de uma respiração borbulhando sangue.

— Shhhh — sussurro pra Sinhazinha e Juneau Jane. "Talvez eles achem que a carroça tá vazia." O pensamento se esvai tão rápido quanto surgiu. Eu sei que não vai ser assim.

— Saiam daí — grita alguém lá fora. — Alguns desses jovens soldados ainda podem viver pra lutar outro dia, se vocês saírem em paz.

— A escolha é de vocês — diz outro homem. Meu ouvido reconhece aquela voz grave e firme de um jeito que me deixa gelada por dentro, só que não consigo lembrar de onde. Onde eu já ouvi essa voz? — Vocês querem quatro jovens soldados e mais um agente federal mortos na consciência? Pra mim, tanto faz.

— Não... — grita um dos soldados. Um estampido como o de uma cabaça sendo rachada faz ele silenciar.

Eu e Juneau Jane olhamos uma pra outra. O branco dos olhos se destaca na expressão arregalada. A boca treme, mas ela concorda com a cabeça. Ao meu lado, Sinhazinha já tá levantando, imagino que faz isso porque o homem mandou. Ela não entende o que tá acontecendo.

Tateio ao redor procurando a pistola mais uma vez. Apalpo por toda parte.

— Nós tamos saindo — grito. — Pode ser que a gente já tenha sido atingida. — Continuo esfregando as mãos no chão. "A pistola..."

"A pis..."

— Saiam *já*! — berra o homem. Uma bala rasga a lona a menos de trinta centímetros da nossa cabeça. A carroça dá um solavanco e para. Ou tem alguém segurando as mulas ou uma delas morreu atrelada.

Sinhazinha vai chegando perto da saída.

— Espera — digo, mas não tem como fazer ela parar. Nem como achar a pistola. Não sei o que vai acontecer agora. Quem são esses homens, e o que eles querem com a gente?

Sinhazinha já tá se afastando da carroça quando eu e Juneau Jane saímos. Minha cabeça fica devagar, vê tudo que tá acontecendo — os soldados de bruços, um com a perna sangrando. O sangue escorrendo da cabeça do cocheiro. Os olhos dele abrem e fecham, abrem de novo. Tentando acordar, se salvar ou salvar a gente, mas o que ele pode fazer?

O sargento levanta a cabeça.

— Vocês estão prejudicando um destacamento da Cavalaria dos Estados Unidos... — A coronha de um revólver bate com força.

Sinhazinha geme como se ela tivesse tomado a coronhada.

Olho pro que tá com o revólver. É um menino, não tem mais de treze ou catorze anos.

Só então vejo um homem saindo de um arbusto atrás do menino. Com um rifle apoiado no ombro. Andando devagar, com passos relaxados, satisfeito como um gato que encurralou sua presa. Com um sorriso sob a aba do chapéu. Quando levanta a aba, lá estão o tapa-olho e a cicatriz derretida do lado do rosto, e agora eu sei por que reconheci a voz dele. Esse pode ser o dia em que ele vai terminar o trabalho que começou naquele atracadouro.

Sinhazinha solta um grunhido gutural, como um animal, range os dentes e morde o ar.

O homem joga a cabeça para trás, dando risada.

— Continua brava, pelo jeito. Achei que a gente tinha te domado quando nos separamos.

Essa voz... Espalha lembranças como se fossem poeira, mas que saem voando, levadas por ventos tempestuosos. Será que a gente já conhecia ele? Era alguém que o Velho Sinhô conhecia?

Sinhazinha grunhe mais alto. Tento agarrar o braço dela, que se solta. Tento de novo situar aquele homem. Se eu conseguir chamar ele pelo nome, de surpresa, talvez dê tempo pros soldados pegarem o garoto mais perto e tirar a arma dele.

Ouço cavalos espirrando água e subindo pela margem atrás da gente. Mas mantenho os olhos fixos no homem com o rifle. É com ele que a gente precisa se preocupar. O garoto parece louco e sanguinário, mas esse é o homem no comando de tudo.

— E você. — Olha pra Juneau Jane. — É uma pena matar uma garota tão bonita. Tão atraente, que tem até... algum valor. Afinal, talvez tenha sido uma sorte você ter conseguido sobreviver. Talvez eu fique com você. Uma última recompensa por tudo que sofri nas mãos do seu pai. — Levanta a mão esquerda, de onde a luva pende com alguns dedos vazios, e passa pelo olho que falta.

Esse homem... esse homem acredita que o Velho Sinhô é culpado por ter sido desfigurado? Por quê?

Solto a Sinhazinha e ponho Juneau Jane atrás de mim.

— Deixa essa criança em paz — falo pra ele. — Ela não te fez nada.

O homem inclina a cabeça pra me ver melhor, fica me olhando por muito tempo com o olho bom.

— E o que temos aqui? O pequeno cocheiro que Moses disse que tinha dado um fim? Mas ninguém é o que parece ser, não é? — Dá uma risada, que soa familiar.

Ele chega mais perto.

— Pode ser que eu fique com você também. Se for bem acorrentada, você não vai dar problema. A sua laia sempre pode ser domada. Negros infernais. Não valem mais que uma mula. E são tão burros quanto. Todos podem ser domados com arreios... e também para outros usos. — Ele olha pra mim com uma expressão de pura maldade, que também me parece familiar. — Acho que eu conheci a sua mamãe — diz e abre um sorriso. — Acho que conheci ela muito bem.

Ele olha para os homens que vêm do rio. Minha memória volta no tempo, cada vez mais pro passado. Vejo as feições atrás das cicatrizes e do tapa-olho, distingo a forma do nariz, do queixo pontudo. Mantenho a lembrança, vejo ele agachado ao lado da carroça onde estamos encolhidos com minha mãe. As mãos dele agarrando minha mãe, arrastando pra fora, o braço dela acorrentado nos raios da roda. Os sons do sofrimento dela sangram no escuro, mas eu não vejo.

— Fiquem debaixo do cobertor — diz ela com a voz engasgada. — Fiquem aí. — Tapo os ouvidos com o cobertor, tento não escutar.

Fico agarrada aos meus irmãos e irmãs, noite após noite, oito, depois sete, depois seis... três, dois, um, e no fim só a minha prima, a pequena Mary Angel. E depois só eu, encolhida embaixo daquele cobertor esfarrapado, tentando me esconder.

Desse homem, Jep Loach. Agora mais velho, e tão cheio de cicatrizes que nem reconheço. O homem que levou minha família embora tá bem na minha frente. O homem que o Velho Sinhô perseguiu tantos anos atrás e que se alistou no Exército confederado. Não foi morto num campo de batalha naquela época. Tá bem aqui na minha frente.

Quando percebo isso, sei que dessa vez eu vou acabar com ele, ou morrer tentando. Jep Loach não vai roubar mais nada de mim. Eu não vou deixar. Não vou conseguir viver depois disso.

— Fica comigo no lugar dela — digo. Posso ficar mais forte se não precisar tomar conta da Sinhazinha e da Juneau Jane. — Só comigo. — Posso encontrar um jeito de fazer o que é preciso fazer com esse homem. — Você me leva e deixa as duas meninas e os soldados em paz. Eu sou uma boa mulher. Tão boa quanto minha mãe. — As palavras sobem queimando pela minha garganta. Sinto o gosto de biscoito seco e café, já azedos. Engulo tudo e acrescento: — E também tão forte quanto a minha mãe.

— Ninguém aqui tá em posição de negociar — replica Jep Loach, dando risada.

Os outros homens, os dois atrás da gente, também riem enquanto se aproximam pelos dois lados. Reconheço o da esquerda assim que ele aparece, mas não consigo acreditar no que vejo, depois de tudo que ouvi sobre ele se meter com gente ruim. Lyle Gossett. Também de volta do mundo dos mortos. Não foi preso com a cabeça a prêmio, como achava Elam Salter, mas tá aqui com o tio, são farinha do mesmo saco. O saco dos parentes da Velha Sinhá.

Lyle e o outro, um garoto magricela num cavalo malhado, param atrás de Jep Loach e viram as montarias pra olhar pra nós.

Sinhazinha grunhe ainda mais alto, morde o ar, levanta o queixo e rosna como uma gata.

— Faz essa garota... calar a boca — diz o garoto no cavalo malhado. — Ela tá me aborrecendo. Tá com o demônio. Tá tentando... enfeitiçar a gente ou coisa parecida. Vamos matar todas e sair daqui.

Lyle levanta o rifle e aponta pra própria irmã. Irmão contra irmã.

— Ela tá mesmo louca da cabeça. — As palavras saem frias e indiferentes, mas a expressão dele é de prazer quando puxa o cão com o polegar. — Um bom momento pra acabar com a infelicidade dela.

Sinhazinha encolhe o pescoço, afunda o queixo na gola do vestido. Os olhos ficam pregados em Lyle, círculos azuis brilhantes revirando sob as pálpebras, mostrando o branco do globo ocular.

— Ela tá grávida! — digo num grito, tentando puxar Sinhazinha, mas ela se solta da minha mão. — Ela tá com um bebê na barriga!

— Atira logo! — berra o outro garoto. — Ela tá enfeitiçando a gente. Atira!

— Pra trás, cabo — ordena Jep Loach. Olha de um para o outro. — Quem é que tá no comando aqui?

— O senhor, tenente — responde Lyle, como se eles fossem soldados numa guerra. Soldados de Marston. Como o Elam falou.

— Você é fiel à causa?

— Sim, senhor, tenente — respondem três garotos soldados.

— Então devem *obedecer* aos seus superiores. Eu dou as ordens aqui.

— Marston foi preso por agentes federais — tenta dizer um dos soldados da cavalaria caído no chão. — Ele tá preso...

Jep Loach perfura a mão do homem com uma bala, dá três passos rápidos e pisa na cabeça dele, enfiando a cara na lama. Ele não consegue respirar. Tenta lutar, mas não adianta.

Lyle dá risada.

— Agora ele não tá mais discutindo, né?

— Senhor? — diz o garoto no cavalo malhado, afrouxando a mandíbula. Recua um passo com o cavalo, abanando a cabeça, o rosto pálido como farinha. — O que... o que ele tá dizendo do general Marston? Que ele... foi preso?

— É mentira! — Jep Loach afunda mais a cabeça do cavaleiro na terra. — A *causa*! A causa é maior que qualquer homem. Insubordinação é punida com a morte. — Saca o revólver e gira o corpo, mas agora o garoto virou um alvo móvel, esporeando o cavalo em direção à mata, onde desaparece, seguido pelas balas disparadas.

O soldado caído no chão geme e levanta a cabeça para respirar enquanto Jep Loach anda de um lado pra outro, brandindo o revólver, com o rifle no ombro. A pele dele fica vermelha como fogo em torno da cicatriz esbranquiçada. Continua andando e falando sozinho.

— É muito conveniente, isso que é. Todos os herdeiros do meu tio aqui no mesmo lugar. Minha pobre tia vai precisar de ajuda em Goswood Grove, é claro. Até a tristeza e a má saúde acabarem com ela, o que não vai demorar muito...

— Tio Jep? — Lyle não está mais rindo. A voz sai embargada. Segura as rédeas e olha pra mata, mas mal chega a esporear o cavalo quando Jep Loach ergue o rifle e acerta o alvo, derrubando o jovem Lyle no chão.

O ar explode com balas zunindo, levantando terra e derrubando galhos das árvores. Juneau Jane me puxa pro chão. Ouço gritos, gemidos. Os soldados da cavalaria se recuperam. Balas atingem corpos. Um grito. Um grunhido. Um uivo como o de um animal. A fumaça da pólvora deixa o ar sufocante.

Depois há apenas silêncio. O silêncio de uma alvorada, só por um instante. Dou uma tossida no ar sulfuroso, apuro o ouvido, mas continuo imóvel.

— Não se mexe — falo baixinho no ouvido da Juneau Jane.

Ficamos ali até os soldados se levantarem. Jep Loach tá estendido no chão, morto com um tiro no peito, e Lyle continua onde caiu do cavalo. Sinhazinha é um amontoado de algodão azul. Imóvel. O sangue escoa pelo tecido como uma rosa brotando de um pedaço de céu. O cocheiro se arrasta até nós e vira o corpo dela pra verificar, mas ela tá morta.

Com a velha *derringer* na mão. O soldado pega a pistola, com cuidado.

— Sinhazinha... — murmuro, e eu e Juneau Jane vamos até onde ela está. Seguro a cabeça dela e afasto o cabelo fino e encrostado de lama dos olhos azuis. Penso nela quando era criança, depois menina. Tento pensar em coisas boas. — Sinhazinha, o que você fez?

Tento dizer a mim mesma que foi o tiro dela que matou Jep Loach. Foi o tiro dela que acabou com ele. Não pergunto aos soldados se a pistola disparou ou não. Não quero saber. Preciso acreditar que foi Sinhazinha que fez isso, e que fez isso por nós.

Fecho os olhos dela, tiro o lenço do meu cabelo e cubro seu rosto.

Juneau Jane faz o sinal da cruz e reza uma prece em francês segurando a mão da irmã. Tudo o que restava do sr. William Gossett jaz ali, sangrando no solo do Texas.

Tudo menos Juneau Jane.

Fico um longo tempo parada na porta da cafeteria de Austin. Não posso entrar, nem no pequeno pátio com mesas ao ar livre embaixo dos grandes galhos dos carvalhos. Os galhos se enlaçam como treliças de um teto. Eles compartilham raízes, esses arvoredos de carvalho. São uma só arvore embaixo da terra. Como membros de uma família, feitos pra estar juntos, pra alimentar e abrigar uns aos outros.

Vejo gente negra passando pelas mesas, servindo bandejas de comida, enchendo copos e taças com água, chá e limonada, retirando os pratos sujos. Observo cada trabalhador de onde estou, na sombra da árvore, tentando decidir. "Algum deles se parece comigo? Será que eu conheço alguém?"

Fiquei três dias esperando até vir aqui. Três dias desde que a gente chegou cambaleando em Austin, com quatro soldados feridos e o que restou de Elam Salter na carroça. Continua sendo verdade que nenhuma bala consegue acertar Elam, mas ele foi esmagado pelo cavalo quando caiu. Fiquei ao lado da cama dele em todos os momentos. Só saí agora, deixando Juneau Jane com ele por um tempo. Não há nada mais a fazer senão esperar. Ele é um homem forte, mas a morte abriu sua porta. Cabe a ele decidir se passa logo por ela, ou se em algum momento no futuro.

Tem dias que digo a mim mesma que devia deixar ele passar pela porta e ficar em paz. Vai enfrentar muita dor e muita luta pela frente se ele se agarrar a essa vida. Mas espero que ele prefira ficar. Segurei a mão dele e molhei sua pele com minhas lágrimas, dizendo isso muitas e muitas vezes.

Será que tenho o direito de implorar pra ele fazer isso por mim? Eu podia voltar a Goswood Grove. Voltar pra casa, ficar com Jason, John e Tati. Voltar ao nosso sítio de meeiros. Enterrar o *Livro dos amigos perdidos* bem fundo e esquecer tudo que aconteceu. Esquecer o quanto Elam tá ferido. Se ele viver, nunca mais vai ser o mesmo, diz o médico. Nunca mais vai andar. Nunca mais vai montar.

Esse Texas é um lugar ruim. Um lugar malvado.

Mas aqui estou eu, respirando esse ar mais um dia, olhando pra essa cafeteria que tive de atravessar meia cidade pra encontrar, pensando: "Será que é esse o tal hotel de viajantes?". E, se for, será que tudo isso valeu a pena? Tanto sangue derramado e tanta infelicidade? Talvez até a morte de um homem corajoso?

Vejo uma garota com a pele de um marrom semelhante a nozes levando um jarro de limonada, servindo duas senhoras brancas com chapéus de sol. Vejo um menino de pele mais clara levando uma bandeja, um garoto meio crescido trazer um pano pra limpar uma mancha no chão. "Eles se parecem comigo? Será que eu reconheceria minha gente depois de todos esses anos?"

Eu me lembro dos nomes, do lugar onde nos separamos, de quem os levou. "Mas será que esqueci os rostos? Os olhos? Os narizes? As vozes?"

Fico observando por mais um tempo.

"Que coisa boba", digo a mim mesma vezes e mais vezes, sabendo que o mais provável é que o ladrão de cavalos irlandês tenha inventado tudo, toda aquela história.

"Um hotel e restaurante para viajantes no caminho de Austin, bem perto do ribeirão Waller. Três miçangas azuis num cordão. No pescoço de uma garotinha branca…"

Nunca foi verdade, aposto.

Saio de lá, mas logo vejo um riacho ali perto. Olho praquelas águas e penso: "Bom, é esse aqui". Pergunto a um velho passando de mão dada com uma criança:

— Esse é o ribeirão Waller?

— Esse mesmo — responde ele e continua andando.

Volto de novo pra cafeteria, ando ao redor do grande prédio rebocado com cal. É um casarão alto e estreito, com quartos pra viajantes passarem a noite. Fico na ponta dos pés e espio pelas janelas abertas, vejo mais negros trabalhando. Ninguém que eu conheça, até onde posso dizer.

É então que vejo uma garotinha branca perto do poço no fundo da casa. Pequena e magricela, mas musculosa. Oito anos, talvez dez, com mais cabelo que qualquer outra coisa no corpo. O cabelo sai de um lenço amarelo, cascateando pelas costas em ondas castanho-avermelhadas. Mas ela é forte e puxa um balde pesado com as duas mãos, derramando água pelas pernas, molhando o avental por cima do vestido cinza.

Vou perguntar pra ela: "Tem alguém aqui que se chama Gossett? Ou que se chamava antes da libertação? Você já viu alguém com três miçangas azuis como essas? Uma mulher negra? Alguma garota? Algum garoto?".

Passo os dedos no cordão no pescoço, ando na direção da garota, pensando em perguntar com cuidado, pra não assustar. Mas quando ela para e olha pra mim, com os olhos cinzentos surpresos num rosto meigo como o de uma boneca de porcelana, nem consigo falar. No pescoço dela, numa fita vermelha, vejo três miçangas azuis.

"O irlandês", penso comigo mesma. "Ele disse a verdade."

Caio sentada na terra. Um baque pesado, pois minhas pernas amoleceram, mas mal sinto o chão. Não sinto nada, não escuto nada, seguro minhas miçangas, tento falar, mas sinto a língua travada. Não consigo formar as palavras. "Menina, onde você arranjou essas miçangas?"

Parece uma eternidade, ficamos as duas ali paradas, eu e a garota, tentando entender.

Um pardal sai voando de uma árvore. Um pardalzinho marrom. Pousa no chão pra beber a água pingando do balde. A garota larga o balde e derrama a água, que escorre pela terra ressecada. O pardal mergulha a cabeça e joga água nas penas.

A garota se vira, sai correndo pelo caminho de pedra e passa por uma porta aberta no fundo do casarão.

— Mamãe! — ouço ela gritar. — Mamããããe!

Fico de pé e tento decidir: "Será que devo fugir?". Afinal, a garota é branca, e eu acabei de dar um susto nela. Será que devo tentar explicar? "Eu não ia fazer nada de mau. Só queria saber onde ela arranjou as três miçangas."

É então que vejo ela na porta, uma mulher alta e de pele negra acobreada, com uma colher de pau ainda na mão. Primeiro acho que é a tia Jenny Angel, mas é nova demais pra ser ela. Deve ter a mesma idade de Juneau Jane, não uma menina, mas ainda não uma mulher. Ela manda a criança branca entrar, franze os olhos pra me ver na luz do sol e começa a descer os degraus. No pescoço dela, vejo um cordão com três miçangas azuis.

Eu me lembro de como ela era no dia que começou a usar as miçangas, o último dia em que a gente se viu no pátio do mercador, quando ela tinha só três anos de idade. Revejo o rosto dela antes de o homem levar embora.

— Mary... — falo baixinho, e depois grito de uma distância que de repente parece ao mesmo tempo muito grande e muito pequena. Meu corpo fraqueja. — Mary Angel?

Uma silhueta aparece na porta, que o sol ilumina quando sai. Lá está o rosto que guardei na memória todos esses anos. Eu sei que é ela, apesar da cabeça grisalha e do corpo meio curvado.

A menininha de cabelos ruivos se agarra na saia dela, e vejo como são parecidas. Essa é a filha da minha *mãe*. Filha da minha mãe com um homem branco, nascida depois que a gente se separou, tantos anos atrás. Está aparente nos olhos dela, puxados nos cantos como os da Juneau Jane.

Como os *meus*.

— Eu sou a Hannie! Meu grito ecoa no pátio, e mostro as três miçangas azuis da vovó. — Eu sou a Hannie! Eu sou a Hannie! Eu sou a Hannie!

No começo eu nem sei como, mas saio correndo. Correndo com pernas que não consigo sentir, por um chão que não consigo ver. Corro, ou voo, como aquele pardal.

E não paro até chegar aos braços da minha família.

Amigos Perdidos

Ocean Springs, Miss.
Dr. A. E. P. Albert:

Prezado irmão, o *Southwestern* foi a maneira como reencontrei minha irmã, a sra. Polly Woodfork, e oito filhos. Devo minha alegria a Deus e ao *Southwestern* e desejo sucesso ao editor na obtenção de 1.000 assinantes pagantes nos próximos trinta dias. Vou fazer o possível para conseguir todos os assinantes que puder. Deus abençoe o dr. Albert e o coroe com sucesso.

Sra. Tempy Burton

— Coluna "Amigos perdidos",
do *Southwestern*
13 de agosto de 1891

28

Benny Silva — Augustine, Luisiana, 1987

Desço a escada com passos de gigante, me seguro na curva do corrimão no final e saio andando frenética pelo corredor.

— Benny, o que... — troveja Nathan atrás de mim. Colidimos na porta da biblioteca. — O que está acontecendo? — quer saber.

— A mesa de bilhar, Nathan — respondo arquejante. — A mesa. Tinha uma camada de poeira da primeira vez que vim aqui, cheia de livros de capa mole no tampo. Desde então temos empilhado livros para a biblioteca municipal e para a escola lá. Mas eu nunca olhei embaixo. E se a Robin não quisesse que ninguém descobrisse a mesa e por isso escondeu as bolas e empilhou velhos livros em cima? E se estivesse guardando o trabalho dela ali? Ela sabia que ninguém entraria aqui escondido e sairia com uma mesa de bilhar. Seria preciso uma equipe de mudança.

Corremos até a velha mesa Brunswick, tiramos os montes de romances de tribunal e de pistoleiros do faroeste e empilhamos tudo com uma falta de cuidado atípica em volta das pernas de madeira ornamentadas.

Papéis farfalham quando levantamos a endurecida cobertura de lona e a jogamos de lado, levantando uma poeira que paira em tornados espiralados antes de assentar nos calços de espuma e vinil inseridos com precisão para nivelar a superfície.

Embaixo da cobertura, meticulosamente organizado num pedaço de linho branco em que encontramos o trabalho de Robin, há uma espécie de colcha de retalhos, um enorme carvalho formado por uma mistura de pedaços de seda, bordados, retalhos de feltro, tintas e corantes, com fotografias inseridas em molduras acolchoadas de pano recobertas com um plástico transparente. De início parece uma obra de arte, mas é também uma meticulosa documentação histórica. Da história de Goswood Grove e de muitos dos que residiram nessas terras desde o começo dos anos 1800. Mortes e nascimentos, incluindo os ocorridos nos limites de casamentos e fora deles. Uma árvore genealógica de nove gerações dos Gossett. Uma história em preto e branco.

Um recorte em feltro bege de uma casa denota como os títulos de propriedade passaram pelas gerações. As pessoas são representadas por folhas, cada uma delas rotulada com nome, data do nascimento e da morte, seguida por uma letra que é explicada em um índice no canto direito inferior da tela.

$C = cidadão$
$E = escravo$
$S = sob\ contrato$
$L = libre$
$A = affranchi$

Conheço os dois últimos termos pela minha pesquisa sobre o *Subterrâneo*. *Affranchi* é uma palavra francesa que designa os que foram emancipados da escravidão pelos donos, e *libre* são as pessoas negras nascidas livres — comerciantes e donos de terra, alguns muito prósperos, que inclusive eram senhores de escravos. Meus alunos se esforçaram para entender como pessoas que sofreram os efeitos da injustiça conseguiam perpetrar o mesmo com outros e lucrar com isso, mas aconteceu. Faz parte da nossa realidade histórica.

Reproduções de artigos de jornais, fotografias antigas e documentos estão fixados no tecido aqui e ali, esperando a adição de novos bolsinhos, suponho. Robin era meticulosa em suas pesquisas.

— Minha irmã... — murmura Nathan. — Isso é...

— A história da sua família. Toda a história. A verdade. — Reconheço muitas coisas relacionadas com o trabalho dos meus alunos. Percorrendo as linhas de baixo para cima, passo por ramos do passado que definham até desaparecer, desvanecendo como estuários no oceano do tempo. Morte. Doenças. Guerra. Infertilidade. O fim de uma ou outra linhagem de familiares.

Outras linhagens continuam, entrelaçando-se por décadas. Vejo Granny T e tia Dicey. A linhagem delas remete tanto aos Gossett brancos quanto aos negros. Até a avó que elas têm em comum, Hannie, nascida em 1857, como escrava.

— As Senhoras do Novo Século — digo, apontando para a folha de Hannie. — Essa é a avó da qual Granny T falou na minha classe, a que começou o restaurante. Hannie nasceu aqui em Goswood Grove, escrava. É também avó da mulher que morava na casa perto do cemitério, a srta. Retta.

Sinto-me fascinada, atônita. Deixo minha mão seguir para as laterais, as partes em branco da tela de Robin.

— Alguns dos meus alunos estariam por aqui em algum lugar, LaJuna, Tobias... e Sarge também. Todos estariam na continuação desse ramo.

Sinto o formigamento da história reviver quando traço o caminho de volta até as gerações passadas.

— A mãe de Hannie é mestiça, uma meia-irmã dos Gossett que morava na casa-grande na época. Nessa geração, Lyle, Lavinia, Juneau Jane e Hannie são irmão, irmã, meia-irmã e uma prima por algum parentesco. Lyle e Lavinia morreram meio jovens e... isso mostra que a filha da segunda mulher era... uau...

Nathan tira os olhos da árvore genealógica, me encara com curiosidade e fica ao meu lado para enxergar melhor.

Bato com o dedo numa folha, depois em outra.

— Essa mulher, a mãe de Juneau Jane, *não é* a segunda mulher de William Gossett; é uma amante, uma mulher negra livre. A filha dela, Juneau Jane LaPlanche, nasceu quando William Gossett ainda era *casado* com Maude Loach-Gossett. Ele mora aqui nesta casa e é proprietário da fazenda. Ele já tem um filho com Maude, e depois tem duas filhas num período de menos de dois anos, uma com a esposa e outra com a amante. Lavinia e Juneau Jane.

Eu sei que essas coisas aconteciam, que havia todo um sistema social em partes de Nova Orleans e em outros lugares, no qual homens ricos mantinham amantes, formavam o que eram corriqueiramente chamadas de *famílias canhotas*, mandavam os filhos e filhas mestiços estudarem fora ou em internatos de conventos, ou os orientavam para ser comerciantes. Mas consigo imaginar os dramas humanos que fervilhavam embaixo da superfície desses arranjos. Ciúmes. Ressentimentos. Mágoas. Competição.

Nathan olha de relance, mas não responde. Está acompanhando alguma coisa a partir das raízes da árvore e subindo pelos ramos, o caminho do seu dedo ligando pequenos símbolos em forma de casas que desembocam na casa de Goswood Grove.

— A questão está aqui — diz, parando na folha que representa a filha mais nova de William Gossett, a nascida de sua amante. — Não consigo entender como os Gossett continuam donos dessa casa até hoje. Porque aqui morre o último filho dos Gossett, Lyle. A casa-grande e as terras passam para Juneau Jane LaPlanche, que, de acordo com a árvore da Robin, nunca teve filhos. Mesmo se tivesse, eles não teriam Gossett no nome.

— A não ser que a pesquisa tenha sido interrompida exatamente aqui. Talvez Robin não tenha ido mais longe. Ela ainda estava trabalhando no projeto. Parece quase... uma obsessão. — Imagino a irmã de Nathan debruçada sobre esses documentos, essa colcha de retalhos da história da família que estava criando. O que ela pretendia fazer com isso?

Nathan parece igualmente perplexo.

— A existência de duas vertentes na família é um segredo que todos conhecem, pra ser sincero. — Ele se afasta um pouco da mesa, franzindo a testa. — É uma coisa que o resto da família, e provavelmente muita gente da cidade, preferiria que não fosse mais trazida à tona, mas ninguém ficaria surpreso... a não ser, talvez, essa parte. — Bate com o dedo na casinha de feltro que indica a passagem da propriedade para Juneau Jane. Esticando-se por cima de mim, ele destaca um envelope ao lado, onde está escrito *Hannie*, na caligrafia clara e elegante da Robin.

Uma minúscula representação de feltro da casa de Goswood Grove se solta do alfinete e cai ao lado da folha de feltro de Hannie. Uma fotocópia de uma matéria de jornal de 1887 dentro do envelope de Hannie nos diz por que está lá.

FALSA HERANÇA É DESMASCARADA

Propriedade de Goswood é devolvida aos legítimos donos

Depois de mais de doze anos de duras batalhas para preservar sua linhagem e seu legado, os advogados de defesa da antiga fazenda de Goswood Grove ganharam a causa em uma decisão final da Suprema Corte da Luisiana, que não poderá mais ser contestada nem passar por qualquer processo de apelação. A pretensa herdeira, uma mulher negra *creole* de linhagem dúbia e infundada, que nos documentos do tribunal audaciosamente referia-se a si mesma como Juneau Jane Gossett, foi despejada à força da propriedade.

Os herdeiros legítimos, parentes diretos do falecido William P. Gossett, e legalmente portadores do nome Gossett, agora se apressam para ocupar a casa e as terras e proteger e desenvolver a propriedade acima citada. "Nós, é claro, pretendemos restaurar a antiga glória da grandiosa propriedade, e somos gratos aos tribunais de justiça", declarou Carlisle Gossett, morador de Richmond, Virginia, primo em primeiro grau do falecido William P. Gossett e doravante proprietário da antiga casa de Goswood.

A matéria segue descrevendo doze anos de tentativas legais de excluir Juneau Jane de sua herança, primeiro pela viúva de William Gossett, Maude Loach-Gossett, que se recusou a aceitar o pequeno assentamento deixado para ela no testamento de William, e depois por parentes mais distantes com o sobrenome Gossett. Vários ex-escravos e meeiros se apresentaram para depor a favor de Juneau Jane e comprovar a paternidade. Um advogado de Nova Orleans lutou incansavelmente na defesa de sua causa, mas afinal de pouco adiantou. Primos de William Gossett roubaram sua herança, e Juneau Jane acabou ficando com quarenta acres de terras alagadiças nos limites do cemitério de Augustine.

O terreno onde estou morando.

O destino final desse terreno é descrito em suas próprias palavras, na cópia de um testamento escrito à mão em 1912. Robin grampeou o testamento no verso da matéria. A casa e o terreno de Juneau Jane foram deixados para Hannie, "que sempre foi próxima de mim como uma irmã e é a pessoa que me mostrou, sempre, o que é ser corajosa". Quaisquer novas heranças que possam eventualmente ser restituídas em seu nome serão legadas para benefício das crianças da comunidade, "que espero ter ajudado fielmente como professora e amiga".

A última folha anexada da pesquisa de Robin é uma matéria de jornal sobre a inauguração da Biblioteca Carnegie para Pessoas Negras de Augustine, em 1901. Reconheço a foto das mulheres do Clube do Novo Século da biblioteca. Com seus melhores vestidos e chapéus — roupas de domingo da virada do século, quando a foto foi tirada —, elas posaram nos degraus do belo novo prédio na ocasião do corte da fita inaugural. Granny T levou a impressão original daquela foto à minha sala de aula no dia em que contou a história. Ela desencavou a foto de caixas no depósito, nas quais a história da biblioteca foi enfurnada no fim da segregação, quando as bibliotecas não faziam mais restrições de raça.

Nessa foto de jornal, Robin identificou duas participantes do clube, anotando os nomes *Hannie* e *Juneau Jane* acima das imagens. Quando localizo uma foto menor posicionada no meio do texto, reconheço as duas mulheres em pé ao lado da estátua de bronze de um santo, ainda esperando para ser instalada num pedestal ali perto.

Também reconheço o santo.

"O primeiro livro da biblioteca", diz o texto em negrito na legenda.

Apoio o queixo no ombro de Nathan e continuo lendo:

> *Neste belo pedestal de mármore, os membros da comunidade que criou a biblioteca assentaram um Baú do Século, trazido da Biblioteca para Pessoas Negras original, atrás da igreja, para o lindo novo prédio da biblioteca. Os itens no baú, fornecidos pelos fundadores da biblioteca em 1888, só poderão ser vistos cem anos a partir dessa data. A sra. Hannie Gossett Salter, que recentemente se mudou do Texas para cá, presencia a instalação de uma estátua doada em*

memória de seu falecido marido, o muito reverenciado agente federal Elam Salter, com quem viajou pelo país enquanto ele fazia palestras sobre como era a vida de um homem da lei na fronteira, depois que um ferimento o obrigou a se aposentar do trabalho de campo. A doação da estátua é cortesia do pecuarista do Texas e da Luisiana Augustus McKlatchy, amigo de longa data da família Salter e patrono e apoiador deste novo prédio da biblioteca e de muitos outros.

Dentro do Baú do Século, a sra. Salter depositou o Livro dos amigos perdidos, *que foi usado para informar congregações remotas sobre a coluna "Amigos perdidos" do jornal* Southwestern Christian Advocate. *Por meio do jornal e das anotações da sra. Salter nas páginas do livro, incontáveis famílias e amores perdidos foram reunidos muito depois de terem sido separados pelo flagelo da escravidão e da guerra. "Depois de ter encontrado muitos membros da minha família, foi um valoroso serviço que pude proporcionar para outras", declarou a sra. Salter. "O maior sofrimento para um coração é se perguntar incessantemente sobre o paradeiro de seus entes queridos."*

Após o encerramento da cerimônia de hoje, a base de mármore com o Baú do Século será vedada, e assim permanecerá até o ano futuro de 1988, para que a importância desta biblioteca e as histórias sobre o seu povo sejam lembradas por gerações ainda não nascidas.

Aguardando ser posicionada sobre o pedestal vedado, a estátua doada parece ao mesmo tempo benevolente e vigilante.

Santo Antônio de Pádua, o santo padroeiro dos perdidos.

Epílogo

BENNY SILVA —1988
DEPENDÊNCIAS DO CAPITÓLIO DO ESTADO DA LUISIANA,
BATON ROUGE

UMA JOANINHA SOLITÁRIA POUSA COMO UMA pluma no meu dedo, agarrando-se ali como uma joia viva. Um rubi com pintas e pernas. Antes de a visitante ser levada por uma leve brisa, uma antiga canção infantil passa pela minha cabeça.

*Joaninha, joaninha, voe para longe do seu lar,
Sua casa está em chamas e seus filhos não vão voltar.*

O verso projeta uma sombra melancólica em mim quando toco no ombro de LaJuna, suando por baixo do vestido de chita azul e dourado. A sala de aula ao ar livre que montamos hoje como parte de um festival nas dependências do Capitólio do Estado da Luisiana é o maior empreendimento até agora no nosso projeto histórico que começou há um ano. A abertura da cápsula do tempo nos proporcionou oportunidades com as quais jamais teríamos sonhado em outras circunstâncias. Embora nossas representações ainda não tenham chegado ao cemitério de Augustine, Luisiana (e talvez nunca cheguem), nós contamos nossos *Contos do subterrâneo* em museus e em *campi* universitários, em festivais de bibliotecas e em escolas de três estados.

O decote costurado à mão do vestido, um pouco grande para ela, cai assimetricamente sobre a pele negra. Uma cicatriz intumescida se destaca por baixo dos punhos mal abotoados. Por um breve momento, reflito sobre o que a teria causado, mas resisto a esse pensamento especulativo.

"Que sentido haveria nisso?", pergunto a mim mesma.

"Todos nós temos cicatrizes."

É quando somos sinceras com elas que encontramos pessoas que vão nos amar apesar de nossas marcas e incisões. Talvez até justamente por causa delas.

As pessoas que não nos amarem? São aquelas que não servem para nós.

Faço uma pausa para olhar ao redor do nosso ponto de reunião sob as árvores, vejo as várias senhoras da Carnegie, assim como os irmãos e irmãs mais novos dos meus alunos, tia Sarge e diversos pais voluntários, todos usando trajes da época para adicionar autenticidade ao nosso projeto, para mostrar respeito e solidariedade com os sobreviventes do passado remoto que não estão aqui para dizerem a sua verdade. Apesar de já termos contado nossos *Contos do subterrâneo* muitas vezes, esta é a nossa primeira tentativa de um recital sobre os anúncios dos Amigos Perdidos. Tentamos reimaginar como eles podem ter sido escritos, mais de um século atrás, em igrejas, em varandas, em mesas de cozinha, em salas de aula improvisadas onde os que não podiam ter acesso ao ensino vinham aprender. Em vilarejos e cidades de todo o país, cartas eram escritas para ser publicadas em jornais como o *Southwestern* e enviadas com a esperança de que entes queridos distantes há anos, há décadas, por toda uma vida, pudessem ser localizados.

Devemos ao Baú do Século e ao *Livro dos amigos perdidos* nosso status de estrelas pop no capitólio estadual. É uma história que atraiu redes de TV. Na verdade, as câmeras estão aqui para cobrir uma eleição especial e controversa, mas também querem nos filmar. A atenção da mídia proporcionou uma plateia de dignitários e políticos que querem ser *vistos* apoiando o nosso projeto.

E isso deixou os garotos num estado de apreensão total. Eles estão apavorados — até LaJuna, que normalmente é uma rocha.

Enquanto os outros lidam com bicos de pena e tinteiros, fingindo escrever cartas para a coluna "Amigos Perdidos", ou se debruçam sobre seus papéis lendo os anúncios que estão prestes a recitar em voz alta, LaJuna está olhando para as árvores.

— Preparada? — pergunto, olhando de relance para o trabalho dela, pois tenho a sensação de que não está. — Você ensaiou lendo em voz alta?

Ao nosso lado, Little Ray se debruça sobre uma escrivaninha, distraindo-se com uma caneta-tinteiro de madrepérola da coleção que reuni ao longo dos anos em lojas de badulaques e mercados de pulga. Já desistiu de fingir que está escrevendo a carta para os Amigos Perdidos que logo recitará para a plateia.

Se LaJuna não se recompuser, tenho a preocupante sensação de que estamos a caminho de um desastre. Ela deveria estar totalmente confiante, pois conhece muito bem o anúncio que vai ler. Nós o descobrimos cuidadosamente recortado e colado na capa interna do *Livro dos amigos perdidos*, com a data em que foi publicado no *Southwestern*. Nos dois lados do anúncio, em letras muito bem caligrafadas, estão os nomes dos oito irmãos perdidos de Hannie, da mãe, da tia e de três primos, e quando eles foram reencontrados.

Mittie — minha adorada mãe, cozinheira de um restaurante — 1875

Hardy

Het — querida irmã mais velha, também com os filhos e o marido — 1887

Pratt — querido irmão mais velho, foguista de locomotiva, com esposa e filho — 1889

Epheme — querida irmã e sempre minha melhor e mais especial professora — 1895

Addie

Easter

Ike — irmão caçula, um jovem e culto comerciante — 1877

Baby Rose

Tia Jenny — querida tia e também seu segundo marido, um pregador — 1877

Azelle — prima e filha da tia Jenny, lavadeira com filhas — 1881

Louisa

Martha

Mary — querida prima, cozinheira de um restaurante — 1875

É uma história da alegria do reencontro e das dores da ausência, de garra e perseverança.

Vejo essa mesma garra em LaJuna, passada por gerações pela tataravó da sua avó, Hannie, apesar de LaJuna às vezes duvidar de que a tem.

— Eu não consigo fazer isso — diz ela, cabisbaixa, derrotada por dentro. — Não... com *essa* gente olhando. — Seu rosto jovem e apreensivo se volta para os espectadores, homens endinheirados em ternos bem cortados e mulheres petulantes com vestidos sofisticados, aliviando o calor da tarde com folhetos impressos ou leques de papel remanescentes dos impetuosos discursos políticos da manhã. Pouco atrás deles, um operador de câmera está empoleirado numa mesa de piquenique. Outro membro da equipe posicionou-se perto da nossa sala de aula, com um microfone de cabo longo.

— A gente nunca sabe o que é capaz de fazer até tentar. — Dou um tapinha no braço dela e aperto um pouco, tentando animá-la. Há muitas coisas que eu queria dizer: "Não se desvalorize. Você é boa. Você é ótima. É mais do que ótima. Você é admirável. Não consegue perceber isso?".

Pode ser uma longa travessia para ela, eu sei. Já passei por isso. Mas é possível sair do outro lado melhor, mais forte. No fim, é preciso parar de se deixar definir pelos outros e começar a ser definida por si mesma.

É uma lição que estou ao mesmo tempo ensinando e aprendendo. "Nomeie-se. Reivindique-se." Constituição da Classe, Artigo Doze.

— Eu não *consigo* — resmunga ela, apertando a barriga.

Amontoo minha incômoda carga de saias e anáguas para não se arrastarem na poeira e me abaixo para olhar nos olhos dela.

— Como eles vão ouvir a história se não for de você... a história de ter sido roubada da família? De escrever um anúncio em busca de qualquer notícia sobre os entes queridos, na esperança de conseguir poupar cinquenta centavos para publicá-lo no jornal *Southwestern*, para que circulasse em todos os estados e territórios mais próximos? Como vão entender o desespero e a necessidade de finalmente saber: *Meus parentes estão por aí, em algum lugar?*

Ela ergue os ombros, até então vergados sob a pressão.

— Esse pessoal não tá aqui pra saber o que eu tenho a dizer. Isso não vai mudar nada.

— Talvez mude. — Às vezes me pergunto se estou prometendo mais do que o mundo poderá conceder algum dia, se minha mãe não tinha razão sobre todas as minhas ideias sobre o pote de ouro no fim do arco-íris. E se eu estiver expondo esses estudantes a uma situação traumática, especialmente LaJuna? Essa garota com quem passei horas e horas selecionando livros, tirando livros do lugar, organizando a venda de exemplares antigos que se revelaram valiosos, tramando e planejando quais materiais seriam adquiridos pela Biblioteca Carnegie de Augustine com o dinheiro arrecadado. No fim, isso vai proporcionar a esses jovens daqui as mesmas vantagens que têm os estudantes da Escola Preparatória de Lakeland. E, quando a nova placa da biblioteca for erguida, o santo patrono original voltará ao seu devido pedestal, para proteger o lugar no próximo século e no futuro distante. Aquela velha biblioteca tem agora uma longa vida pela frente. A intenção de Nathan é que a casa de Robin seja transformada numa fundação, que vai apoiar não só a biblioteca como também a preservação de Goswood Grove e sua transformação em um centro histórico e genealógico.

Mas será que tudo isso, ou *qualquer* uma dessas coisas, vai mudar o mundo para o qual essas câmeras de televisão, esses políticos e todos esses espectadores vão voltar quando saírem deste espaço sob as árvores? Será que uma biblioteca e um centro histórico podem realmente conquistar alguma coisa?

— Os empreendimentos mais importantes envolvem riscos — digo a LaJuna. É o aspecto da realidade mais difícil de aceitar. Saltar para o desconhecido é aterrorizante, mas, se não começarmos a jornada, nunca saberemos para onde ela poderia levar.

O pensamento me dá um nó na garganta por um momento, me deixando em silêncio, me fazendo pensar: "Será que um dia eu terei a coragem de encarar o meu desconhecido, correr esse risco?". Fico ereta e ajeito minhas saias, olho na direção da sala de aula e vejo Nathan ao lado da multidão com a nova câmera da biblioteca no ombro. Ele ergue os polegares e abre um sorriso que diz: "Eu te conheço, Benny Silva. Sei de toda a verdade sobre você, e acredito que seja capaz de qualquer coisa".

Preciso tentar ser para esses meninos e meninas o que Nathan tem sido para mim. Alguém que acredita mais em mim do que eu mesma, às vezes. Hoje isso envolve os meus alunos. E os Amigos Perdidos.

— O mínimo que nós podemos fazer é contar nossas histórias, não é? Mencionar os nomes? — assumo a minha voz de professora dos anos 1800, pois de repente vejo um microfone de cabo longo pairando perigosamente perto. — Sabe que há um antigo provérbio que diz: "Nós morremos uma vez quando o último sopro de vida deixa o nosso corpo. Morremos uma segunda vez quando a última pessoa menciona o nosso nome". A primeira morte está fora do nosso controle, mas a segunda nós podemos nos empenhar para evitar.

— Se você acha que é assim... — concorda LaJuna antes de se encolher, torcendo para que o microfone não tenha captado aquilo. — Mas é melhor eu fazer isso agora, antes de perder a coragem. Posso fazer a minha leitura antes dos outros?

Sinto-me mais do que aliviada.

— Se você começar, com certeza os outros vão saber como prosseguir.
— *Espero*.

Cerro os dentes e cruzo os dedos nos bolsos do meu vestido de bolinhas de professora rural, esperando que tudo aconteça da forma como planejamos, que essas histórias façam alguma diferença nos corações e mentes das pessoas que as ouvirem. Ali perto, o *Livro dos amigos perdidos* está numa vitrine junto com anotações, peças de tricô e outras recordações do Baú do Século. Penso nos Amigos Perdidos, em todas aquelas pessoas que tiveram coragem de procurar, de ter esperança, de sair em busca de seus entes queridos perdidos. Correr o risco de escrever cartas, sabendo que seus piores temores poderiam se realizar. A carta poderia jamais ser respondida.

Também vou assumir esse risco algum dia, quando for o momento certo. Vou procurar a garotinha que segurei no colo por menos de meia hora, antes de uma enfermeira me tirá-la dos braços e substituí-la por um quadrado de plástico frio e cheio de arestas. Uma prancheta de anotações, com os documentos que eu deveria assinar.

Tudo em mim queria deixar os documentos de lado, rasgar os papéis, fazer com que desaparecessem. Quis ir atrás do rangido dos sapatos brancos da enfermeira. "Traga minha filha de volta! Eu quero ficar mais tempo com ela, mais tempo, mais uma vez, memorizar o rosto dela, o cheiro, os olhos."

"Eu quero ficar com ela."

Mas acabei fazendo o que era esperado de mim. A única coisa que me permitiram. A única opção que me deram. Assinei os papéis e os deixei na mesa de cabeceira. E fiquei chorando no meu travesseiro, sozinha.

"É o melhor para ela", disse a mim mesma, repetindo as palavras da minha mãe, as palavras do conselheiro, as palavras das enfermeiras. Até mesmo as palavras do meu pai quando tentei pedir sua ajuda.

São as mesmas palavras que ainda digo a mim mesma, deixando-me absorver por elas como consolo a cada aniversário, a cada Natal, em todas as ocasiões especiais de todos os anos. Doze anos agora. Ela teria doze anos.

Gosto de pensar que a poupei da culpa da excruciante condenação pública sofrida por uma garota de quinze anos, grávida de um homem mais velho, um vizinho que já tinha sua própria família, que se aproveitou das carências e da ingenuidade de uma criança sem pai que só queria se sentir valorizada e querida. Gosto de pensar que poupei aquela menininha da vergonha que carreguei comigo, dos olhares de desprezo que recebia, dos nomes horríveis pelos quais minha mãe me chamava.

Tenho esperança de ter entregado minha filha a pais maravilhosos, que em nenhum momento permitiram que não se sentisse amada. Se um dia eu voltar a vê-la, vou dizer que ela *nunca* deixou de ser amada, nem por um instante. Alguém mais a amou desde seu primeiro alento, quis ficar com ela, pensou nela, torceu por ela.

"Eu me lembro de você. Sempre vou me lembrar de você."

No dia desse reencontro, seja quando for, essas serão as primeiras palavras que direi para a minha Amiga Perdida.

Nota da autora

Cada vez que um novo livro chega ao mundo, a impressão é a de que as perguntas mais frequentes são: "Como essa história foi criada? O que a inspirou?". Não sei ao certo como se dá esse processo para outros escritores, mas para mim sempre existe uma centelha, e sempre é aleatória. Se saísse em busca dessa centelha, provavelmente não conseguiria encontrá-la.

Nunca sei como surgirá à minha frente ou o que será, mas sinto instantaneamente quando acontece. Alguma coisa *profunda* assume o comando, e um dia que parecia comum... de repente deixa de ser. Começo a ser arrastada em uma jornada, goste ou não. Sei que a jornada será longa e não sei aonde vai levar, mas sei que preciso me submeter a ela.

A centelha que se tornou a história de Hannie e Benny chegou até mim da maneira mais moderna — via um e-mail de uma amante de livros que acabara de passar um tempo com a família Foss enquanto lia *Segredos de família*. Ela achou que havia outro trecho da história, semelhante, sobre o qual eu deveria ficar sabendo. Como voluntária da Coleção Histórica de Nova Orleans, ela vinha acessando informações do banco de dados colhidas de anúncios de mais de um século atrás. O objetivo do projeto era preservar a história da coluna "Amigos perdidos" e torná-la acessível a pesquisadores históricos e genealógicos via internet. Mas a voluntária da instituição viu mais do que apenas um material de pesquisa. "Cada um desses anúncios tem uma história", escreveu em sua mensagem para mim. "O constante amor pela família e a procura contínua de entes queridos, alguns que não viam havia mais de quarenta anos." Ela citou um trecho que a comoveu quando terminou de ler *Segredos de família*:

> *Para as centenas que desapareceram e para os milhares que permaneceram. Que suas histórias não sejam esquecidas.*

Ela me remeteu ao banco de dados dos Amigos Perdidos, onde caí numa toca de coelho durante horas, em um País das Maravilhas de vidas que há muito se foram, de histórias, emoções e anseios encapsulados nos caracteres desbotados e manchados de velhas impressoras. Nomes que talvez só tenham sobrevivido nesses pedidos desesperados, escritos na época em salas de aula improvisadas, em mesas de cozinha e em corredores de igrejas... E depois enviados por trens a vapor e coches de correio, por barcos fluviais e nas algibeiras das selas de carteiros rurais até postos avançados remotos de um país em expansão. As missivas viajaram para lugares distantes e inacessíveis, transportadas pelas asas da esperança.

No seu auge, os anúncios da coluna "Amigos Perdidos", publicada no jornal metodista *Southwestern Christian Advocate*, eram recebidos por cerca de quinhentos pastores, oitocentos postos de correio e mais de quatro mil assinantes. O cabeçalho da coluna pedia que os pastores lessem o conteúdo nos púlpitos, para divulgar a palavra dos que procuravam os desaparecidos. Também pedia que os que tivessem sucesso em sua busca informassem o jornal, para que as notícias pudessem ser usadas para incentivar outros. Os anúncios da "Amigos Perdidos" eram o equivalente de uma engenhosa plataforma de mídia social do século XIX, uma forma de chegar às regiões mais distantes de um país dividido, tumultuado e fracionado, ainda lutando para se encontrar no rescaldo da guerra.

Naquele dia eu soube, enquanto lia dezenas de anúncios da "Amigos Perdidos", conhecendo uma família atrás da outra, um anunciante após o outro, que eu precisava escrever a história de uma família dilacerada pela ganância, pelo caos, pela crueldade, desesperada por não conseguir nunca mais se reunir. Sabia que os anúncios da "Amigos Perdidos" proviam esperança onde ela havia sido perdida havia muito tempo.

Hannie começou a falar comigo quando li o seguinte anúncio:

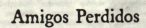

Amigos Perdidos

Não cobramos dos assinantes para publicar estas cartas. Todos os demais terão de pagar cinquenta centavos. Pastores, por favor, leiam em seus púlpitos os pedidos publicados abaixo e nos informem sobre qualquer caso em que amigos tenham se reunido por meio das cartas do *Southwestern*.

Sr. editor, eu gostaria de saber sobre minha família. Meu padrasto se chamava George, e o nome da minha mãe era Chania. Sou a mais velha de dez filhos, e meu nome é Caroline. Os outros eram Ann, Mary, Lucinda, George Washington, Right Wesley, Martha, Louisa, Samuel Houston, Prince Albert, em ordem de idade, e eram tudo o que minha mãe tinha quando se separaram. Nosso primeiro dono foi Jeptha Wooten, que nos levou todos do Mississippi para o Texas, onde ele morreu. Fomos roubados do Texas por Green Wooten, um sobrinho de Jeptha, que nos levou de volta ao Mississippi, ao rio Pearl, onde nos vendeu a um advogado chamado Bakers Baken, que parece não ter pagado por nós. Meu padrasto e o irmão mais velho foram roubados e levados por ele a Natchez, Miss., e lá vendidos. Os que restaram de nós foram tirados dele e deixados, por segurança, na cadeia de Holmesville, condado de Pike, Miss., depois do que fomos postos nas mãos de outro advogado, John Lambkins, que vendeu todos nós. Minha mãe e três filhos foram vendidos para Bill Files, no condado de Pike, Miss.; minha irmã Ann para um tal Coleman, no mesmo condado; ela era tola e abobada. Minha irmã Mary para um homem chamado Amacker, que morava nas redondezas de Gainesville, Miss. Lucinda foi vendida na Luisiana. Right Wesley foi vendido ao mesmo tempo, mas, para quem ou para onde, eu não sei. Martha foi também vendida em algum lugar no assentamento perto da minha mãe, mas não sei para quem. Eu fui vendida para Bill Flowers, uma jovem mulher. Agora estou com 60 anos e tenho um filho, Orange Henry Flowers, pastor na Congregação Mississippi, localizada em Pearlington, condado de Hancock, Miss., na Baía de St. Louis. Qualquer informação será bem-vinda e recebida com gratidão. Escrever para Caroline Flowers, aos cuidados do rev. O. H. Flowers, Pearlington, condado de Hancock, Miss.

Eu sabia que a situação de Hannie seria, de alguma forma, dirigida pela vida de Caroline Flowers, que escreveu esse anúncio, mas que a busca de Hannie a levaria a uma peregrinação. Essa jornada mudaria sua vida, uma espécie de odisseia. Mudaria sua vida para sempre, redirecionando o seu futuro. Para os propósitos da idade de Hannie e do período particularmente perigoso e sem lei do pós-guerra no Texas, eu reimaginei um pouco a história, estabelecendo o cenário em 1875, dez anos depois do fim do conflito. Embora diversas famílias separadas tenham publicado anúncios em vários jornais depois do fim da guerra, a distribuição da coluna "Amigos Perdidos" surgiu na verdade em 1877 e continuou até o início do século xx.

Espero que você tenha gostado de conhecer Hannie e sua contraparte moderna, Benny, de ter compartilhado a jornada das duas tanto quanto gostei de escrever sobre elas. Do meu ponto de vista, elas são o tipo de mulheres notáveis que construíram os legados que desfrutamos hoje. Professoras, mães, donas de algum negócio, ativistas, pioneiras esposas de fazendeiros, líderes comunitárias que acreditaram, em maior ou menor grau, que poderiam melhorar o mundo para as gerações presentes e futuras. E em seguida assumiram os riscos necessários para fazer isso acontecer.

Que possamos todas fazer o mesmo da forma que for possível, em todos os lugares onde nos encontremos.

E que este livro faça a sua parte, seja qual for ela.

Agradecimentos

Nenhuma história é uma criação solo — com suas cenas esboçadas, as cores acrescentadas, as ênfases e sombras pinceladas na solidão. Essas criações literárias começam como garatujas casuais, e invariavelmente se desenvolvem a partir daí. Tornam-se uma espécie de projeto comunitário, um mural com muitos e diversos colaboradores que só têm uma coisa em comum: a generosidade de preencherem uma ou duas lacunas. *O livro dos amigos perdidos* não é exceção, e eu estaria sendo omissa se não escrevesse os nomes de algumas almas bondosas na parede antes de ir.

    Para começar, sou grata ao trabalho árduo das pessoas por trás da Coleção Histórica de Nova Orleans por criarem o inestimável banco de dados dos Amigos Perdidos. Vocês asseguraram que a história de um lugar, de uma época, e de milhares de famílias não só seja preservada como também fique disponível ao público, a pesquisadores e incontáveis descendentes em busca de suas raízes. Em particular, agradeço a Jessica Dorman, Erin Greenwald, Melissa Carrier e Andy Forester pela dedicação à Coleção Histórica de Nova Orleans, à coluna "Amigos Perdidos" e à própria história. A Diane Plauché, o que posso dizer? Se você não tivesse trazido os Amigos Perdidos até a minha porta, eu jamais os teria conhecido, e Hannie e Benny não existiriam. Obrigada por apresentá-las a mim, por compartilhar seu trabalho voluntário digitalizando os anúncios para o banco de dados e por me contar a história da sua família. Sempre serei grata a você e a Andy por aquele dia maravilhoso naquela casa antiga, ouvindo suas narrativas, mergulhando na história, estudando documentos antigos, conversando com Jess e sua gente e caminhando pelo silencioso terreno do cemitério, lendo as inscrições desgastadas pelo tempo e refletindo sobre o que poderia não estar assinalado. O mais surpreendente dessas jornadas literárias é abrir caminho para novas amizades no mundo real. Sinto-me honrada por contar com vocês entre elas.

Para os muitos outros que ofereceram tempo e conhecimento durante minhas viagens pela Luisiana, obrigada pela generosidade de me hospedarem. Como uma escritora errante poderia esperar menos de um lugar tão bem conhecido por sua hospitalidade? Em particular, quero agradecer aos anfitriões, aos guias turísticos e aos curadores da fazenda Whitney e aos amistosos funcionários do Cane River Creole National Historical Park. Obrigada, guarda-florestal Matt Housch, por ter me posto debaixo das asas e me proporcionado uma turnê fantástica e personalizada, respondendo a todas as minhas perguntas e até confirmando a existência de alçapões escondidos no assoalho da casa da fazenda.

Como sempre, eu (e a história) devo muito a um incrível grupo familiar, primeiros leitores e velhos amigos que ajudaram a trazer *O livro dos amigos perdidos* à vida. Para a colega escritora Judy Christie, obrigada por estar comigo no balanço da varanda durante os estágios iniciais das "garatujas" deste livro, lançando ideias no ar, e depois pela generosidade de ler diversas versões, acrescentando não só seus conhecimentos sobre a Luisiana como também as doses necessárias de estímulo, amor e um ocasional almoço como uma intrépida sopa de galinha ou chilli de Paul Christie. Para minha mãe, tia Sandy, Duane Davis, Mary Davis, Allan Lazarus, Janice Rowley, a incrível assistente Kim Floyd, obrigada por serem a melhor equipe de leitura de todos os tempos, por ajudarem a refinar a história e por aplaudirem Hannie e Benny na linha de chegada. Sem vocês, não sei onde elas estariam.

Na esfera editorial, não posso agradecer o suficiente à minha brilhante agente, Elisabeth Weed, que acreditou nesta história desde a primeira menção da ideia e me incentivou a escrevê-la. Você é o máximo! Para a editora Susanna Porter, obrigada por sempre ter apoiado este livro e por passar por todas as suas iterações. Que livro seria completo sem uma perfeita equipe de edição? Obrigada a Kara Welsh, Kim Hovey, Jennifer Hershey, Scott Shannon, Susan Corcoran, Melanie DeNardo, Rachel Parker, Debbie Aroff, Colleen Nuccio e Emily Hartley por serem a força motriz por trás deste livro, por comemorarem comigo cada novo estágio editorial e por serem pessoas muito divertidas para se trabalhar. Não consigo imaginar jornadas mais divertidas do que as que fizemos juntos. Sou grata também à equipe de produção, marketing, publicidade e vendas, e a Andrea Lau pelo projeto gráfico, bem como a Scott Biel e Paolo Pepe pelo lindo conceito da capa original do livro. Se não fossem vocês, essas histórias nunca chegariam às livrarias, às vitrines e às mãos dos leitores.

Por falar em leitores, sou eternamente grata a todos os livreiros, bibliotecários e comunidades que organizaram palestras sobre o livro e sessões de autógrafo, recomendaram minhas obras para outros leitores, contataram clubes do livro e me receberam em suas lojas e cidades. Por último (porém mais importante), é imensa minha gratidão a tantos amigos leitores, estejam aqui perto ou do outro lado do mundo. Obrigada por dar aos meus livros lares tão adoráveis. Obrigada por compartilhá-los com amigos e familiares, por presenteá-los a estranhos em aeroportos e a sugeri-los para clubes de leitura. São vocês que transformam história em comunidade. E, por essa razão, continuo em débito com vocês.

Hoje, amanhã e sempre.

— *Lisa*

Bibliografia

INTERNET

Lost Friends Exhibition. Historic New Orleans Collection, 2019. Disponível em: https://www.hnoc.org/database/lost-friends/.

Piecing Together Stories of Families Lost in Slavery. National Public Radio. 16 de julho de 2012. Disponível em: https://www.npr.org/2012/07/16/156843097/piecing-together-stories-of-families-lost-in-slavery.

Purchased Lives Panel Exhibition. Historic New Orleans Collection. s. d. Disponível em: https://www.hnoc.org/exhibitions/purchased-lives-panel-exhibition.

FONTES IMPRESSAS

Federal Writers' Project. *North Carolina Slave Narratives: Slave Narratives from the Federal Writers' Project, 1936-1938.* Bedford: Applewood Books, 2006.

Federal Writers' Project. *Texas Slave Narratives and Photographs: A Folk History of Slavery in the United States from Interviews with Former Slaves, Illustrated with Photographs.* San Antonio: Historic Publishing, 2017.

Howell, Kenneth W. *Still the Arena of Civil War: Violence and Turmoil in Reconstruction Texas, 1865-1874.* Denton: University of North Texas Press, 2012.

Jacobs, Harriet. *Incidents in the Life of a Slave Girl: Written by Herself.* Editado por Marie Child. Cambridge: Harvard University Press, 2000. Publicado pela primeira vez em 1861.

Katz, William Loren. *The Black West: A Documentary and Pictorial History of the African American Role in the Westward Expansion of the United States.* Nova York: Broadway, 2005.

Minges, Patrick (ed.). *Black Indian Slave Narratives.* Real Voices, Real History. Winston-Salem: Blair, 2004.

Mitchell, Joe; Federal Writers' Project. *Former Female Slave Narratives & Interviews: From Ex-slaves in the States of Arkansas, Florida, Louisiana, Tennessee, Texas, and Virginia.* San Antonio: Historic Publishing, 2017.

Northup, Solomon. *Doze anos de escravidão.* São Paulo: Penguin, 2014. Publicado pela primeira vez em 1853.

Smallwood, James M.; Crouch, Barry A.; Peacock, Larry. *Murder and Mayhem: The War of Reconstruction in Texas.* Sam Rayburn Series on Rural Life. College Station: Texas A&M University Press, 2003.

Sullivan, Jerry M. *Fort McKavett: A Texas Frontier Post.* Learn About Texas. Austin: Texas Parks and Wildlife Department, 1993.

Washington, Booker T. *Up from Slavery.* Editado por William L. Andrews. Oxford: Oxford University Press, 1995. Publicado pela primeira vez em 1901.

Williams, Heather Andrea. *Help Me to Find My People: The African American Search for Family Lost in Slavery.* The John Hope Franklin Series in African American History and Culture. Chapel Hill: University of North Carolina Press, 2012.

ESTE LIVRO, COMPOSTO NA FONTE FAIRFIELD,
FOI IMPRESSO EM PAPEL PÓLEN 70G/M² NA EDIGRÁFICA,
RIO DE JANEIRO, AGOSTO DE 2021.